Ich saß rittlings auf ihm, die Augen geschlossen, aber bereit, jede noch so kleine Empfindung wahrzunehmen: das Gefühl von Ewans festen Schenkeln zwischen den meinen, seine großen Hände, die meine Hüften umfassten, meine Haare, die über meinen Rücken und meinen Po strichen. Und am wunderbarsten das, was ich in mir spürte. Etwas, das nicht nur mein Geschlecht, sondern meinen gesamten Körper ausfüllte, während ich mich auf ihm zum Orgasmus ritt.

Nach seinem breiten, schiefen Grinsen zu urteilen, war es auch Ewan gekommen. Und wie immer war es mir unmöglich, sein Lächeln nicht zu erwidern, während ich mich schwer nach vorn fallen ließ und den Kopf an seine Brust schmiegte. Seine Arme umschlangen mich in einer Umarmung, die zwar zärtlich, aber dennoch weit von der Liebkosung entfernt war, die ich gern gespürt hätte. Nur allzu deutlich war sein Wunsch zu erahnen, ich möge endlich von ihm heruntersteigen. Ich gab ihm nach, merkte aber im selben Moment den Anflug einer unausweichlichen Traurigkeit, die durch das Bewusstsein entstand, dass sich unsere Körper wahrscheinlich für längere Zeit zum letzten Mal voneinander trennten. Ich hörte noch seine Stimme hinter mir, während ich ins Badezimmer eilte.

«Erzähl den Jungs bloß nie, dass ich dich oben sitzen lasse, sonst passiert was. Und das meine ich ernst.»

Ganz so ernst meinte er es trotz seines Macho-Images zwar nicht, und es war auch äußerst unwahrscheinlich, dass ich seinen Freunden intime Details über unser Sexleben verraten würde, aber seine Worte bescherten mir dennoch eine altbekannte, köstliche Erregung. Der starke Mann, der seine Freundin voller Strenge behandelt – das hatte mir schon immer gefallen. Und ich kann auch damit umgehen.

Während ich mich wusch, zog er seinen Slip und die Jeans hoch. Die Male, die ich ihn in den letzten zwei Jahren nackt gesehen hatte, konnte man an einer Hand abzählen. Und das, obwohl er mich am liebsten bereits auszog, wenn ich zur Tür reingekommen war. Das gehörte alles zu dem Spiel. Einem Spiel, das ich wegen der Gefühle, die es in mir auslöste, sehr genoss. Für ihn schien seine Dominanz etwas völlig Selbstverständliches zu sein. Er war sich seiner Männlichkeit ganz und gar sicher. Genau wie er sich seines Status als Nummer eins unter den jungen Männern der Stadt sicher war.

Meine Kleider lagen über den ganzen Flur verteilt, und er folgte mir aus dem Schlafzimmer, während ich sie einsammelte. Als ich mich bückte, um meinen Slip aufzuheben, gab er mir einen Klaps auf den Po.

«Und pass bloß auf die Milchbubis und Aushilfszuhälter an der Uni auf! Du bist mein Mädchen, Nora! Vergiss das nicht!»

Wäre in seiner Stimme auch nur die leiseste Spur von Unsicherheit herauszuhören gewesen, hätte ich wahrscheinlich die Nerven verloren, aber seine bloße Arroganz ließ mich allen Mut zusammennehmen und ein längst überfälliges Thema ansprechen.

«Darüber wollte ich sowieso noch mit dir reden, Ewan.»

«Worüber?»

«Über uns. Und darüber, dass ich auf die Universität gehe.»

«Was gibt's denn da zu bereden?»

«Na ja, wir werden sehr weit voneinander entfernt sein, und ich will nicht, dass du hier allein rumsitzt und auf mich wartest …»

«Hey, mach dir um mich mal keine Sorgen. Ich komm schon zurecht.»

Da war ich mir sicher. Es gab ungefähr ein halbes Dutzend Mädchen, die schon in der Schlange standen, um meinen Platz einzunehmen, und während unserer Beziehung war er bestimmt mit mindestens zwei von ihnen im Bett gewesen. Das war nicht das Thema. Aber jetzt war keine Zeit für die Wahrheit – oder zumindest nicht für die ganze.

«Da bin ich mir ganz sicher. So soll es ja auch sein. Und wenn Nikki oder Carrie oder sonst jemand hier vorbeikommen will, dann musst du auf mich keine Rücksicht nehmen.»

Seine Augenbrauen zogen sich zusammen. Ich hatte eine unausgesprochene Regel gebrochen: Ich gab zu, dass ich ahnte, was geschehen war, ohne deshalb sofort durchzudrehen. Und damit konnte er ganz und gar nicht umgehen.

«Es gab immer nur dich und mich, Kleines.»

Ich hatte während unseres Gesprächs angefangen, mich anzuziehen, und schlüpfte noch schnell in meine Jeans, bevor ich etwas erwiderte.

«Bitte, Ewan, wir sind doch keine Teenager mehr. Na ja, du zumindest nicht. Lass uns die Sache wie Erwachsene klären. Wir werden dreihundert Kilometer voneinander entfernt sein. Du hast deinen Job, und jedes Mädchen von hier bis Exeter will dich. Ich möchte einfach nicht, dass du dich schuldig fühlst. Und ich will mich auch nicht schuldig fühlen müssen.»

Ewan sah mich an, als könnte er gar nicht glauben, was er da hörte, selbst wenn ich ihm weiterhin meine dunkelsten Gefühle ersparte, als ich fortfuhr: «Das ist nur vernünftig, Ewan, und das weißt du genau. Ich sage ja nicht, dass ich mir einen anderen suchen will. In keiner Weise! Außerdem glaubst du doch wohl nicht, dass es in Oxford jemanden gibt, der es mit dir aufnehmen kann, oder?»

Nein, das glaubte er nicht. Das wussten wir beide. Seit ich ihm von meiner Bewerbung um einen Studienplatz an der Uni erzählt hatte, hatte er das mit einer Mischung aus Amüsiertheit und Geringschätzigkeit abgetan. Als eine Laune, von der ich schließlich wieder abrücken würde, um meinen Platz als seine Frau und Mutter seiner Kinder einzunehmen. Windeln wechseln, während er sich mit Nikki oder Carrie und wenn er Glück hatte sogar mit beiden gleichzeitig amüsierte. Nein, das kam nicht in Frage.

«Ja, aber Nora ...»

«Tut mir leid, Ewan. Ich muss jetzt los, das Taxi kommt um elf.»

Man hätte noch eine Menge dazu sagen können, aber jedes weitere Wort wäre sinnlos gewesen. Ich ging, ohne ihm auch nur einen Abschiedskuss zu geben, und hatte einen dicken Kloß im Hals, während ich den Hügel hinaufeilte. Ich hatte es geschafft, fühlte mich aber nicht gut damit – auch als ich mir sagte, dass es das Ehrlichste war, das ich tun konnte und, noch wichtiger, tun musste. Ich würde nicht schon mit zwanzig einen Kinderwagen vor mir herschieben. Nicht ich. Nicht Nora Miller. Einige meiner alten Schulfreundinnen waren bereits Mütter, und die meisten von ihnen hielten mich für eine Träumerin oder für eingebildet.

Oder für beides. Nur ein paar von ihnen verteidigten mich, und auch der Unterstützung meiner Eltern konnte ich mir immer sicher sein. Und das, obwohl ich es meiner Mom nur ausgesprochen selten recht machen konnte. So lag sie mir auch heute sofort in den Ohren, als ich zur Tür reinkam. «Da bist du ja, Nora. Bitte sag nicht, dass du die Nacht mit diesem schrecklichen Ewan Cooper verbracht hast?»

«Nein.»

Sie sah mich immer noch misstrauisch an.

«Nein, du hast nicht die Nacht mit ihm verbracht? Oder nein, du wirst mir nicht erzählen, dass du die Nacht mit ihm verbracht hast?»

«Nein, ich erzähle dir nicht, dass ich die Nacht mit ihm verbracht habe.»

«Dann warst du also bei ihm? Also wirklich, Nora, der Mann ist doch ganz und gar unpassend für dich …»

«Ich weiß. Ich habe mit ihm Schluss gemacht.»

Sie hatte weiterreden wollen, denn sie war vorbereitet auf den wohl zigsten Streit zwischen Mutter und Tochter. Doch jetzt blieb ihr nichts anderes übrig, als ein paar Sekunden zu schweigen, um die Neuigkeit zu verdauen.

«Dann hast du genau das Richtige getan. Und ganz bestimmt nicht zu früh. Wenn du wirklich Karriere in der Politik machen willst, kannst du es dir nicht leisten, von irgendwelchen Geistern der Vergangenheit verfolgt zu werden, während du versuchst, etwas aus dir zu machen.»

«Er war mein Freund, Mom, das ist alles. Alle haben Freunde. Und nein, ich habe mich nicht nackt von ihm fotografieren lassen, ihm irgendwelche schmutzigen E-Mails geschickt oder mich zu Gruppensex mit drei anderen Mädchen, dem Pfarrer und seinem Dackel überreden lassen. Also beruhige dich.»

«Nora Miller, du kannst manchmal wirklich sehr vulgär sein!»

Ich war bereits auf dem obersten Treppenabsatz angelangt, und ihre Stimme wurde leiser, während ich die Tür zu meinem Zimmer hinter mir schloss. Sogar als ich meinen Studienplatz bekommen hatte, war sie noch enttäuscht gewesen, dass es kein Stipendium war. Aber wir wussten beide, hätte sie mich nicht so gedrängt, wäre aus mir nie eine Studentin geworden. Was sie nicht wusste und auch niemals verstehen würde, ohne Ewan und ein oder zwei andere Jungs wäre ich längst durchgedreht. Es mag eine Schwäche von mir sein, aber manchmal muss ich eben gehalten, und manchmal muss ich gefickt werden.

Während ich noch ein paar Sachen in meine bereits gepackten Koffer stopfte, hörte ich Mom und Dad unten reden. Es war zwar nur ein Murmeln, aber ich wusste ohnehin, worüber sie sprachen. Sie meckerte über das, was ich getrieben hatte, und er tat ihre Besorgnis ab. Es war Dad gewesen, der mich wirklich dazu gebracht hatte, mich anzustrengen. Nicht indem er mich drängte, sondern durch die selbstverständliche Annahme, dass ich bei allem, was ich tat, Erfolg haben würde, ohne mich groß anzustrengen. Genau wie er selbst, als er jung gewesen war.

Als ich wieder nach unten kam, hatte Mom sich beruhigt. Ganz plötzlich fühlte ich mich gehetzt und den Tränen nahe, sodass ich mich mit einem Kloß im Hals verabschiedete. Dad war ruhig wie immer, schaffte es aber noch, mir einen letzten Ratschlag mit auf den Weg zu geben, während er mein Gepäck im Kofferraum des Taxis verstaute.

«Drei Dinge musst du dir einprägen, Nora. Strebe einen guten zweiten Platz an. Das College ist nur Vorspiel für den Beruf in der Politik. Und lass dich nicht von den Jungs ablenken.»

«Das hast du mir doch schon alles gesagt, Dad.»

Ich gab ihm einen Kuss und stieg ein. Der Fahrer war einer von Ewans Freunden, der mir einen Vortrag darüber hielt, welchen Erfolg bei Frauen mein hinreißender Freund Ewan von hier bis Exeter hätte. Seine Worte sorgten dafür, dass ich todunglücklich war, als ich schließlich in St. David's eintraf. Aus dem Zugfenster auf die vorbeirasende Landschaft zu starren machte mich nur noch trübsinniger. Aber nachdem ich mir einen kleinen Heulanfall genehmigt hatte, waren meine Gefühle zumindest so weit beruhigt, dass ich es irgendwann kaum noch erwarten konnte, endlich anzukommen.

Oxford, Stadt der verträumten Turmspitzen, der neun Jahrhunderte ausgezeichneten akademischen Niveaus und Lieferant einer überproportional großen Prozentzahl der erfolgreichsten Menschen des Landes. Mein Ziel war es, einer von ihnen zu werden. Aber als ich mich mit dem Bus dem Ort näherte, der für die nächsten drei Jahre mein College sein sollte, war mein vorherrschendes Gefühl doch eher Einschüchterung und nicht Ehrgeiz.

Der Bahnhof in Oxford ist ein ganzes Stück von der Universität entfernt, und die Umgebung sieht so aus wie in jeder anderen Stadt in England auch. Dieselbe Architektur, dieselben Läden, dieselben Werbeplakate. Selbst wenn man den Hügel hinaufsteigt, ist kein großer Unterschied zu spüren. Zumindest nicht zu Exeter mit seinen alten Steinhäusern und prächtigen Bauten, die sich mit den modernen und anonymeren Gebäuden abwechseln. Erst wenn man das Einkaufszentrum bei Carfax hinter sich lässt, kann man sehen, wie sehr die Stadt sich dann doch von anderen unterscheidet. Die Hauptstraße – auch The High genannt – wird von zwei Reihen wunderschöner alter Gebäude aus dunkelgelbem Stein flankiert. Jedes College-Gebäude auf der Strecke ist eine Erscheinung für sich, und über allem thront die St.-Mary-Kirche. Selbst die Läden sehen aus, als hätten sie sich seit der Zeit des britischen Empires so gut wie gar nicht verändert.

Ich war schon einmal hier gewesen. Die Vorstellungsgespräche bei meinem ersten Besuch waren in einer Art furchteinflößendem Nebel an mir vorbeigerauscht, und alle anderen anwesenden Bewerber hatten unendlich viel klüger als ich gewirkt. Die mittelalterliche Umgebung und die Atmosphäre selbstbewusster Gelehrsamkeit hatten mir nicht nur das Gefühl gegeben, ganz sicher abgelehnt zu werden, sondern auch dafür gesorgt, dass mich ob der Dreistigkeit, mich überhaupt beworben zu haben, ein gewisses Schuldgefühl beschlich. Zwar wusste ich nach alledem, dass ich nun offensichtlich für würdig genug befunden wurde, aber dennoch war ich voller Ehrfurcht, als ich aus dem Bus stieg und meine Koffer über die enge Kopfsteinpflasterstraße schleppte, die direkt zum Haupteingang des St. Boniface College führte.

Einer der Ratschläge, die Dad mir noch mitgegeben hatte, war der, mich gut mit den Pförtnern zu stellen. Also schenkte ich einem der zwei Männer in der Loge mein schönstes Lächeln, als ich nach den Schlüsseln fragte. Es dauerte einen Moment, bis man sie fand. Ein Moment, in dem sich in meinem Kopf schon die dramatischsten Szenen abspielten. Wahrscheinlich hatte es einen schrecklichen Irrtum gegeben, und ich war überhaupt nicht angenommen worden. Doch irgendwann förderte man einen weißen Umschlag zutage und legte ihn vor mir auf den Tresen.

«Hier bitte, Miss. Sie haben wirklich Glück. Alter Flügel, vier neun.»

Ich hatte keine Ahnung, wovon er redete, aber es gelang mir, über einen weiten Innenhof mit Kreuzgang, gesäumt von hohen Gebäuden und der Kapelle, zu einem weiteren Hof zu finden, der ebenfalls von einem Kreuzgang umschlossen war. Aber der Innenhof war so viel kleiner als der erste, dass er in der langsam untergehenden Sonne und inmitten der hoch aufragenden Mauern einen kühlen, düsteren Schacht bildete. Meine Treppe, Nummer vier, befand sich an der gegenüberliegenden Seite, und ich war mir bereits sicher, dass mein Zimmer die Nummer neun in der obersten Etage sein musste. Ich stand einen Moment hilflos da und hoffte, dass irgendein Gentleman vorbeikommen und anbieten würde, meine Koffer zu tragen. Aber niemand war zu sehen. Also blieb mir keine Wahl, sie die drei Steintreppen nach oben zu schleppen, bis ich vor einer Tür stand, die aussah, als führte sie zu einer Folterkammer in irgendeinem uralten Schloss. Auf ihr waren die Zahlen Neun und Zehn angebracht.

Die Tür hatte ein modernes Schloss, in das tatsächlich einer der Schlüssel passte, die man mir gegeben hatte. Dahinter lagen zwei weitere Türen, die immerhin so aussahen, als wären sie nur fünfzig und nicht fünfhundert Jahre alt. Meine war auf der linken Seite und trug nicht nur eine Neun aus Messing, sondern war, noch viel wichtiger, mit einem Namensschild versehen, auf dem *N. MILLER* stand. Sowenig das auch besagte, immerhin wurde mir dadurch klar, dass ich jetzt endlich eine Oxfordstudentin war.

Nachdem ich die Tür so schnell wie möglich aufgeschlossen hatte, fand ich mich in einem kleinen, rechteckigen Raum mit hoher Decke und einem Blick auf ganz Oxford wieder. Niedrige Schieferdächer, Turmspitzen, Kuppeln und Türme, hohe Giebel und langgezogene Speicherböden, die mit dunklen Schindeln bedeckt waren, lohfarbene Mauern und Beschläge aus Blei oder Kupfer, Fenster und Oberlichter, die in der Herbstsonne glitzerten. Hier und da stach ein Baum mit gelben und rotbraun gefärbten Blättern aus dem Meer der Gebäude hervor, die perfekt zu den gedeckten Farben der Stadt passten.

Trotz meiner unmittelbaren, recht spartanischen Umgebung sog ich den Anblick förmlich in mich auf. Er war in gewisser Weise ebenso großartig wie der Ausblick auf das Moor, den man von dem Hügel über meinem Elternhaus hatte und den ich mein Leben lang nicht vergessen würde. Der Pförtner hatte recht gehabt, dies war tatsächlich ein Glücksfall. Denn, selbst wenn alles andere schieflaufen sollte, die Erinnerung an die Schönheit dieses Ortes würde bleiben.

Nachdem es mir endlich gelungen war, mich vom Fenster loszureißen, schaute ich mir das Zimmer genauer an. Es war schlicht mit einem Bett, einer Kommode und einem Schreibtisch eingerichtet, auf dem ein neuer, sehr teuer aussehender Computer stand. Ein Teil des Raumes war abgeteilt worden, um ein winziges Badezimmer zu schaffen. Ohne diesen zusätzlichen Luxus hätte das Ganze wie eine Mönchszelle gewirkt – was nicht ganz unpassend wäre, dachte man an die Ursprünge der Universität. Es gab auch einen kleinen, leeren Kühlschrank und einen Wasserkocher. Da aber nirgendwo Tee oder Kaffee zu entdecken war, nahm ich mir vor, sofort nach dem Auspacken ein wenig einkaufen zu gehen.

Als ich etwa die Hälfte meiner Sachen verstaut hatte, hörte ich auf einmal Musik. Sie war nur sehr schwach auszumachen, kam aber eindeutig aus dem Zimmer nebenan. Es war klassische Musik oder zumindest keine Popmusik und mit nichts zu vergleichen, was ich in meinem Leben bisher an Musik gehört hatte. Die Klänge waren melodisch, aber merkwürdig unharmonisch, aufregend und zugleich verstörend. Ich beschloss, meinen neuen Nachbarn sofort zu besuchen, sobald ich fertig ausgepackt hatte.

Auch wenn man mich kaum als schüchtern bezeichnen konnte, so zögerte ich doch, bevor ich anklopfte. Das Namensschild war ebenso nichtssagend wie mein eigenes. *V. AUBREY* stand darauf, und das verriet nicht mal, ob der Bewohner männlich oder weiblich war – auch wenn der Name mich sofort an die genusssüchtigen jungen Männer denken ließ, die Evelyn Waugh so gern in ihren Romanen beschrieb. Und da auch die Musik etwas Derartiges, oder vielleicht sogar etwas noch Exotischeres nahelegte, war ich mir ganz und gar nicht sicher, ob ich mich in einer alten Jeans und einem schlabberigen Pullover vorstellen wollte.

Während ich einen Schritt zurücktrat, blieben meine Blicke an dem einladend großen Schlüsselloch hängen. Ein kurzer Blick konnte nicht schaden und würde mir eine ungefähre Vorstellung geben, womit ich zu rechnen hätte. Wenn sie oder er allerdings die Tür öffnen würde, während ich davorkniete, würde ich wohl einiges erklären müssen. Ich tat es trotzdem, kniete mich blitzschnell hin und spähte durch die Öffnung, durch die ich fast das gesamte Zimmer inklusive Schreibtisch und Bett sehen konnte. Es musste sich bei V. Aubrey um eine Victoria oder vielleicht auch um eine Valerie handeln, denn weiblich war die Person auf jeden Fall.

Sie lag ausgestreckt auf dem Bett und las völlig versunken in einem Buch. Ihr Gesicht war geschickt, aber stärker als erwartet geschminkt. Sie trug dunkelroten Lippenstift, jede Menge Lidschatten, und ihr dunkles Haar war zu einem kurzen Bob geschnitten. All das verlieh ihr etwas Lasz, Sinnliches, was ich von einer Studentin niemals erwartet hätte. Aber noch weniger hätte ich erwartet, was sie da auf dem Bett tat. Das Mädchen trug nichts weiter als ein paar weite French Knickers, in die sie eine Hand gesteckt hatte und beim Lesen sanft ihr Geschlecht massierte.

Es war ganz offensichtlich kein guter Moment, sich bemerkbar zu machen, also zog ich mich von dem Schlüsselloch zurück. Meine Wangen waren vor Verlegenheit gerötet, doch gleichzeitig musste ich mich mächtig zusammenreißen, um nicht loszukichern. Nach der verschlafenen Glückseligkeit in ihrem Gesicht zu urteilen, hätte ich meine Tür zwar auch zuknallen können, ohne dass sie es bemerkt hätte, aber dennoch ging ich langsam und sehr leise in mein Zimmer zurück. Es bestand kein Zweifel, dass sie an sich herumspielte. Etwas, was ich bisher nur in der warmen Dunkelheit meines Zimmers zu Hause getan hatte – nur in wirklich absoluter Zurückgezogenheit.

Ich wusste, dass ich in ihre Privatsphäre eingedrungen war, und schämte mich sehr. Aber meine Finger zitterten unkontrolliert, und ich bekam den Anblick einfach nicht mehr aus dem Kopf. Sie hatte so lüstern und gleichzeitig so unglaublich ruhig und entspannt ausgesehen, während sie sich völlig sorglos und ohne den geringsten Anflug eines Schuldgefühls zum Höhepunkt streichelte. Am liebsten hätte ich es ihr nachgemacht – auch wenn das nicht den Vorstellungen entsprach, die ich von meinem ersten Nachmittag in Oxford gehabt hatte. Außerdem wollte ich weiter zuschauen.

Aber das kam nun wirklich nicht in Frage. Nicht nur, weil es einfach schrecklich war, so etwas zu tun, sondern auch, weil sie eine Frau war und mich vielleicht dabei erwischen könnte. Andererseits war das ziemlich unwahrscheinlich. Sollte sie aufstehen, würde mir immer noch genügend Zeit bleiben, in mein Zimmer zu schlüpfen, noch bevor sie die Tür erreichte. Oder ich konnte auch so tun, als wäre ich gerade auf dem Weg nach draußen. Überhaupt war sie diejenige, die etwas Schmutziges tat, nicht ich. Es war trotzdem ein schreckliches Vorhaben, aber die Tatsache, dass wir beide Frauen waren, spielte eigentlich keine Rolle. Schließlich kannte ich mich selbst gut genug, um zu wissen, dass ich Männer bevorzugte. Und ich würde ja auch nur zuschauen. Vielleicht war das sogar nicht mal so schrecklich …

Ich nahm meinen Schlüssel, damit ich so tun konnte, als wollte ich gerade hinausgehen, falls sie mich doch erwischte, und sagte mir, dass ich nur noch einen kurzen Blick in den anderen Raum werfen würde. Dann öffnete ich ganz vorsichtig meine Tür. Die ihre war gleich schräg gegenüber und das Schlüsselloch verlockend nahe. Wenn ich mich hinkniete, ragte die Hälfte meines Körpers noch in mein Zimmer hinein, sodass ich mich im Notfall blitzschnell hätte zurückziehen können. Ich zögerte noch immer und lauschte. Aber ich hörte nichts weiter als ihre Musik, die jetzt unwiderstehlich sexy wirkte und mich noch mehr verlockte, dem Mädchen zuzuschauen.

Irgendwann war mein Widerstand gebrochen, und ich drückte mein Auge gegen das Schlüsselloch. Sie lag genauso da wie zuvor: den Mund ein wenig geöffnet, die Augen geschlossen – ein Bild der sinnlichen Verzückung, das mir sofort ein Flattern in der Magengegend verursachte. Die

Hand steckte noch immer in ihrem Höschen, aber die Finger bewegten sich mittlerweile in einem schnellen, erregten Rhythmus und erzeugten kleine Beulen in der schwarzen Seide, während sie ihren Kitzler umkreiste.

Das Buch hatte sie fallen lassen, sodass es aufgeschlagen neben ihrem Gesicht lag. Doch ganz plötzlich öffnete sie die Augen, um die Blicke erneut über eine Seite des Buches fliegen zu lassen. Ein Schauder schien durch ihren Körper zu jagen, und sie veränderte ihre Position so, dass sie jetzt mit aufgestellten, gespreizten Beinen auf dem Rücken dalag. Schließlich wanderte eine Hand zu einer ihrer festen, spitzen Brüste, umfasste sie und strich über den steifen roten Nippel ihrer Brustwarze. Ich selbst hatte auch schon oft genug in dieser Position dagelegen und errötete bei dem Gedanken daran, wie ich dabei wohl ausgesehen haben musste.

Doch das hielt mich nicht davon ab, sie weiter zu beobachten. Gleich würde es ihr kommen, und ich würde zuschauen – egal, wie schuldig ich mich dabei auch fühlte. Am liebsten hätte ich mich selbst ebenfalls angefasst, aber das wäre zu weit gegangen. Schließlich war sie eine Frau. So schön sie auch war und sosehr ich die Ästhetik ihres Körpers wertschätzen konnte, ich würde nicht an mir selbst rumspielen, während ich sie beobachtete. Das stand völlig außer Frage.

Ebenso plötzlich wie zuvor änderte sie erneut ihre Stellung, sodass sie jetzt auf dem Bett kniete. Ihre langen, schlanken Schenkel waren gespreizt und ihr Rücken so gebeugt, dass ihr kleiner, runder Hintern hoch in die Luft ragte und die Pobacken sich in der schwarzen Seide des Höschens abzeichneten. Jetzt konnte ich mir gut vorstellen, woran sie dachte. Sie dachte an einen Mann hinter sich, der kurz davor war, sich tief in ihr zu versenken, während sie ihm ihr Geschlecht in dieser äußerst lüsternen Position feilbot.

Auch ich hatte mich schon oft genug in dieser Stellung angeboten. Für Ewan und für andere. Völlig offen und enthemmt. Die Haltung war zutiefst erotisch, zutiefst weiblich und zutiefst unanständig. Sie zeigte alles, um in dem jeweiligen Gespielen die größtmögliche Lust zu entfachen, und war außerdem höchst unterwürfig. Ich war mir sicher, dass sie dasselbe empfand, denn ihre Hände waren nach hinten gewandert, um das Höschen ganz langsam über den Po zu ziehen. Gerade so, als würde sie sich einem Mann präsentieren, damit er in sie drang.

Auf jeden Fall präsentierte sie sich mir, und ich konnte nicht umhin, mir vorzustellen, wie ich wohl in dieser Pose aussehen würde. Das Höschen über den Hintern nach unten geschoben, um jedes intime Detail zwischen meinen Pobacken und meinen Schenkeln zu zeigen. Mein Geschlecht ebenso bereit zum Eindringen wie das ihre. Feucht, offen und begierig, den wunderschönen Schwanz meines Liebhabers bis zum Anschlag in mich aufzunehmen. Bei diesem Gedanken schaltete sich mein Gehirn aus und ergab sich der lebhaften sexuellen Phantasie, die schon immer meine Schwäche gewesen war.

Meine Hand wanderte zwischen die Beine, um unter der Jeans den weichen Umriss meiner Muschi zu ertasten und mich auf ebenso unanständige und lüsterne Weise zu reiben, wie sie es tat. Hätte ich doch nur dieselbe Stellung wie sie einnehmen können. Je mehr sich meine Erregtheit steigerte, umso mehr gingen die Gedanken mit mir durch. Ich sah uns Seite an Seite auf dem Bett knien, den Po in die Höhe gestreckt und den Slip runtergezogen. Hinter uns zwei kräftige junge Männer – unsere Freunde – mit ihren erigierten Schwänzen in der Hand und abfälligen Bemerkungen über unsere Zurschaustellung auf den Lippen, während sie sich darauf vorbereiteten, in uns einzudringen.

Der Frau kam es. Ihr Körper bebte vor Erregung, während die Finger immer weiter ihre Möse liebkosten. Der Anblick war so unanständig und gleichzeitig so verlockend, dass ich nicht länger an mich halten konnte. In dem verzweifelten Versuch, vor Lust nicht laut aufzuschreien, biss ich mir auf die Lippe. Mein Kopf war noch immer angefüllt von der Phantasie, die ich mir geschaffen hatte, nur dass diese Phantasie immer extremer und anstößiger wurde. Wir knieten noch immer zusammen auf dem Bett, um uns besteigen zu lassen, aber jetzt waren die jungen Männer nicht mehr unsere Freunde, sondern zwei arrogante Typen vom College, die uns betrunken gemacht und zum Sexpoker überredet hatten. Nachdem wir schließlich oben ohne vor ihnen saßen, hatten sie uns erst gezwungen, ihnen einen zu blasen und uns dann mit ausgestrecktem Po hinzuknien, um uns abwechselnd durchficken zu können.

Es war genau dieses letzte, außerordentlich schmutzige Detail, das mir den Rest gab: die Vorstellung, von zwei Männern geteilt zu werden, und das nicht im Verborgenen, sondern Seite an Seite mit meiner wunderschönen Nachbarin, sodass jede von uns genau wusste, wie verdorben die andere war. Als es mir kam, verlor ich prompt das Gleichgewicht. Ich plumpste mit dem Hintern auf den Boden und knallte so stark gegen meine Tür, dass man sie in den Angeln quietschen hörte, als sie nach hinten schwang. Meine Nachbarin musste es gehört haben, und so kroch ich auf allen vieren schnell zurück in mein Zimmer. Mein

Orgasmus war so heftig gewesen, dass meine Beine immer noch zitterten.

Ich war sicher, dass sie mich erwischen würde. Als ich mich erhob, brannte mein Gesicht so sehr, hätte man schon an der Farbe meiner Wangen ablesen können, dass ich sie beobachtet hatte. Auch meine Finger wollten gar nicht mehr aufhören zu zittern, und meine Muschi war so heiß und nass, dass sich bestimmt längst ein verräterischer feuchter Fleck auf meiner Jeans abzeichnete. Eine Dusche war jetzt das einzig Richtige, und während ich mich auszog, gewann auch schon langsam wieder die Vernunft die Oberhand.

Sie konnte unmöglich gemerkt haben, dass ich sie beobachtet hatte. Das Knallen gegen meine Tür war das Einzige gewesen, was man hatte hören können. Selbst wenn sie von diesem Geräusch auf etwas schließen sollte, so würde sie wohl kaum mit nichts weiter als ihren eleganten French Knickers hier reingestürmt kommen und mich des Spannertums beschuldigen – auch, wenn sie damit völlig richtig gelegen hätte.

2

Meine Schuldgefühle dauerten nicht sehr lange an. Ich hatte mich nach der Dusche gerade wieder angezogen, als sie auch schon an die Tür klopfte, um sich vorzustellen. Und danach ging alles so schnell, dass gar keine Zeit mehr blieb, mir Gedanken über mein schlechtes Benehmen zu machen. Sie war keine Victoria und auch keine Valerie, sondern eine Violet. Violet Aubrey. Sie hatte bereits einen Abschluss in bildender Kunst und war im zweiten Jahr des Aufbaustudiums. Das Mädchen hatte etwas Faszinierendes an sich. Sie wirkte so lasziv und sinnlich, und man konnte sich gut vorstellen, dass sie nicht nur Kunststudentin, sondern auch die Muse irgendeines Künstlers war.

Ich wusste zwar sofort, dass sie nicht über die Kontakte verfügte, die ich eigentlich herstellen sollte, aber sie kannte das College überaus gut und war ganz erpicht darauf, mich herumzuführen. Sonntagabend saß ich bereits auf ihrem Bett, trank Kaffee und hörte mir an, wie man am besten in der Orientierungswoche zurechtkommt.

«... steht im Handbuch, dass für jeden was dabei ist. Das stimmt tatsächlich. Klar, man kann nicht alles machen, aber du solltest versuchen, so viel wie möglich auszuprobieren.»

«Danke. Aber ich weiß schon, was ich tun und was ich vermeiden muss.»

«Du bist ja sehr selbstsicher. Trotzdem solltest du offen bleiben, sonst verpasst du vielleicht eine Gelegenheit, die dein ganzes Leben verändern könnte. Was meinst du überhaupt mit vermeiden?»

«Die Dinge, die mir später in die Quere kommen könnten. Ich gehe in die Politik.»

«Oh.»

Sie klang nicht gerade erfreut und schon gar nicht beeindruckt, fuhr aber ziemlich schnell mit fröhlicher Stimme fort. «Bewahr dir einfach deine Offenheit, das ist alles. Als ich hier ankam, war ich eine ganz graue Maus, die keine Ahnung hatte.»

«Das kann ich mir gar nicht vorstellen.»

«Seitdem ist ja auch eine Menge passiert. Du wirst also Universitätsstudentin, richtig?»

Die Art, wie sie plötzlich das Thema wechselte, machte mich neugierig. Es wirkte fast, als wollte sie vermeiden, über etwas ganz Bestimmtes zu sprechen. Gleichzeitig verwirrte mich ihre Frage, die ich überhaupt nicht verstand.

«Was meinst du damit? Sind wir denn nicht alle Universitätsstudenten?»

«Einige Studenten halten sich hier sehr eng an ihr College. Wie zum Beispiel der Ruderclub. Aber andere bringen sich auch in das etwas weiter gefasste Universitätsleben ein. Ins Studentenparlament und so.»

«Ja, das gilt auch für mich. Zumindest dann, wenn ich mich hier eingelebt habe.»

«Irgendwie glaube ich, dass das nicht sehr lange dauern wird.»

Mir fiel es so leicht, mit ihr zu sprechen, dass ich sehr versucht war, ihr meinen Lebensplan vorzustellen, doch genau in diesem Moment klopfte es an der Tür. Sie erhob sich, um auf ihre ganz normale, lässig-freundliche Art zu öffnen, versteifte sich dann aber ganz plötzlich und verschwand blitzschnell in dem kleinen Flur zwischen unseren Zimmern und der großen Eichentür, die zur Treppe führte. Ich erhaschte nur einen kurzen Blick auf den Besucher, aber das reichte aus, um einen Mann mittlerer Größe zu erkennen, der etwa Mitte dreißig und damit viel zu alt für einen Kommilitonen war. Was mir aber wirklich auffiel, war sein Gesicht. Es wirkte gelassen und distinguiert, hatte aber auch einen belustigten, ja fast verächtlichen Zug an sich.

Höchstwahrscheinlich handelte es sich bei dem Mann um ihren Tutor. Doch ihre offensichtliche Verlegenheit über seinen Besuch und das dringlich klingende, geflüsterte Gespräch ließen die Frage in mir aufkommen, ob die beiden möglicherweise auch eine Affäre hätten. Ich konnte nicht widerstehen, ein bisschen zu lauschen, aber die schwere Tür und die leisen Stimmen machten es unmöglich, mehr als ein paar Wortfetzen aufzuschnappen, und so gab ich schnell auf. Nachdem ich einen Moment lang ziellos durch den Raum gewandert war, ertappte ich mich dabei, wie ich ihre Bücherregale einer genaueren Betrachtung unterzog, um vielleicht dahinterzukommen, zu welchem der Bücher sie an sich herumgespielt hatte.

Ich wusste nur noch, dass die weißen Buchstaben auf dem schwarzen Buchrücken zu klein gewesen waren, um sie zu erkennen, und dass auf dem Einband eine Art abstrakte Zeichnung abgebildet war. Das traf auf diverse Bücher in ihrem Regal zu, die aber alle zu einer Sammlung französischer Klassiker gehörten, von denen ich noch nie gehört hatte. Aber zumindest eins davon schien ziemlich pikant zu sein. Auch wenn ich nicht genau übersetzen konnte, was der Titel bedeutete, so schien La Femme et le Pantin von Pierre Louÿs doch der vielversprechendste Kandidat zu sein. Und wenn das Buch in Französisch war, würde es auch nicht viel bringen, es von ihr auszuleihen, denn mein Schulfranzösisch reichte höchstens aus, um einen Kaffee mit Croissant zu bestellen.

Ich fragte mich gerade, ob ich es wagen sollte, doch einen näheren Blick darauf zu werfen, als Violet wieder ins Zimmer trat. Sie sah erregt aus, und auch wenn ich nicht zu aufdringlich wirken wollte, hatte ich das Gefühl, irgendetwas sagen zu müssen.

«War das dein Tutor?»

«Mein Ex-Tutor.»

Sie klang nicht allzu glücklich darüber, wechselte aber sofort das Thema und ließ mich so mit einer großen Neugierde zurück.

Die nächsten Tage blieb nicht viel Zeit, mir über Violets Privatleben Gedanken zu machen oder sie auch nur zu sehen. Die Orientierungswoche ist dazu gedacht, den neuen Studenten beim Eingewöhnen zu helfen, ihre Tutoren und Kommilitonen kennenzulernen, den Vereinigungen beizutreten, die sie interessieren, und sich ganz allgemein über das Leben auf dem College und der Universität zu informieren. Ich wusste genau, was ich zu tun hatte. Oder zumindest, was ich nach Dads Meinung tun sollte. Er hatte sein ganzes Leben lang eher liberale Positionen vertreten und damit zur Opposition gehört – zumindest in unserem Teil des Landes, wo die meisten Menschen der Labour Party misstrauten und festen Glaubens waren, dass die Konservativen in ihren polierten Schuhen gespaltene Hufe versteckten. Das war auch alles gut und schön, aber die Chancen, zu einer Regierungspartei zu gehören, waren damit gleich null. Und außerdem musste ich meinen eigenen Weg gehen.

Die Frage war nur, in welche Richtung er führen sollte.

Die beiden großen Parteien hatten sich seit Dads aktivsten Zeiten stark angenähert. Wollte ich also seine Ideale hinter mir lassen, dann würde die Entscheidung über einen anderen Weg keine leichte sein. Die Konservativen waren auf dem Vormarsch. Aber mit den drei Jahren Studium, die noch vor mir lagen, und einer vielleicht ebenso langen Einarbeitungszeit, bis ich wirklich etwas ausrichten konnte, war es nur wahrscheinlich, dass sich meine erste Chance auf eine Nominierung genau dann bieten würde, wenn sie wieder auf dem absteigenden Ast waren. Und danach vielleicht nochmal zehn Jahre, bis die Lage sich erneut umkehrte. Die Labour Party war unbeliebt und würde binnen eines Jahres höchstwahrscheinlich abgewählt werden. Aber es war durchaus möglich, dass ich sie wieder an die Spitze führen konnte.

Ich hatte eine Woche, um meine Entscheidung zu treffen. In dieser Zeit hielt ich mich sehr bedeckt und gab mich nach außen hin neutral, während ich versuchte, mich für eine Vereinigung zu entscheiden. In dieser Zeit nahm ich die Gelegenheit wahr, einen weiteren von Dads Ratschlägen in den Wind zu schlagen: mich nicht von den Jungs ablenken zu lassen. Nicht, dass ich aktiv vorhatte, mich ablenken zu lassen, aber es erschien mir völlig klar, dass mein gewählter Weg weitaus erfolgreicher verlaufen könnte, wenn ich mit einem reichen Mann zusammen war, der mich unterstützte. Ich hatte drei Jahre, um mich für jemanden zu entscheiden, und obwohl ich nicht in den Ruf eines Flittchens geraten wollte, fiel mir kein Grund ein, weshalb ich nicht früh mit der Suche anfangen sollte.

Das Schwierige war nicht, einen geeigneten Mann zu finden, sondern mich zwischen den Männern zu entscheiden. Und so bot mir die Orientierungswoche ein verwirrendes

Sortiment erstklassiger männlicher Talente. Allein der Informationsstand des Ruderclubs reichte aus, um meine Knie zum Zittern zu bringen. Nichts als schlanke, muskulöse junge Männer, von denen keiner unter eins achtzig war. Einige von ihnen trugen Monturen, die nur wenig der Phantasie überließen. Hätte ich die freie Wahl gehabt, ich hätte vier oder fünf der Besten auf mein Zimmer gebeten, um mich abwechselnd von ihnen benutzen zu lassen. Aber selbst, wenn sie sich darauf eingelassen hätten, konnte ich so etwas nicht riskieren. Jedenfalls nicht, solange ich nicht damit umgehen konnte, wenn einer von ihnen zwanzig Jahre später «interessante Erinnerungen» an mich veröffentlichte. Alle auf einmal ging also nicht, dennoch sprach nichts dagegen, sie einzeln zu testen. Heutzutage wird schließlich von niemandem mehr erwartet, im Zölibat zu leben. Um genau zu sein, kann ein allzu puritanisches Image fast ebenso viel Schaden anrichten – besonders, wenn es darum geht, durch männliche Kollegen etwas Steigbügelhilfe zu bekommen.

Ich war immer noch hin und her gerissen zwischen einem Blonden, der locker für eine griechische Statue hätte Modell stehen können, und einem dunkleren, größeren Kerl mit dem intensivsten, stechendsten Blick, den ich je gesehen hatte. Doch die Entscheidung zwischen den beiden Männern wurde mir leider recht schnell abgenommen, als beide sich kurz nacheinander vom Stand des Ruderclubs entfernten. Der blonde, junge Gott lief zum Stand der Lesben- und Schwulenvereinigung, wo er dem Mann, der dahinterstand, sofort einen Kuss aufdrückte. Und der große, dunkle Kerl ging zu einem Stand für Börsenhandel, hinter dem ein Mann stand, der wie ein hochintelligentes Wiesel mit Brille aussah.

Mein großer, dunkler Mann stellte sofort eine Frage, die eine komplizierte Erklärung des Wiesels nach sich zog. Ich näherte mich den beiden mit einem, wie ich hoffte, intelligenten Gesichtsausdruck und wartete auf den richtigen Moment. Und irgendwann hörte das Wiesel tatsächlich auf zu reden und wandte sich an mich.

«Kann ich dir irgendwie helfen?»

«Das scheint hier sehr ungewöhnlich für eine Vereinigung.»

Seine Antwort fiel äußerst herablassend aus. «Finde ich eigentlich nicht. Das Ganze ist allerdings eher für wohlhabende Studenten gedacht.»

«Wie läuft es denn ab?»

«Kurz gesagt, formen wir eine Investment-Kooperative, innerhalb der wir mit Aktien, Termingeschäften und so weiter handeln können, wobei wir unsere Kosten so gering wie möglich halten und dabei gleichzeitig Erfahrungen am Markt sammeln können. Das Ganze richtet sich an Studenten, die in den Finanzsektor gehen, und die niedrigste Investitionssumme beträgt zehntausend Pfund.»

Der letzte Satz war ganz offensichtlich dazu gedacht, mich zu verscheuchen. Und da die Summe höher war als das, was Dad mir für das ganze Jahr gegeben hatte, wäre seine Bemerkung tatsächlich dazu angetan gewesen, mich abzuschrecken – vorausgesetzt, das Ganze hätte mich auch nur im Geringsten interessiert. Ich nickte dennoch eifrig und richtete eine Frage an meinen großen, dunklen Mann.

«Hältst du die Sache für eine gute Idee?»

«Ja, zweifellos. Allerdings mehr als Erfahrung und nicht als Möglichkeit, seinen Lebensunterhalt zu verdienen. Aber das Ganze ist durchaus auch eine Chance, um Kontakte im Bankenviertel von London zu knüpfen.»

«Ich habe vor, irgendwann mal in die Politik zu gehen, aber ...» Ich verstummte in der Hoffnung, den Eindruck erweckt zu haben, dass ich die Investition von zehntausend Pfund zumindest in Erwägung zog. Als das Wiesel mit seinen Erklärungen fortfuhr, gab er sich zwar Mühe, mich einzubeziehen, aber da ich meinen Eröffnungs-Flirt an den Mann gebracht hatte, ging ich ziemlich schnell wieder. Mein großer, dunkler Mann blieb noch gute zehn Minuten an dem Stand stehen, bevor er sich auf den Weg zum Kaffeestand machte. Und dort ging ich dann direkt auf ihn los.

«Und, was meinst du? Wirst du dich der Vereinigung anschließen?»

«Ich denke schon. Zumindest für ein Jahr.»

«Ich bin mir nicht sicher. Die Sache scheint riskant, und ich suche eigentlich nach anderen Kontakten.»

«Dann würde ich nicht mitmachen.»

«Danke. Ich bin übrigens Nora. Nora Miller, Ersttrimester Philosophie, politische Wissenschaften und Wirtschaft in St. Boniface.»

«Stephen Mitchell. Hi.»

Er streckte mir eine riesige Hand entgegen, in der die meine völlig verschwand. Ich hatte keinerlei Probleme, mir diesen Griff an meinen Hüften oder Schultern vorzustellen. Mir würde es ein Vergnügen sein, ihn ins Bett zu kriegen, aber ich wollte nichts überstürzen.

«Was studierst du denn?»

«Chemie in Emmanuel.»

«Nicht Wirtschaft?»

«Nein. Ich habe mich für mein stärkstes Fach beworben. So wird man am ehesten aufgenommen.»

«Das haben die Berufsberater auf meiner Schule auch immer gesagt.»

«Und du hast dich trotzdem für Philosophie, politische Wissenschaften und Wirtschaft entschieden?»

Einen Moment lang dachte ich, einen Fehler gemacht zu haben, denn er schien meine Bemerkung so zu verstehen, als fände ich ihn weniger intelligent als mich. Also ruderte ich eilig zurück. «Das war tatsächlich ein Risiko. Vielleicht sogar ein sehr dummer Fehler.»

«Nicht, wenn du in die Politik gehen willst. Es ist sehr schwer, später noch zu Philosophie, politische Wissenschaften und Wirtschaft zu wechseln.»

Eine Lüge schien mir hier die beste Entgegnung. «Das wusste ich gar nicht.»

«Doch. Wenn man ein beliebtes Fach gewählt hat, kann man zu fast allem wechseln. Aber es ist so gut wie ausgeschlossen, nachträglich zu einem beliebten Fach zu wechseln, sonst denken alle ...»

Auch wenn Dad mir das alles bereits ein Dutzend Mal erklärt hatte, ließ ich ihn reden. Dabei beobachtete ich seine Augen in der Hoffnung, dass sie irgendwann zu dem hellen, engen Kaschmirpullover wandern würden, den ich mir heute Morgen mit der wohlüberlegten Absicht angezogen hatte, männliche Aufmerksamkeit zu erregen. Und trotz seiner Bemühungen, höflich zu erscheinen, hatte er tatsächlich gewaltige Schwierigkeiten, mir ins Gesicht, anstatt auf die Titten zu schauen. Ich verschränkte meine Arme, um meine Brüste noch mehr zu betonen, und schüttelte meine Haare, als wollte ich sie aus dem Gesicht werfen. Tja, und als sein Adamsapfel beim Schlucken auf und ab hüpfte, da wusste ich, dass er mir gehörte.

Soziale Konventionen sind wirklich schrecklich. In einer idealen Welt hätte ich auf sein Interesse reagiert, indem ich mein Oberteil und meinen BH ausgezogen hätte, um ihm einen richtigen Blick zu gewähren. Er hätte mich einmal in jeden Nippel gekniffen, mir einen Kuss darauf gegeben, um hallo zu sagen, und dann hätten wir uns für einen Nachmittag guten, schmutzigen Sex ins Bett zurückgezogen. Doch leider musste ich mich an die Regeln halten.

Ich brauchte zwei Tage. Erst ein gemeinsamer Drink, dann ein Nachmittag, wo ich ihm beim Rudern auf dem Fluss zusah, und schließlich ein Essen bei *Browns*. Während wir an der St. Gileskirche vorbeigingen, legte er den Arm um mich. Ich erwiderte die Geste und war mehr als glücklich, auf diese Art mein Interesse an ihm bekunden zu können. Das Emmanuel College lag näher als St. Boniface, und wir erreichten sehr bald die Pförtnerloge.

Ich wusste, mein Gutenachtkuss hätte gerade eben so leidenschaftlich sein sollen, um ihn bei der Stange zu halten, aber ich war angeheitert und geil.

Eine Menge Menschen war um uns herum, aber das hat mich noch nie gestört. Im Gegenteil. Und als er mich in die Arme schloss und seinen Kopf zu einem Kuss neigte, da konnte ich gar nicht anders, als meine Lippen zu öffnen. Es bedurfte keiner weiteren Ermutigung. Die Umarmung wurde fester, und eine seiner riesigen Hände wanderte nach unten, um meinen Po zu umfassen. Ich ließ es zu, dass er einen Moment daran herumtätschelte, und gab ihm dann einen sanften, warnenden Klaps, als ich mich von ihm löste.

«Kaffee?», fragte er ohne den geringsten Anflug von Zweifel in der Stimme.

«Wieso nicht?»

Er war nicht sicher, was passieren würde, aber ich schon. Nachdem ich ihm hoffentlich gezeigt hatte, dass ich kein leichtes Mädchen war, wurde es nun Zeit, ihm zu zeigen, was ich für ein gutes Mädchen war. Und Kaffee wollte ich auch nicht mehr trinken. Noch eine Tasse, und das Zeug wär mir zu den Ohren rausgekommen.

Sein Zimmer lag in einem viktorianischen Anbau auf der Rückseite seines College. Es befand sich auf einem langen Korridor in der obersten Etage, und alles dort erinnerte ein bisschen an Charles Dickens. Selbst als er die Tür aufschloss, löste er seine Umarmung nicht, und als er sie hinter uns zugemacht hatte, begann er sofort, mich zu küssen. Diesmal ließ ich es zu, dass ich dahinschmolz, und während sich unsere Münder öffneten, ergab ich mich ganz und gar meinem Begehren. Ich war bereit, mich überall anfassen zu lassen, wo er wollte. Er hätte mich auch sofort ausziehen oder unmittelbar mit seinem Schwanz aufspießen können, so wie es richtig dominante Männer manchmal tun.

Ich wollte es, aber er hielt sich noch voller Vorsicht zurück. Immerhin reagierte sein Körper auf mich, denn während er mich in seinen Armen hielt, presste sich sein immer härter werdender Schwanz fest gegen meine Bauchdecke – ein Gefühl, das auch den letzten Widerstand in mir brechen ließ. Ich wollte ihn sehen, ihn anfassen, ihn in den Mund nehmen. Während ich mich aus seiner Umarmung löste, sah ich nach unten.

«Jetzt bist du wohl so richtig stolz auf dich, was?»

Er zuckte verlegen mit den Schultern. Schließlich ließ sich nicht verleugnen, in welchem Zustand er war.

«Zeig ihn mir.»

Seine wunderschönen Augen weiteten sich überrascht. Fast als könnte er sein Glück kaum fassen, als ich seinen Reißverschluss runterzog und die Hand in seiner Hose vergrub. Er war steinhart und so groß, dass ich Schwierigkeiten hatte, ihn aus dem Hosenschlitz zu holen. Aber es dauerte nicht lange, da hatte ich nicht nur seinen Schwanz, sondern auch seine Eier ins Freie befördert. Ich nahm ihn in die Hand, spielte zärtlich daran herum, während wir uns erneut küssten, und öffnete die Knöpfe seines Hemdes. Er tat es mir gleich, zog mein Oberteil hoch und befreite meine Brüste aus dem BH, um sie mit seinen riesigen Händen anzufassen. Seine Berührungen waren unbeholfen und viel zu gierig, sorgten aber dennoch für eine gewisse Erregung bei mir.

Erst als er etwas zu grob wurde, zog ich mich zurück und ließ meine Lippen langsam über seinen Hals und die harten Muskeln seiner Brust gleiten. Er stöhnte, als ihm klar wurde, was ich vorhatte, und ich konnte nicht umhin, ihn noch mehr aufzuheizen. Seinen Schwanz immer noch fest in der Hand, ließ ich meine Zunge über die glatten Linien seines Sixpacks flattern. Eigentlich hoffte ich darauf, dass er mich bei den Haaren packen und mich zwingen würde, ihn in den Mund zu nehmen, aber er schien wie erstarrt. Fast als würde die geringste Bewegung oder der Versuch, das Kommando zu übernehmen, mich verschrecken. Aber das war nicht weiter schlimm. Schließlich gab es mir Gelegenheit, einer meiner liebsten Beschäftigungen nachzugehen: der Anbetung eines Schwanzes.

Und er war der Anbetung wirklich wert. Sein Riemen war einfach wunderschön! Lang und dick, sehr blass, kerzengerade und mit festen, schweren Eiern – wie die Statue eines phallischen Liebesgottes. Ich hatte schon immer meine Freude daran gehabt, einem gutgebauten Mann zu Füßen zu liegen und nicht ihn, sondern seine Männlichkeit anzubeten und das riesige, potente Organ, das er in meinen Körper einführen würde, zu lecken und zu küssen. Ich hatte hier eine echte Schönheit vor mir und dachte nicht daran, sie zu verschwenden. Als Erstes packte ich ihn zwischen meine Brüste und ließ ihn ein paarmal zustoßen, bevor ich ihn schließlich in den Mund nahm.

Während ich den Schwanz lutschte, bearbeitete ich gleichzeitig seine Eier. Meine Gier war jetzt so groß, dass ich mich kaum mehr zurückhalten konnte. Aber ich hatte nicht vor, am Ende nur mit einer Mundfüllung und sonst nichts dazustehen. Er stöhnte schon leise und war dazu übergegangen, mich regelrecht in den Mund zu ficken. Doch ich zwang mich zum Rückzug, nahm ihn stattdessen in die Hand und leckte seine Eier, während ich gleichzeitig voll schmutziger Bewunderung seiner bloßen Potenz den harten Prügel bearbeitete. Meine kniende Haltung steigerte das Gefühl der Anbetung noch, und ich begann, mein Gesicht an ihm zu reiben und seinen männlichen Geschmack und Geruch aufzusaugen.

Irgendwann übernahm er schließlich doch das Kommando, packte mich fest an den Haaren und rammte mir sein riesiges Teil so entschlossen in den Mund, dass mir gar keine andere Wahl blieb, als daran zu saugen. Als ich nach oben in seine wunderschönen, mittlerweile lüstern geweiteten Augen sah, wusste ich sofort, dass ich meine Belohnung auch bekommen würde. Und tatsächlich hörte ich einen Moment später seine lustheisere Stimme.

«Ich nehme dich jetzt, Nora. Ich hoffe, du nimmst die Pille.»

Als ich mit vollem Mund nickte, zog er sich sofort aus meinem Mund zurück. Jetzt gab es kein Halten mehr. Er hob mich hoch und warf mich auf das Bett, als wäre ich federleicht. Dann schob er mir mit zwei gierigen Handbewegungen den Rock hoch, riss mein Höschen runter und meine Beine nach oben. Das kleine Stück Baumwolle meines Slips spannte sich zwischen meinen Knien und hielt mich in Position, während er seinen Schwanz vor meinem Geschlecht in Stellung brachte und schließlich in mich eindrang. Ich hatte kurz aufgeschrien, als er mir die Beine zum Körper drückte und sie quasi zusammenrollte. Mich schockierte es dann doch ein wenig, so grob behandelt und so schnell entkleidet zu werden. Und als ich spürte, wie meine Möse ausgefüllt wurde, kam ein zweites lautes Stöhnen über meine Lippen.

Er fing an zuzustoßen. Ich rang nach Atem und vergrub meine Finger in der Überdecke, während er mich durchfickte. Er hielt meine Beine unter den Knien immer noch hoch, sodass ich ihm hilflos ausgeliefert war. Genau so wollte ich es, zusammengedrückt, penetriert und nicht in der Lage, seinen herrlich großen Schwanz davon abzuhalten, in mich einzudringen. Nach kurzer Zeit wurden seine Stöße etwas langsamer, und ich begann, mit meinen Brüsten zu spielen. Es geschah mit voller Absicht, dass ich ihm diese kleine Vorstellung gab, und er quittierte meine Bemühungen mit einem lüsternen Grinsen.

«Du bist wirklich ein schmutziges Mädchen, Nora Miller.»

«Ich weiß. Wieso drehst du mich jetzt nicht mal auf den Bauch?»

Seine Augenbrauen schnellten nach oben, aber er ließ sich nicht zweimal bitten, sondern packte mich sofort mit seinen riesigen Pranken an den Schenkeln, um mich auf dem Bett zu drehen. Ich streckte meinen Po für ihn in die Luft, und er zog meinen Rock nach oben, um mich ganz zu entblößen. Dann führte er seinen Schwanz so tief in mich ein, bis sich die harten Muskeln seines Bauches gegen meine

Pobacken pressten. Erneut begann er mich zu ficken. Doch diesmal war sein Tempo schneller und noch gieriger als zuvor. Seine Hände hatten sich in meine Hüften gekrallt, sodass er mich fest im Griff hatte und ich meine Leidenschaft nur noch in die Bettwäsche hineinstöhnen konnte. Ich versuchte noch verzweifelt, hinter mich zu greifen, um vor ihm zum Höhepunkt zu kommen, denn ich wollte auf keinen Fall das köstliche Gefühl verpassen, ihn in mir zu spüren, während er sich meines Körpers bediente, als wäre ich eine willenlose Gliederpuppe.

Und es gelang mir auch fast. Ich hatte gerade meine empfindlichste Stelle gefunden und zu reiben begonnen, als ich hörte, wie er meinen Namen herauskeuchte, sich ein letztes Mal tief in mir versenkte und es ihm mit den Fingern in mein Fleisch gekrallt schließlich kam. Das war's. Oder zumindest hätte es das gewesen sein sollen. Aber selbst als er sich aus mir zurückzog, konnte ich mich einfach nicht zurückhalten. Ich rieb weiter an meiner Muschi und stöhnte laut und in Ekstase. Dabei war es mir völlig egal, was für eine Vorstellung ich ihm da bot. Ich hörte ihn ganz erstaunt über meine Unanständigkeit laut ausamten, aber nicht einmal das konnte mich aufhalten. Meine Muskeln zogen sich bereits zusammen, und ich konnte nur noch an meine überwältigende Verzückung denken, während ich mich zu einem langen, bebenden Orgasmus brachte. Ich war kaum fertig, als er mich fragte: «Du lässt gern alles raus, was?»

Ich konnte nur noch nicken. Die Schauer jagten weiter durch meinen Körper, während ich langsam wieder runterkam. Ich lag noch immer in recht unanständiger Haltung da und spürte eine gewisse Verlegenheit wegen seines fast schockierten Erstaunens und auch all der schamlosen

Dinge, für die ich mich nur ein paar Momente zuvor angeboten hatte.

«Tut mir leid. Macht dir doch nichts aus, oder?»

«Nein, nein. Es ist nur ... ich bin so was nicht unbedingt gewohnt. Wenn du verstehst, was ich meine?! Aber versteh mich nicht falsch, du warst toll.»

«Danke.» Ich gab ihm einen Kuss auf die Nasenspitze und fing an, mich ganz auszuziehen. «Und woran bist du denn gewöhnt?»

Als er nur verlegen mit den Schultern zuckte, kam mir ein Gedanke.

«Das war doch wohl nicht dein erstes Mal? Das kann nicht sein!»

«Nein, nein, auf keinen Fall. Ich war in der Laon Abbey School, wo nur Jungs hingehen. Aber in meinem freien Jahr war ich in Südostasien.»

Ich hatte mir schon gedacht, dass er auf eine Privatschule gegangen war, und ich brauchte auch gar keine schmutzigen Details, um zu wissen, dass er mit den asiatischen Mädchen damals nicht nur Tee trinken wollte.

«Englische Mädchen können genauso verdorben sein.»

Als ich diesen Satz aussprach, war ich nackt und kletterte in die kleine Duschwanne, die zu seinem Zimmer gehörte. Während ich mich wusch, fühlte ich mich nicht nur durch und durch befriedigt, sondern war auch sehr zufrieden mit mir selbst. Ich hatte ihn schockiert und hoffentlich dazu gebracht, mich als guten Fang zu sehen, den man nicht so ohne weiteres ziehen lassen sollte. Vielleicht war ich ein bisschen zu weit gegangen, aber immerhin kam er an die Tür, um mich beim Duschen zu beobachten, und das legte einen anderen Schluss nahe. Ich zog eine kleine Show ab und posierte für ihn, wobei ich meinen Brüsten und meinem Po beim Einseifen besondere Aufmerksamkeit zuteil werden ließ.

Der Dampf und die milchige Plastikscheibe der Dusche machten es ihm unmöglich, mich deutlich zu sehen. Außerdem war er gerade erst gekommen. Das Ganze war also eigentlich nichts weiter als eine kleine Neckerei. Ich konnte ihn auch nicht richtig erkennen. Und als ich fertig war und mir das Haar aus dem Gesicht strich, während ich aus der Dusche stieg, war ich äußerst überrascht, ihn mit einer knallharten Erektion und eindeutig bereit für mehr dastehen zu sehen. Das wischte auch den letzten meiner Zweifel beiseite – er war genauso schlimm wie ich.

«Ich nehme an, du möchtest, dass ich mich darum kümmere.»

«Ja, bitte.»

«Dann sollten wir wohl besser ins Bett gehen.»

Ich packte seinen Schwanz und führte ihn in Richtung Bett. Er ließ sich von mir ausziehen und steckte mir erneut seinen Prügel in den Mund, während er nackt und stolz vor mir stand. Danach gingen wir ins Bett. Als er das Licht löschte und mich in seine Arme nahm, da wusste ich, dass ich meinen Mann gefunden hatte.

3

Der Anfang war sehr gut verlaufen. Ich hatte nicht nur einen Freund gefunden, sondern auch das perfekte Mittel, mein Privatleben vor den Wirrungen zu schützen, die meine Versuche, in politischen Kreisen voranzukommen, mit sich bringen würden. Allein wäre es nahezu unmöglich gewesen, mich von den kleinen Eifersüchteleien und Abneigungen, die so bedeutsam sein können, fernzuhalten. Jetzt, wo ich mit Stephen zusammen war, konnte ich Männern und Frauen gegenüber neutral bleiben und trotzdem ein bisschen flirten, wenn die Situation es verlangte.

Zumindest dachte ich das. Ich hatte mich entschieden, der Labour Party beizutreten und mit beiden Beinen fest auf dem Boden zu bleiben. Das schien mir am vernünftigsten und war außerdem am ehesten mit meinen Prinzipien vereinbar. Selbst nach der Orientierungswoche hatten die drei großen Parteien noch immer Stände im Studentenparlament, um Mitglieder zu werben. Also machte ich mich nach meiner Nacht voller Leidenschaft mit Stephen auf den Weg und stellte mich den beiden Mädchen hinter dem Stand der Labour Party vor. Sie hatten Poster aufgehängt, die die erste Debatte des Trimesters bewarben. Es ging darum, ob Prostitution legalisiert und unter staatliche Kontrolle gestellt werden sollte. Ich nahm an, dass die beiden Mädchen sicher gegen diese Idee waren, und hatte mich mit ein paar wohlüberlegt platzierten Bemerkungen schnell als eine der ihren etabliert. Wir waren immer noch dabei, uns zu unterhalten, als ein Mann den Flur entlangkam. Er war sehr groß, hatte dichtes hellbraunes Haar und ein arrogantes, aristokratisches Gesicht. «Tu es nicht, Kleines», raunte er mir zu, als er an mir vorbeiging.

Es schien die perfekte Gelegenheit, meinen Ruf innerhalb der Partei zu festigen, indem ich ihn zur Rede stellte und ihm eine kurze Lektion über soziale Grundsätze erteilte und ihm erklärte, wie man mit Frauen spricht.

«Verzeihung, aber …»

Er ging einfach weiter, und die Tatsache, dass er mich völlig ignorierte, ließ leichte Wut in mir aufsteigen. Ich würde mich von niemandem so behandeln lassen. Also folgte ich ihm durch die Tür und packte ihn genau in dem Moment am Arm, als er auf die Cornmarket Street hinaustreten wollte.

«Wärst du so freundlich …»

Ich verstummte, als er sich umdrehte und mich mit einem herablassenden Grinsen ansah.

«Aber sicher. Ich habe dir nur einen kleinen Tipp gegeben. Einen sehr guten Tipp.»

«Ich schätze, du bist ein Konservativer. Wenn ja, dann …»

«Um Himmels willen, nein. Ich bin völlig unabhängig.»

Seine Erwiderung nahm mir so ziemlich jeden Wind aus den Segeln und weckte gleichzeitig auch meine Neugier.

«Wieso rätst du mir dann, mich nicht der Labour Party anzuschließen?»

«Ich rate dir, dich überhaupt keiner Partei anzuschließen. Finde dich doch erst mal ein wenig zurecht und versuch, dich in ein Amt wählen zu lassen. Über Parteipolitik kannst du dir auch später noch Gedanken machen. Ich bin übrigens Giles Lancaster, Protokollführer im Studentenparlament – das heißt, ich bin dafür verantwortlich, die Debatten aufzuzeichnen.»

«Ich weiß, was ein Protokollführer tut, danke. Aber ist es denn nicht sehr wichtig, Mitglied einer der großen Parteien zu sein?»

«In keiner Weise. Es ist viel wichtiger, deine Debattierfähigkeiten unter Beweis zu stellen und ins Studentenparlament zu kommen. Für eine politische Karriere gibt es keinen besseren Start, als dort Präsident zu werden. Wenn du denn wirklich Karriere in der Politik machen willst.»

Der Mann war ganz offensichtlich jemand, den es sich zu kennen lohnte, und ich ertappte mich dabei, wie ich zurückruderte.

«Auf jeden Fall. Tut mir leid, dass ich dich eben so angefahren habe, aber ich dachte, du wolltest mich nur runtermachen. Darf ich dich auf einen Kaffee oder so was einladen?»

«Nein. Aber du darfst dich von mir zum Essen ausführen lassen. Wie wär's mit *Les Couleurs*, morgen Abend?»

«Das ist in Thame, richtig?»

«Wie ich sehe, hast du deine Hausaufgaben gemacht. Aber wenn ich dich ausführe, sollte ich dann nicht auch wissen, wie du heißt?»

«Nora Miller, Ersttrimester Philosophie, politische Wissenschaften und Wirtschaft, St. Boniface. Aber ich habe ja die Einladung noch nicht angenommen.»

«Und warum solltest du das nicht tun?»

Seine bloße Arroganz nervte mich derart, dass ich ihm fast eine spitze Antwort gegeben hätte. Außerdem war ich mir durchaus bewusst, dass ich letzte Nacht mit einem anderen Mann geschlafen hatte. Einem Mann, den ich eigentlich zu meinem Freund machen wollte – auch wenn wir noch gar nicht darüber gesprochen hatten. Auf der anderen Seite war es sicher ein enormer Vorteil, sich gut mit dem Protokollführer des Studentenparlaments zu stellen. Und auch wenn alles an Giles das Wort «Schürzenjäger» schrie – ich musste schließlich nicht die leichte Beute spielen.

«Na gut. Solange es nur ein Essen ist.»

Er grinste lediglich und setzte seinen Weg fort, sodass ich gezwungen war, ihm nachzurufen.

«Wo treffen wir uns denn?»

«Ich hole dich bei deiner Pförtnerloge ab. Sechs Uhr.»

Er ging weiter die Cornmarket Street hinunter und ließ mich mit meinen Gedanken zurück. Giles' Absichten waren offensichtlich, und ich war nicht in Stephen verliebt. Das drängte die Frage auf, ob ich nicht vielleicht doch die falsche Entscheidung getroffen hatte. Andererseits war Stephens Ziel der Finanzdistrikt von London, während Giles sich anscheinend in die Politik stürzen wollte und damit langfristig nicht unbedingt passend für mich war. Nicht, dass ein langfristiges Interesse an mir von seiner Seite aus wahrscheinlich war. Er schien mehr der Typ zu sein, der so viele naive Neuzugänge wie möglich aufriss. In diesem Fall war es sicher das Beste, die Unberührbare zu spielen. Vielleicht würde mich das interessanter machen oder mir eventuell sogar ein bisschen Respekt einbringen. Auf dem Rückweg zum College schwor ich mir, mich nicht von ihm ins Bett kriegen zu lassen.

Ich entschloss mich, Giles' Ratschlag anzunehmen und zumindest so lange unabhängig zu bleiben, bis ich eine bessere Vorstellung des Für und Wider hatte, die ein Beitritt zu einer der verschiedenen Parteien mit sich bringen würde. Da sich mir endlich eine großartige Möglichkeit bot, mich in die Kreise des Studentenparlaments einzubringen, ging ich zum Fluss, um Stephen beim Rudern zuzuschauen. Es war ein wunderschöner Herbstnachmittag. Die Sonne schien, und das gelbe Laub auf dem Asphalt wurde von einer leichten Brise durcheinandergewirbelt. Während ich über die St. Aldate's Street hinunter zum Fluss spazierte, fühlte ich mich bereits als Teil der Universität. Der Eindruck, meine Anwesenheit hier gar nicht verdient zu haben, hatte einem Gefühl von Privilegiertheit Platz gemacht und ließ auch die Entschlossenheit wieder aufkeimen, das Beste aus meiner Zeit hier zu machen.

Die Boote von Emmanuel waren bereits auf dem Wasser, und Stephen versuchte sich als Nummer sieben. Er war so mit seinem Sport beschäftigt, dass er mich gar nicht bemerkte. So gab ich mich damit zufrieden, am Ufer zu stehen und seinen Körper und die Kraft seiner Bewegungen zu bewundern. Während ich ihn beobachtete, musste ich daran denken, wie viel Lust er mir in der letzten Nacht bereitet und wie entschlossen er die Kontrolle übernommen hatte, als er einmal erregt genug war, um seine Zurückhaltung aufzugeben. Mir gefällt es immer, wenn das Begehren eines Mannes die Oberhand gewinnt und es so richtig zur Sache geht. Weitaus besser, als die ganze Arbeit allein machen zu müssen.

Auch die Frage, worauf er denn nun genauer stand und was er in Thailand und Malaysia getrieben hatte, beschäftigte mich weiterhin. Ich hatte ihn zwar gefragt, aber seine Antworten waren sehr ausweichend gewesen, sodass ich mich schon fragte, ob es sich bei den Mädchen dort um Huren gehandelt hatte. Und wenn ja, ob er von mir ein ähnliches Benehmen erwartete. Der Gedanke war ziemlich verlockend, denn in meiner Phantasie hatte ich schon oft die Edelnutte gespielt, die genau das tun musste, was der Freier von ihr verlangte. Im realen Leben hatte ich das selbstverständlich noch nie probiert.

Als er schließlich aus seinem Boot stieg, war ich ziemlich aufgeheizt. Ein Zustand, den die Umarmung seines warmen Körpers und der Duft seines frischen, männlichen Schweißes nur noch verstärkten. Leider veranstaltete der Ruderclub seines College eine Art teambildende Übung, der gleich darauf eine Versammlung folgte, bei der die Plätze in den drei Booten vergeben wurden. Sonst hätte ich ihn ganz sicher noch vor Ort in die Büsche gezogen. Aber ich musste mich damit begnügen, ihn zurück ins College zu begleiten, denn ich hatte um kurz nach halb fünf einen Termin mit dem Kaplan. Und auch Stephen musste heute in seinem College zu einer Party, die für die Chemiker veranstaltet wurde. So endete ich schließlich allein in St. Boniface, wo ich den Abend frustriert im Gemeinschaftsraum verbrachte. Als ich später in mein Zimmer zurückkehrte, stellte ich zu meinem Ärger fest, dass er dort nach mir gesucht hatte, aber wieder verschwunden war, als er mich nicht vorfand.

Es war bereits nach Mitternacht und im Emmanuel College alles zugesperrt. Da ich am nächsten Tag so viel zu tun hatte, dass keine Zeit blieb, um herauszufinden, wo er sich herumtrieb, ging ich zu Bett. Außerdem hatte ich Sorge, dass er vielleicht vorschlagen würde, abends auszugehen. Und da ich Giles' Einladung angenommen hatte, wäre das mehr als nur ein bisschen peinlich gewesen. Als ich am nächsten Tag mein Einführungsseminar hinter mir, in der Bibliothek eine Stunde an einem Konzept für meine Seminararbeit gearbeitet und schließlich geduscht hatte, hoffte ich inständig, dass ich ihm nicht über den Weg laufen würde. Ich fühlte mich sehr schuldig.

Als ich um sechs Uhr runter zur Pförtnerloge ging, rechnete ich schon fast damit, Stephen und Giles in ein Gespräch vertieft dort vorzufinden. Zwar war keiner von den beiden dort, aber mir blieb nur noch Zeit, kurz in mein Postfach zu schauen, bevor Giles auftauchte. Er trug einen Smoking mit einem cremefarbenen Seidenschal. Als er mich sah, nickte er nur, als wollte er mich bewerten. «Sehr hübsch. Du hast genau den richtigen Hintern für enge Jeans. Aber so kommen wir nie in den Laden rein.»

Mir war nicht einen Moment in den Sinn gekommen, dass in dem Restaurant ein Dresscode herrschen könnte, und die Erkenntnis machte mich so nervös, dass ich mich nicht mal über seine freche Bemerkung über meinen Hintern ärgern konnte, die wirklich ziemlich unverschämt war. Schließlich hatten wir uns gerade erst kennengelernt, und besonders schmeichelhaft waren seine Worte eigentlich auch nicht gewesen. Anstatt ihm mit einem ebenso frechen Kommentar zu begegnen, ertappte ich mich dabei, wie ich mich entschuldigte. «Tut mir leid. Ich ziehe mich sofort um.»

Auf dem Weg zu meinem Zimmer kam ich mir ausgesprochen klein und dumm vor. Violet stand auf der Treppe und war in ein Gespräch mit dem Mann vertieft, mit dem ich sie schon einmal gesehen hatte: ihr Ex-Tutor. Das machte es mir leicht, einfach nur mit einem kurzen Hallo an ihnen vorbeizugehen. Ich war überzeugt, Stephen würde jeden Moment auftauchen, wenn ich mich nicht beeilte. Also zögerte ich nicht lange und wählte ein einfaches, rotes Baumwollkleid aus. Es war ziemlich kurz, und die Träger waren zu schmal, um einen BH darunter zu tragen, ohne dass es nuttig ausgesehen hätte. Aber da es das einzige war, das auch nur entfernt passend für die Art von Restaurant war, in dem Männer Smoking trugen, schlüpfte ich schnell hinein, wechselte meine Schuhe und rannte nach einem letzten Blick in den Spiegel zurück zur Pförtnerloge.

Violet und ihr Ex-Tutor waren noch immer in ihr Gespräch vertieft. Als ich erneut an ihnen vorbeiging, konnte ich nur ein paar Wortfetzen aufschnappen, bevor erst er und dann auch sie verstummten.

«... gehst du runter zum Fluss und bindest sie zusammen.»

«Wie grausam!»

Sie lächelte mich verlegen an, und ich fragte mich, was um alles in der Welt sie wohl am Fluss tun sollte und warum es so grausam von ihm war, sie darum zu bitten. Auch der merkwürdig schockierte und gleichzeitig erregte Tonfall von Violets Stimme machte mich neugierig, aber ich hatte jetzt keine Zeit, mir Gedanken über die seltsame Beziehung der beiden zu machen.

Giles war noch immer dort, wo ich ihn zurückgelassen hatte. Er wirkte sehr nonchalant, wie er da so mit einem Fuß gegen die Mauer gestützt dastand. Ebenso nonchalant, wie ich nervös war. Und wieder nickte er, nur dass er diesmal mit meinem Erscheinungsbild zufrieden zu sein schien.

«Schon besser. Und jetzt komm.»

Auf dem Weg über die Hauptstraße entspann sich ein lockeres Gespräch, bis wir schließlich in die Longwall Street einbogen, wo er sein Auto geparkt hatte. Es handelte sich um einen Audi TT, was entweder nahelegte, dass er stinkreich war oder sehr großzügige Eltern hatte. Da ich nicht als ehrfurchtsvolles kleines Mädchen rüberkommen wollte, sagte ich nichts und ließ mich auf den Beifahrersitz fallen, als sei es das Selbstverständlichste von der Welt. Und auch er gab keinen Kommentar von sich. Giles hatte es eindeutig nicht nötig zu prahlen, und er richtete seine Aufmerksamkeit erst wieder auf mich, als wir die Magdalen-Brücke überquerten.

«Wenn du auf dem St. Boniface College bist, dann muss dein Tutor John Etheridge sein.»

Ich hatte keine Ahnung, dass Dr. Etheridge John hieß, und hätte es auch niemals gewagt, ihn bei seinem Vornamen zu nennen. Trotzdem gab ich mein Bestes, um möglichst lässig zu antworten. «Richtig.»

«Und lass mich raten. In deiner Seminararbeit geht es um die viktorianische Arbeiterbewegung.»

«Es geht um die Entwicklung der Theorien von sozialen Systemen im frühen zwanzigsten Jahrhundert.»

«Beinahe. Er ist gut. Du wirst dich mit ihm verstehen.»

Er war unglaublich selbstgefällig, und ich war entschlossen, ihn in seine Schranken zu weisen.

«Du bist im zweiten Jahr, stimmt's? Wenn man dich reden hört, könnte man meinen, du wärst Dozent.»

Giles zuckte lediglich mit den Schultern und trat aufs Gas, um noch die grüne Ampel vor uns zu erwischen. Er verlangsamte das Tempo auch dann nicht, als wir den Berg an der Headington Road hinauffuhren, und nahm mit achtzig Stundenkilometern völlig gleichgültig auch noch einen Blitzer mit. Ich war Ewans Fahrstil gewöhnt, sodass sein Tempo mich nicht unbedingt störte. Aber trotzdem war ich wild entschlossen, seiner abstoßenden Arroganz zumindest einen kleinen Dämpfer zu verpassen. Die Chance, bei seiner Bemerkung über meinen Hintern entsprechend zu reagieren, hatte ich leider verpasst. Und als wir aus der Stadt rausfuhren, fing er an, mir die internen Strukturen des Studentenparlaments zu erklären, was durchaus wichtig für mich war.

Als wir in Thame ankamen, war er so höflich und

freundlich, dass ich es mir anders überlegt hatte. Ich sagte mir, dass jeder, der so attraktiv und privilegiert war wie er, ein wenig eingebildet sein musste und dass ich meinen Stolz schlucken und das meiste aus der Bekanntschaft rausholen sollte. Das hieß allerdings nicht, dass ich mit ihm ins Bett gehen würde. Er wirkte zwar keineswegs, als wäre er darauf aus gewesen, aber ich war mir ziemlich sicher, dass er nur den richtigen Zeitpunkt abwartete.

Das *Les Couleurs* lag vor den Toren der Stadt. Ein kleines Landhaus, das man zu einem Hotel mit angeschlossenem Restaurant ausgebaut hatte. Auf dem Vorhof standen eine Menge Autos, von denen die meisten neu und sehr teuer aussahen. Aus einem alten Daimler stieg in Sichtweite ein etwas betagteres Paar, das ebenfalls in Abendgarderobe war. Sein Anblick erzeugte eine gewisse Dankbarkeit in mir, dass Giles mir nahegelegt hatte, mich nochmal umzuziehen. Trotzdem wirkte der Portier nicht gerade glücklich, als wir uns dem Eingang zum Restaurant näherten. Aber nicht ich war die Person, gegen die er etwas zu haben schien, sondern Giles.

«Tut mir leid, Mr Lancaster, aber wie Ihnen bereits erklärt wurde …»

Giles unterbrach ihn eher amüsiert als verärgert. «Keine Sorge. Wir sind einfach nur zum Essen hier.»

«Nun gut, Sir.»

Man führte uns in ein Speisezimmer, das weitaus kleiner war, als ich es mir vorgestellt hatte, und in dem lediglich vier Tische standen. Auf der anderen Seite des Flurs konnte man allerdings einen größeren Raum erkennen. Ich wollte unbedingt wissen, was es mit dem kurzen Gespräch mit dem Portier auf sich hatte und fragte sofort nach, als wir endlich allein am Tisch saßen.

«Was hatte das denn eben zu bedeuten?»

«Ach, nichts. Er dachte, ich wollte eine Buchung für meinen Dinner-Club machen.»

«Was ist das denn für eine Vereinigung? Habt ihr Hausverbot oder so was?»

«Nur in Oxford. Aber wir haben einen ziemlich schlechten Ruf, und jeder im Umkreis von dreißig Kilometern scheint zu wissen, dass ich dazugehöre. Wir nennen uns die Hawkubites.»

«Das ist doch die Vereinigung, die absichtlich Restaurants zertrümmert, hab ich recht?»

«Unsinn. Wir sind zwar manchmal ein bisschen ausgelassen, aber wir haben keine bösen Absichten und zahlen immer für den angerichteten Schaden.»

«Bleibt trotzdem Vandalismus.»

«Wenn man korrekt gekleidet auftritt, ist es auch kein Vandalismus.»

«Unfassbar!»

«Das ist ein Zitat. Und zwar von Oscar Wilde. Er war 1878 Präsident.»

In seiner Stimme schwang so viel Verachtung mit, dass ich tatsächlich rot wurde und meine Reaktion auf sein Benehmen etwas gemäßigter ausfiel.

«Dann ist es also eine alte Vereinigung.»

«Unser Gründungsjahr ist 1713. Und das macht uns zur ältesten Vereinigung in Oxford – egal, was die Bullingdon- oder die Phoenix-Vereinigung vielleicht behaupten. Wir sind nach einer Londoner Straßenbande der damaligen Zeit benannt. Man erzählt sich, dass einige unserer Gründungsmitglieder tatsächlich zu der Bande gehörten. Aber ich bezweifle, dass das stimmt. Das war wirklich ein verdorbener Haufen. Eine ihrer Lieblingsbeschäftigungen bestand darin,

Leute in Fässer zu stecken und sie nur so zum Spaß den Ludgate Hill hinunterrollen zu lassen. Außerdem raubten sie gern Männer aus, um ihre Frauen dann zu zwingen, das Geld auf dem Rücken liegend zurückzuverdienen, wenn du verstehst, was ich meine. Der Mann musste nach Möglichkeit zusehen. Du siehst also, eigentlich sind wir gar nicht so schlimm.»

Ich schüttelte den Kopf in der Hoffnung, dass er meine Reaktion als Geste erwachsener Geringschätzung seines Benehmens verstehen würde, aber meine Meinung war ihm offensichtlich völlig gleichgültig. Mittlerweile hatte ein Kellner uns die Speisekarten gebracht, die aus großen weißen Pergamentblättern bestanden, zusammengehalten von dunkelroten Bändern. Unser Gesprächsthema wandte sich jetzt dem Essen zu, über das Giles jede Menge zu wissen schien. Er gab mir sofort gute Ratschläge, was ich bestellen sollte, aber ich ließ es mir nicht nehmen, meine Entscheidung selbst zu treffen. Nicht, dass ihm das aufgefallen wäre – abgesehen von einem Kommentar über den Wein.

«Der Steinbutt ist wirklich eine ausgezeichnete Wahl, aber ich will mir das Moorhuhn nicht entgehen lassen. Wir müssen also zwei unterschiedliche Flaschen Wein bestellen. Für mich allerdings nur eine halbe. Die Jungs in Uniform scheinen heutzutage auch für Gentlemen keine Ausnahmen zu machen.»

«Über zu schnelles Fahren hast du dir vorhin doch auch keine Gedanken gemacht.»

«Mit Bußgeldern und dem ein oder anderen Punkt kann ich leben. Aber Hausverbot zu haben ist eine andere Sache. Ich denke, ich nehme eine halbe Flasche Fronsac. Ich schlage vor, du versuchst es mal mit dem Chablis.»

«Ich bevorzuge den australischen Riesling.» Das war

zwar frei erfunden, aber er sagte nichts weiter dazu. Wie viel nützliches Wissen ich wohl von ihm aufschnappen konnte? Politisches Know-how, Wein und Essen, gesellschaftliche Umgangsformen – alles Dinge, die überaus hilfreich sein konnten. Stephen war da trotz seiner Kenntnisse über die Finanzwelt und seiner Jahre auf der Privatschule vergleichsweise ungehobelt.

Das Essen war köstlich. Angefangen von den Austern, die in winzigen Silberbechern serviert wurden, um unseren Appetit anzuregen, bis hin zu einem Stück des üppigsten Schokoladenkuchens, den ich je gegessen hatte. Zu diesem Zeitpunkt war ich ebenso angeheitert wie nach meinem Essen mit Stephen, sagte mir aber gleichzeitig, dass ich wohl mit Jogging anfangen oder es mit Damenrudern versuchen sollte, wenn ich weiter von Männern zu opulenten Abendessen eingeladen werden würde. Das Einzige, was mein Vergnügen schmälerte, während ich an dem Kaffee nippte und ein Stück Minzschokolade knabberte, war die Ahnung, dass Giles mir ganz sicher ein eindeutiges Angebot machen würde und ich ihn abweisen musste.

Ich war mir nicht sicher, ob ich es wollte oder nicht. Das attraktive Äußere und sein ungezwungener Charme zogen mich zwar eindeutig an, aber gleichzeitig stieß seine arrogante Überheblichkeit mich ebenso eindeutig ab. Doch das war eigentlich nicht das Problem. Ich sah nur allzu deutlich vor mir, wie ich mich wahrscheinlich in eine lange Liste von Eroberungen einreihte, wenn ich ihm vorschnell nachgab und wie er danach unmittelbar zur nächsten weiterziehen würde. Einfach so abweisen durfte ich ihn allerdings auch nicht, sonst würde er mich sicher für prüde halten und das Interesse verlieren. Und dann war da ja auch immer noch Stephen …

«Wollen wir gehen?»

«Mh? Ja, lass uns gehen.»

Er hatte mich so unvermittelt aus meinen Grübeleien gerissen, dass ich mich schon fragte, ob ich vielleicht unhöflich gewesen war. Doch wie gewöhnlich, schien er meine kurze Abwesenheit nicht einmal bemerkt zu haben. Er war so auf sich selbst konzentriert, dass ihm meine Nervosität überhaupt nicht auffiel. Als wir zum Auto gingen, rechnete ich fest damit, dass er versuchen würde, den Arm um mich zu legen oder mit sonst irgendeiner Geste der Zuneigung seine Geneigtheit zu signalisieren. Doch er sprach über unterschiedliche Arten der Moorhuhn-Zubereitung und schien sich unserer Situation in keiner Weise bewusst zu sein. Jeder halbwegs heißblütige Mann hätte nach solch einer Esseneinladung zumindest auf einen Kuss und eine Umarmung bestanden. In den meisten Fällen sogar auf viel mehr.

Während der Rückfahrt nach Oxford sprach er immer noch über Moorhühner, gefolgt vom Anwesen seines Onkels in Schottland, Malt Whiskey und dem Ungeheuer von Loch Ness. Zu dem Zeitpunkt war ich schon fast beleidigt. Schien er doch zu meinen, dass ich einen Annäherungsversuch offensichtlich nicht wert wäre. Doch dann hielt er plötzlich in einer kleinen Seitenstraße der Iffley Road, die noch sehr weit von seinem und meinem College entfernt war. Es war ziemlich dunkel und der Weg von hohen Kastanien gesäumt, deren Zweige über die nur von einer schwachen Laterne beleuchteten Straße hingen. Das Ganze ließ mich sofort daran denken, sanft nach unten gedrückt zu werden, um seinen Schwanz in den Mund zu nehmen oder mich sogar auf einem der Sitze ficken zu lassen. Sollte er mich abweisen und aus dem Auto werfen, würde es auf meinen hohen Absätzen jedenfalls ein langer Weg zurück ins College werden. Also war es vielleicht – und nur vielleicht – doch einfacher, ihm nachzugeben. Er gab einen tiefen Seufzer von sich.

«Näher kann ich nicht ranfahren, ohne morgen früh eine Kralle an den Rädern zu haben. Aber keine Sorge, ich bringe dich noch zu Fuß nach St. Boniface.»

«Oh.»

Jeder andere Mann hätte die Enttäuschung in meiner Stimme gehört. Aber nicht Giles. Er stieg aus, wartete, bis ich den Wagen ebenfalls verlassen hatte, und überprüfte, ob er auch wirklich abgeschlossen hatte. Als wir losgingen, fing er erneut an zu reden, als würde er neben einem männlichen Freund gehen und nicht neben einem – hoffentlich hübschen – Mädchen ohne BH, deren Brüste sich deutlich durch das Kleid abzeichneten. Als wir St. Boniface erreichten, fragte ich mich schließlich sogar, ob er nicht vielleicht schwul wäre. Doch meine Zweifel wurden sofort beiseitegewischt.

«Und wie geht's jetzt weiter? Ein Gutenachtkuss oder doch rauf auf dein Zimmer, um es bis fünf Uhr morgens so richtig schmutzig miteinander zu treiben?»

Er klang, als würde er vorschlagen, noch irgendwo gemeinsam einen Kaffee zu trinken. Ich war so geschockt, dass ich gar nicht wusste, was ich antworten sollte. Entweder lachen, ihm eine Ohrfeige geben oder ihn doch mit nach oben nehmen, damit er bis zum Morgengrauen seinen Spaß mit mir haben konnte? Ein weiterer Vorstoß und ich hätte vielleicht nachgegeben. Aber er wartete immer noch auf eine Antwort, und als ich schließlich meine Stimme wiederfand, konnte ich nur noch eine unbeholfene, defensive Lüge stammeln.

«Äh ... heute passt es nicht so gut. Tut mir leid. Du weißt ja, wie es ist.»

Sein Mund verzog sich für einen kurzen Moment zu einem Grinsen, das man als wissend, aber vielleicht auch als mitleidig hätte deuten können. Er beugte sich vor, um mir einen Kuss zu geben.

«Dann eben ein andermal. Gute Nacht.»

Er verbeugte sich – vielleicht um mich zu verspotten, vielleicht aber auch nur spielerisch – und ließ mich verwirrt und erleichtert, aber doch voller Reue stehen. Als ich hineinging, versuchte ich mir immer wieder zu sagen, dass ich die richtige Entscheidung getroffen und die Situation wirklich gut gemeistert hätte, spürte aber dennoch eine gewisse Leere in mir. Ich verschwand auf mein Zimmer, und während ich mich auszog, stellte ich mir vor, was wohl passiert wäre, wenn ich ihn mit hinaufgebeten hätte. Gierige Küsse, ein über den Kopf gezogenes Kleid, sein Schwanz in meiner Hand und dann in meinem Mund, meine Schuhe und das Höschen von mir geworfen und dann das volle Programm. Vielleicht sogar in der schmutzig-knienden Haltung, in der Stephen mich zwei Abende zuvor genommen hatte.

Ich wusste, was ich jetzt tun würde, und es war völlig sinnlos, mir selbst Einhalt gebieten zu wollen. Ich wusch mich kurz und legte mich dann nackt ins Bett. Dort spreizte ich sofort meine Schenkel und stellte mir dabei vor, was alles hätte passieren können. Ich fing an, mich anzufassen, und umkreiste meinen Kitzler, auf dass ich endlich die Seufzer der Leidenschaft und der Reue von mir geben konnte, die ich so tief in mir spürte. Wäre er im Auto doch nur strenger zu mir gewesen! Er hätte auf irgendeinem einsamen Rastplatz haltmachen und mir befehlen können, ihm einen zu blasen. Oder er hätte mich über die Motorhaube beugen und mich von hinten nehmen können. Die anderen Autos wären an uns vorbeigefahren und hätten mit ihren Scheinwerfern meinen halbnackten Körper mit dem bis zum Hals hochgeschobenen Kleid und den runtergezogenen Strümpfen angeleuchtet, während Giles seinen Riemen in mich stieß. Ich war kurz davor, doch meine Phantasie wurde vom plötzlichen Knallen der Außentür und Violets Stimme zerstört.

«Pst! Du weckst noch Nora!»

«Dann kümmere ich mich eben auch um sie», erwiderte jemand mit sehr tiefer, männlicher Stimme.

«Sei nicht albern! Sie ist ein braves Mädchen.»

Ich erstarrte. Und als mir einfiel, dass Violet sich nur hätte vorbeugen und durch das Schlüsselloch schauen müssen, um zu entdecken, dass ich auch nicht viel braver war als sie, zog ich blitzschnell die Bettdecke hoch. Als ich hörte, wie die Tür sich schloss, versuchte ich, mich zu entspannen, aber da man die Stimmen auch noch durch die Wände hören konnte, fiel mir das nicht gerade leicht – auch wenn man die einzelnen Worte der beiden nicht mehr verstehen konnte. Trotzdem versuchte ich weiterzumachen. Ich war einfach zu erregt und wild entschlossen, zum Höhepunkt zu kommen.

Meine Gedanken waren völlig durcheinandergeraten, und es mischten sich wohl ein Dutzend neuer Bilder in meine Phantasie. Giles, Stephen, Violet und ihr geheimnisvoller Liebhaber. Es dauerte nicht lange, und ich hatte alle gut untergebracht und mir eine schöne, versaute Phantasie zurechtgelegt. Giles und seine Hawkubites-Freunde hatten Stephen ausgeraubt und zwangen mich vor seinen Augen, das Geld auf dem Rücken liegend zurückzuverdienen.

Doch plötzlich wurde meine Phantasie erneut unterbrochen.

Ich konnte Violet und ihren Liebhaber immer noch hören. Aber jetzt wurden ihre Worte immer wieder von heftigen Keuchlauten unterbrochen, die nach Schmerz und Lust klangen, aber viel zu weit voneinander entfernt waren, dass sie von harten Stößen in ihre Möse hätten herrühren können. Seine Stimme klang immer noch ruhig, war jetzt aber voller Autorität. Was immer er da mit ihr machte, es tat weh, erregte sie gleichzeitig aber auch. Ich konnte mir nur allzu gut vorstellen, wie sie sich gerade fühlte. Vielleicht lag sie ausgestreckt vor ihm, vielleicht stand sie auch nach vorn gebeugt da, oder vielleicht war sie auch auf allen vieren, während er sie quälte.

Als ich Violet noch lauter aufschreien hörte, fiel mir ein altes Musikvideo ein, in dem jemand geschmolzenes Wachs auf die Brust seiner Gespielin tropfen ließ. Das Bild schien zu passen, und ich hatte jetzt keine Probleme mehr, mir die Szenerie im Zimmer nebenan vorzustellen. Violet nackt, den Kopf im Nacken, den Rücken ganz durchgebogen und ihre Brust hervorgereckt. Die Augen fixiert auf die Flamme der Kerze und der Körper zuckend, während die heißen Tropfen einer nach dem anderen auf ihre nackte Haut fielen. Gleich würden sich ihre Schenkel spreizen, und sie würde sich ihm ungehemmt präsentieren, während er sich bereitmachte, in sie einzudringen.

Ich begann erneut, meine Möse zu reiben. Dabei dachte ich an seine Worte, an die Drohung, sich auch um mich zu kümmern. Das zog unmittelbar ein Bild nach sich, auf dem ich, ebenfalls mit gespreizten Beinen, neben Violet kniete. Vielleicht wären unsere Hände auf den Rücken gebunden, sodass wir seinem Schwanz und dem stetig tropfenden

Wachs hilflos ausgeliefert waren. Oder vielleicht lagen wir auch mit hochgerecktem Po auf dem Bauch und spielten mit dem Gedanken, er könnte jederzeit in uns eindringen, an uns herum. Mit diesem letzten Bild kam es mir schließlich.

4

Am nächsten Morgen fühlte ich mich völlig klar im Kopf. Und obwohl meine schamlose Phantasie mir im Nachhinein etwas peinlich schien, so war ich doch sicher, bezüglich Giles Lancaster die richtige Entscheidung getroffen zu haben. Höchstwahrscheinlich lag es daran, dass er eine Privatschule besucht hatte. Vielleicht war seine höchst seltsame Einstellung gegenüber Frauen aber auch einfach nur Teil seiner Persönlichkeit. Jedenfalls wirkte er alles andere als vertrauenswürdig. Stephens Verhalten war auch ein bisschen merkwürdig – vielleicht sogar aus denselben Gründen. Aber immerhin war er weitaus bodenständiger als Giles.

Ich wollte Stephen so schnell wie möglich treffen, also schrieb ich ihm gleich nach dem Aufstehen eine SMS und schlug einen kleinen Drink zur Mittagszeit vor. Seine Antwort kam, während ich im Speisesaal des College in der Frühstücksschlange anstand – er würde noch bis elf Uhr rudern, wir könnten uns aber um zwölf in dem Pub *The Boatman's* treffen. Ich hatte keine Ahnung, wo der Laden war, nur dass er wahrscheinlich irgendwo am Flussufer lag. Also ging ich auf mein Zimmer, um in meinem Handbuch nachzuschlagen. Ich kam gerade rechtzeitig oben an, um Violet und ihren geheimnisvollen Liebhaber aus ihrem Zimmer kommen zu sehen. Diesmal stritten sie nicht, und ich war viel zu neugierig, um der sofortigen Verlegenheit auf Violets Gesicht irgendwelche Beachtung zu schenken, als sie mich erblickte.

«Hi, Violet. Willst du mich nicht vorstellen?»

«Äh ... klar. Das ist Dr. McLean.»

Ich wusste von den Satzfetzen, die ich gestern Abend aufgeschnappt hatte, dass die beiden über mich gesprochen hatten. Seine Worte hatten sich mir so sehr eingebrannt, dass ich tatsächlich leicht errötete, als er mir höflich zunickte. Er hätte sicher noch etwas gesagt, aber Violet eilte bereits die Treppe hinunter. Als ich meine Tür aufschloss, hörte ich ihre aufgebrachte Stimme. Was immer zwischen den beiden abging, sie wollte eindeutig nicht, dass alle Welt davon erfuhr. Das machte mich natürlich nur noch neugieriger. Er war mindestens zehn Jahre älter als sie, vielleicht sogar fünfzehn. Außerdem war er ihr Tutor gewesen.

Auf jeden Fall war die ganze Sache äußerst faszinierend, und während ich mein Handbuch durchblätterte, nahm ich mir vor, mehr herauszufinden. Es stellte sich heraus, dass *The Boatman's* auf der Jackdaw Lane lag. Das bedeutete zwar mindestens eine halbe Stunde Fußmarsch, aber der Weg führte über Wiesen am Fluss entlang. Ein weiterer, recht sinnfälliger Ratschlag, den Dad mir mitgegeben hatte, bestand darin, meinen Abschluss nicht durch zu viel Konzentration aufs Privatleben zu gefährden. Also nahm ich mir erst mal zwei Stunden Zeit für die Recherche für meine Seminararbeit und machte mich danach auf den Weg. Dr. Etheridge hatte mir eine Bücherliste gegeben, die schon mal ein guter Anfang war. Mir war allerdings klar, dass ich tunlichst noch ein paar Quellen heranziehen sollte, die er nicht empfohlen hatte. Und das hieß, in den Tiefen der Bodleian-Bibliothek nach irgendwelchen obskuren Büchern zu suchen.

Ich hatte das Gefühl, mir eine Pause verdient zu haben, als ich schließlich hinaus in die frische Luft trat und mich auf den Weg zum Fluss machte. Die unterschiedlichen Arme des Cherwell sorgten dafür, dass ich mich ein bisschen verlief und an der Mündung zur Themse jemanden bitten musste, mich mitzunehmen. Der Pub lag auf der gegenüberliegenden Seite und hatte einen Biergarten, der sich zum Fluss hinunter erstreckte. Stephen war schon da. Er sah in seiner Rudermontur wunderbar gebräunt und fit aus. Um unsere Beziehung zueinander zu bekräftigen, begrüßte ich ihn mit einem Kuss, der mit einem zufriedenen Lächeln und der Einladung auf einen Drink quittiert wurde.

Nach einer Stunde war ich bereits sicher, dass wir wirklich zusammen waren. Er gab sich Mühe, nett zu sein, nahm jede meiner Ansichten ernst, um mich nicht vor den Kopf zu stoßen, und auch seine Berührungen waren sehr vorsichtig – fast als wäre ich aus Porzellan und er voller Angst, mich zu zerbrechen. Normalerweise hätte mich das ein bisschen abgeturnt, aber zum Glück fiel mir wieder ein, wie er mit mir umgegangen war, nachdem ich ihn so aufgegeilt hatte, dass er die Kontrolle über sich verlor. Und wenn wir wirklich zusammen sein sollten, würde ich ihm alle Möglichkeiten geben, sich von mir zu nehmen, was er wollte. Aber im Moment wollte er zunächst etwas essen. Also wartete ich, bis er fertig war, um ihm die Frage zu stellen, die mir auf den Nägeln brannte.

«Wie wär's mit einem Nachtisch?»

«Nein, danke. Ich bin satt. Außerdem habe ich heute Nachmittag noch ein Seminar und sollte lieber nicht zu viel trinken.»

«Doch nicht die Art von Nachtisch. Komm mit.»

Er schien erst zu begreifen, was ich meinte, als wir ein Stückchen den Weg hinuntergegangen waren und ich ihn dort in die Büsche gezogen hatte. Es waren nicht viele Leute in der Nähe, und das Gestrüpp war so dicht, dass wir schnell den Fluss aus den Augen verloren. Um jedes Risiko zu vermeiden, ging ich trotzdem recht tief in das Dickicht hinein. Er folgte mir ganz und gar einverstanden damit, dass ich den Weg wies, und auch ein bisschen überrascht von meinem Benehmen – besonders, als ich mich auf einen Baumstumpf setzte und mein Oberteil hochzog.

«So habt ihr Jungs es doch gern, oder?»

«Äh … ja. Wow!»

Ich musste ihn zwar heranwinken, hatte seine Rudershorts aber blitzschnell beiseitegeschoben, um Schwanz und Eier erst in die Hand und dann auch in den Mund zu nehmen.

«Du verschwendest wirklich keine Zeit, was?»

Ich schüttelte den Kopf, während ich ihn begierig lutschte. Er war sofort angeschwollen, und ich schloss die Augen, um den Geschmack und das bloße Gefühl seines Schwanzes in meinem Mund zu genießen. Zu spüren, wie schnell ich ihn erregen konnte, verschaffte mir einen zusätzlichen Kick. Es gibt kaum etwas, was einen mehr anmachen kann als ein Mann, der auch entsprechend auf Zuwendungen reagiert. So verwarf ich auch gleich die ursprüngliche Idee, ihn einfach nur schnell zum Orgasmus zu bringen. Ich zog mein Oberteil ganz aus und nahm seinen Schwanz zwischen meine Brüste.

«Du kannst alles mit mir machen, was du willst. Das weißt du, oder?»

«Alles?»

«Alles.»

«Gott, du bist so schön …»

Er verstummte, als er meine Brüste packte und sie gegen

seinen Schwanz presste. Ich fummelte am Knopf meiner Jeans herum. Sicher würde er sie gleich herunterreißen, um mich zu entblößen und mich dann nach vorn beugen, um mich von hinten zu nehmen. Um ganz sicherzugehen, wiederholte ich mein Angebot allerdings nochmal.

«Alles. Das ist mein Ernst.»

Diesmal spritzte seine Entgegnung förmlich aus ihm heraus. Und zwar direkt zwischen meine Titten. Damit hatte ich nun wirklich nicht gerechnet. Als es ihm kam, presste er meine Brüste so hart gegen seinen Schwanz, dass es tatsächlich ein bisschen wehtat. Gleichzeitig keuchte er ein paar Dankesworte heraus.

«Du bist so wundervoll, Nora, so wundervoll. Einfach die Beste …»

Er drückte mich kurz und trat dann mit selbstzufriedenem Gesichtsausdruck einen Schritt zurück. Es dauerte einen Moment, bis ich mich wieder gefangen hatte und das, was er da eben getan hatte, nicht mehr als Enttäuschung, sondern als etwas betrachten konnte, das auf köstliche Weise schmutzig war. Ich selbst war noch nicht gekommen und würde ganz sicher keinerlei Ausreden von ihm gelten lassen.

«Ich würde sagen, du lässt jetzt mal deine Zunge spielen. Na los!»

Während meiner Aufforderung war ich schon dabei, meine Jeans und das Höschen runterzuziehen. Fest entschlossen, ihn nicht vom Haken zu lassen, spreizte ich die Beine. Doch er nickte lediglich und kam auf mich zu. Ich machte es mir so bequem, wie es eben ging, wenn man mit dem nackten Po auf einem rauen Baumstumpf sitzt, und er kniete sich zwischen meine offenen Schenkel. Seine Zunge schnellte tatsächlich nach vorn. Aber nicht zwischen meine

Beine, sondern auf meine Brüste, wo er das aufleckte, womit er sie gerade bespritzt hatte.

Ich sah ihm ungläubig dabei zu. Noch nie hatte ich einen Mann kennengelernt, der etwas Vergleichbares getan hatte, und wäre auch nie auf die Idee gekommen, dergleichen vorzuschlagen. Aber ich fand das Ganze so verdorben und hemmungslos, dass es mich tatsächlich in Fahrt brachte. Ich fing an, ihm beruhigend durchs Haar zu streichen, während er seinen Saft aufschleckte, und bot mich gleichzeitig mit um seinen Leib geschlungenen Beinen weiter an. Als er einen Finger in meine Möse steckte, schloss ich fortgerissen von Ekstase die Augen. Ich drückte seinen Körper an mich, während seine Zunge erst über meinen Hals und dann über meine Brüste schnellte.

Er ließ sich Zeit und reinigte mich von oben bis unten, um sich irgendwann endlich meinen Nippeln zuzuwenden. Erst saugte er an ihnen und bedeckte dann ganz langsam mit Küssen meinen Bauch bis hinunter zu meiner Muschi. Ich schob die Hüften nach vorn und presste ihn mit geschlossenen Augen und geöffnetem Mund an mich, als er meine Lustknospe fand. Stephen leckte viel zu gut, als dass es sein erstes Mal hätte sein können. So dauerte es nicht lange, bis ich nur noch spürte, wie ich langsam von einem gewaltigen Orgasmus gepackt wurde.

Ich krallte mich in seinen Haaren fest und dachte an das, was er eben getan hatte. Es war so herrlich unanständig von ihm gewesen, zwischen meinen Brüsten zu kommen und danach seinen Saft aufzulecken. Nie hätte ich mir vorstellen können, dass ein Mann das für eine Frau tun würde. Aber dennoch hatte er es getan. Und ich wusste, dass er sich selbst hatte schmecken können – sogar als er mich mit seiner Zunge zur Raserei brachte. Dieser Gedanke gab mir den Rest. Ich hielt ihn fest und ließ ihn erst dann los, als es mir gekommen war. Stephen setzte sich zurück auf seine Fersen und grinste mich an wie ein Schuljunge.

Er fand seine Stimme als Erster wieder. «Du bist unglaublich!»

«Ich bin unglaublich?! So etwas hat noch nie ein Mann mit mir gemacht.»

«Was? Dir deine Muschi zu ...»

«Nein. Das, was du davor gemacht hast. Meine Brüste abzulecken.»

Er zuckte nur mit den Schultern, blickte mich einen Moment lang fast schüchtern an und stand dann ganz abrupt auf. «Ich danke dir jedenfalls. War ein toller Nachtisch», sagte er und strich seine Hose glatt.

«Das muss ich allerdings auch sagen.»

Ich gab ihm einen Kuss und zog mich ebenfalls wieder an. Er wurde unruhig, noch ehe ich fertig war, sodass ich ihm förmlich hinterherlaufen musste, um zurück auf die Landstraße zu gelangen. Als Zeichen meiner Zuneigung nahm ich seine Hand. Er drückte sie zärtlich und zauberte damit ein glückliches Lächeln auf meine Lippen.

Als wir die Straße erreichten, bemerkte ich, dass die Jackdaw Lane genau die Straße war, in der Giles Lancaster am Abend zuvor geparkt hatte, und sein Audi stand tatsächlich auch noch da. Genau wie er. Er kam gerade um eine Ecke gebogen und direkt auf uns zu. Es hätte also gar keinen Sinn gehabt, sich umzudrehen und wegzulaufen, um die Begegnung zu vermeiden. Er hatte mich bereits gesehen, und als wir uns schließlich gegenüberstanden, konnte ich nichts weiter tun, als sofort das Wort zu ergreifen.

«Das ist mein Freund Giles. Er ist Protokollführer im Studentenparlament.»

Zu meiner Überraschung grinsten sich beide sofort breit an und schlugen sich auf den Rücken, als sie sich gegenüberstanden.

«Lancaster! Dacht ich's mir doch, dass wir uns irgendwann über den Weg laufen würden.»

«Mitchell! Dann bist du also tatsächlich aufgenommen worden. Und da sag noch einer, dass es keine Wunder mehr gibt. Welches College hat denn die Niete gezogen?»

«Emmanuel. Und bei dir?»

Sie umarmten sich und klopften sich immer wieder voll echter Zuneigung auf den Rücken. Dies war in keiner Weise das Verhalten, dass ich von zwei Privatschülern erwartet hätte, aber die beiden waren ganz offensichtlich alte Freunde.

«Seid ihr zusammen zur Schule gegangen oder so was?»

Es war Stephen, der meine Frage beantwortete. «Ja. Lancaster, darf ich vorstellen? Meine Freundin, Nora Miller.»

Ich war sehr erfreut, dass er mich als seine Freundin vorstellte – und das auch noch mit ganz offensichtlichem Stolz. Doch Giles' Erwiderung ließ darauf schließen, dass mein Lächeln anscheinend mehr als ein bisschen nervös ausgefallen war.

«Wir kennen uns.»

Nach seiner Verabschiedung am Abend zuvor rechnete ich schon fast damit, dass er einen Dreier vorschlagen würde, und ich merkte, wie ich rot wurde. Glücklicherweise waren die beiden viel zu sehr mit sich selbst beschäftigt, als weiter auf mich zu achten. Sie sprachen über Leute, die ich nicht kannte, und Orte, an denen ich nie gewesen war, bis Stephen schließlich wieder einfiel, dass er es eilig hatte.

«In einer halben Stunde hab ich ein Seminar, da sollte ich mich lieber beeilen.»

Giles zeigte mit dem Daumen auf den Audi. «Das ist meiner. Ich kann dich fahren.»

Stephen schaute erst zu dem Auto und dann zu mir. «Das ist ein Zweisitzer.»

Giles zuckte nur mit den Schultern, stieg in seinen Wagen und öffnete das Fenster, um erneut das Wort an uns zu richten, während er den Motor startete. «Ach, Nora, ich habe dich übrigens nächsten Donnerstag für eine Rede im Debattierclub eingetragen.»

«Eine Rede? Bei der Prostitutions-Debatte?»

Er nannte mir den offiziellen Titel. «‹Diese Gruppe ist der Ansicht, dass Prostituierte direkt vom Staat und nur vom Staat beschäftigt werden sollten.› Das ist das Thema. Du bist als Dritte dran.»

«Aber ich weiß nicht das Geringste über Prostituierte! Auf welcher Seite stehen wir denn überhaupt?»

«Ich bin für den Antrag, du bist dagegen.»

«Dagegen? Aber Giles …»

«Zieh dir einfach ein paar Latzhosen an und erzähl ihnen irgendwelchen Mist über männliche Privilegien und das Patriarchat. Sicher, dass ich dich nicht mitnehmen soll, Mitchell?»

«Nein, danke. Ich laufe lieber.»

«Ach, junge Liebe! Sie ist wirklich ein guter Fang. Und dazu treu wie ein Hund. Ich hatte angeboten, ihr das Hirn rauszuficken, aber sie hat mich eiskalt abblitzen lassen.»

Ich spürte, wie mir das Blut so heiß ins Gesicht schoss, als würden meine Wangen brennen. Stephen stand einfach nur mit weit geöffnetem Mund da und war offensichtlich noch verblüffter als ich. Giles winkte uns fröhlich zu und war verschwunden, noch ehe Stephen oder mir eine Reaktion auf diese Begegnung einfiel.

Er brach das Schweigen als Erster. «Du musst Giles entschuldigen. Er kann manchmal ein ziemlicher Clown sein.»

«Ein Clown? Er ist ein arroganter Mistkerl und ein durch und durch alberner Kasper!»

«Er ist schon ganz in Ordnung. Er war Schulsprecher in Laon Abbey.»

«Mein tiefes Mitgefühl für den Rest dieser Schule.»

«Jetzt komm. Er wusste bestimmt nicht, dass wir zusammen sind. Da kann man ihm gar keine Vorwürfe machen, dass er's mal bei dir versucht hat.»

Ich wollte gerade antworten, biss mir aber auf die Lippe. Schließlich war ich es gewesen, die ihn abgewiesen hatte. Außerdem wäre die Situation bestimmt noch eine Nummer peinlicher geworden, wenn er Stephen verraten hätte, was ich wirklich gesagt hatte. Diese Überlegungen ließen meinen Zorn auf Giles zumindest etwas verebben. Das Beste war wohl ein krasser Themenwechsel.

«Das meine ich doch gar nicht. Ich meine, dass er mich als Sprecherin bei der Prostitutions-Debatte eingetragen hat.»

«Dafür solltest du eigentlich dankbar sein. Oder etwa nicht? Wie viele Leute können schon bei der ersten Debatte im Studentenparlament sprechen, wenn sie gerade erst beigetreten sind?»

Jetzt verflüchtigte sich neben meinem Zorn auch noch die Abneigung gegen Giles.

«Bestimmt nicht viele. Aber darum geht's auch gar nicht. Es gibt einfach Themen, die man ganz vermeiden sollte. Unter anderem Sex. Wenn ich nämlich eine liberale Haltung vertrete, steckt man mich in die Schlampen-Schublade, und wenn ich eine ablehnende Haltung vertrete, dann gelte ich als prüde oder – wie war das Wort nochmal? – als Blaustrumpf.»

«Aber heutzutage doch nicht mehr.»

Ich zuckte mit den Schultern und fragte mich, ob er wohl recht hatte. Es war Dads Ratschlag gewesen, jede Debatte über ein sexuelles Thema zu meiden. Die Erfahrungen, die er gemacht hat, lagen allerdings auch schon mehr als dreißig Jahre zurück.

«Außerdem zwingt dich ja niemand, bei der Debatte eine ablehnende Haltung einzunehmen», fuhr er fort, während wir weitergingen. «Du könntest doch sagen, dass Sex eine liebevolle Erfahrung zwischen zwei gleichberechtigten Menschen und keine Ware sein sollte.»

«Das ist ein Argument. Das könnte ich vorbringen. Und das ist auch genau das, woran ich glaube.»

«Na, da hast du's doch.»

«Danke.»

Ich verstummte einen Moment und musste an seine eigenen rätselhaften Bemerkungen über Südostasien und an meine Phantasien über eine Existenz als Edelnutte denken. Eine gewisse Ungleichheit barg für mich etwas durch und durch Erregendes. Mir schien es sehr verlockend, etwas tun zu müssen, weil ich dafür bezahlt würde, oder mittels eines Tricks dazu gebracht oder sogar gezwungen zu werden. Solange ich den Mann wirklich wollte, hatte ich nichts dagegen, benutzt zu werden. Ich nahm Stephens Hand und drückte sie.

«Ich fand's übrigens wirklich großartig, was wir da gemacht haben.»

«War mir ein Vergnügen.»

Wir gingen schweigend und Hand in Hand weiter. Mein Kopf war voller anstößiger Gedanken. Stephen war anders als alle anderen Männer, die ich bisher kennengelernt hatte – besonders in sexueller Hinsicht. Was er wohl sonst noch zu bieten hatte? Rückblickend betrachtet, war mein Sexleben bisher recht uninspiriert gewesen. Ungehemmt zwar, aber vielleicht auch ein bisschen einfallslos. Ewan hatte zwar grundsätzlich von mir erwartet, dass ich schluckte, aber ich konnte mir nicht vorstellen, dass er dasselbe mit mir getan hätte wie Stephen eben im Gebüsch.

Sogar der Debatte sah ich jetzt mit mehr Optimismus entgegen. Schließlich war das Ganze eine ausgezeichnete Gelegenheit, irgendwie aus der Masse hervorzustechen. Und als dritter von vielleicht vier oder fünf Redebeiträgen konnte ich mich dem Thema mit einer gewissen Leichtigkeit nähern und mich mehr darauf konzentrieren, den Leuten als Person in Erinnerung zu bleiben und nicht als gesichtsloser Standpunkt in einer Debatte. Stephens Vorschlag war ausgesprochen gut gewesen, und als wir die Hauptstraße erreichten, hatte ich schon eine ziemlich gute Vorstellung, was ich sagen würde.

Nachdem wir uns vorm Pub *The Turl* mit einem Kuss verabschiedet hatten, verschwand er mit schnellen Schritten in Richtung Emmanuel College, und ich machte mich ebenfalls auf den Heimweg. Ich brauchte dringend einen Kaffee und klopfte an Violets Tür, während ich mein eigenes Zimmer aufschloss. Sie antwortete sofort, und als ich in ihr Zimmer schaute, sah ich sie bäuchlings auf dem Bett liegen. Sie las etwas, und ihre aufgestellten Unterschenkel wippten in der Luft, während an den Zehen des einen Fußes noch ganz vergessen ein roter Schuh baumelte.

«Kaffee?»

«Da steht welcher. Bedien dich.»

«Danke.»

Ich betrat ihr Zimmer und schenkte mir einen schwarzen Kaffee aus der Pressfilterkanne ein, die sie fast durchgängig in Betrieb hatte. Als sie ihr Buch zuschlug, sah ich, dass es sich um *La Femme et le Pantin* von Pierre Louÿs handelte. Ich war mir ziemlich sicher, dass es dasselbe Buch war, zu dessen Lektüre sie neulich an sich herumgespielt hatte.

«Ist das ein gutes Buch?», konnte ich mir nicht verkneifen zu fragen.

Sie schwieg, als müsste sie erst über die Frage nachdenken.

«Es ist ein Klassiker – wenn man Erotika des späten neunzehnten Jahrhunderts mag.»

Violet warf das Buch auf den Teppich. Ich rollte mich auf dem riesigen lilafarbenen Sitzsack zusammen, der in einer Ecke des Zimmers lag.

«Aber bist du nicht grade mittendrin?»

«Ich hab's schon mal gelesen. Sogar ziemlich oft.»

Ich war gezwungen, meine Unwissenheit zu offenbaren. «Ich fürchte, ich verstehe kein Französisch.»

«Nein? Warte.»

Ihre Antwort klang, als hätte ich ihr soeben gestanden, das Alphabet nicht zu beherrschen, doch sie stand blitzschnell auf, um eine übersetzte Ausgabe des Buches aus ihrem Regal zu ziehen. Ich nahm es neugierig in die Hand, wollte aber eigentlich mit ihr über die Debatte im Studentenparlament sprechen.

«Ich spreche nächsten Donnerstag vorm Studentenparlament.»

«Über Regierungs-Bordelle? Ich hoffe, du bist dagegen.»

«Ja, das bin ich tatsächlich. Giles Lancaster hat meinen Namen ins Spiel gebracht. Aber für die Opposition.»

«Dann gehörst du ja zu der Gruppe von James … äh, Dr. McLean. Er eröffnet die Debatte als Gastredner.»

«Super. Dann können wir ja vielleicht vorher unsere Aufzeichnungen abgleichen. Wenn er nichts dagegen hat.»

Ihr schien ein bisschen unbehaglich zumute zu sein, als sie sagte: «Er hat ganz bestimmt nichts dagegen. Äh … aber vielleicht sollte ich dir vorher reinen Wein über mich und James einschenken.»

«Nicht, wenn du es nicht willst.» Das war eine glatte Lüge, denn die Geschichte faszinierte mich sehr. Glücklicherweise ging sie nicht auf mein Angebot ein.

«Wir waren zusammen, als ich noch Studentin war.»

«Hier im St. Boniface College?»

«Nein. Im New College. Er flog deshalb raus.»

«Und du?»

«Soweit es die Verantwortlichen anging, war ich das unschuldige Opfer. Man hat mich zur psychologischen Betreuung geschickt.»

Sie verzog leicht nervös, aber auch ein wenig aufsässig das Gesicht, sodass ich mich genötigt sah, sie zu beruhigen.

«Keine Sorge, das macht mir nichts aus. Weshalb auch?»

Violet biss sich auf die Lippe und sah für einen Moment lang aus, als wäre sie den Tränen nahe. Ich ging auf die Knie, nahm sie kurz in den Arm und ließ sie dann weitersprechen.

«Danke. Die Geschichte war ziemlich stressig, das kannst du dir sicher vorstellen. Sehr stressig sogar. Und zwar bis zum heutigen Tag.»

«Das hab ich mir schon gedacht. Lass mich raten. Du hast das Gefühl, er hat dich gedrängt, und jetzt kommst du nicht mehr von ihm los?»

«Nein. Genau das Gegenteil. Ich habe ihn verführt.»

5

Mir gelang es zwar nicht, Violet die ganze Geschichte zu entlocken, aber als ich abends im Bett lag und in dem Buch von ihr las, hatte ich das Gefühl, zumindest einen gewissen Einblick in ihr Gefühlsleben zu bekommen. Violet hatte das Werk als Erotika bezeichnet, aber eigentlich ging es darin gar nicht so sehr um Sex, sondern um besessene Liebe, Grausamkeit und Manipulation. Es war ganz wunderbar geschrieben. Das spanische Sevilla des 19. Jahrhunderts erstand sofort ganz plastisch vor meinen Augen, und ich wurde in die aufgeladenen Emotionen des Erzählers förmlich hineingezogen. Wäre der Titel nicht gewesen – in der Übersetzung hieß der Roman «Der Teufel ist ein Weib» –, ich hätte nicht gewusst, wer hier wen manipulierte. Der Erzähler, Don Matteo, war ein reifer, wohlhabender, selbstbewusster Herr – also alles, was man von einem lüsternen älteren Mann erwartete. Das Mädchen Concepcion oder auch Conchita dagegen war jung und offensichtlich äußerst verletzbar und naiv. Erst im weiteren Verlauf des Buches wurde klar, dass sie mehr als nur einen Hauch des Bösen in sich trug und er, zumindest bis zu einem gewissen Grad, das willige Opfer war.

Als ich mich schließlich nicht mehr richtig konzentrieren konnte, legte ich das Buch beiseite. Mein Kopf war angefüllt mit Bildern von sonnendurchfluteten spanischen Straßen, dunklen Fenstern und noch dunkleren, sinnliche Genüsse versprechenden Augen, die sie in letzter Minute aber doch verwehrten. Ich empfand Mitleid für Don Matteo, aber auch große Sympathie für Conchita. Mir bereitete es ein wildes und gleichzeitig schuldbehaftetes Vergnügen, wie sie ihn anscheinend aus keinem besseren Grund quälte, als sich an seiner Frustration zu ergötzen. Das Einzige, was ich bisher nicht empfunden hatte, war Erregung. Ich hegte keinerlei Wunsch, einen Mann so zu behandeln und auch nicht, auf diese Art und Weise behandelt zu werden. Ich fragte mich, was Violet wohl empfand und ob ihre Affäre mit James McLean wirklich die von Conchita und Don Matteo widerspiegelte.

Zum Glück hatten wir Wochenende, denn nachdem ich sehr spät aufgewacht war, machte ich mir nur schnell einen Kaffee und setzte danach augenblicklich meine Lektüre fort. Nach ein paar Seiten kam ich zu einer weitaus besseren Szene, in der Conchita Don Matteo eröffnete, dass sie nackt vor anderen Männern tanzte. Das brachte seine Lust und seine Eifersucht zum Siedepunkt. Sie ging mit unglaublichem Geschick ans Werk, flirtete, spielte die Unschuldige und stellte die völlige Hingabe in Aussicht, nur um sich in letzter Minute doch zu verweigern. Und dabei stellte sie die ganze Zeit ihn als den Aggressor hin. Schließlich ging es mit ihm durch, und er nahm sie sich einfach. Und genau darauf hatte sie es von Anfang an angelegt.

Einen Mann so lange zu provozieren, bis er die Kontrolle über sich verlor, war eine Vorstellung, die ich durchaus reizvoll fand. Das erinnerte mich daran, wie Stephen sich in unserer ersten gemeinsamen Nacht nach nur einem Kuss verhalten hatte. Ich konnte mir gut vorstellen, dass Violet dazu auch in der Lage war. Und was immer sie vielleicht früher zurückgehalten hatte, nach den Geräuschen aus ihrem Zimmer neulich zu urteilen, wusste ich, dass sie sich ihm mittlerweile völlig ergeben hatte. Wenn man ihren

Worten Glauben schenken konnte, hatte sie ihn verführt. Und das legte nahe, dass er sich anfänglich gewehrt, sie seinen Willen aber gebrochen hatte, sodass man ihn schließlich sogar aus dem College geworfen hatte. Kein Wunder, dass ihre Beziehung stürmisch war. Und dennoch kehrte er immer wieder zu ihr zurück.

Ich hatte noch nie derartige Kontrolle über einen Mann gehabt und fand die Vorstellung äußerst fesselnd, aber irgendwie auch seltsam. Violet war hübsch und hatte etwas überaus Lüsternes, Sinnliches an sich. Selbst mit ihren extrem schmalen Hüften und dem kaum erwähnenswerten Busen war sie doch außerordentlich weiblich. Offensichtlich ging Dr. McLeans Interesse an ihr weit über bloße Körperlichkeit hinaus. So gebildet und intelligent, wie er schien, war das nicht weiter verwunderlich. Aber auch er war ausgesprochen attraktiv und hatte zweifellos ebenfalls eine Menge Verehrerinnen. Das hieß, Violet musste etwas haben, was die anderen nicht hatten. Und zwar in einem Maße, dass er bereit war, alles dafür zu riskieren.

Vielleicht war er einfach unvorstellbar in sie verliebt. Aber das schien irgendwie nicht recht zu passen, denn dazu war er eigentlich zu cool und kontrolliert. Als ich die beiden belauscht hatte, war seine Stimme sogar dann ruhig und autoritär gewesen, als sie voller Inbrunst ihre Leidenschaft herausgestöhnt hatte. Und wenn er wirklich so in sie verliebt wäre, hätte er wohl kaum vorgeschlagen, sich auch noch um mich zu kümmern. Vielleicht war Violet ja deshalb so unwiderstehlich für ihn, weil sie genau das wollte, was er zu geben hatte. In diesem Fall hätte man das auch mit mir machen können. Nur, dass ich es niemals akzeptiert hätte – schließlich hielten mich alle für ein nettes Mädchen.

In meiner Vorstellung war es heißes Wachs gewesen. Aber das schien mir mittlerweile viel zu trivial und gängig, um eine solche Leidenschaft hervorzurufen. Vielleicht hatte Dr. McLean ja einen merkwürdigen, seltenen Fetisch, den Violet bereit war, mit ihm auszuleben. Andererseits war sie es gewesen, die vor Lust gestöhnt hatte. Das Ganze ergab zwar keinen rechten Sinn, aber es hatte mich aufgeheizt – sowohl die letzten beiden Szenen des Buches als auch die Gedanken an Violet und ihren Liebhaber. Als meine Beine sich spreizten, musste ich einen kleinen Anflug von Scham niederkämpfen, denn ich hatte in der letzten Woche öfter masturbiert als im gesamten Rest des Jahres. Aber davon würde ich mich nicht abhalten lassen.

Ich schloss die Augen, als meine Hand in mein Höschen wanderte, und stellte mir vor, was Stephen wohl empfinden würde, wenn er wüsste, dass ich nackt vor anderen Männern getanzt hatte. Vielleicht wartete er vor irgendeinem schäbigen Club auf mich, während ich drinnen einen langsamen, schmutzigen Striptease hinlegte. Die Phantasie funktionierte nicht. Jedenfalls nicht mit Stephen. Er war einfach zu nett. Da war Giles mit seiner Arroganz schon besser geeignet. Obwohl ich mir nicht vorstellen konnte, dass ihm das Ganze etwas ausgemacht hätte.

Höchstens wenn ich es vor seinen Augen täte und es ihm nicht erlaubt wäre, mich zu berühren. Das funktionierte. Ich stellte mir vor, wie ich ihn bat, auf dem Rückweg vom *Les Couleurs* in einer ruhigen Seitenstraße zu halten, und ihm versprach, alles mit mir tun zu können, wenn er meine Anweisungen befolgte. Wir würden die Scheinwerfer des Autos anlassen und uns eine winzige, von der Straße aus uneinsehbare Bühne bauen. Ich würde ihn reizen, ihn küssen, ihn sanft berühren und alles Mögliche versprechen, um ihn schließlich dazu zu bringen, sich von mir an einen Baum binden zu lassen. Seine Handgelenke wären hinter dem Baumstamm mit seiner Krawatte gefesselt, sodass er nur hilflos zusehen könnte, wie ich mich im Licht der Scheinwerfer auszog. Ganz langsam würde ich vorgehen, ihn immer wieder necken, während ich mich entblößte, um ihm schließlich alles zu zeigen.

Zu diesem Zeitpunkt würde er sich längst gegen seine Fesselung auflehnen und verlangen, dass ich ihn befreie. Irgendwann würden seine Forderungen in ein Betteln übergehen, während ich nackt vor ihm tanzte und ihm jedes Detail meines Körpers zeigte. Nichts würde verborgen bleiben. Ich würde vor ihm kommen. Ich stellte mir vor, wie meine Hüften nach vorn schnellen würden, während ich meine Brüste und mein Geschlecht streichelte. Oder noch besser, wie ich mit hochgerecktem Po vor ihm kniete, sodass er meine Finger bei ihrem Werk beobachten und sich vorstellen konnte, wo er seinen zuckenden Schwanz am liebsten reinstecken würde.

Er hätte von Anfang an eine Erektion gehabt und sich nach meiner Berührung gesehnt, während er meinen Orgasmus beobachtete. Ich wäre seinem Wunsch nachgekommen – zumindest ein wenig –, hätte seinen Schwanz und seine Eier aus der Hose geholt, ihn ein bisschen bearbeitet und ihm vielleicht einen kleinen Kuss auf die Eichel gegeben. Dann aber wäre ich verschwunden, hätte ihn mit einem letzten verführerischen Hüftschwung stehenlassen, meine Sachen lässig ins Auto geworfen und wäre davongefahren. Ganz und gar hilflos hätte ich ihn zurückgelassen, mit steifem Schwanz, der immer noch aus seinem Hosenschlitz ragte.

Jetzt näherte ich mich auch in Wirklichkeit meinem

Orgasmus. Ich ließ die gesamte, köstliche Phantasie noch einmal vor meinem geistigen Auge Revue passieren und erreichte den Höhepunkt schließlich an der Stelle, an der ich meinen BH auszog und ihn bei meinem letzten, frechen Hüftschwung triumphierend in der Luft schwenkte. Der Orgasmus war wirklich ausgesprochen gut, wurde aber ein wenig von der Erkenntnis verdorben, dass ich gerade an Giles Lancaster gedacht hatte, während ich mich selbst befriedigte.

Ich lag noch sehr lange still da, während das warme, befriedigte Gefühl langsam nachließ. Vor meiner Zimmertür herrschte Hochbetrieb. Die Orientierungswoche war beendet, und die Mehrheit der Studenten im zweiten und dritten Trimester trudelte nach und nach ein, sodass im College schon um zehn Uhr morgens große Betriebsamkeit herrschte. Man hörte, wie Freunde sich auf den Fluren begrüßten und ihre Koffer die Treppe vor meiner Tür raufschleppten. Ich wusste, dass ich meinen Tag verschwendete. Eigentlich hätte ich auch da draußen unterwegs sein müssen, anstatt an mir herumzuspielen. Es galt, neue Menschen kennenzulernen und neue Dinge zu tun. Am Mittwoch würde ich meine Seminararbeit abgeben müssen. Dann würde die Debatte stattfinden, und das hieß, ich würde endlich erfahren, was Giles mir da tatsächlich aufgedrückt hatte. Ich würde Dr. McLean und den Rest unseres Teams kennenlernen, meine Rede vorbereiten und überhaupt viel herumrennen und vor Energie sprühen. Ab Montag hieß es dann auch, an den ersten Vorlesungen teilzunehmen. Und das bedeutete, bis dahin musste ich es irgendwie geschafft haben, mich zusammenzureißen.

Eins beherrsche ich: mich zum Arbeiten zu zwingen, wenn ich weiß, dass es sein muss. Meine Technik besteht darin, mir ein Extravergnügen zu gönnen, sobald ich ein gewisses Pensum geschafft habe. Als Kind waren das stets meine Lieblingssüßigkeiten gewesen, Schokolade für meine Zulassung zum Gymnasium, ein paar Dosen Bier für mein Abitur und nun – wo ich in Oxford war – passenderweise einige Gläschen alten Portweins. Am Dienstagabend hatte ich nicht nur meine Seminararbeit fertig, sondern außerdem mehrere Seiten Notizen für meine Rede zusammengestellt. Und das alles zwischen diversen Vorlesungen, Seminaren und drei kurzen, aber leidenschaftlichen Nummern mit Stephen.

Während meiner Recherchen zum Thema Prostitution und Staat wurde etwas sehr schnell klar: Giles Lancaster hatte mich übers Ohr gehauen. Er hoffte nicht nur auf einen leichten Sieg seiner Seite, sondern wollte auch dafür sorgen, dass ich einen totalen Narren aus mir machte. Das Ganze war hinterhältig und ziemlich mies, aber gleichzeitig auch nicht clever genug, um Machiavelli eine Lektion zu erteilen. Es dauerte nämlich nur ein paar Sekunden, bis ich merkte, was er vorhatte. Ich musste nur die Worte «männliche Privilegien» und «Patriarchat» im Internet eingeben, um zu erkennen, dass beide Formulierungen ihren Ursprung in den radikalsten feministischen Ideologien hatten und von genau den Extremistinnen verwendet wurden, die jeden Bezug zur fundamentalen Notwendigkeit von Gleichheit verloren hatten. Hätte ich diese Begriffe als Argumentationsgrundlage meiner Ausführungen verwendet, wäre ich ausgelacht und aus dem Gebäude gejagt worden. Und das hätte durchaus das Aus für meine politischen Ambitionen bedeuten können.

Stephens Idee war da schon weitaus besser. Ein bisschen idealistisch vielleicht, aber das wurde wahrscheinlich sowieso von mir erwartet. Außerdem war ich durchaus seiner Meinung. Ich hatte schon immer das Gefühl, dass es für jeden einen passenden Partner gibt und dass niemand Sex kaufen oder verkaufen müsste, wenn die Menschen das Thema Sex nicht ganz so ernst nehmen würden. Das Problem war nur, dass diese Ansicht keine Antwort auf die eigentliche Frage darstellte – außer vielleicht, dass bezahlter Sex durch staatliche Bordelle vielleicht zur Institution werden würde. Dieser Teil musste also noch überarbeitet werden. Dennoch hatte ich das Gefühl, meine Ideen jetzt mit Dr. James McLean besprechen zu können.

Violet hatte mir von ihm ausgerichtet, dass er und die beiden anderen Sprecher sich im *White Horse* und nicht in der Bar des Studentenparlaments treffen würden, sodass wir unsere Positionen ohne die Gefahr eines Lauschangriffs austauschen konnten. Angesichts von Dr. McLeans Ruf und seiner beiläufigen Bemerkung, dass er sich auf unbestimmte, aber eindeutig schmutzige Art und Weise um mich kümmern wollte, war ich überaus froh, dass wir zu viert sein würden. Doch wie sich herausstellte, war er sehr höflich und freundlich. Die anderen beiden Sprecher waren ebenfalls weibliche Studenten, nur dass sie schon im dritten und nicht im ersten Trimester waren. Nachdem er uns einander vorgestellt und man ein wenig geplaudert hatte, kam er schließlich zur Sache.

«Kennen Sie alle Giles Lancaster?»

Wir nickten synchron.

«Dann wissen Sie sicher auch, welchen Standpunkt er vertreten wird. Brot und Spiele, um die Masse ruhig zu halten, während die Verbrechen, die man mit Prostitution assoziiert, durch das Eingreifen privater Firmen eliminiert werden. Und das heißt in diesem Fall Ausschaltung von Menschenhändlern, Zuhältern und anderen absolut unangenehmen Menschen. Diese Idee ist überaus populär. Er hat im letzten Quartal bei der Debatte zur Legalisierung von Drogen so ziemlich dieselben Argumente gebracht. Komali und Susan erinnern sich bestimmt noch daran, denn ihre Seite hat damals gewonnen. Ich habe da ein paar Ideen, wie wir seinen Ansatz torpedieren können. Aber erst möchte ich noch Ihre Gedanken zu dem Thema hören. Nora?»

«Äh … Okay. Mein Hauptargument besteht darin, dass staatlich kontrollierte Bordelle das Konzept von Sex als Ware legitimieren.»

«Und das sehen Sie als etwas Schlechtes an?»

«Ja. Sex sollte doch wohl eine Erfahrung zwischen zwei mündigen Bürgern sein, die sich lieben, oder?»

«Okay. Ich habe eine Frage an Sie. Würden Sie zustimmen, dass auch ein behinderter Mensch, vielleicht jemand in einem Rollstuhl, einen Sexualtrieb hat?»

«Ja, natürlich.»

«Und dass dieser Mensch ein Recht hat, seiner Sexualität auch Ausdruck zu verleihen?»

«Ja.»

«Gut. Dann gehen wir mal einen Schritt weiter. Er oder sie ist außerdem hässlich und im sozialen Umgang äußerst ungeschickt. Wie soll dieser Mensch nun einen beziehungsbereiten Partner finden, der ihn liebt?»

«Partnervermittlungen oder vielleicht irgendwas online?»

«Glauben Sie wirklich, das funktioniert?»

«In einigen Fällen sicher schon. Okay, vielleicht nicht so oft.»

«So gut wie nie, würde ich sagen. Realistisch gesehen, besteht in so einem Fall die einzige Chance auf Sex darin, dafür zu bezahlen.»

«Ich verstehe, worauf Sie hinauswollen. Aber das klingt, als würden Sie für die Gegenseite argumentieren.»

«Ganz und gar nicht. Mein Ansatz sieht Prostitution als eine Profession, die durchaus ihre Berechtigung hat. Aber das impliziert in keiner Weise, dass sie ausschließlich vom Staat kontrolliert werden sollte.»

«Okay. Tut mir leid. Das war offensichtlich kein so guter Gedanke.»

«Doch, doch. Ich spiele hier ja nur den Anwalt des Teufels. Es könnte nämlich sehr gut sein, dass die Gegenseite dasselbe Argument bringt.»

«Und was, meinen Sie, sollte ich dann erwidern?»

«Ihr Argument ist gerechtfertigt, muss aber noch modifiziert werden, und ich möchte außerdem, dass wir vier alle das gleiche Gesangbuch unter dem Arm haben. Ein Punkt, der unsere Position stützt – und den Giles sicher auch selbst ansprechen würde, stünde er auf unserer Seite –, ist der Kapitalismus. Wieso, erklärt sich wohl von selbst.»

Er sah uns eine nach der anderen an, und ich war sehr froh, dass ich nicht die Einzige war, die ihn verständnislos anschaute. Nachdem meine eigene Idee so schnell in der Luft zerfetzt worden war, wollte ich mich nicht schon wieder zu Wort melden. Stattdessen wagte sich Susan vor.

«Wie meinen Sie das?»

«Das eigentliche Argument geht dahin, dass Prostitution wie jedes andere Gewerbe auch legal sein sollte und so betrieben werden muss, dass sie Profit abwirft. Gleichzeitig sollte sie aber auch so reguliert sein, dass einem

Missbrauch vorgebeugt wird. Der Grundsatz, dass jedes staatlich kontrollierte System sich unausweichlich auf dem kleinsten gemeinsamen Nenner einpendelt, zieht einen unmotivierten Service, niedrige Gehälter für die Produzenten – in diesem Fall die Mädchen, die die tatsächliche Arbeit leisten – und ein unausgewogenes Management nach sich.»

«Ist das nicht eigentlich eine neoliberale Theorie?»

«In der Tat. Deshalb soll Giles ja auch glauben, dass dies das wichtigste Glied unserer Argumentationskette ist. In Wirklichkeit habe ich allerdings vor, die sozialen Nachteile staatlicher Kontrolle in den Vordergrund zu stellen: staatliche Einmischung, Datenabschöpfung und deren potenzieller Missbrauch, schlechter Service und so weiter. Aktuelle Dinge, mit denen die Zuhörer etwas anfangen können und uns die Debatte hoffentlich gewinnen lassen. Außerdem will ich, dass …»

Wir drei hörten weiter zu, während er einen kompletten Plan formulierte, der für mich eigentlich nur eine Frage offenließ: «Und wie wollen Sie dafür sorgen, dass Giles glaubt, wir würden das Kapitalismus-Argument bringen?»

«Indem Sie es ihm unterjubeln, Nora.»

Ich hätte auf keine bessere Aufgabe hoffen können. Nicht nur, dass die Sache großen Spaß machte und ich mir dabei wie eine Geheimagentin vorkam. Es war auch eine großartige Gelegenheit, mich an Giles für sein Verhalten zu rächen. Die Frage war nur, wie sollte ich das anstellen, ohne dass er Verdacht schöpfte?

Direkt auf ihn zuzugehen, würde nicht funktionieren, denn er war viel zu schlau, um darauf reinzufallen. Auch wenn er sich noch so arrogant gab, er musste gemerkt haben, dass ich nicht allzu angetan von ihm war. Anders wäre es schon, wenn er zu mir käme. Dann könnte ich so tun, als würde mir aus Versehen etwas rausrutschen. Vielleicht nach einem Drink zu viel in der Bar des Studentenparlaments, die ich direkt nach meinem Seminar am Mittwochnachmittag ansteuerte. Wie erwartet, traf ich Giles tatsächlich dort. Doch nicht nur ihn. Zu meiner Überraschung war er in Begleitung von Stephen. Sie unterhielten sich angeregt, und als ich auf sie zuging, meinte ich eine Spur von Verlegenheit oder sogar Schuldgefühl in Stephens Stimme zu hören, als er mich begrüßte. «Hallo, Nora. Alles okay?»

«Ja, bestens. Ich hatte nach dem Seminar einfach nur Lust auf einen Drink.»

Giles war wie immer. «Nach einer Stunde sozialer Philosophie mit diesem Arbeiterhelden McLean ist das nicht weiter verwunderlich. Ich hol dir was. Willst du auch noch einen, Mitchell?»

«Noch ein Pint, bitte.»

«Für mich bitte einen Portwein.»

«Davon kriegst du Gicht. Nimm lieber einen Gin Tonic.»

Er ging zur Bar und ließ Stephen und mich allein zurück. Mir spukte da eine Frage im Kopf herum, die ich ihm schon stellen wollte, seit die beiden sich auf der Jackdaw Lane getroffen hatten. «Wieso sprecht ihr euch eigentlich mit dem Nachnamen an?»

«Das stammt noch aus der Schule. In Laon Abbey und den meisten anderen Privatschulen wird das einfach so gehandhabt.»

«Das ist ja schräg.»

«Eigentlich nicht. Im neunzehnten Jahrhundert war das ganz normal – zumindest in den höheren Schichten. Und diese Tradition ist eben erhalten geblieben. Genauso wie Richter und Anwälte in England Perücken tragen oder wir uns Roben anziehen, wenn wir den Abschluss bekommen.»

«Mag sein. Aber es klingt so formell.»

«Vielleicht. Aber für mich ist das eine Sache, die ich nur mit meinen engsten Freunden tue.»

«Dann weiß ich also, dass du mich richtig gern hast, wenn du mich Miller nennst?»

Er lachte. «Kann ich machen, wenn du willst.»

«Nein. Das würde zu sehr danach klingen, als würde man in der Schule vom Lehrer ermahnt werden. Kommst du morgen Abend, um dir meine Rede anzuhören?»

«Aber klar. Und Giles kommt auch. Du weißt schon, dass er gewinnen wird. Er gewinnt immer.»

«Dann steht dir vielleicht eine Überraschung bevor. Dr. McLean hat ein paar sehr schlagende Argumente auf Lager.»

Es wäre die perfekte Gelegenheit gewesen, mein kleines Täuschungsmanöver in das Gespräch einzubauen, aber es war Giles gelungen, in rekordverdächtiger Zeit bedient zu werden und zurückzukommen. Außerdem hätte ich nicht dafür garantieren können, dass Stephen es auch weitergegeben hätte. So versuchte ich es mit einer anderen Herangehensweise.

«Was für Argumente wirst du denn morgen vorbringen, Giles?», fragte ich ihn, nachdem er mir meinen Drink gereicht hatte.

«Glaubst du allen Ernstes, dass ich dir das vierundzwanzig Stunden vor der Debatte verrate?»

«Wieso nicht? Wenn du wirklich so gut bist, wie die Leute behaupten.»

«Ich bin gut, weil ich meinen Gegnern nicht verrate, was

ich tue. Ich hoffe, du hast die Latzhose gebügelt und deinen Feministenratgeber griffbereit.»

«Nein. Eine Argumentation, die in diese Richtung geht, hätte nicht eine Minute Bestand. Und das weißt du auch sehr gut.»

«Nichts weiß ich. Oxford ist voller Blaustrümpfe. Das war schon immer so.»

«Wir haben jedenfalls ein viel schlaueres Argument.»

«Tatsächlich? Sag jetzt nicht, dass ihr zugunsten der Prostitution als freies Unternehmen argumentiert.»

Ich war sprachlos. Aber nur für einen Moment, denn ich musste mich sofort zwingen, nicht zu grinsen. Er lachte über meine Reaktion, während ich ein übereiltes und absichtlich wenig überzeugendes Dementi von mir gab. Und das war's auch schon. Der Job war erledigt. Noch ein paar Sätze mehr, und er hätte vielleicht gemerkt, dass ich bluffe. Also wechselte ich schnell das Thema.

«Bist du dem Club für Börsenhandel beigetreten, Stephen?»

«Ja. Ist für mich unverzichtbar.»

«Er hat sich auch bei den Hawkubites beworben, stimmt's Mitchell?», mischte Giles sich sein.

Stephen reagierte mit einem verlegenen Nicken und einem fragenden Blick in meine Richtung.

«Ich habe nichts dagegen», beeilte ich mich, ihm meine Zustimmung zu versichern. «Schon vor langer Zeit habe ich gelernt, dass man den Jungs ihre freien Abende lassen muss.»

«Und es ist ja wirklich eine rein männliche Vereinigung», fügte er hinzu und klang dabei immer noch etwas betreten.

«Ich vertraue dir, Stephen.»

«Danke.»

«Aber erwarte nicht, dass ich dir zu Hilfe eile, wenn du wegen Vandalismus in irgendeinem Restaurant verhaftet wirst.»

Giles machte eine wegwerfende Geste. «Keine Sorge. Für solche Fälle beschäftigen wir einen Anwalt.»

«Ist das nicht ziemlich teuer?»

«Ein Hawkubite zu sein hat eben seinen Preis. Deshalb lassen wir ja auch kein Gesindel beitreten.»

«Obwohl ihr euch wie Gesindel benehmt?»

«Ich habe es doch schon mal gesagt: Wenn man korrekt gekleidet auftritt, ist es auch kein Vandalismus.»

«Das hast du gesagt, ja. Kommst du heute Abend noch zu mir, Stephen?»

«Äh ... Eigentlich gern, aber Giles stellt mich heute dem Komitee vor.»

«Und danach?»

«Ja, klar.»

«Ich bin auf meinem Zimmer.»

Ich nahm den letzten Schluck aus meinem Glas und kehrte dann ins College zurück. Trotz meiner zustimmenden Worte war ich nicht besonders froh darüber, dass Stephen den Hawkubites beitreten wollte, denn diese Jungs waren nichts weiter als ein Haufen Upperclass-Rowdys. Dabei hatte ich es durchaus ernst gemeint, als ich der Sache meinen Segen gab. Wenn es etwas gibt, was eine Beziehung garantiert ruiniert, dann der Versuch, seinen Partner ändern zu wollen – besonders, wenn man ihn oder sie auch noch davon abhält, mit guten Freunden um die Häuser zu ziehen. Stephen und ich verstanden uns gut, und ich wollte ihn auf keinen Fall mit allzu großer Herrschsucht vertreiben.

Jetzt, wo ich meine Seminararbeit fertig hatte, konnte ich es kaum erwarten, den Roman von Pierre Louÿs zu Ende zu lesen. Während der Arbeit hätte die Lektüre mich einfach zu sehr abgelenkt. Der letzte Teil war allerdings etwas enttäuschend, denn ich hatte eigentlich mit etwas noch Pikanterem gerechnet als der Szene, in der Don Matteo bei Conchita die Beherrschung verliert. Es wurde zwar noch sehr spannend, aber der Höhepunkt mit dem ich gerechnet hatte, kam nicht, und das hinterließ eine gewisse Unzufriedenheit bei mir.

Es war jetzt zehn Uhr und immer noch kein Zeichen von Stephen. Violet war auch nicht da, also ging ich auf einen Kaffee zu zwei anderen Studenten, die eine Etage unter mir wohnten und beide im zweiten Trimester waren. Der eine studierte Botanik, der andere Geschichte. Das Gespräch mit ihnen war ziemlich langweilig, aber ich hoffte, dass Stephen käme, solange ich noch bei ihnen war. Er sollte nicht denken, dass ich nur herumgesessen und auf ihn gewartet hätte. Es war bereits halb elf, als ich wieder nach oben ging. Ich war gerade dabei, meine Tür aufzuschließen, als ich von unten Schritte hörte, die viel zu schnell und schwer waren, als dass sie von Violet hätten stammen können. Es dauerte nicht lange, und Stephen erschien auf dem Treppenabsatz. Er war ganz rot im Gesicht und entschuldigte sich, während er mich in die Arme nahm.

«Tut mir leid, dass es so lange gedauert hat. Komm her.»

Ich sträubte mich nicht, sondern öffnete meinen Mund trotz der Bierfahne und noch etwas anderem, was ich nicht recht einordnen konnte. Etwas, was stark und moschusartig roch. Er war betrunken und geil. Ich zog ihn schnell in mein Zimmer, damit meine Nachbarin nicht Zeuge wurde, wie ich mir gegen die Tür gepresst den Hintern befummeln ließ – eine Reaktion, die er eindeutig als Zustimmung wertete. Mein Oberteil und der BH waren hochgeschoben, noch bevor ich die Tür ganz schließen konnte. Ich musste mich erst aus seiner Umarmung befreien, um dafür zu sorgen, dass Violet nicht noch weitaus mehr sah.

«Nicht so schnell, Stephen!»

«Ich will dich!»

«Ich weiß, aber ...»

Meine Worte wurden von einem Keuchen unterbrochen, das unwillkürlich über meine Lippen kam, als er die Hand unter meinen Rock gleiten ließ, um durch den Slip hindurch meine Möse zu reiben.

«Du bist ja ganz feucht. Hast du an mich gedacht?»

Ich hatte nicht an ihn, sondern an das gedacht, was Don Matteo mit Conchita getan hatte. Aber da es ganz so aussah, als würde mir gleich dieselbe Behandlung zuteil werden, gab es nur eine Antwort auf seine Frage: «Ja.»

«Böses Mädchen. Na los, Höschen runter.»

Er steckte zwei Finger unter das Bündchen und zog mir den Slip über die Hüfte. Ich hatte die Arme um ihn gelegt, aber er drückte mich einfach nur zurück aufs Bett und presste meine Schenkel nach oben, während mein zwischen den Knien gespannter Slip mich in Position hielt – so ähnlich, wie er es in unserer ersten gemeinsamen Nacht getan hatte. Seine freie Hand glitt zu meiner Muschi, die er so lange rieb, bis sich schließlich auch der letzte Widerstand in mir löste. Als Nächstes spürte ich, wie einer seiner Finger für einen kurzen Moment in mich eindrang, während er gleichzeitig an seinem Reißverschluss herumnestelte.

Sein Schwanz schob sich aus der Hose heraus sofort in meinen Mund. Ich lutschte daran, während er anfing, meinen Körper zu erkunden. Er spielte mit meinen Brüsten und den Pobacken, befingerte mich und rieb mit dem Knöchel eines Fingers zwischen meinen Schamlippen. Dabei drückte er die ganze Zeit meine Beine nach oben, um mich in dieser hilflosen und entblößten Position zu halten. Mir gefiel es, und ich hätte nichts dagegen gehabt, so von ihm zum Höhepunkt gebracht zu werden. Aber er bekam blitzschnell eine Erektion und war überaus begierig, mich zu nehmen.

«Na los! Hintern hoch!»

Ich hatte keinerlei Mitspracherecht, wurde auf dem Bett umgedreht und an den Hüften etwas hochgehoben. Er positionierte seinen Schwanz zwischen meine Pobacken und strich damit über meine Spalte, bevor er ihn schließlich in die Hand nahm und mit einem Stoß tief in mir versenkte. Ich war bereit und hatte keinerlei Schwierigkeiten, ihn in mich aufzunehmen. Das war auch gut so, denn er war viel zu angetrunken und geil, um sich Zeit zu lassen. Seine Stöße waren so tief und schnell, dass es mir förmlich den Atem raubte.

«Du siehst in dieser Stellung einfach geil aus, Nora! Total geil!»

Ich fand eher, dass ich auf würdelose Weise verkommen aussah. Die Brüste hingen aus dem BH heraus, der Rock war nach oben geschoben, und mein Höschen schlackerte mittlerweile um einen meiner Fußknöchel. Aber ich war nicht mehr in der Lage, mich zu beschweren. Er hatte mich bei den Beinen gepackt und fast vom Bett gehoben. Meine Schenkel waren so gespreizt, dass seine Eier mit jedem Stoß gegen meine Scham schlugen. Wenn er sein Tempo nur noch ein paar Sekunden hielt, würde es mir kommen. Ich flehte ihn an, nicht aufzuhören, während gleichzeitig in meinem Kopf die Bilder wie ein Zeitraffer vorüberzogen, was er da mit mir getan hatte.

Er hatte sich einfach Zutritt zu meinem Zimmer verschafft, meine Kleidung beiseitegeschoben, um an die Körperteile zu kommen, die er gerade betatschen wollte, und mich dann durchgefickt. Hätte ich nicht darauf bestanden, die Tür zu schließen, stünde sie immer noch so weit offen, dass Violet einen Platz in der ersten Reihe gehabt hätte, um zu sehen, wie ich von hinten genommen wurde. Ich konnte mir ihre Reaktion gut vorstellen. Die Hand schockiert, aber auch erregt vor den Mund gepresst, während sie Stephens Schwanz in meine Möse stoßen sah. Kichernd über meine Lage, die Hand langsam zwischen ihre eigenen Schenkel wandernd …

Ich kam mit einem lauten Schrei. Ich war viel zu weggetreten, um mir Gedanken über meine Nachbarn oder sonst welche Dinge zu machen, die nichts mit dem köstlichen Gefühl zu tun hatten, das jetzt durch meinen Körper strömte. Als Stephen grunzte, wusste ich, dass er in mir gekommen war. Dieser Gedanke ließ mich einen weiteren Gipfel erklimmen, der sogar noch höher war als der erste. Der Orgasmus dauerte so lange und war so intensiv, dass ich sogar noch vor Lust keuchte, als er sich aus mir zurückzog. Doch plötzlich drängte sich die Frage in meinen Kopf, ob es wirklich sein Name gewesen war, den ich da in Ekstase gebrüllt hatte, oder nicht vielleicht doch der von Violet.

6

Wir gewannen die Debatte mit 219 Nein- zu 191 Ja-Stimmen – ein Sieg, der sicher zum großen Teil der Tatsache zuzuschreiben war, dass ich Giles Lancaster auf eine falsche Fährte hatte locken können. Seine Eröffnungsrede war gut. Die Kombination aus Humor und Argumenten hatte das Publikum überzeugt und etwa bei der Hälfte der Anwesenden für zustimmendes Kopfnicken gesorgt. Unser Glück war es, dass Dr. McLean doch noch etwas geschickter war und seine Thesen mit genau der klaren, autoritären Stimme vorgetragen hatte, die einen nicht mal an Widerspruch denken ließ. Seine große Überzeugungskraft machte die Auseinandersetzung nicht nur für mich, sondern auch für alle anderen noch spannender. Dabei betrachtete er die Debatte eher als eine Übung in Logik und nicht unbedingt als Gelegenheit, für seine Ansichten zu werben.

Als er das Rednerpult verließ, war ich ganz sicher, dass wir den Sieg schon in der Tasche hätten. Dennoch war ich äußerst nervös, als die anderen Redner einer nach dem anderen ihre Thesen vortrugen. Der Mann, der Giles' Standpunkt befürwortet hatte, war ein ziemlicher Clown. Er redete offenbar nur für seine Freunde im Publikum und richtete damit mehr Schaden an, als dass er seiner Gruppe etwas nutzte. Susan wiederum war zu leise und schüchtern. Ihre Rede langweilte das Publikum, und die dadurch entstandene Unruhe legte sich erst wieder, als die einzige Frau in Giles' Team sich zu Wort meldete. Sie war sehr gut, reagierte mit klarer, ernster Stimme auf Susans Argumente, war aber eindeutig zu angewidert von der Vorstellung, irgendjemand außer dem Staat könnte irgendetwas leiten. Ihre Argumentation war also lückenhaft, und ich machte mir hektisch Notizen, um noch einige Elemente des Kapitalismus-Ansatzes in meine Rede aufzunehmen.

Mein Magen rebellierte, während sie ihren Platz wieder einnahm, und ich war froh, dass ich das Podium ohne irgendwelche peinlichen Stolperer erreichte. Als ich dann oben stand, fiel mir das Ganze erstaunlich leicht. Es war eigentlich kein großer Unterschied zu den Reden, die ich vor der Schülerversammlung gehalten hatte. Wenn einen gut vierhundert Leute anschauen, scheinen sie irgendwann zu einer einzigen Person zu verschmelzen. Außerdem wusste ich, wie ich Susans Fehler vermeiden konnte, und hielt meinen Kopf aufrecht und den Mund immer dicht am Mikrophon. Weil ich eine Frau und gleichzeitig eine Studienanfängerin war, hatte ich zu Anfang noch Sorge, dass einige der unbändigeren Studenten meinen Vortrag durch Zwischenrufe stören würden. Aber ich konnte meine gesamte Rede in eine respektvolle Stille hinein halten, die am Ende meines Vortrages in ein sanftes Murmeln überging. Dieser Abschluss erleichterte mich sehr, aber ich war überhaupt nicht sicher, ob ich nun gut oder schlecht bewertet wurde.

In der resümierenden Schlussrede der Gegenpartei fasste Giles' letzter Sprecher lediglich noch einmal zusammen, was bereits gesagt worden war. Da war Komalis Zusammenfassung unserer These zwar besser, aber sie verrannte sich leider darin, alles bis ins letzte Detail zu bewerten, sodass im Publikum recht schnell Langeweile aufkam und ich mich schon fragte, ob wir nicht vielleicht doch noch verlieren würden. Zu Beginn der Abstimmung wurde mir klar, dass es eine Menge Leute gab, die auch dann für Giles gestimmt hätten, wenn sein Vorschlag gewesen wäre, den Rundbau der *Radcliffe Camera* lila zu streichen. Aber es gab eine ebenso große Zahl von Zuhörern, die grundsätzlich gegen ihn waren – es sei denn, er hätte seinen Rücktritt bekanntgegeben. Es waren die Wechselwähler, die schließlich für unseren Sieg sorgten und mir auf dem Weg in die Bar das herrliche Gefühl eines Erfolgserlebnisses bescherten. Dr. McLean lud uns zu einer Flasche Sekt ein und bestand darauf, mir das erste Glas einzuschenken.

«Das war wirklich eine eindrucksvolle Vorstellung, Nora. Ich glaube, so eine besonnene Rede habe ich von einem Ersttrimester noch nie gehört.»

«Ich bin es gewöhnt, Vorträge zu halten», erwiderte ich errötend. «An meiner Schule war ich Präsidentin des Debattier-Clubs, und wir mussten unsere Referate ab der sechsten Klasse immer vor der großen Vollversammlung halten. Und das waren fast achthundert Leute. Prost.»

Ich nahm einen Schluck Sekt, während er sich Komali zuwandte und mit einigen Worten des Lobes auch ihr Glas füllte. Genau wie ich und Susan badete auch sie in dem warmen Gefühl seiner Zustimmung. Das allerdings löste bei mir einen plötzlichen und völlig irrationalen Anflug von Eifersucht aus, den ich aber sofort unterdrückte. Dann fing Dr. McLean an, unsere Auftritte zu rekapitulieren und uns sehr bestimmt, aber taktvoll zu erklären, was wir vielleicht hätten besser machen können. Seine Ausführungen sorgten dafür, dass der Respekt, den ich seit unserem Treffen im *White Horse* für ihn empfunden hatte, noch größer wurde.

Irgendwann gesellte sich Stephen zu uns und dann auch Violet. Das Gespräch verlor langsam seine Ernsthaftigkeit, und nachdem ich auch mein zweites Glas Sekt geleert hatte, fand ich es an der Zeit, Giles Lancaster Gelegenheit zu geben, mir zu gratulieren. Er stand auf der anderen Seite des Raumes inmitten einer Gruppe Saufkumpane, die er förmlich anzuziehen schien. Als er mich näher kommen sah, entschuldigte er sich und kam mit seinem typisch saloppen Schuljungengrinsen auf mich zu.

«*Ave Honora, crapulari te salutant.* Das heißt ‹Die dem Rausch Geweihten grüßen dich› – falls es in deiner Schule keinen Lateinunterricht gab. Honora bedeutet übrigens …»

«Ich weiß, was das bedeutet.»

«Tatsächlich? Na, dann besteht ja noch Hoffnung für die Massen. Oder liegt es einfach daran, dass die allgemeine Verblödung die dunklen Ecken des Südwestens noch nicht erreicht hat?»

«Du bist wirklich ein arroganter Snob, Giles!»

«Aber ein charmanter Snob. Und so ziemlich der bestaussehende in ganz Oxford.»

«Darf ich dem noch ein ‹und der eingebildetste› hinzufügen?»

«Na klar. Aber dann werde ich rot. Würdest du deine Lobrede vielleicht einen Moment unterbrechen, damit ich dir einen freundlichen Rat geben kann?»

«Ja?»

«Nicht hier. Lass uns lieber an einen etwas ruhigeren Ort gehen.»

Er packte mich beim Ellenbogen – nicht besonders fest, sondern eher, als wollte er meinen Arm stützen – und führte mich aus der Bar auf einen ruhigen Flur.

«Was ist denn?»

«Hör zu. Triff dich auf keinen Fall allein mit James McLean.»

«Wieso denn nicht?»

«Er ist kein guter Umgang für junge Mädchen.»

«So ein Quatsch.»

«Ich fürchte, nicht.»

«Was ist denn mit ihm? Wahrscheinlich wirst du mir jetzt erzählen, er wäre ein Wüstling.»

«Weitaus schlimmer, mein unschuldiger, kleiner Schatz, weitaus schlimmer. Du würdest nicht glauben, was er mit hübschen, jungen Studentinnen wie dir gern macht.»

«Dann schieß mal los. Ich weiß, dass er aus dem St. Mary's College rausgeflogen ist.»

«Aber du weißt nicht, was für ein unglaublich schmutziger Skandal dahintersteckt, oder? Er wurde nämlich rausgeworfen, weil er einer Studentin die Rute gegeben hat.»

«Einer Studentin die Rute gegeben? Das verstehe ich nicht.»

«Na ja, er hat ihr mit ein paar Birkenzweigen den Hintern versohlt – den nackten Hintern.»

«Was? Soll das ein Witz sein?»

«O nein, keinesfalls. Sie wurden vom stellvertretenden Dekan und einem der College-Bediensteten auf frischer Tat ertappt. Anscheinend war sie splitternackt und mit hochgerecktem Arsch über seinen Sessel gebeugt. Aber noch pikanter ist, dass sie genau in dem Moment erwischt wurden, als es ihr kam. Ihr Gesicht war knallrot, und er spritzte ihr gerade seine Sahne ins Gesicht.»

«Das ist jetzt aber wirklich ein Witz.»

«Kein bisschen. Die Info kommt direkt von dem College-Bediensteten, der sie erwischt hat.»

«Ich glaube dir kein Wort.»

«Das kannst du halten, wie du willst, meine Liebe. Aber darf ich hinzufügen, nur weil deine ungewöhnlichste sexuelle Erfahrung ein kleiner Arschfick auf dem Rücksitz des Autos deines Freundes war ...»

«Das stimmt doch gar nicht!»

«Ach, nicht mal das? O Mann. Aber ich will damit ja auch nur sagen, dass es Menschen gibt, die einen etwas extravaganteren Geschmack haben. Und da gehört Dr. James McLean nun mal auch dazu. Es sei denn natürlich, ich habe dich unterschätzt, und du hast tatsächlich ganz außergewöhnliche Vorlieben. Ein Wort genügt, Honora, dann lass ich von meinen Sklaven Dildos, Drogen und ein paar Esel zum Sodomieren holen.»

«Du bist einfach widerlich, Giles. Und total betrunken.»

«Na klar. Und du, meine Liebe, bist äußerst prüde. Wirklich sehr schade.»

Er verbeugte sich spöttisch und ging. Ich blieb, wo ich war, und fragte mich, ob an seinen Worten etwas Wahres dran sein konnte. Ihm war es absolut zuzutrauen, dass er das Ganze nur erfunden hatte – entweder aus irgendeinem seltsamen, schwer zu verstehenden Grund oder auch nur, weil er gerade Lust darauf hatte. Den Ausschlag bei mir gab schließlich die Erinnerung an die merkwürdigen Geräusche, die ich durch die Wand gehört hatte, als Dr. McLean neulich Nacht im College gewesen war. Die stimmten nämlich beunruhigend gut mit meinen Vorstellungen überein, wie ein Mädchen klingen könnte, wenn sie sich aus reinem Vergnügen mit Birkenzweigen züchtigen lässt. Es stimmte also. Und auch wenn Giles den Namen des bedauerlichen Mädchens nicht genannt hatte, gab es doch nur eine Person, um die es sich dabei handeln konnte: Violet.

Ich verbrachte die Nacht mit Stephen. Eigentlich wundervoll, aber immer wieder gestört von den Bildern, die Giles mir in den Kopf gesetzt hatte, und von Sorgen um Violet. Was ich mir da neulich über sie und Dr. McLean zurechtgelegt hatte, schien so gar nicht zu Giles' Erzählungen passen zu wollen. Wenn sie ihn tatsächlich verführt, aufgeheizt und gequält hätte, bis er die Kontrolle verlor, wieso hatte sie sich dann schließlich von ihm züchtigen lassen? Ich konnte mir höchstens vorstellen, dass sie die Schläge auf eine verdrehte Art als sexuelle Vergeltungsmaßnahme akzeptiert hatte, weil man ihn aus dem St. Mary's College geworfen hatte. Aber wenn das der Grund für seinen Rauschmiss gewesen war, ergab das keinerlei Sinn. Wurde sie vielleicht missbraucht und war dem Mann einfach hörig? Genoss sie es vielleicht sogar, gezüchtigt zu werden?

Der letzte Gedanke schien absurd, drängte sich gleichzeitig aber auch in schrecklicher Weise auf. Ich wusste, dass es Menschen gab, die so etwas taten. Nur hatte ich bisher immer angenommen, dass es sich dabei um geile, alte Böcke handelte, die ihre abwegigen Vorlieben mit jüngeren Frauen befriedigten, eventuell sogar gegen Geld. Oder auch mit irgendwelchen armen Dingern, die so wenig Selbstbewusstsein besaßen, dass sie ihre einzige Chance auf etwas Aufmerksamkeit darin sahen, sich zur Befriedigung irgendwelcher perversen Altherrengelüste zur Verfügung zu stellen. Ich konnte mir nicht einen Moment lang vorstellen, dass Violet von Dr. McLean bezahlt wurde. Und unter mangelndem Selbstbewusstsein litt sie schon gar nicht. Außerdem schien sie nach dem, was ich gehört hatte, mit großem Spaß bei der Sache gewesen zu sein.

Ich konnte mir einfach keinen Reim auf die Geschichte machen, kriegte sie aber auch nicht mehr aus dem Kopf.

Wieder und wieder ertappte ich mich dabei, wie ich mir die Demütigung vergegenwärtigte, einem Mann zu erlauben, mich auszupeitschen, als hätte er tatsächlich ein Recht darauf. Und das nicht einfach nur auf den Rücken, sondern auf den blanken, in die Luft gereckten Hintern. Die Vorstellung erfüllte mich mit Ekel und Entsetzen. Jedes Mal, wenn diese schrecklichen Gedanken kamen, versuchte ich verzweifelt, sie zu verdrängen – nur um festzustellen, dass dahinter eine ganz und gar andere Emotion lauerte: Verlangen.

Stephen schien nichts an mir aufzufallen. Aber wenn er einmal in Fahrt war, behandelte er mich schließlich ohnehin wie eine Puppe. Und dieser Gedanke fügte meinen verstörenden Gedanken noch eine ganz andere Dimension hinzu. Ich hatte es schon immer gemocht, wenn Männer mich im Bett etwas gröber behandelten oder zumindest die Kontrolle übernahmen. Das legte die Frage nahe, ob Violet und ich uns nicht sehr ähnlich waren. Nur mit dem Unterschied, dass sie gelernt hatte, sich ganz und gar hinzugeben. Das konnte ich nicht. Noch nicht. Schon der Gedanke daran, tat mir weh. Andererseits wusste ich noch allzu gut, wie die Vorstellung, den Schwanz eines Mannes in den Mund zu nehmen, mich nicht nur angeekelt hatte, sondern mir auch auf unaussprechliche Weise degradierend vorgekommen war. Und heute war dies eine meiner Lieblingspraktiken.

Am nächsten Tag musste ich alle Kraft aufwenden, um mich auf die Arbeit zu konzentrieren. Sowohl in den Vorlesungen als auch bei den Vorbereitungen für meine Seminararbeit. Das Ganze wurde mir durch meinen Erfolg im Studentenparlament nicht gerade leichter gemacht, denn plötzlich wollten alle meine Bekanntschaft machen, mit mir sprechen und mich zum Mittag- oder Abendessen einladen. Wenn ich nicht aufpasste, würde ich ganz sicher zunehmen. Also schrieb ich mich am Samstag im Ruderclub des College ein. Zum einen, um fit zu bleiben, und zum anderen, um Stephen öfter sehen zu können. Ich wusste aber auch, dass es mir helfen würde, mich nicht mehr so oft in den bizarren, erotischen Tagträumen zu verlieren, die Giles mir in den Kopf gesetzt hatte.

Meine Strategie ging auf. Die Anstrengung und Disziplin, die ich für das Erlernen einer neuen Fähigkeit aufbringen musste, lenkten mich ab und machten mich müde. Außerdem war Stephen ganz begeistert, dass ich dabei war. Die Hawkubites hatten ihn zu meiner und seiner Überraschung abgelehnt. Die Abstimmung darüber schien auf die ganz altmodische Weise stattgefunden zu haben, bei der alle existierenden Mitglieder entweder eine weiße oder eine schwarze Murmel in einen Beutel legten. Natürlich völlig anonym. In Stephens Fall war unter den weißen Murmeln eine einzige schwarze gewesen. Und da die Entscheidung einstimmig sein musste, hatte man ihm die Aufnahme verweigert. Giles war sehr teilnahmsvoll gewesen und hatte ihm mehr über das Abstimmungsergebnis verraten, als er eigentlich sollte. Aber wer nun warum gegen Stephen gestimmt hatte, das wusste er auch nicht. Ich hatte Mitleid mit Stephen, war insgeheim aber auch froh über die Entscheidung. Für einen Politiker kann ein Partner mit Vergangenheit fast ebenso schädlich sein, wie selbst eine solche zu haben.

Stephens Reaktion bestand darin, sich auf die Arbeit, das Rudern und mich zu konzentrieren. Am Abend dieses Tages landeten wir nach ein paar Drinks schließlich in seinem Zimmer. Er war so gierig, dass er mich gleich auf dem Fußboden nahm. Die zweite Runde fand kurz vorm

Einschlafen in seinem Bett statt, und am nächsten Morgen war ich ein drittes Mal fällig. Ich verließ das Emmanuel College erst nach zwölf Uhr mittags und verpasste an dem Nachmittag das Rudertraining. Am nächsten Tag brummte die Trainerin mir prompt eine Strafe auf, die darin bestand, mit einem Einer bis zur Donnington Bridge und zurückzurudern.

Ich akzeptierte die Bestrafung und wurde vor all den St.-Boniface-Mädchen, die ich enttäuscht hatte, tatsächlich ein bisschen rot. Aber sobald ich allein auf dem Fluss war, fühlte ich mich wieder besser. Ich war bis dahin lediglich in Achter- und Viererbooten mitgerudert, in denen nur die Teamarbeit zählt. Aber jetzt war ich allein – abgesehen von dem Steuermann des Männerachters, der mich vom Uferweg aus anbrüllen würde, falls ich mich nicht genug anstrengte. Dazu hatte ich allerdings gar keinen Grund, denn ich genoss es, meine Muskeln arbeiten zu lassen, und war entschlossen, eine gute Zeit hinzulegen, um bei den anderen Mädchen meinen Ruf wiederherzustellen.

Die Landschaft war idyllisch. Das Glitzern der Sonne auf der Isis und die üppigen Farben des Herbstlaubs am Ufer. Die Wiesen und die Giebel und Türme der Universität, die goldfarben in das Blau des Himmels ragten, so wie sie es schon Hunderte von Jahren getan hatten, während die Welt sich weiterdrehte. Irgendwann zog ein Hausboot an mir vorbei, das einfach perfekt in die Umgebung passte und dessen schwarz-grüner Anstrich noch von Geranientöpfen betont wurde, die man vom Bug bis zum Heck aufgehängt hatte. Selbst das Mädchen am Flussufer sah aus, als hätte es gerade den Geschichten von Lewis Carroll gelauscht. Ihr einfaches rotes Kleid und die schwarzen Locken wehten im Wind, während sie den Weg entlangspazierte. Das Mädchen blieb genau an der Stelle stehen, an der die Zweige einer fast ausgewachsenen Hängebirke halb ins Wasser ragten, und begann einige davon abzubrechen.

Sie war zwar ziemlich weit entfernt, doch nach ein paar Sekunden erkannte ich doch, dass es sich bei dem Mädchen um Violet handelte. Ich hörte auf zu rudern und beobachtete sie mit offenem Mund. Sofort kehrten all die Bilder zurück, die ich so sehr zu verdrängen versucht hatte: Dr. McLean, wie er voller Strenge und Pflichtbewusstsein die Zweige zu einem Bündel zusammenband; Violets Gesicht voller Kummer und Widerwillen, während sie das Kleid hoch- und ihr Höschen runterzog; ihr nackter Po, genau so rund, knackig und rosig wie damals, als sie ihn in die Luft gereckt und es sich vor meinen Augen besorgt hatte. Dabei war sie mit den Gedanken zweifellos bei einer Züchtigung durch ihren Liebhaber gewesen.

Sollte mir der Steuermann tatsächlich eine Warnung zugerufen haben, ich hatte sie nicht gehört. Das einzige Geräusch, das ich hörte, war das schreckliche Splittern, das durch den Zusammenstoß meines Einers mit dem Hausboot entstand. Man hatte uns gezeigt, wie man sich in so einem Fall aus dem Boot rettet. Also ließ ich die Ruder los und befreite meine Füße, während das Boot sich bereits langsam auf die Seite legte und das eindringende Wasser meine Hosenbeine durchnässte. Ich versuchte zu springen, konnte mich aber nur ins Wasser plumpsen lassen, sodass letzten Endes ich, die Ruder und der kaputte Einer sich langsam im Kielwasser des weiterfahrenden Hausbootes drehten.

Nachdem ich mir an Land die ehrliche Meinung des Steuermannes, der Trainerin, des Hausboot-Besitzers und des Vorsitzenden des Ruderclubs angehört hatte, wären ein paar tröstende Worte von Stephen nicht schlecht gewesen. Doch ausgerechnet jetzt war er nicht da. Also marschierte ich ins College zurück, zupfte dabei immer wieder Algenreste aus meinem Haar, während ich über die St. Aldate's Street ging, und gab mir alle Mühe, die neugierigen Blicke zu ignorieren, die auf meine tropfenden, fast durchsichtigen Kleider gerichtet waren.

Im St. Boniface College angekommen, zog ich mich sofort aus und stellte mich unter die Dusche. Sauber und trocken, das Haar in ein kleines und meinen Körper in ein großes Handtuch gewickelt, fiel ich ins Bett, den Kopf voll düsterer Gedanken, die aber nach und nach von meiner Müdigkeit verdrängt wurden. Das Ganze hatte nur einen kurzen Moment gedauert, und ich hatte auch nicht weit schwimmen müssen. Aber der Schock verbunden mit der öffentlichen Standpauke – wo ich eigentlich Mitleid erwartet hatte – ging mir doch sehr nahe. Jede Energie war aus meinem Körper gewichen, und ich fühlte mich ausgesprochen verletzlich – eine Emotion, die durch die Gedanken an Violet noch verstärkt wurde.

Ich hatte keinerlei Zweifel, dass sie Birkenzweige abgerissen hatte, um sich damit von Dr. McLean züchtigen zu lassen. Diese Vorstellung sorgte dafür, dass all meine verstörenden Gedanken wiederkehrten. Lange lag ich einfach nur da, starrte an die Decke und ließ mich von den widerstreitenden Gefühlen mitreißen. Doch irgendwann triumphierte schließlich die Erschöpfung, und ich schlief ein.

Die Luft war kühl, als ich in fast vollständiger Dunkelheit erwachte. Einen Moment lang war ich so durcheinander, dass ich tatsächlich glaubte, wieder zu Hause zu sein. Ich hatte keine Ahnung, wie spät es war, aber bis auf ein abstraktes gelb-braunes Muster, das von den Straßenlaternen an die Decke geworfen wurde, herrschte draußen Dunkelheit. Ich meinte, ein Geräusch gehört zu haben, war aber nicht sicher, es nicht vielleicht geträumt zu haben. Doch kurz darauf hörte ich es wieder. Ein Klopfen an meiner Tür und dann eine Stimme.

«Nora?»

Es war Violet. Ich sehnte mich nach einem verständnisvollen Ohr und nach jemandem, der sich ein bisschen um mich sorgte. Aber da ich immer noch zu erschöpft war, reagierte ich nicht sofort auf das Klopfen. Dann vernahm ich eine weitere Stimme. James McLean.

«Wahrscheinlich ist sie bei Stephen. Oder sie schläft.»

Als ich seine Stimme hörte, kehrten nicht nur die Neugierde, sondern auch die Befürchtungen in meinem Kopf zurück, und ich entschloss mich, nicht zu öffnen. Der Ton ihrer Stimmen wirkte auf mich eindeutig, als hätten die beiden etwas vor.

«Kann sein. Nora?», sagte Violet erneut, nur diesmal etwas unsicherer.

Sie klopfte wieder gegen die Tür, diesmal fester, aber ich ignorierte sie weiter. James McLean sagte noch etwas, aber seine Stimme war zu tief, um es zu verstehen. Violets Reaktion bestand aus einem Kichern, und langsam bemerkte ich einen Kloß im Hals. Ich lag still da und hörte, wie die beiden ins Zimmer gingen. Ihre Stimmen wurden zwar leiser, aber meine Phantasie ergänzte mühelos all das, was ich nicht verstehen konnte.

Sie hatten wissen wollen, ob ich da war, und jetzt glaubten sie, ich sei bei Stephen. Das hieß, sie hatten vorher sicherstellen müssen, dass sie allein waren. Und es war nur allzu offensichtlich, warum sie allein sein wollten. Vor meinem inneren Auge sah ich jedes einzelne Detail vor mir: Violet, wie sie voller Nervosität die Zweige zeigte, die sie für seine Inspektion abgepflückt hatte; Dr. McLean, wie er ihr die Zweige ruhig und voller Autorität abnahm. Sie würde ganz sicher ihr altmodisches rotes Kleid tragen und selbst dann noch lüstern und wunderschön aussehen, wenn sie sich bis zu den Zehen nach vorn beugte. Ihre Augen würden voller Angst und vielleicht auch Verlangen, Abscheu oder Lust sein – wahrscheinlich eine Mischung aus allem. Ihr Po wäre der am höchsten hervorstehende ihrer Körperteile und würde in einer Pose nach oben gereckt sein, die äußerst anzüglich, aber auch ein bisschen albern aussah. Ihr Rücken würde gekrümmt zu ihren Knien streben, um die Pobacken weit genug aufklaffen zu lassen. So würde, nachdem das Kleid hoch- und das Höschen runtergeschoben war, wirklich alles zu sehen sein.

Ganz plötzlich rief die kühle Luft mir auf fast schmerzhafte Weise die eigene Nacktheit ins Bewusstsein. Das Handtuch hatte sich im Schlaf verschoben und die Brüste und eine meiner Hüften entblößt. Als ich aufstand, überlegte ich, ob ich mich vielleicht durch irgendein Geräusch bemerkbar machen sollte, schlüpfte dann aber doch so leise es ging in meinen Bademantel. Nebenan gab Dr. McLean gerade ein kehliges Lachen von sich, das gefährlich und gleichzeitig wissend klang. Und wieder stellte ich mir vor, wie Violet ihre Pose zitternd und voller Angst hielt, während er sie absichtlich quälte, indem er sie auf die Schläge mit dem Bündel spitzer, kleiner Zweige in seiner Hand warten ließ. Und in diesem Moment wusste ich, dass ich einen Blick riskieren musste.

Ich versuchte noch mich zurückzuhalten, aber es war zwecklos. Nur zu leicht war es, meine Tür zu öffnen und mich vor dem Schlüsselloch hinzuknien. Wie ich bereits wusste, war die Gefahr einer Entdeckung äußerst gering. Und über das Schuldgefühl hinwegzukommen stellte überhaupt kein Problem dar. Ich musste meine Angst einfach nur mit einer Ausrede beruhigen: Würde Violet wirklich missbraucht, dann war es nun mal meine Pflicht, der Sache nachzugehen, damit man etwas dagegen unternehmen konnte.

Die Tür zum großen Flur war geschlossen, sodass nur ein dünner Lichtstrahl vom Schlüsselloch den Boden erhellte. Die einzig weitere Lichtquelle war das trübe Licht, das durch das Fenster in meinem Zimmer fiel. Wie schon einmal kniete ich mich auf den Fußboden und beugte mich vorsichtig nach vorn, bis ich etwas erkennen konnte. Und als ich schließlich sah, was auf der anderen Seite der Tür vor sich ging, begann mein Herz in dem Versuch, den Anblick zu begreifen, wie wild zu rasen. Ich sah zunächst nur dunkelrote Stofffalten, die sich wie in einer leichten Brise hin- und herbewegten. Dann hörte ich Dr. McLeans mittlerweile glasklare Stimme: «Akzeptierst du die Tatsache, dass du bestraft werden musst?»

Erst als er ein paar Schritte nach vorn trat, wurde mir klar, dass ich durch das Schlüsselloch die Rückseite seiner Robe gesehen hatte. Er war in vollem Ornat. Das prächtige Dunkelrot und Blau seiner Doktorenrobe auf dem makellosen Weiß seiner Krawatte. In der Hand hielt er die Birkenzweige, die mit einer hellroten Schleife zu einer dicken Rute zusammengebunden waren – genau so eine Schleife, wie Violet sie im Haar trug. Sie saß auf dem Bett. Sie trug die weibliche Variante des Ornats, die aus weißer Bluse, schwarzem Schleifenbändchen, schwarzen Strümpfen, schwarzem Rock und schwarzen Schuhen bestand. Die

Hände lagen gefaltet in ihrem Schoß, und sie knispelte am untersten Knopf ihrer Bluse herum, während sie mit weit aufgerissenen Augen zu ihm aufschaute. Ihre Unterlippe war zu einem leicht beleidigten, verärgerten Schmollen nach vorn geschoben. Da sie ihm noch keine Antwort auf seine Frage gegeben hatte, richtete Dr. McLean sich erneut an sie. «Was ist nun, Violet? Akzeptierst du die Tatsache, dass du bestraft werden musst?»

«Ja, Sir.»

Sie klang ängstlich, gleichzeitig aber auch so erregt, dass ich unwillkürlich an die Nacht denken musste, in der ich meine Unschuld verloren hatte. Auch ich war ängstlich und zugleich begierig gewesen, während mein damaliger Freund mir schon mit steifem Schwanz den Slip auszog. Die Erinnerung weckte ein gewisses Verständnis für Violet in mir. Oder zumindest hoffte ich, dass es Verständnis war, denn ihr Gesichtsausdruck ließ Gefühle vermuten, die ebenso intensiv waren wie die meinen in jener Nacht.

Und wieder hörte ich Dr. McLeans Stimme. «So sei es. Du hast deine Rute sehr geschickt gebunden. Das heißt, heute gibt es keine Extraschläge, sondern nur das übliche Dutzend.»

«Und danach?»

«Danach wirst du dich bedanken.»

Er klang amüsiert und sehr grausam. Violet schluckte. Ich konnte das alles nicht begreifen, auch wenn ich mich bei seinem nächsten Kommando keineswegs verhört hatte.

«Knie dich hin!»

Violet gehorchte sofort, zitterte aber wie Espenlaub, als sie auf ihr Bett kletterte und so ziemlich genau die Position einnahm, die ich mir vorgestellt hatte. Der einzige Unterschied bestand darin, dass sie auf alle viere ging und so noch anstößiger wirkte. Aber mit dem gekrümmten Rücken, der ihr einen eleganten Schwanenhals verschaffte, und mit der knackigen, runden Kugel ihres Hinterns unter dem Rock sah sie gleichzeitig wunderschön und merkwürdig verführerisch aus.

Dr. McLean nickte, trat ein paar Schritte nach vorn und strich langsam über die gespannte Rückseite ihre Rocks. Dann legte er die Rute in der Beuge ihres Rückens ab und schob den Rock sanft nach oben. Zu Beginn der Behandlung war Violet dazu übergegangen, sich auf die Unterlippe zu beißen. Selbst in der Sicherheit auf der anderen Seite der Tür konnte ich ihre Gefühle erahnen: Scham und Angst, aber auch Erregung. Und dazu der Kick, von ihrem Liebhaber entblößt zu werden.

Sie trug Strümpfe und einen Strapsgürtel, der die Rückseite ihrer schwarzen French Knickers einrahmte. Der Anblick veranlasste Dr. McLean erneut zu einem zufriedenen Lachen. Es war derselbe Laut, den ich eben schon mal gehört hatte: ein wenig grausam, ein wenig amüsiert und voller Vergnügen, dass sie sich seiner ganz besonderen Lasterhaftigkeit hingab. Sein Lachen ließ ein kurzes Lächeln über Violets Gesicht huschen, bevor sie den Kopf schließlich mit geschlossenen Augen und offenem Mund hängen ließ, so als würde sie auf ein besonders köstliches sexuelles Erlebnis warten.

Zunächst tat Dr. McLean nichts weiter, als ihr das Höschen runterzuziehen. Ganz langsam, so wie verdorbene Männer das nun mal tun, aber ohne sie dabei zu berühren. Das Seufzen, das ihr entfuhr, während ihr Po bloßgelegt wurde, klang allerdings nach weitaus mehr als dem Kick, den ich erlebte, wenn man so was mit mir machte. Er zog das Höschen auch nicht mal ganz aus, sondern ließ es gedehnt zwischen ihren offenen Schenkeln, was wiederum den Eindruck eines Rahmens um ihren nackten Hintern verstärkte.

Violet war bereit. Sie war so nackt und verletzbar, wie er es sich nur wünschen konnte. Das dachte ich zumindest. Aber er schien sie doch noch etwas nackter haben zu wollen. Dr. McLean griff unter ihren Bauch, zog die Bluse aus dem Rockbund und schob sie bis zu ihren Schultern hoch. Dann öffnete er den BH und holte ihre Brüste aus den Körbchen. Violet hatte während der Entkleidung zu schluchzen begonnen, und ihr ganzer Körper zitterte vor intensiver Lust.

Hätte ich lediglich ein einzelnes Bild des Geschehens gesehen, ich hätte gemeint, sie wäre jammernd, voller Scham und Angst gewesen. Aber nach und nach wurde mir klar, dass ich damit nur meine eigene, vorgefasste Meinung auf sie projiziert hätte. Violet hatte von hinten eine Hand zwischen ihre Beine geschoben und streichelte sich zärtlich. Dies war nicht die Reaktion einer Frau, der es schlechtging, sondern die einer Frau, die ebenso glücklich wie hemmungslos war. Dr. McLean sah, was sie tat, und schob sofort ihre Finger beiseite.

«O nein, so nicht, junge Dame! Erst mal gibt es ein paar Hiebe.»

«Darf ich nicht …?»

«Benimm dich!»

«Ja, Sir! Tut mir leid, Sir!»

«Braves Mädchen. Und jetzt heb deinen Po noch ein bisschen mehr an.»

Violet hatte ihren Hintern bereits sehr weit nach oben gereckt, tat aber ihr Bestes, um seiner Anweisung nachzukommen. Sie breitete die Arme seitwärts aus, sodass sie mit der Brust auf dem Bett liegen und noch mehr ins Hohlkreuz gehen konnte. Dr. McLean grinste, als er einen Schritt zurücktrat. Langsam gewann die Lust die Oberhand über seine autoritäre Pose. Violet schloss die Augen, als er mit dem Bündel Birkenzweige über ihren nackten Po strich, es anhob und schließlich zischend und mit einem knallenden Schmatzen auf sie niedersausen ließ.

Violet schrie auf, als die Zweige sie trafen, verharrte aber dennoch in ihrer Haltung, sodass er unmittelbar darauf einen zweiten und auch noch einen dritten Schlag setzen konnte. Mit dem vierten Hieb war sie dazu übergegangen, mit den Füßen auszutreten und ihr Haar zu schütteln. Ihr gesamter Körper zitterte, und die Muskeln zuckten zu den Schlägen. Wieder und wieder versuchte sie, eine Hand zu ihrem Geschlecht wandern zu lassen, zog sie aber jeweils sofort wieder zurück. Auch ich hätte mich am liebsten angefasst, aber ich sagte mir, dass ich unmöglich bei dem Anblick einer ausgepeitschten Frau masturbieren konnte – auch wenn sie die Behandlung ganz offensichtlich sehr genoss.

Dr. McLean hatte zwölf Schläge angekündigt. Er hielt sein Wort und ließ die Rute sofort nach dem letzten Hieb fallen. Violet schnellte sofort herum, auf dass sie endlich in seine offenen Arme sinken konnte. Ihr Körper bebte von heftigen Schluchzern, und die Tränen liefen ihr übers Gesicht, während sie ihn fest umarmte. Er hielt sie, strich ihr durchs Haar und flüsterte ihr etwas zu. Nicht ein Mal versuchte er, sie sexuell zu berühren. Erst als sie ihre gesamten Gefühle auf seine Brust geschluchzt hatte, ließ er sie sanft auf die Knie heruntersinken und steckte ihr seinen Schwanz in den Mund.

In dem Moment wurde mir klar, dass ihre Gegenleistung für die Schläge darin bestand, ihn zu lutschten. Und mit dieser Erkenntnis löste sich auch der letzte Rest meiner Zurückhaltung in Luft auf. Die Vorstellung, dass eine Frau sich bei einem Mann dafür bedanken musste, dass er sie ausgepeitscht hatte, war zu viel für mich. Ich rannte völlig verwirrt zurück in mein Zimmer und wusste nicht, ob ich schreien oder es mir besorgen wollte. Wollte ich mich für immer verstecken oder meinen nackten Hintern herausstrecken, um mich selbst mit der Haarbürste zu züchtigen? Wollte ich vielleicht doch nach nebenan laufen, um Dr. McLean so heftig zu schlagen, wie ich nur konnte, oder wollte ich mich neben Violet knien, um ihr zu helfen, ihm einen zu blasen?

7

In den nächsten drei Tagen schlief, aß und arbeitete ich so gut wie gar nicht. Erst am Montag zwang ich mich, mein normales Leben wiederaufzunehmen. Und selbst dann lief alles noch sehr mechanisch ab. Ich bekam weder die Bilder aus dem Kopf, die ich gesehen hatte, noch konnte ich die Vorstellung verdrängen, wie ich mich wohl an Violets Stelle gefühlt hätte. Wie wäre es gewesen, wenn man an mir dasselbe abstoßende Ritual vollzogen hätte: erst die Einwilligung zu der Bestrafungsmaßnahme, dann die Entblößung meines Hinterns, der Schmerz durch die Schläge, mir die schmerzenden Pobacken mit Salbe einreiben zu lassen und schließlich den Schwanz meines Peinigers in den Mund zu nehmen, um mich für die Hiebe zu bedanken. Es war genau dieses letzte Detail, was mich am meisten beschäftigte – die Vorstellung, dass ich mich als die Geschlagene auch noch mit einem Mundfick bedanken musste. Nichts konnte ungerechter sein. Und doch war es genau dieser Punkt, der mich kommen ließ, als ich meinem Verlangen endlich nachgab und masturbierte.

Bei der Sache ging es nicht einfach nur um Sex. Ich hatte noch nie eine Frau gesehen, die ihre Emotionen offener preisgegeben hatte als Violet nach den Schlägen. Ich musste ständig daran denken, wie sie sich an den Mann klammerte, der ihr das angetan hatte, und wie sie sich die Augen ausweinte, während er sie tröstete. Obwohl ich mir nicht ganz sicher war, ob ich den Vorgang wirklich begriff, hatte ich doch den Eindruck, als wäre ihre Erfahrung weit über ein körperliches Vergnügen hinausgegangen. Das Ganze schien eine reinigende Läuterung ihrer Gefühle zu bewirken, die irgendwo zwischen orgiastischer Frau und reuiger Sünderin schwankten. So etwas hatte ich mir noch nie ausgemalt, und mein Kopf rebellierte beharrlich gegen die Vorstellung – auch wenn sie gleichzeitig überaus fesselnd war. Natürlich hatte ich nicht vor, es selbst zu probieren. Zum Teil bestimmt aus dem Wissen heraus, dass ich mich bei Stephen niemals so hätte gehenlassen können. Das brachte mich allerdings sofort zu der Frage, wie tief wohl die Verbindung zwischen Violet und James McLean war.

Was meine Entdeckung anging, dass Violet sich gern züchtigen ließ, so beruhigten sich meine Gefühle mit der Zeit bei dem hektischen Leben in Oxford langsam wieder. Das Studieren war bestens dazu geeignet, mich abzulenken. Und es lief sehr gut – oder zumindest so gut, wie man es nur hoffen konnte. Ich hatte immer gewusst, dass ich keine ernsthafte Anwärterin auf den ersten Platz war, aber von den fünf Studenten, die im St. Boniface College Philosophie, politische Wissenschaften und Wirtschaft belegt hatten, lag ich ungefähr im Mittelfeld. Und auch mit Dr. Etheridge verstand ich mich prächtig. Ich hatte schnell kapiert, dass man am besten mit ihm klarkam, wenn man ein Thema von allen Seiten betrachtete und dann zu ähnlichen Schlussfolgerungen kam wie er in seinen zahlreichen Büchern.

Die Beziehung zwischen Stephen und mir war äußerst angenehm. Wir gingen zwei-, dreimal die Woche aus, teilten uns am Wochenende ein Bett und trafen uns ab und an für eine leidenschaftliche Begegnung zwischendurch – vorzugsweise am Flussufer. Das einzige Problem bestand darin, dass ich mit den Gedanken selbst in unseren intimsten Momenten immer wieder bei Violet und Dr. McLean und nicht bei meinem Geliebten war. Aber ich war mir sicher, mit der Zeit würde sich das schon geben.

Mir gelang es außerdem, zumindest teilweise, meinen guten Ruf im Ruderclub wiederherzustellen, indem ich mich bei den Qualifikationsrunden gut behauptete und in das Frauen-Boot auf Position 2 kam. Ich musste allerdings hinnehmen, dass meine Teamkollegen mich seit dem Zusammenstoß mit dem Hausboot nur noch «die Zerstörerin» nannten.

Das Studentenparlament hatte weiterhin oberste Priorität bei mir, und ich begann nach und nach, mir eine Position zu erarbeiten, von der aus ich zu gegebener Zeit für einen der untergeordneten Posten und später für das Amt der Präsidentin kandidieren konnte. Das hieß, von so vielen Seiten wie möglich so viel Unterstützung wie möglich zu gewinnen, ohne mich dabei so festzulegen, dass ich jemanden vor den Kopf stieß. Das brachte mir zwangsläufig den Ruf einer Mitläuferin ein, aber ich hatte von Anfang an gewusst, dass es dazu kommen würde, und gab mir große Mühe, gerade auch zu meinen Kritikern besonders freundlich zu sein.

Ich gab mir ebenfalls große Mühe, besonders freundlich zu Giles Lancaster zu sein, denn er war nicht nur Protokollführer, sondern hatte außerdem erheblichen Einfluss. Er behandelte mich zwar nach wie vor ziemlich herablassend, traf sich aber immer öfter mit Stephen. Also blieben mir seine bissigsten Bemerkungen erspart, und ich musste mich gegen keinerlei Annäherungsversuche wehren. Das dachte ich zumindest.

Er hatte irgendwann angefangen, sich meine Unterstützung für seine diversen Projekte und Kampagnen zu sichern, und bereits angedeutet, dass er mich bei der nächsten Debatte in seinem Team haben wollte. Ich war also keineswegs überrascht, als ich eine Nachricht von ihm in meinem Postfach fand, in der er mich für den Samstag meiner vierten Woche in das Restaurant *The Perch* einlud. Ich hatte mir ein Fahrrad zugelegt und radelte mit einer gewissen Neugierde los. Selbst als ich sah, dass er allein gekommen war, dachte ich mir nichts dabei und nahm seine Einladung gerne an, mich mit ihm an einen Fensterplatz zu setzen, der einen herrlichen Blick auf den Fluss bot. Er hatte bereits eine Flasche Weißwein bestellt und zeigte beim Hinsetzen mit schwungvoller Geste auf den Eiskübel.

«Ich liebe Oxford. Und du?»

«Ja, ich glaube schon. Zumindest fange ich langsam an, es zu mögen.»

«Das ist gut. Für die meisten Studenten bedeutet es nämlich nicht mehr als ein Sprungbrett für ihre Karriere, dass sie hier und nicht in irgendeiner weniger angesehenen Universität studieren. Dabei sollte ein Studium in Oxford doch so viel mehr bedeuten.»

Ich goss mir einen Drink ein. «Was meinst du damit?»

«Für einen Mann wie mich ist Oxford ein essenzieller Teil meines Lebens. Genau wie für meinen Vater und davor für seinen Vater. Nur mein Urgroßvater war aus unerfindlichen Gründen auf irgendeinem obskuren Institut in den Fens in Ostengland. Aber mit jeder neuen Generation wird es schwieriger, hier aufgenommen zu werden. Mittlerweile fürchte ich sogar, dass meine eigenen Kinder nicht nur genial sein müssen – was ich natürlich von ihnen erwarte –, sondern dass sie außerdem noch schlimme Streber sein sollen. Und das fände ich nicht so schön. Es ist wirklich traurig.»

«Aber Leistung ist doch wohl noch immer das einzig gerechte Kriterium für eine Zulassung, oder nicht?»

«Sicher. Aber was heißt Leistung? Wenn es dabei lediglich um die Fähigkeit geht, das wiederzukäuen, was uns in der Schule eingetrichtert wurde, dann halte ich gar nichts davon. Man darf die Fähigkeit, etwas zu behalten, nicht mit Intelligenz verwechseln, meine Liebe. Nein, es wäre viel besser, wenn die Streber sich mit Bristol, Durham und ähnlichen Unis begnügen und nur von Oxford träumen würden. Für dich mache ich aber gern eine Ausnahme. Wir brauchen hier schließlich auch etwas fürs Auge. Außerdem meine ich von Mitchell gehört zu haben, dass dein Vater auf dem St. Boniface College war.»

«Und Großvater und dessen Vater.»

«Ein südwestenglisches College für eine südwestenglische Familie. Das finde ich gut.»

Ihm sah es so gar nicht ähnlich, mir für irgendetwas anderes als mein Aussehen Komplimente zu machen, und ich fragte mich langsam, worauf er hinauswollte. Es war äußerst wahrscheinlich, dass er ein Anliegen hatte. Vielleicht sollte ich meinen Einfluss bei einer der Frauengruppen geltend machen. Ich entschloss mich, ihn ein bisschen zu ärgern. «Weißt du eigentlich, an wen du mich erinnerst, Giles? An Anthony Blanche aus *Wiedersehen in Brideshead*.»

Seine Reaktion bestand zu meiner Überraschung aus einem Lächeln. «Oh, wie nett von dir, mich mit einem der Ästheten der zwanziger Jahre zu vergleichen. Selbst wenn es nur ein fiktiver Charakter ist. Danke. Und ja, ich würde sagen, ich bin ihm wirklich durchaus ähnlich. Ich bin ja sogar mit dir nach Thame gefahren, stimmt's? Aber keine Sorge, ich habe nicht vor, dich vor Stephen zu warnen. Der alte Knabe ist wirklich in Ordnung. Auch wenn er etwas ungeschliffen und grob sein kann. Aber schließlich magst du es ja durchaus ein bisschen grob, hab ich recht?»

Er zwinkerte mir verschwörerisch zu, und ich ertappte mich dabei, wie ich rot wurde. Stephen hatte ihm wohl einiges erzählt.

Er lächelte und tätschelte meine Hand. «Du musst nicht verlegen sein, Nora. Schließlich hast du es ja nicht mit Dr. James McLean oder so jemandem getrieben.»

Die Röte auf meinen Wangen wurde noch intensiver. Aber er fuhr unbekümmert fort.

«Nein, es gibt wirklich keinen Grund zur Verlegenheit. Im Gegenteil. Ein hübsches, junges Mädchen wie du sollte eine Runde handfesten Sex mit Stolz genießen können. Meinst du nicht auch?»

«Ich denke schon. Schämen tue ich mich jedenfalls nicht.» «Genau die richtige Einstellung. Wollen wir jetzt bestellen? Der Fasan bietet sich ja förmlich von selbst an. Das wäre in dieser Saison der erste für mich.»

Ich war froh, das Thema wechseln zu können. Giles fing auch nicht wieder davon an, sondern sprach über Wild und Wein und fragte mich dann so charmant und höflich über einen Segeltörn im Mündungsgebiet der Exe aus, dass ich meine Vorsicht langsam vergaß. Wir tranken eine Flasche Rotwein zu dem Fasan, und als Dessert gab es etwas Schweres und Süßes mit kleinen Melassepuddingstücken darin. Als er schließlich bezahlt hatte und mich nach draußen führte, war ich nicht nur überaus satt, sondern mehr als nur beschwipst.

«Lass uns doch noch ein bisschen am Fluss spazieren gehen.»

«Um drei Uhr muss ich zum Rudern.»

«Ich fahr dich hin.»

«Ich weiß nicht, ob du noch fahren solltest.»

«Und du solltest nicht mehr Rad fahren. Außerdem habe ich da noch einen Vorschlag für dich.»

«Ah, das dachte ich mir schon. Geht's um das Studentenparlament?»

«Doch nicht so etwas Profanes. Und auch nichts, was für jedermanns Ohren bestimmt ist.»

Er hatte meinen Arm genommen. Die Geste war so altmodisch, dass sie fast affektiert wirkte. Aber da sie nicht aufdringlich war, ließ ich es geschehen. Als wir das Ufer erreichten, ließ ich mich von ihm über einen ausgetretenen Pfad führen, der sich immer mehr verzweigte, bis wir schließlich zu den Feldern gelangten, die von einem Wäldchen mit Weidenbäumen und Weißdorn gesäumt waren. Er wandte sich erst wieder an mich, als wir völlig allein waren.

«Wie ich schon vor dem Essen sagte, du gehörst hierher. Du bist Teil des wahren Oxford. Oder besser gesagt, des idealen Oxford. Außerdem bist du das temperamentvollste, anständigste und auch so ziemlich hübscheste Mädchen auf der Universität.»

«Nein, bin ich nicht. Und das weißt du auch ganz gut.»

«Was redest du denn da? Mag sein, dass man dich bei irgendeinem geschmacklosen Schönheitswettbewerb an der Küste schlagen würde, aber du hast Feuer, wo andere nur eine schwache Glut haben.»

Ich wollte ihm sagen, dass er betrunken war und ich nicht so schnell auf Komplimente ansprang. Aber dafür war ich zu neugierig – und ebenfalls nicht mehr nüchtern genug.

«Okay, ich bin also Miss Perfekt. Aber worauf willst du denn nun hinaus?»

«Na schön, du willst es nicht anders. Also sage ich es dir. Die Hawkubites haben endlich einen Ort gefunden, an dem wir unser Michaelistag-Essen veranstalten können. Ein neues Restaurant in Goring-on-Thames, dessen Besitzer auf ganz zauberhafte Weise arglos sind. Und ich möchte dich als meinen persönlichen Gast einladen.»

«Ich dachte, die Hawkubites wären eine rein männliche Vereinigung.»

«Sind sie auch. Und das bereits seit fast dreihundert Jahren. Aber es ist durchaus schon vorgekommen, dass wir weibliche Gäste hatten. Du bist sicher meiner Meinung, dass es eine große Ehre ist – auch wenn natürlich einige Bedingungen daran geknüpft sind.»

Selbst betrunken, wie ich war, merkte ich langsam, dass die Sache offensichtlich einen Haken hatte. «Und was für Bedingungen sind das genau?»

«Ach nichts, womit du nicht klarkommst. Du musst dich nur an die Kleiderordnung halten. Amüsier dich einfach und sei keine Spielverderberin. Natürlich musst du alles, was dort passiert, für dich behalten. Ganz besonders Stephen darf nichts davon erfahren. Da bist du bestimmt ganz meiner Meinung. Der arme Junge würde doch nur eifersüchtig werden.»

«Und wie sieht die Kleiderordnung aus? Eine Schuluniform vielleicht? Ein freizügiges Zimmermädchen-Outfit? Oder gleich splitternackt? Und was muss ich nach dem Essen tun? Eine Runde Blow-Jobs für alle?»

«Aha. Dein Ton verrät mir, dass du nicht gerade begeistert bist. Für diesen Fall bin ich autorisiert, dir eintausend Pfund anzubieten.»

Eigentlich hatte ich ihn ärgern und mitspielen wollen, bevor ich sein unerhörtes Angebot schließlich abgelehnt hätte. Aber das war eindeutig zu viel. Wir waren die ganze Zeit Arm in Arm gegangen, doch jetzt riss ich mich mit einem Ruck von ihm los. Ein kurzer Tritt gegen seinen Knöchel, und er verlor das Gleichgewicht. Ein Schubs und er fiel mit wirbelnden Armen und einem wirklich komischen Gesichtsausdruck aus Panik und Überraschung nach hinten über. Die Böschung war gut anderthalb Meter hoch und so steil, dass er mit einem lauten Platsch im Wasser landete und kurz untertauchte. Als er wieder auftauchte, spuckte er schlammiges Wasser und versuchte mit fuchtelnden Händen irgendwo Halt zu finden. Giles sah alles andere als glücklich aus, und so entschloss ich mich zu einem schnellen Rückzug.

Ich hatte instinktiv reagiert, doch sobald ich mich beruhigt hatte, begann ich, mir Sorgen über die Konsequenzen meines Tuns zu machen. Glücklicherweise erwies sich Giles zu sehr als Politiker, um gehässig zu sein, und schickte mir sogar Blumen, die bereits vor meiner Tür auf mich warteten, als ich vom Rudern kam. Die beigelegte Nachricht war eine Entschuldigung dafür, dass er mich falsch eingeschätzt hatte, und er bat mich um Verzeihung. Ich glaubte zwar kein Wort davon, entschloss mich aber dennoch, sie anzunehmen. Schließlich würde es mir sicher mehr schaden als nützen, käme die Geschichte ans Licht. Gleichzeitig entschied ich, auch Stephen nichts davon zu erzählen. Nicht nur, weil Giles alles hätte abstreiten oder sogar behaupten können, ich hätte ihn angemacht, sondern auch, weil ich einfach nicht darüber reden wollte.

Mein Entschluss war sicher sehr vernünftig, half allerdings überhaupt nicht, meine Gefühle unter Kontrolle zu bringen. Im Grunde hatte Giles verlangt, dass ich mich prostituiere, und er musste tatsächlich davon ausgegangen sein, ich würde mich darauf einlassen. Ich versuchte mir zu sagen, dass so etwas das Ergebnis seiner bizarren Privatschul-Einstellung gegenüber Frauen wäre, aber er hatte mit seinem Anliegen durchaus einen Nerv bei mir getroffen. Hätte ich sein Angebot angenommen, wäre ich damit zu einer Edelnutte geworden – eine Vorstellung, die mir länger durch den Kopf spukte, als ich mich erinnern konnte.

Ich wusste zwar, dass ich es niemals tun würde, aber es konnte schließlich nicht schaden, mich dem Gedanken in meiner Phantasie hinzugeben – abgesehen vielleicht von der Scham, mich in der Hand des Mannes zu sehen, der es gewagt hatte, mir dieses eindeutige Angebot zu machen. Schon mehrfach hätte ich Stephen fast gefragt, ob er nicht eine meiner Phantasien mit mir ausleben wollte, aber der Sex zwischen uns war für so etwas immer zu direkt und begierig gewesen. Jetzt war ich froh, dergleichen nie angesprochen zu haben, denn ich war ziemlich sicher, dass Giles recht schnell davon erfahren hätte. Und noch eins war klar: In der nahen Zukunft konnte ich meine Phantasie nicht in die Tat umsetzen, denn wenn er davon hörte, würde er natürlich annehmen, sie wäre erst durch sein Angebot entstanden. Ein unerträglicher Gedanke. Zumal er seinen Vorschlag dann vielleicht sogar wiederholen würde.

All das schwirrte mir während des Rudertrainings immer wieder durch den Kopf. Die Abläufe waren mir mittlerweile so vertraut, dass ich den Anweisungen der Steuerfrau ohne bewusste Anstrengungen Folge leisten konnte. Mehr noch, die Trainerin lobte mich sogar für meinen Rhythmus. Genau wie Stephen, der gerade vor uns ins Ziel gerudert war und jetzt vor dem Bootshaus des Emmanuel College stand. Er war verschwitzt und sah sehr männlich aus. Sein

Oberteil klebte an den harten Muskeln seiner Brust und des Bauches, und ich musste lächeln, als ich auf ihn zuging.

«Hi. Hast du das gesehen? Wir haben das zweite Boot abgehängt, bevor es noch am *The Boatman's* war.»

«Das war gut. Aber wenn ihr die City-Boote schlagen wollt, müsst ihr euch noch etwas mehr anstrengen.»

«Das wird schon noch. Gehst du zurück ins College?»

«Ja. Wollen wir vielleicht den Umweg nehmen?»

Ich wusste genau, was er meinte, denn wir hatten unserer Leidenschaft bereits mehrfach auf den Wiesen bei der Jackdaw Lane nachgegeben. Meine Gefühlslage war nach meiner Begegnung mit Giles noch immer angespannt, und ich wollte Stephens Vorschlag eigentlich ablehnen. Aber als ich mir vorstellte, wie sehr es Giles amüsieren würde, wenn er solchen Einfluss auf mich hätte, lächelte ich stattdessen und hielt Stephen meine Hand hin.

Wir wurden von vielen Leuten beobachtet, als wir das Bootshaus passierten. Einige davon hatten ganz sicher eine ziemlich genaue Vorstellung von dem, was wir jetzt vorhatten, aber das machte mir nichts aus. Giles hatte selbst gesagt, dass an einer Runde ehrlichem, gesundem Sex nichts auszusetzen wäre und man sich dessen auf keinen Fall schämen müsste – auch wenn ich es vorzog, dass die Leute nicht wussten, wie oft wir es im Freien trieben. Stephen schien dieser Gedanke überhaupt nicht zu tangieren. Im Gegenteil. Seine Hand umfasste meinen Po, während wir auf ein Boot warteten, das uns über die Mündung des Cherwell brachte.

Auch als wir das andere Ufer des Flusses erreicht hatten, war ich mir der Beobachter noch immer bewusst. Stephen musste mich recht weit die Jackdew Lane hinaufführen, bevor ich mich von ihm in die Büsche ziehen ließ. Wir wählten denselben Ort, den wir uns beim ersten Mal ausgesucht hatten. Es war unser Lieblingsplatz, denn die tiefhängenden Holunderzweige erlaubten es mir, mich hinzusetzen und meiner Vorliebe für Schwanzanbetung ganz bequem nachzugehen. Stephen war das Ganze bereits gewohnt und stellte sich in Position, noch ehe ich mich setzen konnte. «Bitte einmal das Übliche, Miss Miller», forderte er mich auf und entlockte mir damit ein Lächeln.

«Aber natürlich, Mr Mitchell.»

Sein kräftiger Körper und der Duft seiner Haut machten mich an, aber selbst als ich mich hingesetzt hatte, musste ich mich irgendwie zwingen, mein Gesicht gegen die Beule in seinen Rudershorts zu pressen. Erst als er steif wurde, verflüchtigten sich meine schlechten Gefühle und wurden wie erhofft von meinem Verlangen übermannt. Es dauerte nicht lange, und ich knabberte und leckte durch seine Shorts hindurch an dem langen, harten Umriss seiner Erektion. Ich zögerte die Freilegung seines Riemens absichtlich so lange hinaus, bis ich gierig genug war, ihn ohne jede Hülle in meinem Mund zu spüren.

Ich wollte gerade zur Tat schreiten, als er etwas Unverständliches murmelte und den vorderen Teil seiner Shorts selbst herunterschob. Ich ließ mir einen Moment Zeit, seinen Schwanz und die Eier in dem trüben Herbstlicht zu bewundern, bevor ich ihn ein, zwei und dann noch ein drittes Mal von oben bis unten ableckte und schließlich in den Mund nahm. Er stöhnte befriedigt auf, als ich zu saugen begann, und legte seine Hand auf meinen Kopf, um mich mit festem Griff in Position zu halten. Da ich ihn in dieser Haltung nicht mehr durch weitere Unterbrechung necken konnte, machte ich mich ans Werk.

Er war sehr gierig und stieß seinen Prügel immer wieder in meinen Mund. Sein Griff lockerte sich nur ab und zu, um die Eier zu massieren und an seinem Schwanz zu ziehen. Ich war ziemlich schnell sicher, dass es ihm bald kommen würde. Aber ich war noch nicht so weit und brauchte trotz des Kicks der Schwanzanbetung noch etwas mehr, um in Fahrt zu kommen. Also zog ich mein Oberteil hoch, um meine Brüste zu bearbeiten, während ich seinen Prügel lutschte, und ich wusste, dass ich es mir auch heute vor ihm besorgen würde.

«Du ungezogenes Mädchen. Da muss wohl jemand mal richtig gefickt werden», raunte er mit heiserer Stimme, als er meine Geilheit bemerkte.

Seine Worte waren Musik in meinen Ohren. Ich entließ ihn sofort aus meinem Mund, drehte mich um und beugte mich mit den Händen auf einem Ast nach vorn. Nachdem Stephen meinen Rock hoch- und mein Höschen runtergeschoben hatte, klaffte meine Möse ganz offen vor seiner Erektion. Doch meine Position und die Tatsache, dass er soeben meinen Hintern freigelegt hatte, ließen mich sofort an Violet und die Birkenrute denken.

Ich versuchte noch, den Gedanken zu verscheuchen, aber selbst als meine Muschi von seinem Schwanz ausgefüllt war, stellte ich mir eine Variante der schrecklichen Nummer vor, bei der ich erst geschlagen wurde und mich dann als Dankeschön für die Hiebe ficken ließ. Um die Sache noch schlimmer zu machen, rammte Stephen seinen Riemen so schnell und so tief in mich hinein, dass sein harter Bauch immer wieder gegen meinen Po stieß und das Feuer meiner Phantasie unablässig anfachte. Schließlich gab ich den Bildern in meinem Kopf nach. Was er nicht weiß, macht ihn nicht heiß, dachte ich mir, war aber gleichzeitig voller Schuldgefühle darüber, dass ich mich in meinem Kopf in genau derselben Position Dr. McLean ausgesetzt sah – den Rock nach oben und das Höschen nach unten gezogen, meinen Hintern versohlt und seinen Schwanz in mir, während ich mich für meine Bestrafung bedanken musste.

Mein Stöhnen war voller Ekstase, gleichzeitig aber auch voller Verzweiflung. Stephens Stöße wurden immer schneller, und irgendwann konnte ich mich nicht mehr zurückhalten. Die Hand wanderte nach hinten zu meinem Geschlecht, und ich spielte an mir herum, während er mich fickte. Die demütigende Vorstellung, im Wald erst ausgezogen, dann geschlagen und schließlich gefickt zu werden, brachte mich binnen kurzer Zeit an den Rand des Höhepunktes.

Es lag wohl daran, dass ich vielleicht irgendwas gemurmelt oder auch an mir rumgespielt hatte, jedenfalls wurde Stephen auf einmal langsamer. Er zog seinen Schwanz sogar kurz heraus, aber nur um ihn gleich darauf wieder tief in mir zu versenken. «Du bist wirklich ein ungezogenes Mädchen, Nora Miller. Aber da ich weiß, wie gern du zuerst kommst, will ich es dir nicht verwehren. Nur wirst du dafür bezahlen müssen.»

Mein erster Gedanke war, wenn ich wirklich so ein ungezogenes Mädchen wäre, dann gehörte mir doch auch der Hintern versohlt! Und ich war so rasend geil und wie weggetreten, dass ich ihn fast darum gebeten hätte – wären da nicht seine letzten Worte gewesen. Ich wusste genau, dass ich seinen Schwanz lutschen und mir die Sahne entweder in den Mund oder ins Gesicht spritzen lassen sollte. Doch meine Vorstellungen sahen anders aus. Er hatte gesagt, ich würde bezahlen müssen, aber ich malte mir sofort aus, dass er mich bezahlt hatte. Und zwar nicht nur dafür, dass ich seinen Schwanz lutschte oder mich zum Eindringen bereit nach vorn beugte, sondern für die ganze verrückte Phantasie, die sich in meinem Kopf abspielte.

Erneut versuchte ich, mich zusammenzureißen, stand aber bereits zu kurz vorm Orgasmus. Außerdem war Stephen dazu übergegangen, die Methode des schnellen Rausziehens und wieder Eindringens in kurzen Abständen zu wiederholen und meiner Phantasie damit ein weiteres durch und durch schmutziges Detail hinzuzufügen. Vor meinem inneren Auge war ich jetzt nicht mehr länger nur mit ihm oder mit James McLean zusammen. Nein, ich stand über denselben Ast gebeugt da, mein Po nackt und rosig von den tüchtigen Schlägen und im Bund meines heruntergezogenen Slips steckte ein Bündel Fünfzig-Pfund-Noten. Violet sah zu, wie Stephen, James, Giles und die gesamte Hawkubites-Vereinigung sich abwechselten. Sie standen aufgereiht hinter mir, die Schwänze, die ich gerade steif gelutscht hatte, in den Händen und drangen einer nach dem anderen in mich ein. Wieder und wieder – genau wie Stephen es gerade tat.

Der schreckliche Gedanke, von einem Dutzend Männern gezwungen zu werden, mich zum Auspeitschen und zum Sex benutzen zu lassen – und das in aller Öffentlichkeit und vor meiner Freundin, sodass alle sehen konnte, wie schmutzig ich war –, erregte mich über alle Maßen. Das und die Gewissheit, dass es jetzt keinen Zweifel mehr gab, wie ich dafür bezahlt wurde, ließ mich schließlich mit einem lauten Schrei kommen.

8

Meiner Phantasie so nachgegeben zu haben half mir erstaunlicherweise, besser mit den Bildern in meinem Kopf umzugehen. Zumindest erkannte ich nun, dass ich sie wohl als Teil meiner Persönlichkeit akzeptieren und irgendwie damit zurechtkommen musste. Insgesamt vollzog ich eine rasende Entwicklung in einer Welt, in der ich zum ersten Mal ganz allein Verantwortung für mein Tun übernehmen musste. Und ich hatte das Gefühl, dass ich mich im Großen und Ganzen recht gut machte. Ich war vorsichtig mit meinem Geld umgegangen, hatte nur in vernünftigen Mengen getrunken und mir keine neuen Laster wie Rauchen oder Drogen angewöhnt. Das Studium selbst, der Sport und auch die Arbeit im Studentenparlament liefen gut – ganz einfach weil ich mich entschieden hatte, mein Leben einigermaßen im Griff zu behalten.

Es gab keinen Grund, weshalb mir das bei meiner Sexualität nicht auch gelingen sollte. Ich hatte zwar meine alte Phantasie von einer Existenz als Edelnutte ausgebaut und nebenher noch ein neues Szenario entwickelt, in dem ich ausgepeitscht wurde. Aber es bestand kein Grund, eine dieser Phantasien tatsächlich zu verwirklichen. Genauso wenig, wie ich die Herausforderung einiger von Giles' Freunden hatte annehmen müssen, die mich eines Abends in der Bar des Studentenparlaments dazu bringen wollten, eine ganze Magnumflasche Champagner auszutrinken. Selbst meine recht verwirrenden Gefühle Violet gegenüber mussten mein übriges Leben nicht zwangsläufig tangieren.

So war ich mir also ein paar Tage nach dem Zwischenfall mit Giles meiner Gefühle sicher genug, um mich mit einer komplizierten Phantasie zum Höhepunkt zu bringen. In meinem Kopf wurde ich dafür bezahlt, so ziemlich jedem Mann, den ich in den letzten Wochen kennengelernt hatte, den Schwanz zu lutschen – oder zumindest den attraktivsten von ihnen. Auch Violet zog ich in Gedanken kurz hinzu und war zum Schluss nicht nur sexuell befriedigt, sondern hatte auch das Gefühl, alles unter Kontrolle zu haben.

Und so war es auch. Zumindest für den Rest des Herbstsemesters. Zwischen Stephen und mir wurde es nach und nach immer intimer, bis er mich schließlich wie selbstverständlich Miller nannte und besser als jeder Mann zuvor wusste, wie er mich glücklich machen konnte – im Bett und außerhalb des Bettes. Giles Lancaster behandelte mich mit einem gewissen Respekt und hatte mir auch nie wieder weitere unmoralische Angebote gemacht. Das, was zwischen uns geschehen war, behielten wir für uns. Die Regatta lief sehr gut, wenn nicht sogar außergewöhnlich gut, und ich bestand die ersten Prüfungen meines Trimesters ohne große Schwierigkeiten. Die Hawkubites veranstalteten ihr Essen ohne mich und ramponierten dabei natürlich wie immer das Restaurant. Zwei von ihnen wurden festgenommen, aber Giles gehörte nicht dazu.

Erst als ich nach Exeter zurückkehrte, bemerkte ich, wie sehr ich mich in dem kurzen Zeitraum von zwei Monaten verändert hatte. Alles schien kleiner zu sein. Oder besser gesagt, irgendwie geschrumpft. Meine alten Freundschaften, die Autorität meiner Eltern, ja selbst die Gebäude. Alles, nur die Landschaft nicht. Die wirkte größer. Die dunkle Erhebung der Haldon Hills und das große Gebiet der Flussmündung wirkten im Vergleich zu den sanften Hügeln und langsam dahinfließenden Flüssen in Oxford rau und ursprünglich.

Ich verbrachte die meiste Zeit zu Hause, um ganz bewusst Ewan und seinen Freunden nicht über den Weg zu laufen. Und wenn ich ausging, dann nur ganz selten und mit den Mädchen, die ich seit meiner Kindheit kannte. Selbst bei ihnen hatte sich einiges verändert. Und zwar nicht nur die Themen, über die sie sprachen, sondern ihre Einstellung zum Leben überhaupt. Eine von ihnen würde im Frühling heiraten, und eine war schwanger – beides Dinge, die für die nächsten zehn Jahre bei mir bestimmt nicht in Frage kamen. Die Mädchen verstanden meine Einstellung genauso wenig wie ich die ihren.

Weihnachten war die übliche Familienfeier. Tanten, Onkel, Cousins und Cousinen, alle um einen riesigen Truthahn versammelt, Geschenke, ein wenig Alkohol, Streitgespräche und ein langer Nachmittagsspaziergang, der an überfluteten Wiesen vorbeiführte. Am Sylvesterabend versuchte ich etwas von dem, was ich verloren glaubte, wiederzufinden, und ging mit meinen alten Schulfreundinnen auf eine Party. Dort ertappte ich mich allerdings mehrfach dabei, das Ende meiner Beziehung zu Ewan zu rechtfertigen – trotz der Tatsache, dass er mittlerweile auf recht angenehme Weise mit Carrie Endicott zusammenlebte. Ich verließ die Party ziemlich früh, und während ich durch leere Straßen nach Hause lief, lauschte ich den Glocken, die das neue Jahr einläuteten.

Das Wintertrimester begann erst Mitte Januar, sodass ich zwei Wochen damit verbrachte, praktisch nichts zu tun. Alle, die ich kannte, waren entweder nicht da oder mussten arbeiten. So fuhr ich schließlich sogar ein paar Tage eher nach Oxford zurück, doch dort war es ebenso leer und kalt. Dabei hatte ich genau gewusst, dass Violet die Ferien in Florenz verbrachte und nicht da sein würde. Trotzdem rechnete ich damit, dass sie ihren Kopf zur Tür reinstecken und mir einen Kaffee anbieten würde. Irgendwann machte ich sogar einen Spaziergang zum Emmanuel College, um die Wege abzuschreiten, die Stephen und ich schon so oft gegangen waren. Genau wie Violet war er verreist, nur dass er sich in Florida aufhielt, wo er als freiwilliger Helfer Highschool-Kindern das Rudern beibrachte.

Als meine Schritte mich tatsächlich zum dritten Mal zum St. Emmanuel College führten, warf der Pförtner mir einen derart seltsamen Blick zu, dass ich die Loge eilig hinter mir ließ. Ohne zu wissen, wo ich eigentlich hinwollte, ging ich über die Broad Street weiter und bog in die Parks Road ein. Die Bäume waren von Reif überzogen, und der Himmel über mir war kalt und klar. Aber ich war warm angezogen. Genauso wie der Mann, der mir dort entgegenkam und den ich aufgrund seiner Vermummung erst erkannte, als er nur noch ein paar Meter entfernt war: Dr. James McLean.

«Nora? Wie schön, ein bekanntes Gesicht zu sehen. Sie sind aber sehr früh zurück.»

Ich hätte sicher ein Dutzend Ausreden vorbringen können, entschloss mich aber, ihm einfach die Wahrheit zu sagen. «Ich hab mich zu Hause gelangweilt. Irgendwie hat sich dort alles verändert.»

«Ich fürchte, der Verlust von Vergnügungen der Kindheit ist der Preis, den man fürs Erwachsenwerden zahlen muss.»

«Meine Freunde scheinen sich nicht verändert zu haben.»

«Aber Sie haben sich verändert. In der ersten Zeit ging es mir hier ganz genauso.»

Ich lächelte ihn voller Dankbarkeit für sein Verständnis an.

«Sie müssen sich hier doch auch zu Tode langweilen», fuhr er fort.

«Ich habe jede Menge Arbeit, die ich erledigen könnte.»

«Aber eben kein Vergnügen. Die Boote liegen fest, und es ist kaum jemand hier. Gehen Sie doch heute Abend mit mir essen. Dann könnten wir uns bei einer Flasche Wein gegenseitig trösten.»

«Danke. Das wäre sehr schön.»

Ich hatte seine Einladung angenommen, ohne groß darüber nachzudenken, aber dann überfielen mich doch gewisse Zweifel. Seit ich Dr. McLean kannte, waren wir noch nie allein gewesen. Und da er in meinen Phantasien so eine große Rolle spielte, war ich alles andere als sicher, ob ich in der Lage war, eventuelle Avancen abzuwehren. Zunächst sagte ich mir, dass ich einfach absagen würde und dazu auch jede Menge guter Gründe hätte: Stephen, Violet, sein Alter und das, was er zweifellos mit mir anstellen wollte. Aber tief im Inneren wusste ich, dass nur die Tatsache zählte, damit einen Verrat an meiner Freundin zu begehen. Und obwohl das Grund genug war, brauchte ich doch dringend Gesellschaft und hatte auch keine Lust, mir sonst eine Ausrede einfallen zu lassen, nachdem ich seine Einladung einmal angenommen hatte.

Er lebte im Osten von Oxford in der Eynsham Road. Ich wusste, dass Violet ihn ab und zu dort besucht hatte, aber für mich war es das erste Mal. Während ich über die Botley Road radelte, musste ich permanent daran denken, was die beiden miteinander trieben, sodass ich mir beim Überqueren der Ringstraße eine große burgähnliche Villa vorstellte – mit um die Türmchen kreisenden Raben und schweren Eisengittern vor den Fenstern.

Nichts von alledem traf zu. Sein Haus war eine umgebaute Scheune, die in einem sehr gepflegten Garten ein Stück von der Straße entfernt lag. Der Garten wirkte jetzt zwar völlig farblos, sah aber aus, als würde es dort im Frühling wunderschön sein. Auch das Innere des Hauses hatte so gar nichts Bedrohliches an sich. Es bestand aus einem einzigen offenen Raum, den die erhaltenen Originalbalken krönten. Das Schlaf- und Badezimmer befanden sich auf einer Art Galerie in der oberen Etage. Nur ein riesiger Eisenhaken in einem der Balken mitten über dem Wohnzimmer kam mir irgendwie verdächtig vor. Aber selbst der sah so uralt aus, dass es sich zweifellos um einen schon damals vorhandenen Gegenstand handelte, der eher landwirtschaftlichen Bezug hatte und nicht dazu gedacht war, aufsässige Mädchen an ihren Handgelenken aufzuhängen, um sie ein bisschen auszupeitschen. Da ich später noch mit dem Rad nach Hause musste, schlug mein Gastgeber Saft statt Wein vor. Dr. McLean war freundlich und entspannt, obwohl das Gespräch mit ihm wie immer sehr tiefgreifend war und nicht immer leicht, ihm zu folgen.

«Und haben Sie schon die Installation vor der Saïd Business School gesehen? Da müssten Sie eigentlich mit dem Rad vorbeigefahren sein.»

«Äh, also da war so was wie eine Lasershow.»

«Das nenn ich mal eine aufschlussreiche Aussage. David Warburton sagt, es sei Kunst. Aber ist es das wirklich?»

«Ich weiß nicht recht. Hübsch anzusehen ist es schon.»

«Sie sind hübsch anzusehen. Violet ist hübsch anzusehen. Aber keine von Ihnen ist ein Kunstwerk, denn in Ihre

Erschaffung ist keine Begabung eingeflossen. Natürlich nur, wenn man voraussetzt, dass es keinen Schöpfer gibt.»

«Das ist Ihr Fach. Halten Sie es für Kunst?»

«Schlägt man in einem Wörterbuch nach, kann man nachlesen, dass das Hauptdefinitionsmerkmal für Kunst Begabung ist. Das heißt also, es ist keine Kunst. Und wenn doch, dann ist es den Leuten zuzuschreiben, die die Laserlichter entworfen haben, und nicht David, der sie einfach nur hingestellt hat.»

«Aber die Wirkung spielt doch sicher auch eine Rolle.»

«Mit der Ausrüstung hätten Sie oder ich das auch hingekriegt. Vielleicht sogar besser. David argumentiert, es sei Kunst, weil er, der Künstler, sagte, dass es Kunst wäre. Und es ist ihm gelungen, eine Menge scheinbar vernünftige Menschen aufzutreiben, die sich unter der Annahme, es handelte sich um Kunst, von einer Menge Geld getrennt haben. Ein Zyniker würde vielleicht sagen, dass er so argumentieren musste, weil er Künstler sein wollte, es ihm aber an Begabung mangelte.»

«Und wie ist die Antwort darauf?»

«Dieser Punkt muss offenbleiben. Aber ich nehme an, wenn er überhaupt irgendwie in die Geschichte eingehen wird, dann nicht als Künstler, sondern als charmanter Gauner.»

«Vielleicht sogar als Hochstapler?»

«Sehr schlau! Das würde ich sehr gern in meiner Kritik unterbringen. Aber dann würde er mich wahrscheinlich verklagen.»

«Sie schreiben Kritiken?»

«In letzter Zeit schreibe ich alles, was die Leute noch von mir haben wollen. Wie Sie wissen, bin ich in Ungnade gefallen.»

Ich ertappte mich dabei, wie ich rot wurde. Mir war es überaus peinlich, dass ich ihn ohne jede Absicht dazu gebracht hatte, über seinen Rauswurf aus dem St. Mary's College zu sprechen. Ich war sogar versucht, ihn nach den Gründen dafür zu fragen, um zu sehen, ob er weiter darüber sprechen oder lügen würde. Oder wie er sich erklären würde, wenn er die Wahrheit sagte. Aber da ich nicht wagte, die Sache weiter zu vertiefen, wechselte ich kurzerhand das Thema.

«Was immer Sie da zubereiten, es riecht köstlich. Kochen Sie?»

«Ja. Aber nur so, wie man das als Junggeselle können muss, um nicht auf Fertiggerichte oder Imbissessen zurückzugreifen. Es gibt Tagliatelle mit Steinpilzen. Wenn ich mich jetzt nicht ein wenig darum kümmere, werden es noch Tagliatelle mit seltsam angebrannten Stückchen.»

Er trat an den Herd, und ich setzte mich an den Tisch und nahm einen Schluck Saft, während wir uns weiter unterhielten. Seine Konversation hatte rein gar nichts Sexuelles an sich. Es gab keine zweideutigen Bemerkungen und keine Andeutungen, dass irgendwas zwischen uns möglich wäre. Nichts außer der beiläufigen Bemerkung, dass Violet und ich hübsch anzusehen wären. Ob er mich in einem falschen Gefühl der Sicherheit wiegen wollte, bevor er zuschlug? Wenn ja, hatte er es jedenfalls ganz sicher nicht eilig damit. Wir aßen, tranken und unterhielten uns. Die Palette reichte von allgemeinen Ereignissen wie der bevorstehenden Wahl bis hin zu spezielleren Themen wie dem französischen Theater im späten neunzehnten Jahrhundert. Er schien über alles etwas und über vieles eine Menge zu wissen. Er war wie eine jüngere Version von meinem Dad, mit dem Unterschied, dass er nur sehr wenig festgelegte

Ansichten hatte und es vorzog, sich seine Offenheit zu bewahren.

Es war schon fast Mitternacht, als ich schließlich aufbrach. Und trotzdem er fast eine ganze Flasche schweren Rotwein und ein Glas Whiskey getrunken hatte, war immer noch keine zweideutige Bemerkung gefallen. Ich war versucht gewesen, mit ihm zu flirten, nur um zu sehen, ob ich ihm eine Reaktion entlocken könnte. Aber es waren nicht nur die Gedanken an Stephen und Violet, die mich davon abhielten, sondern auch die Angst, ich würde mir damit vielleicht mehr einhandeln, als mir lieb wäre. Er gab mir nicht mal einen Gutenachtkuss.

Als ich zurück in die Stadt radelte, spürte ich tatsächlich eine gewisse Enttäuschung in mir. Es fühlte sich fast wie ein Verlust an – als hätte etwas Wichtiges stattfinden sollen, zu dem es dann aber doch nicht gekommen war. Ich versuchte mir zu sagen, dass sein Verhalten durch und durch korrekt gewesen wäre. Und das war es auch – zumindest, wenn man mich als Studentin und ihn als Dozenten betrachtete. Aber er war eben kein Dozent mehr, sondern ein Ex-Dozent, den man rausgeworfen hatte, weil er ein weitaus jüngeres Mädchen zu schmutzigem Sex verführt hatte.

Ich hielt vor der Saïd Business School an, um mir David Warburtons Lichtinstallation anzusehen, die vorhin noch nichts weiter als ein hübscher Anblick für mich gewesen war. Doch jetzt fand ich sie einfach nur noch prätentiös und hätte am liebsten einen bissigen Kommentar auf das Podest gekritzelt. Glücklicherweise hatte ich nichts zum Schreiben dabei, um diesem Impuls nachzugeben, und konnte mich nur noch fragen, wieso ich mich so merkwürdig fühlte.

Die nächsten Tage vergingen sehr langsam. Durch das leere College und die kalte, klare Luft hatte Oxford etwas Traumhaftes und Unwirkliches. Die Atmosphäre unterschied sich sehr von dem Trubel meines ersten Trimesters und wirkte gleichzeitig doch weitaus faszinierender. Ich war dazu übergegangen, in aller Ruhe die Gegend zu erkunden, und machte lange Spaziergänge an den verschiedenen Wasserwegen entlang oder durch die kleinen Straßen der Altstadt, doch nie in das, was ich mir als das moderne Stadtzentrum vorstellte. Und wieder und wieder ertappte ich mich dabei, wie ich der Jackdaw Lane folgte.

Am Samstag entschloss ich mich, mir ein Mittagessen im *The Boatman's* zu gönnen. Nach ein paar Bier und einem Gin Tonic, die ich dazu getrunken hatte, fühlte ich mich angenehm beschwipst und auch ein bisschen sentimental. Also besuchte ich den Platz unter den Bäumen, wo Stephen und ich uns so oft geliebt hatten. Dann wandte ich mich dem Uferweg zu, ging an der Stelle vorbei, wo noch immer das Wrack meines Ruderbootes lag, und gelangte schließlich an den Ort, wo ich Violet die Zweige hatte pflücken sehen.

Der Baum war mittlerweile kahl, und die Zweige sahen gegen das blasse Blau des Himmels und die silberne Rinde schwarz und kratzig aus. An den Stellen, wo die schwachen Sonnenstrahlen nicht hingelangten, trugen sie noch immer eine Hülle aus Reif. Ich griff nach einem der Zweige, und während ich den dünnen, zerbrechlichen Stab zwischen Zeigefinger und Daumen drehte, stellte ich mir vor, ich wäre Violet. Sie hatte ein ganzes Bund davon abknicken müssen. Und das alles mit dem Wissen, sie würde damit gezüchtigt werden – ein Gedanke, der mein Herz zum Rasen brachte.

Mir fiel es nicht schwer, mir ihre Gefühle vorzustellen: Ärger über das, was man mit ihr machen würde, Unmut, weil sie ihr eigenes Züchtigungsinstrument besorgen musste, und schließlich Verlegenheit, weil sie von so vielen Menschen am Fluss dabei beobachtet wurde, von denen vielleicht sogar einige ahnten, was sie dort tat. Aber genau diese Emotionen sorgten gleichzeitig auch für einen unwiderstehlichen Kick und traten eine Erregung los, deren Befriedigung noch einige Stunden auf sich warten lassen und erst dann kommen würde, wenn sie nackt und gezüchtigt auf den Knien hockte und den Schwanz ihres Peinigers im Mund hatte.

Allein der Gedanke ließ mir den Atem stocken, und ich hätte sofort selbst einen der Zweige abgerissen, wenn jemand da gewesen wäre, der sich um mich gekümmert hätte. Ich musste an die wundervolle Formulierung von James McLean denken, die nahelegte, dass ich von einer ordentlichen Tracht Prügel mit Birkenzweigen nur profitieren würde und dass er nur allzu gern bereit wäre, sie mir zu verabreichen. Er würde sich genauso darum kümmern, wie er sich um eine Bitte nach einem bestimmten Buch oder einem Aufnahmeformular für eine Vereinigung kümmern würde. Nur, dass er sich in diesem Fall um meinen Po kümmern würde, meinen nackten Po – und ich mich hinterher dafür bedanken müsste.

Wären da nicht die zwei Angestellten von *The Boatman's* gewesen, die im verlassenen Garten eine Zigarette rauchten, wäre ich gerannt, um von diesem Baum wegzukommen. Doch stattdessen verließ ich den Ort mit langsamen Schritten und voller Angst vor der Intensität meiner Gefühle, die ich eigentlich unter Kontrolle glaubte. In diesem Moment wurde mir klar, dass meine Phantasie nicht mehr ausreichte. Vielleicht könnte ich den Bann ja brechen, wenn ich es einmal ausprobierte.

Leider, oder vielleicht auch glücklicherweise, war niemand vor Ort, der dieses Vorhaben für mich in die Tat umsetzen konnte. Stephen war immer noch nicht wieder zurück, und ich hätte niemals gewagt, Dr. McLean darum zu bitten. Aber diese Erkenntnis war auch nicht dazu geeignet, mein Verlangen zu mindern. Während ich meinen Spaziergang am Fluss fortsetzte, versuchte ich meine Gedanken als alberne Phantasien abzutun. Doch es nützte nichts. Ich musste wissen, wie sich diese Zweige auf meiner nackten Haut anfühlten. Ich musste das ganze schreckliche Ritual einmal über mich ergehen lassen. Und das sehr bald.

Meine Schritte wurden schneller, und ich sagte mir in einem fort, dass ich zum Mittagessen nicht so viel hätte trinken sollen, die verstörenden Gefühle aber bestimmt durch ein bisschen frische Luft verschwinden würden. Der Weg wurde immer schmaler und verschwand schließlich ganz, sodass ich ein paar Kleingärten umrunden musste, die an einer Straße endeten. Da ich noch nicht zurück in die Stadt wollte, überquerte ich die Donnington Bridge und ging auf einer ausgetretenen Promenade am Ufer weiter.

Das Gehen war der einzige Schutz gegen eine Idee, die sich nach und nach in meinem Kopf gebildet hatte. Doch für das, was ich am liebsten tun wollte – eigentlich aber hätte lassen sollen –, war der Weg viel zu belebt und zu gut einsehbar. Nicht, dass irgendwo ein Mensch zu sehen gewesen wäre. Aber schließlich hätte jederzeit jemand kommen können. Das allein hielt mich noch von meiner Idee ab, während ich dem Lauf des Flusses folgte, die Ringstraße unterquerte und schließlich auf einer kleinen Sandbank landete, an der sich die zwei Hauptarme des Isis trafen.

Ein Wehr staute den schmaleren der beiden Flussläufe, und das Hochwasser rauschte beständig über die Kante hinweg, und nur ein langer Fußweg hätte zu einer Stelle geführt, an der ich problemlos zum anderen Ufer gelangt wäre. Aber ich schlug keinen der beiden Wege ein und sagte mir stattdessen, dass ich umkehren sollte. Gleichzeitig wusste ich aber genau, dass ich etwas anderes sehr wohl tun würde – ich folgte dem schmalen Lauf und sanft summenden Hochspannungsleitungen bis zu einer Stelle, an der ein paar Bäume das Ufer säumten. Eichen und Eschen, Stechpalmen und Eiben, die alle noch Laub trugen ... und Birken.

Ich musste es einfach tun. Mein Verlangen war zu groß, um widerstehen zu können, und das Risiko einer Entdeckung war zu klein, um mir doch noch irgendeine Ausrede einfallen zu lassen. Weit und breit war niemand zu sehen, nur die leeren, teils noch überfluteten Wiesen, der Fluss und die Bäume, unter denen ich völlig geschützt war. Nach kurzer Suche fand ich den perfekten Ort: einen offenen Platz unter einer riesigen Eiche, die von Stechpalmen umstanden war. Die Büsche boten den perfekten Sichtschutz, und ganz in der Nähe stand eine Gruppe Birken, deren Zweige tief und einladend herunterhingen.

Meine Hände zitterten, als ich anfing, einen Zweig nach dem anderen abzuknicken. Dabei sagte ich mir die ganze Zeit, ich täte das nur, um meine albernen Phantasien ein für alle Mal aus meinem Kopf zu verdrängen, und dass der Schmerz mich schon bald wieder zur Vernunft bringen würde. Eine Lüge – denn je größer das Bund in meiner Hand wurde, desto größer wurde auch meine Erregung. Meine Nippel waren schmerzhaft steif geworden, und zwischen meinen Beinen breitete sich eine feuchte Wärme aus.

Violet hatte ein Haarband benutzt, um das Bündel zusammenzubinden und gleichzeitig einen Griff für James zu formen. Da ich seit meinem sechsten Lebensjahr kein Haarband mehr getragen hatte, musste mein Gürtel herhalten. Das Ganze ergab schließlich eine etwas primitivere, dafür aber vielleicht auch nüchternere Birkenrute. Allein sie in der Hand zu halten ließ das Verlangen in mir erstehen, meinen Po zur Bestrafung auszustrecken. Also eilte ich zurück zu meinem Versteck – voll peinlicher Berührtheit, aber auch Spannung auf das, was ich gleich tun würde.

Nachdem ich sichergestellt hatte, dass wirklich niemand in der Nähe war, legte ich die Rute auf den Boden und öffnete meine Jeans. Noch als ich sie über die Schenkel schob, blickte ich schuldbewusst von einer Seite zur anderen, achtete aber gleichzeitig darauf, meinen Slip nicht sofort mit herunterzuziehen. Diesen Moment wollte ich nämlich voll auskosten – genau wie Violet das getan hatte. Als ich schließlich die Daumen in das Bündchen meines Höschens steckte und die Augen schloss, zitterte ich am ganzen Körper.

Violet war voller Ekstase, als sie entkleidet wurde. Und während ich meinen Po langsam entblößte, hatte ich das Gefühl, ihre Erregung gut nachempfinden zu können. Das Ganze hatte eine weitaus stärkere Wirkung auf mich, als hätte ich mich einfach nur ausgezogen. Schließlich wusste ich, dass ich meinen Hintern nicht entblößte, um ihn von der Hand meines Freundes tätscheln zu lassen, sondern, um ihn zu züchtigen. Das Gefühl der Nacktheit – immer ein Vergnügen, abgesehen von den ganz profanen Alltagssituationen – brachte jetzt etwas sehr Verletzbares, ja fast Beängstigendes mit sich. Ich versuchte, mir vorzustellen, wie James und Violet mich beobachteten. Ihre Augen voller

Erregung und auch leichter Amüsiertheit, er kühl und voller Autorität, während er die Rute durch die Luft schwang, um ihre Schlagkraft zu testen.

Als ich das Bund Birkenzweige schließlich nahm, beugte ich mich absichtlich weit vor, um meine Haltung so freizügig wie möglich aussehen zu lassen. Es fühlte sich gut an. Erregend und gleichzeitig schändlich – Gefühle, von denen ich mittlerweile wusste, dass sie sich auf köstliche und unerwartete Weise gegenseitig verstärken konnten. Ich wusste genau, wie viel ich von meiner Rückseite zeigte und was jeder Mann, der mich züchtigen würde, sehen und genießen konnte, während er vollständig bekleidet war.

Die Rute fühlte sich böse und gefährlich an. Das um die Zweige geschlungene, geflochtene Leder meines Gürtels gab dem Gerät etwas Raues und Grobes – ideal, um damit im Freien ein schmutziges Mädchen zu verhauen. Als ich die Rute hob, ließ ich meiner Phantasie freien Lauf. Die Gedanken an James verdrängte ich, um mich Violet gegenüber nicht schuldig zu fühlen. Stattdessen würde ich von einem jungen Bauern geschlagen werden, der mich beim unbefugten Betreten erwischt und vor die Wahl gestellt hatte, entweder die Polizei zu rufen oder aber Jeans und Höschen für ein Dutzend Schläge herunterzuziehen.

Ich stand wieder auf, das Hinterteil ausgestreckt, und strich mit den Zweigen über meine Pobacken. Das kitzelnde Gefühl ließ mich kichern, und ich stellte mir vor, wie der Bauer seine Züchtigung hinauszögerte und sich absichtlich Zeit ließ, um meinen halbnackten Körper und meine wachsende Bestürzung über das Kommende zu genießen. Der erste leichte Schlag kribbelte nur ein wenig, der zweite, festere Hieb schon etwas mehr, aber so, dass es noch zu ertragen war.

Mein Bauernjunge würde bestimmt alles sehen, und ich musste daran denken, was James mit Violet gemacht hatte. Also schob ich mein Oberteil nach oben und holte meine Brüste aus dem BH. Dann spielte ich einen Moment lang mit meinen Nippeln und stellte mir dabei vor, ich wäre gezwungen worden, meine Titten zu zeigen. Als ich mit der Rute gerade fest genug auf meine Brüste schlug, um ein leichtes Brennen zu erzeugen, fühlte sich das zwar ganz nett an, aber ich musste schnell feststellen, dass mein Po doch das geeignetere Ziel war. Ich streckte ihn wieder aus und ließ die Zweige diesmal mit einem entschlossenen Schlag aus dem Handgelenk auf das zarte Fleisch niedersausen.

Dieser Hieb brannte richtig und ließ mich leise kreischend einen Satz machen. Ich strich über meine schmerzende Haut. Das hatte richtig wehgetan, und ich schalt mich für mein absurdes Tun. Doch hielt mich das keineswegs davon ab, den Po wieder herauszustrecken und mir einen noch stärkeren Schlag zu verpassen. Erneut fuhr ich keuchend hoch, behielt meine Position aber einigermaßen bei und stellte mir vor, was der Bauer sagen würde. Er würde mir befehlen, den Hintern noch weiter rauszustrecken, würde mir sagen, dass er meinen Anus sehen könnte und meine Muschi klitschnass wäre. Und das alles natürlich in weitaus weniger höflichem Ton.

Diese Gedanken sorgten dafür, dass ich schließlich jede Kontrolle verlor. Wieder und wieder schlug ich auf meinen Hintern ein und setzte die Geschichte in meinem Kopf fort. Der junge Mann würde mir sagen, wie geil er meinen Po und meine Brüste fände, dass mein Fötzchen herrlich saftig sei und er es richtig schön durchficken würde – auch wenn er sehr versucht wäre, seinen übergroßen Schwanz erst mal in meine rosige enge Rosette zu rammen. Diese schreckliche Vorstellung sorgte dafür, dass mein Mund sich weit öffnete, um einen Schrei der Scham und der Ekstase auszustoßen. Meine Hand war mittlerweile zwischen die Schenkel gewandert, und ich rieb mein Geschlecht, während ich gleichzeitig weiter auf meine mittlerweile in Flammen stehenden Pobacken einschlug.

Es tat weh, und zwar sehr. Aber ich wollte mehr. Ich wollte bis zur Ekstase gezüchtigt werden. Ich wollte den Schwanz meines Mannes in mir spüren, tief in meinem geprügelten Arsch. Diese letzten Gedanken brachten mich schließlich zum Höhepunkt. Ich ließ die Rute fallen und sank mit immer noch ausgestrecktem Hintern auf die Knie. Meine Augen waren geschlossen, aber der Mund stand in einem stummen Schrei weit offen. Wie besessen bearbeitete ich meine Möse, während scheinbar unaufhörliche Wellen der Lust durch meinen Körper rasten. Irgendwann konnte ich nicht mehr und fiel auf dem kalten, feuchten Boden in mich zusammen.

9

Als ich an diesem Abend zum College zurückkehrte, kam es mir vor, als hätte ich mich verlaufen und wäre in einer völlig anderen Stadt gelandet. Zwar waren es immer noch dieselben Gebäude, aber ansonsten schien sich alles verändert zu haben. Selbst das Wetter war umgeschlagen. Es zog warme, feuchte Luft von Westen heran, und als ich die letzten paar Meter über die Hauptstraße ging, begann es tatsächlich zu regnen. Außerdem schienen den Tag über eine Menge Studenten eingetroffen zu sein, denn das Gebäude wimmelte vor Ankömmlingen, die sich begrüßten und nach Freunden erkundigten. So sah ich binnen Minuten mehr bekannte Gesichter als in der gesamten vergangenen Woche. Mir blieb kaum Zeit, mich umzuziehen, bevor ich von zwei meiner Kommilitonen in den Wohnbereich geschleift wurde.

Der Sonntag war sogar noch betriebsamer. Stephen war spätabends zurückgekehrt und kam sofort auf mein Zimmer. Ich hatte gerade geduscht, und er legte mich feucht und nackt, wie ich war, auf das Bett. Sein Überschwang zauberte wieder etwas Farbe in mein Gesicht, und wir schliefen in dieser Nacht zusammen. Dabei waren wir viel zu glücklich und erregt, als uns Gedanken darüber zu machen, ob wir am nächsten Tag vielleicht zu müde sein würden. Nur Violet war noch nicht wieder zurück, hatte aber eine Postkarte geschickt, dass sie über Arles und Paris zurückkehren würde.

Mitte der ersten Woche lief wieder alles auf vollen Touren. Ich musste zu Vorlesungen, hatte eine Seminararbeit zu schreiben und stand vor einem neuen Trimester im Studentenparlament, das hoffentlich genauso erfolgreich sein würde wie das erste. Die zweite Debatte des zweiten Trimesters war eine Neuauflage der berühmten «King and Country»-Debatte, bei der die Mehrheit kurz vorm Zweiten Weltkrieg dagegen gestimmt hatte, für Großbritannien zu kämpfen. Ich war sicher, dass wir damit große Aufmerksamkeit erregen würden, und ich konnte es kaum erwarten, vor den Leuten zu sprechen.

Da war ich allerdings nicht die Einzige. Es ließ sich wohl nur als Schicksal bezeichnen, dass Giles Lancaster das Team leitete, das gegen den Antrag war, und damit meine Position einnahm. Ich war sicher, er würde mich um Aufnahme betteln lassen, aber ebenso überzeugt, dass er mich unbedingt in seinem Team haben wollte. Die beste Möglichkeit schien ein mutiger Schritt nach vorn, und so fragte ich ihn einfach geradeheraus vor einem halben Dutzend seiner Kumpane und noch einigen anderen Leuten, ob ich mitmachen dürfte.

«Du wärst sicherlich sehr gut», erwiderte er ohne den üblichen witzelnden Unterton. «Aber der Sohn des damaligen Sprechers ist ein Geschichtsstudent im dritten Jahr und will eine These über den Pazifismus der dreißiger Jahre vorstellen. Damit bleibt eigentlich nur noch ein Platz frei. Und du musst zugeben, dass das nicht unbedingt dein Thema ist.»

«Das mag sein, aber …»

«Ich dachte eher, dass du vielleicht lieber einen der Stimmenzähler machen würdest.»

Ich zögerte. Die Stimmen zu zählen war eine verantwortungsvolle Aufgabe und könnte mir durchaus nützen, wenn ich für einen Posten kandidieren wollte. Außerdem wusste Giles nur allzu gut, dass eine Ablehnung seines Vorschlags mich ziemlich dumm dastehen lassen würde.

«Es sei denn, du fühlst dich der Sache nicht gewachsen.»

«Nein, das geht schon. Ich mach's. Danke.»

«Braves Mädchen. Einen Drink?»

Trotz seines schnell zurückgekehrten herablassenden Tonfalls nahm ich den Drink an, fragte mich aber gleichzeitig, ob er sich einfach nur meine Unterstützung sichern wollte oder ob er für sein Angebot nicht doch einen anderen Grund hätte. Ich traute dem Mann zwar nicht, sah aber auch nicht recht, was schiefgehen sollte. Nichts an dem Gespräch wies darauf hin, dass es sich um etwas anderes als ein reelles Angebot handelte.

Ich blieb ziemlich lange im Studentenparlament. Als ich zurück zum College ging, war ich recht froh, dass ich mir die Zeit und Mühe erspart hatte, eine Rede vorzubereiten und sie mit dem Rest des Teams durchzusprechen. Als Stimmenzähler würde mein Name auch so in den Berichten auftauchen, sodass jeder sehen konnte, welchen verantwortungsvollen Posten ich übernommen hatte. Außerdem hatte Giles durchaus recht, das Thema fiel einfach nicht in meinen Bereich.

Als ich meinen Flur erreichte, war klassische Musik aus Violets Zimmer zu hören. Ich klopfte sofort an ihre Tür und war hocherfreut, als sie mich hineinbat. Sie sah sinnlich wie immer aus, trug ein verführerisches schwarzes Kleid, das vermutlich aus Italien stammte, und hatte ihre Locken mit dem verräterischen Band nach hinten gebunden. Violet legte das Buch, das sie in der Hand hielt, auf ihren Nachttisch und begrüßte mich lächelnd.

«Nora! Ich hab mich schon gefragt, wo du wohl steckst.»

«Ich war im Studentenparlament. Ich wusste gar nicht, dass du heute wiederkommst.»

«Wollte ich eigentlich auch gar nicht. Aber in Paris gab es ein kleines Problem, und ich musste früher los.»

«Ah, Skandal! Was ist denn passiert?»

Ich hatte den Tonfall in ihrer Stimme offensichtlich richtig interpretiert. Sie stand auf, gab mir einen Kuss und fing an, Kaffee zu kochen. «Ich habe den wunderschönsten Jungen aller Zeiten kennengelernt. Im Espace Dalí. Er ist …»

«Moment mal. Und was ist mit James?»

«James? So eine Art Beziehung führen wir nicht.»

«Nein, aber …»

«Ihm ist es egal, was ich tue, solange ich es ihm hinterher erzähle. Um genau zu sein, je mehr ich anstelle, desto besser gefällt es ihm, weil …» Sie hielt recht abrupt inne, wie ich fand, fuhr dann aber voller Enthusiasmus fort: «Aber ich wollte dir ja von Zacharie erzählen. Er war so wunderschön und so durch und durch französisch. Ich musste ihn einfach haben, sonst wäre meine Reise nicht vollständig gewesen. Am nächsten Morgen bin ich in seinem Zimmer in einem Studentenwohnheim am Montmartre aufgewacht. Von da hatte man einen Blick über Paris. Das sollte jeder mal gemacht haben, Nora. Du auch. Aber wahrscheinlich lieber nicht auf die Weise, wie ich es erlebt habe. Zacharie hatte nämlich gerade angefangen, meine Beine mit Küssen zu übersäen, als seine Freundin reinkam. Schau nur, was sie mit mir gemacht hat!»

Violet zog das Oberteil ihres Kleides ein kleines Stück runter, um mir eine ihrer winzigen Brüste zu zeigen. Ihre blasse Haut wies vier dunkelrote Striemen auf.

«Was ist denn passiert?»

«Ich dachte, sie bringt mich um! Wie die uns angeschrien hat. Wenn sie nicht versucht hätte, auf uns beide gleichzeitig loszugehen, wäre es noch viel schlimmer ausgegangen. Ich hab einfach nur schnell meine Tasche und mein Kleid gegriffen und bin rausgerannt. Leider unter den Augen seiner Mitbewohner, die natürlich alle den Kopf zur Tür rausstreckten.»

«Nackt?»

«Splitternackt.»

Ich konnte mir die Szene nur allzu gut vorstellen und hielt mir bestürzt die Hand vor den Mund.

«Ich musste mich oben an der Treppe anziehen und traute mich nicht, zurückzugehen. Also musste ich barfuß zurück in mein Hotel laufen. Und das mit einem Kleid, das kaum meinen Hintern bedeckte.»

Sie schüttelte grinsend den Kopf. Ich erwiderte ihr Lächeln und stellte mir erneut die Szene vor.

«Du bist also abgereist?»

«Musste ich. Ich hatte ihm meine Adresse auf einen Bierdeckel geschrieben und echt Angst, dass sie den findet. Sicher hab ich mich danach zumindest nicht mehr gefühlt.»

«Überrascht mich nicht.»

«Das ist jedenfalls meine aufregende Urlaubsgeschichte. Italien war hinreißend, und es war toll, Arles mal im Winter zu erleben. Und was war bei dir so los?»

«Nichts, was es mit deiner Geschichte aufnehmen könnte. Ich hab mich sogar so gelangweilt, dass ich eher zurückgekommen bin. James hat mich dann freundlicherweise zum Essen zu sich nach Hause eingeladen.»

Trotz der Erklärung, die sie eben über ihre Beziehung zu James abgegeben hatte, und auch trotz der Tatsache, dass rein gar nichts zwischen uns gelaufen war, spürte ich eine gewisse Vorsicht in mir. Doch Violet warf mir einen Blick zu, der höchstens interessiert, aber nicht eifersüchtig wirkte. Danach wechselte sie das Thema. «Ich nehme an, dein Freund ist auch schon wieder da?»

«Oh, und ob der wieder da ist.»

«Ihr zwei seid wirklich erstaunlich. So viel Energie. Immer am Fluss oder in der Stadt unterwegs.»

«Von einer eifersüchtigen Freundin durch Paris gejagt zu werden klingt aber auch sehr lebendig.»

Violet lachte. «Sie war Katalanin. Das hat sie zumindest behauptet, als sie versuchte, mir das Gesicht zu zerkratzen. Als ob das eine Entschuldigung wäre.»

«Sie hatte wohl allen Grund, sauer zu sein.»

«Mag sein. Aber doch nicht auf mich. Ich wusste ja nicht mal, dass sie existiert, bevor sie zur Tür reinstürmte. Wieso müssen die Menschen eigentlich so eifersüchtig sein?»

«Das liegt wohl in der menschlichen Natur. Man verteidigt seinen Partner eben.»

«Ja. Aber wir leben schließlich nicht mehr in der Steinzeit, oder? Solange wir vorsichtig sind, sollte das doch wohl nicht so schlimm sein.»

«Und James?»

«Äh, das ist kompliziert.»

«Ich dachte immer, ihr hättet eine stürmische, leidenschaftliche Beziehung. Und jetzt klingst du eher, als wäre es nur etwas Beiläufiges.»

«Stürmisch, ja. Aber … aber das ist meine Schuld. Er ist zwar leidenschaftlich, aber eben nicht genug, um treu zu sein.»

Violet war das Gespräch offensichtlich unangenehm, und nun wechselte ich das Thema. Zumindest konnte ich mir jetzt in etwa vorstellen, was zwischen den beiden abgelaufen war.

Die nächsten Wochen nahm ich so ziemlich dieselbe Routine wieder auf, die ich schon im vorigen Trimester genossen hatte: das Studentenparlament, Arbeit, Rudern, dann Stephen und andere Freunde – besonders Violet. Wir trafen uns andauernd auf unseren Zimmern zum Kaffee. Und obwohl Dr. McLean recht häufig bei ihr war, hatten die beiden sich eindeutig entschlossen, ihre Beziehung diskreter zu handhaben. So radelte Violet jedes Wochenende und ab und zu auch unter der Woche zu seinem Haus in der Eynsham Road.

Ich war sehr versucht, meine Expedition in das kleine, entlegene Wäldchen zu wiederholen, um erneut den Kick zu erleben, mich mit einer Birkenrute zu züchtigen, aber dafür schien einfach keine Zeit zu bleiben. Bei meinem ersten Ausflug hatte ich es so übertrieben, dass meine Pobacken über eine Woche lang mit kleinen roten Striemen übersät waren. Ein Zustand, der das Umkleiden zum Rudern nicht nur schwierig, sondern auch peinlich machte.

Das Studentenparlament nahm mittlerweile immer mehr meiner Zeit in Anspruch. Besonders die Vorbereitung auf die «King and Country»-Debatte erwies sich als sehr aufwendig, zog aber unerwartet viel Interesse nach sich. Als Stimmenzähler hatte ich eine neutrale Rolle, die mich aber gleichzeitig in die überaus nützliche Position brachte, die Werbung übernehmen zu können. Das hieß, mit den Leuten von der Presse, vom Radio und vom Fernsehen zu sprechen – alles Kontakte, die ich später gewiss gut gebrauchen konnte.

Zu meinen Aufgaben gehörte auch, das Meinungsbild

im Auge zu behalten, sodass ich der Presse rechtzeitig eine Tendenz mitteilen konnte. Normalerweise hätte der Protokollführer diese Rolle übernehmen müssen, aber da Giles diesmal die Opposition anführte, blieb diese Aufgabe an mir hängen. Ich musste noch immer jede meiner Aktionen von ihm abzeichnen lassen und brauchte durchaus öfter auch seinen Rat.

Eine Woche vor der Debatte sah ich mich einer sehr delikaten Situation gegenüber, denn gleich zwei der großen Fernsehkanäle wollten exklusive Übertragungsrechte für die Debatte. Eigentlich wollte ich die Rechte versteigern, um uns eine möglichst hohe Gage zu sichern, wusste aber nicht, ob die Regeln des Studentenparlaments das überhaupt gestatteten. Außerdem wollte ich die Dokumente von Giles unbedingt gegenzeichnen lassen, damit ich keinen Ärger bekam, wenn die Sache total schieflief.

Er legte bei solchen Unterschriften grundsätzlich ein sehr gleichgültiges Verhalten an den Tag und setzte seine große, mit träger Hand gezeichnete Signatur oftmals unter einen Text, den er gar nicht gelesen hatte. Das galt besonders dann, wenn er ein paar Gläser getrunken hatte. Am Abend, als ich ihm die Papiere zur Unterschrift vorlegen wollte, ging ich erst nach zehn Uhr in die Bar des Studentenparlaments. Er war nicht da, und nachdem ich zunehmend ungeduldig auf ihn gewartet hatte, erfuhr ich irgendwann, dass er hier gewesen, aber längst wieder gegangen wäre. Auch Stephen wäre auf der Suche nach mir hier gewesen, und mir fiel plötzlich ein, dass ich ihn seit dem Wochenende nicht mehr gesehen hatte.

Ich fühlte mich etwas schuldig, als ich die Bar verließ, und entschloss mich, Giles in seinem Zimmer aufzusuchen, um danach für ein bisschen schmutzigen, rauen Sex in mein College zurückzukehren. Es war schon fast elf Uhr. Ich wusste, dass die Türen des St. Mary's College um diese Zeit verriegelt wurden, sodass man ohne den Schlüssel für die Nachttür nicht mehr reinkam. Glücklicherweise lag Giles' Zimmer im Erdgeschoss und zeigte auch noch auf die Hauptstraße. Ich bräuchte also nur zu klopfen.

Die Radfahrt dauerte nur ein paar Minuten, und nachdem ich sein Zimmer ausfindig gemacht hatte, kletterte ich über die niedrige Mauer und schlich über den dünnen Rasenstreifen, der das College-Gebäude von der Straße trennte. Seine Vorhänge waren nicht ganz zugezogen, und ich wagte aus reiner Neugierde einen Blick ins Innere. Natürlich nur, um vor dem Klopfen sicherzugehen, dass er noch nicht schlief. Das sagte ich mir zumindest.

Ich gelangte nur auf Zehenspitzen an das Fenster, konnte aber erkennen, dass er mit nach hinten gelegtem Kopf auf einem Lehnstuhl saß. Sein Gesichtsausdruck war so glückselig, wie er es eigentlich nur beim Sex sein konnte. Es war definitiv kein guter Moment, sich bemerkbar zu machen. Aber ich konnte dann doch nicht widerstehen, einen etwas genaueren Blick hineinzuwerfen. Wenn er wichste, wollte ich unbedingt seinen Schwanz sehen. Oder noch besser, wenn er es sich gerade besorgen ließ, die Person, die vor ihm kniete.

Ich schaute mich kurz um, um sicherzustellen, dass ich von niemandem beobachtet wurde. Dann stellte ich einen Fuß auf eine Mauerkante und zog mich vorsichtig balancierend am Fenster hoch. Jetzt konnte ich alles deutlich erkennen. Doch je klarer das Szenario wurde, desto weiter fiel mir vor Schock die Kinnlade runter. Giles saß ausgestreckt in einem Lehnstuhl, der schräg zum Fenster stand. Sein Gesicht war vor Ekstase ganz verzerrt, und aus seinem offenen Hosenschlitz ragte ein riesiger, erigierter Schwanz, den er der Person in den Mund rammte, dessen Kopf er in Position hielt. Bei dieser Person handelte es sich allerdings nicht um eine Frau, sondern um einen Mann. Meinen Mann, um genau zu sein. Stephen.

Während ich zusah, wie Stephens Kopf auf Giles Lancasters Erektion hoch- und runterfuhr, spürte ich, wie meine ganze, sorgfältig geplante Zukunft in sich zusammenfiel. Er war schwul. Und das machte alles, was wir zusammen hatten, zu einer Lüge. Jedes Wort der Leidenschaft aus seinem Munde und jede Zuneigungsbekundung waren auf einmal die reinste Farce.

Ich wollte nur noch weg. Ich sprang von dem kleinen Absatz runter, setzte über die niedrige Mauer und rannte ungeachtet der Passanten über die Hauptstraße. Auf dem gesamten Weg in die Zuflucht meines Zimmers bekam ich die Bilder nicht mehr aus dem Kopf: Stephen, den ich als Idealbild maskuliner Stärke und Tugend gesehen hatte, auf den Knien und mit dem Schwanz eines anderen Mannes im Mund. Mir fiel Ewans spöttisches Lachen ein, als er und seine Freunde mich damit aufgezogen hatten, dass die Jungs auf dem College sowieso alle schwul wären. Ich dachte daran, wie treu ich gewesen war und jeden interessierten Mann abgewiesen hatte – Giles eingeschlossen. Als mir dann schließlich wieder der merkwürdige Geschmack einfiel, den Stephen neulich im Mund gehabt hatte, begann ich zu fluchen und zu spucken. Es war der Geschmack eines Schwanzes gewesen!

Als ich im College ankam, war ich bereits in Tränen aufgelöst. Ich rannte hinauf in mein Zimmer, um niemandem zu begegnen, der mir irgendwelche Fragen hätte stellen können. Ich konnte es einfach nicht ertragen, mich der Wahrheit zu stellen. Höchstens mit Violet hätte ich darüber sprechen können, aber die war ausgegangen. Also blieb mir nichts anderes übrig, als mich aufs Bett zu werfen und mir bis tief in die Nacht die Augen aus dem Kopf zu heulen. Erst als das Licht der morgendlichen Winterdämmerung bereits durch mein Fenster fiel, schlief ich endlich ein.

Das Aufwachen war einfach schrecklich. Nach und nach erinnerte ich mich, wieso ich eigentlich vollständig bekleidet und mit schwerem Kopf auf dem Bett lag. Lediglich der Harndrang brachte mich schließlich dazu, aufzustehen und mich daranzumachen, irgendwie völlig apathisch, die verräterischen Ringe unter meinen Augen zu kaschieren. Es war bereits fast Mittag, und ich hätte längst im Studentenparlament sein müssen. Aber das war mir in diesem Moment völlig egal. Meine Lethargie wurde erst durchbrochen, als mir einfiel, dass ich heute mit einem wichtigen Typen von einem der Fernsehkanäle zu Mittag essen sollte.

Violet war immer noch nicht in ihrem Zimmer. Als mir klar wurde, dass sie die Nacht bestimmt mit James verbracht hatte, überfiel mich eine unerklärliche Eifersucht, die meine Traurigkeit noch vergrößerte. Das Mittagessen erlebte ich wie durch einen Nebel. Meine Antworten fielen ganz und gar automatisch aus, während der Typ mich zu dem Vertrag überredete, den er haben wollte. Ich unterschrieb ungeachtet der Tatsache, dass ich allein gar nicht die nötige Vollmacht dazu hatte, und saß irgendwann erschöpft und deprimiert in einer Ecke des Pubs.

Wir hatten Wein bestellt, den meine Verabredung kaum angerührt hatte, sodass jetzt eine fast volle Flasche auf dem

Tisch stand. Ich trank sie langsam Glas für Glas aus, bis Traurigkeit und Selbstmitleid sich schließlich in kochende Wut verwandelten. Ich hatte keine Ahnung, wie es Giles gelungen war, Stephen zu verführen. Aber wieso er es getan hatte, das wusste ich genau. Er wollte sich an mir rächen, weil ich ihm einen Korb gegeben hatte, weil ich seinen schmutzigen Abend mit den Hawkubites verdorben hatte und nicht zuletzt, weil ich ihn in die Isis geschubst hatte. Aber das würde ich mir nicht gefallen lassen.

Als die Flasche leer war, erhob ich mich leicht schwankend und machte mich auf den Weg zum St. Mary's College. Stephen konnte ich jetzt nicht gegenübertreten, Giles aber schon. Und genau das beabsichtigte ich auch, bevor der gesunde Menschenverstand wieder einsetzte und mich vielleicht davon abhielt. Meine einzige Sorge war, dass Stephen vielleicht auch dort sein könnte. Und falls Giles nicht da sein sollte, hatte ich fest vor, mich vor seine Tür zu setzen und auf ihn zu warten. Aber Giles war da. Er saß allein in besagtem Lehnstuhl, aß Wachteleier und trank dazu Champagner. Als ich die Tür mit einem lauten Knall aufstieß, hob er überrascht die Augenbrauen.

«Ah, Honora, komm doch rein. Aber wie ich sehe, hast du das ja bereits getan. Ist irgendwas passiert?»

«Du weißt genau, was passiert ist, du Mistkerl!»

«Ich fürchte, du wirst es mir sagen müssen.»

«Ich meine das, was du da mit Stephen gemacht hast. Ich hab euch gestern Abend gesehen!»

«Ich war gestern Abend mit Stephen zusammen, ja. Erst in der Bar vom Studentenparlament und dann in der *Turf Tavern*. Er war auf der Suche nach dir, aber ich konnte ihn mit der Aussicht auf ein Pint ins *Old Peculiar* locken.»

«Ich weiß, wozu du ihn verlockt hast, du Arsch! Ich hab

euch gesehen! Hier drin! Er … er vor dir auf den Knien! Du verdammter Dreckskerl, du …»

Er hob die Hände, und ich unterbrach meine Tirade so wütend, dass ich schon wieder den Tränen nah war. Nach einem kurzen Moment der Überraschung hatte sein Mund sich zu einem selbstgefälligen Grinsen verzogen, das ich ihm am liebsten mit aller Macht aus dem Gesicht geschlagen hätte. Er versuchte erst gar nicht, die Vorwürfe abzustreiten, sondern gab nur ein leises Kichern von sich. «Tja, meine Liebe. Das wird dir wohl eine Lehre sein, nicht durch die Fenster anderer Leute zu linsen.»

«Ich wollte ein paar Unterschriften von dir. Und es geht hier auch gar nicht darum, ob ich durchs Fenster geguckt habe oder nicht. Hier geht es darum, was du getan hast. Und wieso du es getan hast. Du wolltest mir wehtun, hab ich recht? Du mieser …»

Er hob erneut den Kopf. «Ich bitte dich, meine liebe Nora. Glaub mir, der gute Stephen hat meinen Schwanz schon regelmäßig gelutscht, als an dich noch gar nicht zu denken war. Er war bereits in Laon meine kleine Schwuchtel und bläst meinen Schwanz wahrscheinlich auch dann noch, wenn er in deinem hübschen Köpfchen nur noch eine blasse Erinnerung ist. Oder hattest du etwa vor, ihn zu heiraten?»

Seine Worte schockierten mich derart, dass sie mir jeden Wind aus den Segeln nahmen und ich ihm tatsächlich eine ehrliche Antwort auf seine Frage gab. «Ja, darüber hatte ich nachgedacht.»

Er wedelte mit der Hand in der Luft herum, eine seiner lästigsten Manierismen, und stand auf. «Ich erklär dir jetzt mal was, Nora. Aber wie wär's vorher mit einem Cognac? Oder vielleicht einen Scotch? Du siehst aus, als könntest du einen vertragen. Und jetzt machst du erst mal schön die Tür zu. Sonst kriegt noch jemand mit, wie du dich hier aufspielst.»

Ich wollte eigentlich ablehnen, aber er schenkte mir bereits eine gelbbraune Flüssigkeit aus einer Karaffe ein. Nachdem Giles mir das Glas gereicht hatte, setzte ich mich hin und überließ es ihm, die Tür zu schließen.

«Die Sache ist die, meine Liebe. Ich weiß, es muss ein ziemlicher Schock für dich sein, dass dein Lover Boy ab und zu gern Schwänze bläst, aber deshalb musst du dir nicht gleich in deinen hübschen kleinen Baumwollslip machen.»

«Woher weißt du, dass ich ... Vergiss es! Ich habe verdammten Grund, wütend zu sein!»

«Und trotzdem muss ein ehrgeiziges Mädchen wie du lernen, gewisse Kompromisse zu machen. Stephen ist ein ausgezeichneter Fang. Er ist klug und hat genug Knowhow und Kapital, um in wenigen Jahren reich zu werden. Er wäre sogar der perfekte Ehemann für eine aufstrebende Politikerin. Aber auf dieser Welt ist nun mal nichts perfekt, und du musst ihm schon ein paar seiner kleinen Schwächen zugestehen.»

«Kleine Schwächen? Wie soll ich denn mit einem Ehemann zurechtkommen, der Sex mit anderen Männern hat? Wenn er nun wegen Sex in der Öffentlichkeit verhaftet wird oder so was?»

«Also wirklich, meine Liebe. Du kannst einfach so schrecklich bürgerlich sein. So etwas Abgeschmacktes würde Stephen nicht mal im Traum einfallen. Aber wenn er mit mir oder ein zwei anderen alten Freunden ein paar Gläser getrunken hat, na ja, dann durchlebt er eben gern noch einmal die Freuden seiner Jugend.»

«Andere alte Freunde? Du meinst, du warst nicht der Einzige?»

«Wie wenig du doch über Männer weißt! Ich weiß nicht, mit wie vielen Männern sich Stephen sonst noch amüsiert hat, aber es gab in jedem Jahrgang über fünfzig Schüler. Und die meisten von uns haben das auch getan.»

«Was?!»

«Du musst gar nicht so schockiert tun. Was hättest du denn gemacht, wenn du wochenlang mit einem Haufen anderer Mädchen in einer gottverlassenen Kaserne eingepfercht gewesen wärst? Ich wette, ihr wärt euch mindestens täglich einmal an die Wäsche gegangen. Wenn nicht sogar stündlich.»

«Das glaube ich kaum!»

Er hob eine Augenbraue. Ich dachte an Violet und sagte nichts mehr. Giles gab erneut ein selbstgefälliges Kichern von sich, fast als hätte er meine Gedanken erraten. «Und du musst zugeben, dass Stephen geradezu erschütternd gut aussieht. Wer könnte ihm schon widerstehen?»

«Du offensichtlich nicht.»

«Ich gebe gerne zu, dass es mir nicht immer leichtfällt, dem Charme meiner Geschlechtsgenossen zu widerstehen. So zum Beispiel auch dem deines Freundes. Aber ich schweife ab. Der Punkt ist, du musst dir keine Gedanken machen, dass ich dir Stephen wegnehme. Das tue ich nicht, versprochen. Du hast ihm doch noch nicht erzählt, dass du uns beobachtet hast, oder?»

«Nein.»

«Dann hör auf meinen Rat und lass es. Manchmal ist es am besten, derartige Dinge zu übersehen. Denk an all den Mammon und die Unterstützung, die er dir bieten kann, wenn du den rutschigen Berg der politischen Hierarchie erklimmst. Oder hast du vielleicht Lust mitzumachen? Es mir von euch beiden besorgen zu lassen, Seite an Seite und nackt wie Gott euch schuf – das wäre wirklich perfekt.»

Er beendete seine Ausführungen mit einem langen Seufzer, der eindeutig verriet, dass er sich das Ganze bildlich vorstellte. Ich wollte gerade antworten, schwieg dann aber doch. Ich hatte einfach nichts mehr zu sagen, was diese abscheuliche Blase aus Selbstgerechtigkeit doch noch zum Platzen hätte bringen können.

10

Als ich Giles' Zimmer verließ, war ich so wütend, ich hätte am liebsten alles hingeschmissen und ganz von vorn angefangen. Aber auf dem Heimweg wurde mir nach und nach klar, dass hinter seinen Worten eine erschreckende Logik steckte. Ich hatte von Anfang an gewusst, dass meine Berufswahl Opfer von mir verlangen würde, und vielleicht musste ich einfach akzeptieren, dass Stephen schwul war. Rational betrachtet, war es sicher vernünftig, die Sache so zu sehen, aber wenn ich auf mein Herz hörte, kam ich mir betrogen und benutzt vor. Außerdem wäre es ganz und gar gefühllos, sich auf solch ein Arrangement einzulassen. Ich sah mich bereits mit dreißig oder vierzig an meinem Schreibtisch in Papierkram zu irgendwelchen Wahlkreisangelegenheiten stecken, während Stephen mit Giles essen war – den Nachtisch eingeschlossen. Wenn ich das hinnähme, würde ganz bestimmt etwas in mir absterben.

Ich ertrug den Gedanken nicht, Stephen jetzt zu besuchen. Mein Kopf war voller Bilder, wie er Giles Lancasters Schwanz lutschte, und ich wusste nicht, ob ich mich von ihm berühren lassen konnte. Ich musste nachdenken, und ich musste weinen. Entweder das, oder ich würde mich in die Bewusstlosigkeit trinken. Auf dem Weg in mein Zimmer holte ich mir kurzerhand eine Flasche Wein aus dem College-Kiosk und öffnete sie, sobald ich das Zimmer betreten hatte.

Doch gerade, als ich die Flasche entkorkte, erschien Violets Kopf in der Tür. «Hallo, Nora. Alles in Ordnung?»

Ich brach sofort in Tränen aus. Sie kam schnell rein, um mich in den Arm zu nehmen, fragte aber nicht, was los sei, sondern tröstete mich einfach nur. Ich war so bedürftig, dass ich in ihren Armen förmlich dahinschmolz. Violet sagte kein Wort, sondern fing an, mir übers Haar und den Rücken zu streichen. Ihre Berührungen sorgten dafür, dass ich meinen Gefühlen völlig freien Lauf ließ. Ich klammerte mich an ihr fest, weinte mich an ihrer Schulter aus und küsste sie zweimal, bis mir klar wurde, wie unpassend das eigentlich war. Ich befreite mich aus ihrer Umarmung, grinste verlegen und fragte mich, wieso ich das getan hatte und was sie jetzt wohl von mir dachte. Doch in ihren Augen stand nur Mitgefühl, und sie erwiderte meine Küsse, bevor sie mich schließlich losließ.

«Möchtest du darüber reden?»

Ich nickte, immer noch tränenerstickt. Violet stand kurz auf, um die Tür zum großen Flur zu schließen, setzte sich dann auf mein Bett und klopfte einladend auf die Tagesdecke. Ich hatte ein paar Taschentücher gefunden und tupfte mir damit die Augen ab, während ich mich neben sie setzte. Nachdem sie mir ein Glas eingeschenkt hatte, legte sie mir den Arm um die Schultern und sah zu, wie ich einen Schluck des sehr willkommenen Weines trank.

«Also, was ist los?»

«Stephen.»

«Habt ihr Schluss gemacht?»

Ich schüttelte den Kopf und fragte mich noch kurz, wie ich ihr das Ganze jemals erklären sollte. Aber schon einen Moment später schoss es regelrecht aus mir heraus. «Er … er hat seit Ewigkeiten Sex mit Giles Lancaster. Schon bevor wir uns kennenlernten. Er bläst ihn, vielleicht sogar mehr. Ich hab sie dabei erwischt. In Giles' Zimmer!»

Sie sagte nichts, nahm mich aber noch fester in den Arm, während ich weitererzählte.

«Ich dachte, er wäre mein Mann. Vielleicht sogar *der* Mann. Und jetzt ist er schwul! Alles war eine schreckliche Lüge! Von Anfang an! Ich weiß nicht, was ich tun soll, Violet. Giles hat mir mehr oder weniger gesagt, ich soll es einfach ignorieren. Aber wie soll ich das machen?»

«Hast du schon mit ihm gesprochen?»

«Nein, das konnte ich nicht. Aber ich bin auf Giles losgegangen, weil ich dachte, er hätte Stephen verführt, um sich an mir zu rächen. Dabei ... dabei treiben sie es schon seit Jahren! Und die ganze Zeit, seit wir zusammen waren! Giles sagte, ich könnte Stephen auch dann eine gute Frau sein, wenn die beiden sich ab und zu besaufen und sich die Schwänze lutschen! Dreckskerle!»

«Stephen mag dich doch, oder? Im Bett, meine ich.»

«Ich glaube schon.»

«Vielleicht ist er ja gar nicht schwul. Vielleicht ...»

«Er hat Giles einen geblasen.»

«Ganz ruhig, Süße. Ich erklär dir jetzt mal was. Die beiden waren zusammen auf der Privatschule, richtig? Viele Männer experimentieren in jungen Jahren mit ihrer Homosexualität. Besonders, wenn keine Mädchen da sind. Vielleicht ist es also nur eine Sache, die er aus seinem System kriegen muss. Und hundert Prozent schwul kann er ja wohl nicht sein. Nicht, wenn er dich mag. Wie ein Junge siehst du nämlich wirklich nicht aus!»

Sie drückte mich kurz, und ich musste trotz meines Zustands lächeln. Doch dieses Lächeln wurde sofort von einer weiteren Welle der Trauer überschwemmt.

«Aber er hat es hinter meinem Rücken getan! Er hätte doch mal was sagen können.»

«Jetzt komm, Nora. Was soll er denn zu seiner hinreißenden, neuen Freundin sagen? ‹Ach, übrigens, ich blase ab und zu gern die Schwänze von ein paar alten Freunden›?»

«Nein, das wohl nicht, aber … aber er hätte es einfach nicht tun sollen.»

Darauf wusste Violet keine Antwort, drückte mich dafür aber erneut und füllte mein Glas nach. Ich trank den Wein fast in einem Zug aus und holte tief Luft. Sie versuchte, nett zu sein, und ich verstand auch den Sinn, der hinter ihrer Erklärung steckte. Aber so richtig funktionieren wollte es nicht. Ich fühlte mich schrecklich, und immer noch war mir zum Heulen zumute. Wie sehr wünschte ich mir, die Sache wäre nie passiert. Wie sehr wünschte ich mir, dass ich mich an Stephen und Giles rächen könnte. Vor allem an Giles.

Violet hörte geduldig zu, während ich mehr oder weniger wahllos irgendetwas daherplapperte. Dabei behielt sie die ganze Zeit den Arm um mich gelegt und ließ mich nur kurz los, wenn sie mein Glas nachfüllte oder mir ein weiteres Taschentuch reichte. Ich wusste, ich war betrunken und verletzbar. Mein Körper war geschwächt und meine Gefühle völlig durcheinander. Gleichzeitig empfand ich ein unglaublich starkes Bedürfnis nach Trost, um das Geschehene irgendwie vergessen zu können. Als sie mich küsste, fühlte sich das so zärtlich an, dass ich sofort wieder zu weinen anfing. «Ich brauche ein paar Streicheleinheiten», hörte ich mich auf einmal sagen und wusste gar nicht recht, aus welcher Ecke meines Kopfes diese Worte kamen.

Ihre Lippen pressten sich erneut auf meine Wange und küssten erst eine, dann eine zweite Träne fort. «Ich werde dich jetzt ins Bett bringen», sagte sie.

Ich konnte nur noch schwach nicken. Mein Körper fühlte sich taub an und schien zunächst überhaupt nicht auf ihre Berührungen zu reagieren. Und als sie mich auszog, erschien es mir lediglich so, als würde eine Freundin sich um mich kümmern. Mir machte es nichts aus, dass sie mich weiter küsste, und auch nicht, wie ihre Finger meinen Nacken streichelten und die Konturen meiner Brüste nachzeichneten, während sie mich auszog. Selbst als ihr Mund den meinen suchte, konnte ich mich nicht zu irgendeiner Gegenwehr aufraffen. Ihr Kuss war einfach zu süß und zu tröstlich, um ihm zu widerstehen. Ich wusste, sie würde mich verführen, und ein kleiner Teil von mir meinte noch, sie würde die Situation schamlos ausnutzen. Aber diese Gedanken waren nichts gegen das Bedürfnis, gehalten, berührt und geliebt zu werden.

Als ich schließlich meinen Mund auf ihren Lippen öffnete, ließ sich meine Hingabe nicht mehr abstreiten. Ihre Berührungen wurden entschlossener und weniger zögerlich, sodass meine Bluse schnell offen war und Violet in Windeseile meinen BH nach oben geschoben hatte. Als unsere Zungen sich vereinten, war mein Kuss schließlich nicht weniger leidenschaftlich als der ihre. Sie legte die Hände auf meine Brüste und war ebenso gierig, ihre Größe und ihr Gewicht zu spüren wie die Männer vor ihr. Sie nahm meine Nippel zwischen Lippen und Zähne und saugte und knabberte zärtlich daran. Ein Stöhnen drang aus meiner Kehle, und wir fielen in einem Kuss vereint zusammen aufs Bett, wo ihre Finger sich sofort auf die Suche nach dem Verschluss meines Rocks machten.

Ich hob meinen Po an, damit sie den Rock herunterziehen konnte, und sie schob ihn zusammen mit Strumpfhose und Slip in einer schnellen Bewegung nach unten und über meine Füße. Ich schlängelte mich aus meiner Bluse und zog meinen BH aus, sodass ich irgendwann splitternackt neben ihr auf dem Bett lag. Als Violet sah, dass ich nicht nur willig war, sondern es offensichtlich kaum erwarten konnte, nahm sie meine Hände und führte sie zu ihrem Po. Als wir uns erneut umarmten, spürte ich, wie seltsam es war, weiches, rundes Fleisch statt der üblichen harten Muskeln zu berühren.

Sie ließ ihr Hinterteil verführerisch kreisen, bis auch mein letzter Widerstand gebrochen war und ich anfing, die Konturen ihrer Pobacken durch das Kleid hindurch zu erkunden. Zu diesem Zeitpunkt war jegliche Passivität aus mir gewichen, und ich fragte mich, ob ich es trotz ihrer sehr aktiven Rolle wagen sollte, ihr eins hinten draufzugeben. Eigentlich hatte ich gedacht, sie wollte vielleicht meinen Hintern versohlen – und ich hätte es auch zugelassen –, aber sie schien nur küssen und ihr Gesicht an meiner Haut reiben zu wollen, um den Geruch und die Textur ganz in sich aufzusaugen.

Als sie erneut die Stimme erhob, blieben keine Zweifel mehr, was sie vorhatte. «Geh ins Bett. Ich komme auch gleich.»

Ich zog die Bettdecke zurück und stieg hinein, während Violet aufstand, um sich die Schuhe auszuziehen und ihr Kleid abzustreifen, sodass sie schnell nur noch in Strümpfen, Unterhemd und Höschen dastand. Ihr Lachen verriet mir, dass ich sie wohl angestarrt haben musste, und diese Erkenntnis ließ mich zum ersten Mal rot werden. Violet lächelte, als sie anfing, einen kleinen Striptease für mich hinzulegen. Ganz langsam schob sie ihr Unterhemd hoch, um ihre Brüste zu entblößen, drehte sich dann aber und ließ mich von hinten zuschauen, wie sie das Höschen über ihren Po schob.

Sie sah nackt noch viel schlanker und eleganter aus

als ohnehin schon. Ihre winzigen Brüste waren straff und spitz, die Hüften ein graziöses Gedicht, und ihr Geschlecht stach eng, rosa und glattrasiert zwischen dem Dreieck ihrer Schenkel hervor. Ich ertappte mich dabei, wie ich mir mit der Zunge über die Lippen fuhr, um sie zu befeuchten. Sie lachte erneut und setzte ein Knie auf das Bett. «Ich will dich schon so lange.»

Ich antwortete ihr mit einem Öffnen meiner Arme. Jetzt waren wir vereint in unserer Nacktheit und fassten uns ohne jede Hemmung überall an. Ich ließ sie einen Finger in meine Mitte stecken, und als sie dazu übergangen war, meinen gesamten Körper von oben bis unten mit Küssen zu bedecken, war ich bereits so weggetreten, dass ich nur noch einladend die Beine spreizen konnte. Violet ließ sich Zeit, küsste meine Brüste und ließ ihre Zunge immer wieder über meine steifen Nippel gleiten. Nach und nach arbeitete sie sich nach unten vor, küsste Bauch und Nabel und verweilte ein wenig auf dem Hügel meiner Möse und zwischen meinen Schenkeln, um ihr Gesicht schließlich dazwischen zu vergraben.

Allein der Gedanke daran, dass sie mich leckte, war fast zu viel für mich. Sie war unglaublich gut und setzte ihre Zunge derart geschickt und phantasievoll ein, dass ich mich recht schnell aufbäumte und mit vor Entrückung offen stehendem Mund nach meinen Brüsten und ihren Haaren griff. Irgendwann wanderten ihre Hände unter mich, und es kam mir. Ich schrie ihren Namen und flehte sie an, nicht aufzuhören, während eine Lustwelle nach der anderen durch meinen Körper jagte. Stephen, Giles und alles andere waren völlig vergessen, und ich konnte mich nur noch auf das konzentrieren, was da mit mir gemacht wurde. Und von wem.

Violet hatte mich genau so verführt, wie Giles Stephen verführt hatte. Mir gelang es dennoch nicht, wütend auf mich zu sein oder die Sache auch nur zu bereuen. Zwar versuchte ich, mein Verhalten irgendwie zu rechtfertigen und es auf den Alkohol oder ein Gefühl der Verletzbarkeit zu schieben, aber obwohl ich meinem Verlangen unter anderen Umständen ganz sicher nicht nachgegeben hätte, ließ sich nicht bestreiten, dass ich es gewollt hatte. Und nicht nur das – ich hatte es genossen.

Was eigentlich eine Untertreibung war. Violet hatte nicht nur ein Geschick an den Tag gelegt, das jeden meiner bisherigen Männer in den Schatten stellte, sie war auch weitaus aufmerksamer gewesen. So sehr, dass ich neben meinen verworrenen Gefühlen und all den Eindrücken so etwas wie Gewissensbisse spürte, ihr nicht mehr gegeben zu haben. Dreimal hatte sie mich zum Höhepunkt gebracht, bevor wir schließlich Arm in Arm eingeschlafen waren, und irgendwann mitten in der Nacht sogar noch ein viertes Mal.

Ich bereute es nicht und fühlte mich auch nicht schuldig – oder zumindest weitaus weniger, als ich erwartet hatte. Was ich aber spürte, war eine gewisse Zukunftsangst, denn leidenschaftlicher, lesbischer Sex passte definitiv nicht zu meinen Bemühungen, mir ein sauberes Image zu bewahren. Schlecht konnte ich mich deswegen allerdings kaum fühlen. Im Gegenteil, ich war so glücklich, ich hätte singen mögen. Und auch der Situation mit Stephen stand ich jetzt viel gestärkter gegenüber. Nachdem Violet und ich uns am nächsten Morgen so weit hergerichtet hatten, dass wir keinen Verdacht bei den eventuell patrouillierenden College-Bediensteten erweckt hätten, tranken wir in aller Ruhe zusammen Kaffee. Dabei wurde mir klar, dass ich Stephen irgendwann gegenübertreten musste, doch ich zögerte immer noch, weil ich keinen Schimmer hatte, was ich mit ihm bereden sollte.

Violet schien meine Gedanken erraten zu haben. «Wirst du mit Stephen sprechen?»

«Ja. Ich weiß nur nicht, was ich ihm sagen soll. Giles hat mir davon abgeraten.»

«Das klingt aber ganz danach, als wäre Giles nur auf seinen Vorteil aus.»

«Ganz sicher sogar. So ist Giles eben.»

«Dann schlage ich vor, du denkst gründlich darüber nach, was du tun willst, bevor du etwas sagst. Wenn du wirklich nicht damit klarkommst ...»

«Nach heute Nacht bin ich mir da nicht mehr so sicher.»

Meine eigenen Worte ließen mich erröten, aber Violet lächelte nur. «Du darfst ihm auf keinen Fall sagen, dass du sie gesehen hast, und ihm dann ein Ultimatum stellen. Das geht immer nach hinten los.»

«Das habe ich schon mit ungefähr vierzehn kapiert.»

«Siehst du. So würde er dich höchstens für den Rest deines Lebens verdammen. Willst du mit ihm zusammenbleiben, dann wirst du Kompromisse machen müssen. Das ist sehr schwer. Und wenn du es nicht schaffst, musst du die ganze Sache hinter dir lassen und ihn vergessen.»

«Ich weiß nicht recht. Zwar fühle ich mich immer noch betrogen, aber vielleicht bin ich ja auch gar nicht besser als er. Ich meine nicht nur das, was er ... was wir getan haben, sondern, dass wir uns beide gegenseitig so hintergangen haben.»

«Ich weiß ...» Violet zögerte und starrte lange in ihren Kaffee, bevor sie fortfuhr: «Ich gehe nicht davon aus, dass er damit aufhört. Und du?»

Sie schaute mir voller Zweifel und Sehnsucht in die Augen. Ich wusste, was sie mich eigentlich damit fragen wollte, und gab ihr einen Kuss, um sie zu beruhigen. Trotz meiner Besorgnis ließ sich nicht abstreiten, dass ich mich ihr im richtigen Moment sofort wieder hingeben würde. Das warf allerdings eine neue Frage auf.

«Und was ist mit James?»

«Oh, der hat nichts gegen so was. Wenn du möchtest, kann ich es auch für mich behalten.»

«Peinlich wäre es mir schon. Trotzdem danke. Aber ich habe mich entschieden, es Stephen zu erzählen. Vorausgesetzt, du hast nichts dagegen.»

«Ganz und gar nicht. Ich finde sogar, du solltest es ihm sagen.»

«Ich auch. Aber wie soll ich es ihm sagen?»

«Vielleicht solltest du ihm einfach die Berechtigung erteilen, die er braucht, ohne dabei zuzugeben, dass du Bescheid weißt.»

Ich nickte. Die Idee war zwar höchst berechnend, aber schließlich zog sich diese Berechnung in letzter Zeit durch mein ganzes Leben. Die vergangenen Monate waren voller Winkelzüge und Kompromisse gewesen – erst, um ins Studentenparlament zu kommen, und nun auch in meinem Privatleben. Ich nippte stumm an meinem Kaffee. Dabei versuchte ich krampfhaft, meine emotionalen Bedürfnisse zu ignorieren und mein Leben als kompliziertes und ernsthaftes Spiel zu betrachten.

«Na gut, so mach ich's. Zurück zur Tagesordnung.»

«Sehr gut.»

Sie klang nicht sehr überzeugt, sagte aber nichts weiter. Ich hatte am Tag zuvor eine Menge Zeit vergeudet und musste viel nachholen. Stephen war sicher in irgendeiner

Vorlesung. Also warf ich mich schnell in mein schickstes Outfit und machte mich auf den Weg ins Studentenparlament. Nachdem ich die Sache mit den Übertragungsrechten für das Fernsehen selbst in die Hand genommen hatte, musste ich unbedingt mit Giles sprechen, um nicht irgendwelchen Ärger zu kriegen. Ich würde ihm auch sagen, dass ich vorhätte, mich bezüglich Stephen zumindest teilweise an seinen Ratschlag zu halten. So wollte ich ihn indirekt ruhigstellen, um keine Schwierigkeiten durch ihn zu bekommen, wenn ich so eindeutig über seinen Kopf hinweg handelte.

Ich stand in der Empfangshalle und ging die Situation erneut in Gedanken durch, damit auch nichts schiefging, als ein großer, grauhaariger Mann hereinkam. Er schien mir irgendwie bekannt und hatte dieselbe selbstbewusste Ausstrahlung, die Giles auszeichnete. Nur, dass sie bei ihm eher etwas von reifer Würde als von Arroganz hatte. Nachdem er sich einen Moment lang umgeschaut hatte, wandte er sich an mich.

«Entschuldigen Sie. Wissen Sie vielleicht, wo ich Giles Lancaster finden kann?»

«Wahrscheinlich in der Bar. Ich führe Sie gern hin.»

«Ich kenne mich hier aus, danke. Aber ich wäre hocherfreut, Sie zu begleiten.»

Er lächelte und legte mir ausgesprochen sanft eine lenkende Hand auf den Rücken – tief genug, um mich kurz zusammenzucken zu lassen, aber nicht tief genug, um ihm ernsthaft vorwerfen zu können, meinen Po zu betatschen. Ganz offensichtlich ein geiler alter Bock. Aber wenn er Giles Lancaster kannte, dann könnte es sich vielleicht um einen wichtigen geilen alten Bock handeln. Also sagte ich nichts.

Giles saß, wie von mir vermutet, in der Bar und drehte sich um, als wir den Raum betraten. «Onkel Randolph, du bist ja früh dran. Und wie ich sehe, ist es dir bereits gelungen, die wunderschöne und talentierte Nora abzugreifen. Eine gute Wahl.»

Mich überraschte es in keiner Weise, dass es sich bei dem Mann um Giles' Onkel handelte, und ich nahm den Spruch seines Neffen einfach hin. Außerdem war ich äußerst gespannt, was hier eigentlich vor sich ging. Der Name Randolph hatte zusammen mit dem Gesicht des Mannes irgendeine Erinnerung in mir losgetreten, zu der allerdings noch ein «Sir» gehörte. Wenn ich richtig lag, könnte der alte Herr allerdings überaus wichtig sein. Ich wartete ab, bis die beiden sich begrüßt hatten und Giles auf mich zeigte.

«Honora ist einer unserer klügsten Köpfe. Und die geborene Politikerin – das hoffe ich zumindest. Hast du darüber nachgedacht, was wir gestern Abend besprochen haben, Nora?»

«Ja. Aber ich möchte deinen Onkel nicht mit irgendwelchen Details langweilen.»

«Ich bin sicher, er wäre überaus fasziniert. Aber wir unterhalten uns später. Vielleicht beim Mittagessen? Lust auf eine kleine Stärkung, Onkel Randolph?»

Es war kaum elf Uhr, aber Giles bestellte für uns alle eine Runde Gin Tonic. Ich blieb bei ihnen, und als ich erfuhr, dass Onkel Randolph in Oxford war, um mit dem Universitätsrektor und anderen hohen Tieren an einem offiziellen Essen teilzunehmen, da wusste ich, dass er tatsächlich der war, für den ich ihn hielt. Offenbar hatte Giles noch bessere Kontakte, als ich dachte, und ich gab mir alle Mühe, nett zu sein. Die Art, wie Sir Randolph mir allerdings unausgesetzt auf die Brüste starrte, legte die Vermutung nahe, dass er mehr an meinem Körper als an meinem Charakter interessiert war.

Sir Randolph verließ uns kurz vor zwölf. Aber erst nachdem er mich zu einem Abendessen in seinem Hotel eingeladen hatte. Giles kam sofort auf den Punkt, als sein Onkel weg war. «Darf ich aus deiner Flirterei mit meinem Onkel schließen, dass der gesunde Menschenverstand bei dir gesiegt hat?»

«Ich habe nicht mit deinem Onkel geflirtet. Und ich werde mich mit der Situation arrangieren. Ich sage Stephen nicht, dass ich euch gesehen habe, lasse jedoch eine Bemerkung fallen, dass ich gegen so etwas nichts einzuwenden hätte.»

«Braves Mädchen. Du hast in der Tat das Zeug zu einer Politikerin. Apropos, hier ist noch ein Ratschlag. Fährst du ab und zu mal nach London?»

«So gut wie nie.»

«Nun, wenn du das nächste Mal hinfährst, sag mir Bescheid, dann bitte ich Onkel Randolph, dich zum Essen auszuführen.»

«Danke. Und das meine ich ganz aufrichtig.»

«Nicht der Rede wert. Er ist ziemlich einflussreich. Aber das weißt du ja bestimmt. Er ist außerdem sehr diskret. Du wirst schnell feststellen, dass ein bisschen *quid pro quo* wahre Wunder für deine Karriere bewirken kann.»

Es dauerte einen Moment, bis ich begriff, was er mir da nahelegte. Da ich ihn mittlerweile recht gut kannte, schüttelte ich einfach nur den Kopf. «Wenn ich schon nicht mit dir ins Bett gehe, wie kommst du darauf, das wäre bei deinem Onkel anders?»

«Ich gehe so ziemlich davon aus, dass du irgendwann doch mit mir ins Bett gehst. Und wenn nicht, solltest du es auf jeden Fall mit Onkel Randolph tun. Wäre das wirklich so ein Opfer? Denk mal drüber nach. Ein Essen bei Kerzenschein in seiner Wohnung in Westminster, ein kleiner Flirt, eine elegant formulierte Aufforderung, dein Höschen auszuziehen, ein paar gute Stöße – wenn auch vielleicht nicht ganz so potent, wie du es gewohnt bist – *et voilà*, die Türen zur Macht stehen weit offen. So weit offen wie dein kleines Fötzchen. Ein lohnenswertes Unterfangen, würde ich sagen. Oder etwa nicht?»

Im Trimester zuvor hätte ich ihm wahrscheinlich noch eine Ohrfeige gegeben, doch jetzt schüttelte ich nur erneut den Kopf. «Ich habe nicht vor, mich nach oben zu schlafen. Das machen nur Idioten, und das weißt du auch.»

«Nicht in diesem Fall. Wie gesagt, Onkel Randolph ist diskret. Aber wenn du so weit bist, dass die Presse Notiz von dir nimmt, wird er sich wahrscheinlich schon zu Tode gesoffen haben. Denk drüber nach, Nora. Ernsthaft.»

«Und was würde für dich dabei rausspringen?»

«So ziemlich dasselbe wie für dich.»

«Ich nehme an, er würde schon merken, dass du mich dazu gebracht hast.»

«Ich würde es ihm sogar selbst erzählen.»

«Du bist wirklich unglaublich.»

«Oh, danke schön. Aber zurück zu Mitchell. Was genau willst du ihm denn nun sagen?»

«Dass ich von ihm erwarte, dass er mich nicht mit anderen Frauen betrügt, es mir aber egal ist, was er so mit Männern treibt.»

Er nickte nachdenklich. «An deiner Stelle würde ich das Ganze noch ein bisschen ausbauen. Sonst fragt er sich bestimmt, wie du überhaupt darauf kommst.»

«Keine Sorge, ich kriege das schon hin.»

«Mag sein. Wäre es nicht vielleicht besser, wenn du andeutest, dass die Vorstellung dich anmacht?»

«Ich glaube nicht.»

«Das wäre aber die beste Argumentation. Und außerdem wette ich, dass es stimmt.»

«Nein!»

«Nein?»

Er gab ein selbstgefälliges, leises Kichern von sich.

Ich beabsichtigte nicht, Giles' Vorschlag in die Tat umzusetzen, da mir jedoch auch nichts Besseres einfiel, entschloss ich mich, Stephen erst aufzusuchen, wenn ich alles nochmal gründlich überdacht hatte. Und da sowieso jede Menge Arbeit auf mich wartete, verbrachte ich den Nachmittag in der Bodleian-Bibliothek. Dort hatte ich allerdings große Mühe, die Augen offen zu halten, sodass ich mir schnell wünschte, Giles' Einladung auf einen zweiten Drink abgelehnt zu haben.

Von seinem schamlosen Angebot abgesehen, war er noch überaus freundlich gewesen. Er hatte meiner Entscheidung, die Debatte im Fernsehen übertragen zu lassen, bereitwillig zugestimmt und sogar seine Unterschrift rückdatiert, damit ich keinen Ärger bekam. Endlich brauchte ich mir mal keine Gedanken zu machen, was er plante, denn diesmal war es eindeutig zu seinem Vorteil, mich auf seiner Seite zu haben. Genau wie ich wollte er auf eine Art Vernunftehe hinaus, die allerdings erst später geschlossen werden sollte. Ich wusste also mehr, als vorerst an die Öffentlichkeit dringen sollte. Vielleicht hatte ich es nicht unbedingt absichtlich getan, aber ich hatte mich damit in eine vorteilhafte Position gebracht.

Wenn ich wollte, würde ich aus dieser Position durchaus

Kapital schlagen können. Während ich in der Bibliothek einige Infos über Ramsay MacDonald und die britische Regierung sammelte, gönnte ich mir sogar einen Blick in die Zukunft und stellte mir vor, wie die Dinge sich entwickeln würden, nähme ich sein Angebot an. Ich hatte keinerlei Zweifel, dass sein Onkel Randolph versuchen würde, mich zu verführen, wenn er mich allein erwischte. Einen alten Lustmolch erkenne ich nämlich schon von weitem. Ich war noch nie mit einem so deutlich älteren Mann zusammen gewesen und fragte mich, wie das wohl sein würde. Wäre er von meiner Jugend ebenso in den Bann gezogen wie Don Matteo bei Conchita? Oder wäre er streng und autoritär? Erwartete, dass ich nur das täte, was er sagte, und würde mir vielleicht sogar den Hintern versohlen?

Schockiert von meiner eigenen Phantasie schüttelte ich den Kopf, um dieses Bild schnellstens loszuwerden. Er war viel zu alt, und ich hatte viel zu viel Selbstachtung, um mich von einem geilen alten Bock oder sonst wem züchtigen zu lassen – abgesehen vielleicht von Dr. James McLean. Bei ihm konnte ich mir das sehr leicht vorstellen. Vielleicht könnte Violet mich sogar festhalten und mir übers Haar streichen, während ich für die Rute vorbereitet wurde. Mein Rock würde hinten hochgeschoben und mein Höschen runtergezogen sein, um meinen Po für die Bestrafung zu entblößen. Er würde mich mit festen Hieben schlagen, und während ich mich meinem Schmerz und der Erregung hingäbe, würde Violet mich sanft zwischen ihre Schenkel ziehen, damit ich den Gefallen erwidern konnte, den sie mir gestern Abend so überaus geschickt erwiesen hatte.

Ich schüttelte erneut den Kopf, aber diesmal brachte es nichts. Die Phantasie war zu verlockend, um sie einfach so loswerden zu können, denn gezüchtigt hatte ich mich bereits selbst, und mit Violet war ich auch schon zusammen gewesen. Blieb also nur noch James McLean als das fehlende Teil in diesem Puzzle. Schon der Gedanke an ihn ließ mein Herz rasen, und ich wusste genau, dass ich es unter den richtigen Umständen auch tun würde. Da der Preis, den ich später vielleicht dafür zahlen müsste, viel zu hoch war, würde es zwar nie dazu kommen, aber man durfte ja wohl noch träumen.

Ich war mehr als nur ein bisschen traurig, als ich mich zwang, meine Aufmerksamkeit wieder auf das Buch vor mir zu richten. Die Opfer, die ich für mein Vorankommen zahlen musste, schienen immer größer zu werden. Ich wusste zwar, dass ich mich niemals von Violet hätte verführen lassen dürfen, aber sollte tatsächlich jemals ein Mensch davon erfahren, würde man über ein paar lesbische Experimente auf der Uni bestimmt hinwegsehen. Ein Dreier, bei dem ich gezüchtigt und wahrscheinlich von hinten gefickt wurde, während ich meine Freundin leckte, war da schon eine ganze andere Sache. So ein Szenario war viel zu ungeheuerlich, um noch als akzeptables Benehmen durchzugehen.

Als ich die Bibliothek schließlich verließ, war es bereits dunkel, und ich beeilte mich, zurück ins College zu kommen. Violet war nirgendwo zu sehen, aber ich hoffte insgeheim, sie würde reinkommen, wenn ich beim Duschen oder Umziehen war. Für diesen Fall der Fälle ging ich sogar das Risiko ein, meine Tür nicht abzuschließen. Doch sie kam nicht. Höchstwahrscheinlich war sie bei James – eine Erkenntnis, die eine gewisse Eifersucht in mir auslöste. Nicht, weil sie zusammen waren, sondern, weil ich nicht dabei war.

Als ich auf das *Pillars Hotel* zuging, fragte ich mich, was da eigentlich in meinem Kopf passierte. Wenn ich an Violet und James McLean dachte, wurde mir ganz warm, und ich spürte eine tiefe Erregung in mir. Die Vorstellung, was sie wohl jetzt gerade tun würden, war irgendwie beängstigend, gleichzeitig aber auch seltsam beruhigend. Dachte ich an Stephen, waren meine Gefühle allerdings noch viel verwirrter, und ich beschloss, mich frühestens am Wochenende mit ihm zu treffen. Doch ich bemerkte schnell, dass das nicht allein in meiner Hand lag.

Mir war durchaus klar, dass man mich nur zum Essen eingeladen hatte, weil Giles und Sir Randolph mich dekorativ fanden. Ich hatte allerdings angenommen, dass wir uns nur zu dritt treffen würden. Stattdessen standen um den großen runden Tisch in der Mitte des Speisesaals vom *Pillars* nicht weniger als zwölf Stühle – und auf einem von ihnen saß Stephen. Er begrüßte mich mit seinem typisch jungenhaften Grinsen und gab mir einen Kuss, während ich mich neben ihn setzte. Ich hatte nicht die Absicht, irgendeine Szene zu machen, und konnte seinen Kuss daher nur freundlich erwidern und mich in das Gespräch einbringen, als wäre nichts passiert.

Giles zögerte nicht lange, um die Situation auszunutzen. Er studierte die Speisekarte und gab dann eine sorgfältig überlegte Bemerkung von sich. «Wie ich sehe, haben sie Spargel. Aber um diese Jahreszeit können das eigentlich nur diese schrecklich dünnen grünen Dinger sein, die von sonst wo her importiert werden. Die kann man kaum essen. Fette, blasse, britische Spargelstangen, das ist ein Traum. Die magst du doch auch gern, oder Stephen? Erinnerst du dich noch an den Spargel, denn wir in diesem Restaurant in Sevenoaks hatten?»

Stephen nickte, und Giles setzte seine Ausführungen mit

einem Seufzer fort. «Zwanzig Zentimeter waren die lang, richtig schön dick und fast weiß.»

Er gab ein schmatzendes Geräusch von sich und ignorierte dabei meine Bemühungen, ihm einen warnenden Blick zuzuwerfen. Ich wusste genau, jetzt würde ich das gesamte Essen Stephen mit einem Schwanz in seinem Mund vor mir sehen, und verfluchte Giles insgeheim. Gleichzeitig schwor ich – sollte es mir jemals vergönnt sein –, mich quälend langsam, höchst unangenehm und vor allem demütigend an ihm zu rächen.

Stephen war wie immer freundlich, amüsant und aufmerksam, und das machte es sehr schwer, wütend auf ihn zu sein. Er war auch äußerst erpicht darauf, nach dem Essen mit ins Emmanuel College zu kommen, und raunte mir immer wieder Andeutungen zu. Dabei drückte er mein Knie unter dem Tisch, was die Situation sogar noch unangenehmer machte, als sie es sowieso schon war. Ich war nahe dran, einen Migräneanfall vorzutäuschen, wusste aber auch, dass ich irgendwann ohnehin mit ihm reden musste. Und einen Rückzieher machen – diese Genugtuung wollte ich Giles nicht geben.

Sir Randolph bewirtete uns ausgesprochen geschmackvoll, und es gab alles im Überfluss. Ich hielt mich etwas zurück, aber Stephen aß für drei, sodass ich hoffte, er würde hinterher keine Lust mehr auf Sex haben. Leider schien sein Magen unendlich viel fassen zu können, und selbst als die Gesellschaft sich auflöste, war er noch voller Energie.

Als wir zusammen vor dem Hotel auf der Straße standen, kam Giles auf uns zu. «Dann mal gute Nacht, Mitchell und Nora. Viel Spaß.»

Er zwinkerte uns wissend zu und zog pfeifend von dannen, während ich knallrot wurde. Ich musste etwas sagen, hatte aber immer noch keine Idee, wie ich das Thema anschneiden sollte – es sei denn, ich wandte die Methode an, die Giles vorgeschlagen hatte. Stephen legte den Arm um mich, während wir die Walton Street hinuntergingen, und seine Hand ruhte auf meiner Hüfte.

«Du musst Giles entschuldigen. Im Grunde ist er ein guter Kerl. Das weißt du auch, oder?»

Ich gab mir große Mühe, meine Antwort nicht allzu bitter ausfallen zu lassen. «Auf jeden Fall ist er sehr hilfsbereit.»

«Ja. Und wenn du es richtig anstellst, könnte die Bekanntschaft mit Sir Randolph wahre Wunder für deine Karriere bewirken.»

Ich zuckte zusammen und zog kurz in Erwägung, ihm zu erzählen, dass sein toller Giles vorgeschlagen hatte, ich solle mit Sir Randolph schlafen, ich die Idee aber abgelehnt hatte. Wir schwiegen einen guten Teil des Weges. Ich musste mich entscheiden. Entweder ich sagte etwas, bevor wir das Emmanuel College erreichten, oder ich machte einen Rückzieher. Irgendwann biss ich dann schließlich doch in den sauren Apfel. «Du magst Giles sehr, stimmt's?»

«Wir sind seit Jahren befreundet. Erst in der Privatschule, dann in Laon.»

«Eng befreundet, könnte ich mir vorstellen.»

«Oh, sehr eng.»

Ich schwieg erneut und fragte mich, ob ich es wohl jemals wagen würde, weiter in ihn zu dringen. Dabei sah ich Giles' überhebliches Grinsen förmlich vor mir und konnte mir gut vorstellen, wie er mich als typisches Gesamtschulmädchen bezeichnen würde, das es einfach nicht bringt. Die Sache musste erledigt werden, und dazu würde ich seine Methode anwenden.

«Stimmt es eigentlich, dass die älteren Jungs auf den Privatschulen gern mal miteinander experimentieren?»

«Was meinst du damit?»

Ich erkannte am Ton seiner Stimme, dass er genau wusste, was ich meinte. Er klang besorgt, doch jetzt war es zu spät, noch zu kneifen.

«Ich … ich habe nichts dagegen. Überhaupt nichts. Um genau zu sein, finde ich die Vorstellung sogar ziemlich anregend. Haben du und Giles jemals …?»

Ich ließ die Frage offen und wartete mit rasendem Herzen auf eine Reaktion.

Er lachte nervös. «Du musst nicht alles glauben, was du so hörst.»

«Oh.»

Wie schwiegen erneut. Er hatte die Sache so gut wie abgestritten, mich also angelogen. Ich konnte gar nicht anders, als verletzt darüber zu sein, wusste aber auch, dass seine Gefühle sicher genauso durcheinander waren wie meine.

Irgendwann ergriff er wieder das Wort. «Was meinst du damit, du findest die Vorstellung anregend?»

«Äh, keine Ahnung. Der Gedanke macht mich an, das ist alles. Es gibt doch auch viele Männer, die sich gerne zwei Mädchen miteinander vorstellen, oder? Wieso sollten Mädchen nicht also auch ihre Freude daran haben, Männern dabei zu sehen?»

Ich argumentierte, wie es mir gerade in den Sinn kam, denn vorgestellt hatte ich mir so etwas noch nie. Aber es ließ sich nicht abstreiten, dass der Vergleich einleuchtend war.

Sein Lachen klang jetzt schon etwas besorgter. «Das stimmt, nehme ich an. Glaub mir, ich könnte dir da Geschichten erzählen …»

«Ich kann also doch alles glauben, was ich so höre?» Ich versuchte es mit einem Scherz, um die Spannung etwas abzumildern, und plötzlich war es ganz leicht.

Er lachte erneut, diesmal sehr offen, und drückte mich fest an sich. «Du bist wirklich schamlos, Nora Miller. Weißt du das eigentlich?»

«Ja. Komm schon, plaudre mal ein bisschen aus dem Nähkästchen. Ich will wissen, was da so abgeht!»

«Da weiß ich sogar noch was Besseres. Komm her.»

Sein Griff wurde noch fester, und er schob mich in eine Gasse neben einer der Kirchen. Ich wusste genau, worauf er es abgesehen hatte, war aber überhaupt nicht sicher, ob ich es ihm jetzt geben konnte.

«Stephen!»

«Du willst es doch wissen, oder?»

«Ja. Aber wieso hier? Wir werden noch erwischt.»

«Ach, Quatsch!»

Er hatte recht. Die Gasse teilte sich irgendwann. Ein Weg führte in die absolute Dunkelheit und der andere zu einer kurzen Treppe und einer Tür, die aussah, als wäre sie seit Jahrhunderten nicht mehr geöffnet worden. Er küsste mich und drückte mich dann recht grob bei den Schultern nach unten. Ich wollte etwas sagen, aber er behandelte mich so, wie er mich immer behandelte, wenn er geil war. Und da ich diese etwas handfestere Art auch mochte, waren meine Gefühle widersprüchlicher denn je.

Auch wenn ich nicht wusste, was ich wollte, er schien keinerlei Zweifel zu haben. Während er mich heftig bei den Haaren packte, holte er Schwanz und Eier aus seiner Hose. Dann presste er sich so dicht an mich, dass ich nur noch instinktiv den Mund öffnen und seinen Riemen blasen konnte – genau so, wie er Giles geblasen hatte.

Stephen gab einen zufriedenen Seufzer von sich und packte mich noch fester bei den Haaren, damit er den Rhythmus besser kontrollieren konnte. «Ich hab eine Geschichte für dich. Aber hör nicht auf», meldete er sich irgendwann. «Stell dir vor, wir sind in Thailand, und ich habe dich überredet, eine Prostituierte für einen Dreier abzuschleppen. Stell's dir vor. Wir stehen in einer Gasse, genau wie dieser. Aber um uns herum hört man den Lärm der Straßen von Bangkok, und an einer Wand über uns flimmern Neonreklamen in allen möglichen Farben. Ich will sehen, wie du die Nutte leckst, Nora.»

Stephen hatte keine Ahnung, was er damit bei mir lostrat. Seine Worte füllten meinen Kopf nicht mit den Bildern, die er beschrieb, sondern mit Gedanken an Violet und mich selbst. Wobei ich die Rolle der Edelnutte übernahm. Trotzdem überkam mich kein Gefühl der Reue, als sein Schwanz in meinem Mund schnell immer größer und größer wurde, und ich konnte meiner Erregung keinen Einhalt mehr gebieten.

Seine Stimme war vor Leidenschaft ganz rau geworden. «Stell's dir vor, Nora. Ich schaue zu. Du hockst auf den Knien. Sie kichert, während sie ihren Minirock anhebt, damit du ihre …»

Er brach seine Ausführungen stöhnend ab. Sein Schwanz war in meinem Mund steinhart geworden, während er mir seine Phantasie beschrieb. Ich stellte mir vor, wie Violet dasselbe tat, mit ihrem Rücken zu der Birke beim Fluss und meinem Hintern rot wie eine Kirsche. Aber seine Phantasie schien rein gar nichts mit Männern zu tun zu haben, die Schwänze blasen. Was für ein Irrtum.

«Sie hebt ihren Minirock an, um ihr Höschen zu zeigen. Aber es ist nicht eng und glatt. Nein, es beult sich. Sogar ziemlich stark. Sie ist nämlich kein Mädchen, sie ist ein Ladyboy … Ein Transsexueller mit schlankem, kleinem Körper und hinreißend vollen Brüsten und … und dem dicksten, fettesten Schwanz, den du je gesehen hast.»

Hätte sein Schwanz nicht so tief in meiner Kehle gesteckt und hätten seine Hände mich nicht so krallend festgehalten, ich wäre sofort zurückgezuckt. Seine Worte waren bizarr und schockierend. Und es wurde noch schlimmer.

«Du würdest lachen, weil du das Ganze witzig findest. Aber eigentlich wärst du sauer, weil ich angeblich versucht hatte, ein anderes Mädchen ins Spiel zu bringen. Darauf würdest du den angebotenen Schwanz lecken, nur um dich an mir zu rächen. Ich wäre entsetzt, aber wenn der Ladyboy mich anschaut und auf seinen Schwanz zeigt, würde ich nicht widerstehen können. Ich würde mich neben dich knien, Nora, Darling, und dir helfen, ihn zu blasen. Wir würden Seite an Seite knien und uns einen Schwanz teilen. Seinen großen, fetten Schwanz. Ich liebe dich, Nora. Und ich bin so heiß drauf, es endlich zu tun, Nora. So heiß. Oh, ich liebe dich!»

Er beendete seine Geschichte mit einem weiteren Stöhnen und kam schließlich. Als er meine Haare losließ, schnellte ich sofort schockiert und total verwirrt zurück. Niemals hätte ich mir vorstellen können, dass seine Bedürfnisse so eigenartig sein könnten – selbst nachdem ich ihn mit Giles gesehen hatte. Doch trotz all der Bilder, die er im Kopf zu haben schien, hatte er mir zum ersten Mal gesagt, dass er mich liebt.

11

Ich liebe dich – es waren diese drei Worte, die mich dazu brachten, bei Stephen zu bleiben. Und da er betrunken und in Ekstase gewesen war, wusste ich, dass seine Gefühle echt waren.

Danach war er sehr verlegen gewesen und hatte unbedingt eine Versicherung meiner Gefühle haben wollen. Außerdem musste ich beteuern, dass ich nichts gegen seine Vorlieben einzuwenden hätte. Ich hatte mein Bestes getan, um ihm die Gewissheit zu geben, die er brauchte, wusste dabei aber irgendwann gar nicht mehr richtig, was ich eigentlich selbst empfand. Und obwohl der Schock groß gewesen war und ich keine Ahnung hatte, ob ich mich jemals an die Vorstellung von ihm mit anderen Männern gewöhnen könnte, musste ich mir doch die Frage stellen, ob ich denn wirklich so viel besser war. Schließlich gab es Violet und meine Phantasie, als Edelnutte aufzutreten oder mir den Hintern mit Birkenzweigen züchtigen zu lassen. So fiel die Antwort eindeutig aus: Nein!

Ich würde bei ihm bleiben und irgendwie einen Kompromiss zwischen meiner enttäuschten Sehnsucht nach dem perfekten Alphamännchen und meinen alles andere als konventionellen Bedürfnissen finden. Ganz bestimmt würde ich nicht einsam zu Hause sitzen, während er mit Giles Lancaster essen ging und es hinterher mit ihm trieb. Nein, ich würde einfach Violet einladen und dasselbe tun. Wir würden natürlich diskret sein müssen, aber mir wurde langsam klar, dass Diskretion wahrhaftig eine Tugend war.

Nachdem ich meine Entscheidung getroffen hatte, stürzte ich mich mit neuem Elan ins Studium. Ich war so fleißig, dass Dr. Etheridge mich sogar ausdrücklich lobte, akzeptable Seminararbeiten abzuliefern, wo ich doch scheinbar meine gesamte Zeit entweder im Studentenparlament oder am Fluss verbrachte. Ich war in dieser Zeit sehr viel mit Stephen zusammen – auch wenn ich ab und an noch ein bisschen mit Violet rumkuschelte. Obwohl alles gut lief, war es mir unmöglich, ein tiefsitzendes Gefühl von Traurigkeit abzuschütteln. Ich bewegte mich eindeutig auf meine gesetzten Ziele zu, hatte aber den Eindruck, je besser ich wurde, desto kälter wurde mein Herz.

Die Debatte ging vorüber. Ich spielte zwar meine Rolle, konnte aber keinen echten Enthusiasmus aufbringen. Also sorgte ich in jeder Phase der Debatte dafür, dass man mich wahrnahm, und spielte das Spiel der Politik mit einem falschen Lächeln und einer Aufrichtigkeit, die ich in Wirklichkeit gar nicht empfand. Giles und sein Team gewannen um Haaresbreite, und der knappe Sieg machte meine Position als Stimmenzähler ungewöhnlich wichtig. Abgesehen davon, hatte ich nicht das Gefühl, etwas Besonderes geleistet zu haben. Und doch schien mich in den folgenden Tagen so ziemlich jeder zu beglückwünschen und mir zu raten, doch so bald wie möglich für eins der Ämter zu kandidieren, wobei sie mir ihre Unterstützung zusagten.

Eigentlich hatte ich nicht vor meinem zweiten Jahr oder zumindest nicht vor dem Trimester des ersten Jahres kandidieren wollen, aber die Chancen standen einfach zu gut. Zu diesem Zeitpunkt war im Studentenparlament jede Menge los. Giles kandidierte als Präsident gegen die linke Opposition, die sehr darauf erpicht war, ihn als elitär und abgehoben dastehen zu lassen. Das machte mich als eine seiner wenigen Vertrauten ohne hochwohlgeborenen Hintergrund zu einer Schlüsselfigur. Und zwar so sehr, dass mein Einfluss bereits in der sechsten Woche das Zünglein an der Waage zu sein schien.

Sah man von meinen persönlichen Gefühlen mal ab, dann war es ganz offensichtlich, dass ich ihn unterstützen musste. Jeder wusste um unsere Verbindung, und ich wurde zumindest teilweise als sein Protegé angesehen. Man hätte es mir eindeutig als Verrat ausgelegt, hätte ich seinem Gegner Rückendeckung gegeben. Außerdem war ich eindeutig der Überzeugung, dass eine linke Präsidentschaft wahrscheinlich die freie Auseinandersetzung in den Debatten behindern würde. Die Alternative wäre eine neutrale Haltung gewesen, aber das hätte mich die Unterstützung von Giles' Lager gekostet, wenn ich irgendwann einmal selbst kandidieren würde.

Es war keine leichte Entscheidung. Ich gab ihm immer noch die Schuld an meiner alles andere als perfekten Beziehung zu Stephen und war sicher, dass er trotz seiner offenen Freundschaft und der netten Worte nichts weiter in mir sah als eine kleine Schlampe, die einfach nur nach oben wollte. Nichts wäre mir lieber gewesen, als ihn scheitern zu sehen – und zwar richtig. Aber wenn er wirklich verlor, dann würde er mich zweifellos mit in den Abgrund ziehen.

Also schluckte ich zum zweiten Mal binnen weniger Wochen meine tiefsten Gefühle und meinen Stolz hinunter und setzte all meine Kraft für seine Kampagne ein, während ich mich gleichzeitig um meine Wahl zur Protokollführerin kümmerte. Er dankte es mir mit seiner Hilfe. Aber da es sich bei meiner Gegnerin um ein unbedeutendes Mitglied des linken Flügels handelte, das nur von ihren engsten Mitstreitern unterstützt wurde, war ich mir schon ziemlich früh sicher, die Wahl zu gewinnen. Und auch bei Giles sah es aus, als könnte er sich die Mehrheit der Stimmen sichern.

Doch selbst zu diesem Zeitpunkt stellte ich meine Bemühungen nicht ein. Ich traf Leute in der ganzen Stadt und versuchte, mich bei so vielen Menschen wie möglich beliebt zu machen. Ich trank absurde Mengen Kaffee und viel zu viel Alkohol, während ich meine eigentliche Arbeit so weit einschränkte, dass Dr. Etheridge gerade noch zufrieden mit mir sein konnte. Selbst nachts kam ich nicht zur Ruhe, denn seit unserer Nummer in der Walton Street wollte Stephen mehr und mehr Zeit mit mir verbringen und seine Sexualität ausleben.

Dabei verriet ich mich nicht ein einziges Mal. Wieder und wieder ging ich auf die Knie, um ihn auf die eine oder andere Art in mich eindringen zu lassen, während er über einer von Dutzenden ausgefeilter bisexueller Phantasien einen Steifen kriegte. Mein eigener Kopf war dabei immer angefüllt mit Bildern, wie er mich benutzte und wie ich bestraft wurde. Und natürlich mit Bildern von Violet – die im realen Leben zudem überaus verständnisvoll war. Immer wieder ermahnte sie mich, mein Tempo zu drosseln und vernünftig zu essen. Und die tröstenden Umarmungen, mit denen sie mich erdete, endeten oftmals mit ihrem Kopf zwischen meinen Schenkeln.

Irgendwann kam der Tag der Studentenparlamentswahlen, und all meine harte Arbeit trug endlich Früchte. Giles wurde mit einer Mehrheit von dreihundert Stimmen gewählt. Sein Gegner war außer sich vor Wut. Er schien sich seiner moralischen Überlegenheit so sicher gewesen zu sein, dass er kaum glauben konnte, wie ein vernünftiger Mensch ihn nicht hatte wählen können. Wir hatten das Mittelfeld erobert – oder besser gesagt, ich hatte das Zentrum erobert –, von dem die meisten Giles für das kleinere Übel hielten. Mein eigener Vorsprung vor meiner Gegnerin betrug sechshundert Stimmen.

Giles war vielleicht zum Präsidenten gewählt worden, aber er wusste, dass dies meine Wahl war. Er war sehr darauf bedacht, mich dicht an seiner Seite zu halten, und half mir, mich in den letzten Tagen des Trimesters in meine neue Rolle einzufinden. Ich nahm das alles siegestrunken und voller Selbstbewusstsein hin. Die Leute handelten mich schon als potenzielle Kandidatin für die nächste Präsidentenwahl, und selbst Giles schien so etwas wie Ehrfurcht vor mir zu haben. Die Sprüche über meine Herkunft sparte er sich, und vor seinen Kumpanen betonte er immer wieder, dass meine Familie mit mir bereits in der vierten Generation in Oxford studierte. Seine Lobeshymnen sorgten schließlich dafür, dass ich in seinen elitären Zirkel aufgenommen wurde. Doch als ich am letzten Nachmittag des Trimesters nach dem Essen rüber zum Emmanuel College ging, um mich auf – wie ich hoffte – leidenschaftliche Weise von Stephen zu verabschieden, fand ich ihn nicht. Ich wartete und ließ den Blick über das Gelände schweifen, bis mein Blick an der riesigen Magnolie vor seinem Gebäudeflügel hängenblieb, die bereits in voller Blüte stand. Um in sein Zimmer zu gelangen, musste er an diesem Baum vorbei. Aber ich wusste, dass er die nächsten Stunden ganz sicher nicht kommen würde. Zumindest nicht mit mir.

Meine zweite Heimkehr unterschied sich sehr von meinem letzten Aufenthalt zu Hause. Dad war begeistert von meinen Leistungen und schien zum ersten Mal in meinem Leben von mir beeindruckt zu sein und nicht nur vorauszusetzen, dass ich Erfolg haben würde. Mum war da schon kritischer und machte sich Sorgen, dass ich durch mein Engagement im Studentenparlament zu viel vom Studium verpassen würde. Aber glücklicherweise hatte ich bei den letzten Prüfungen recht gut abgeschnitten.

Nach der Langeweile, die mich während meiner Weihnachtsferien überfallen hatte, sorgte ich diesmal für ausreichend Einladungen von meinen Freunden. Und während Stephen in den USA Rudern lehrte, gelang es mir überaus gut, mich zu beschäftigen. Dazu gehörte auch, dass ich mit Violet und Dr. James McLean zur Halbinsel Contentin in der Normandie flog. Ich hatte die Einladung unmöglich ablehnen können, war aber mehr als nur ein bisschen nervös, als ich mich am Flughafen von Exeter von meinen Eltern verabschiedete und eincheckte.

Ich hatte die Adresse des Gîte rural, das James gebucht hatte, bereits im Internet recherchiert. Das Haus war ein bisschen größer als ein Chalet und lag in der Nähe einer Klippe, von der ein steiler Pfad zu ein paar kleinen Stränden mit zerklüfteten Felsen führte. Das Ganze sah wirklich wunderschön aus und war, wenn man dem Satellitenbild trauen konnte, sehr einsam gelegen. Hier und da standen noch ein paar einzelne Häuser, der eine oder andere Bauernhof und in einigen Kilometern Entfernung ein kleines Dorf.

Fürs Frühjahr war es schon recht warm, und so traf mich ein ziemlicher Schock, als ich in Cherbourg von dem klimatisierten Inneren des Flugzeugs auf die Straße trat. Die Luft fühlte sich schwül und stickig an, und das Meer wurde mit jedem Meter, den mein Taxi sich dem Ende der Halbinsel näherte, verlockender. Auf Violet schien das Wasser dieselbe Wirkung zu haben, denn als ich im Haus eintraf, war dort niemand anzutreffen. Dafür lag ein kleiner Zettel auf dem Küchentisch, auf den sie mit ihrer ausladenden Schrift ein einziges Wort geschrieben hatte: Strand.

Ich zog mir einen Bikini an und marschierte in meinen Espadrilles über einen steilen, von Dornbüschen bestandenen Pfad aus weicher Erde, bis ich eine winzige Bucht erreichte, die von zwei Felsnasen aus zerklüftetem grauem Stein eingerahmt war. Der Strand sah wunderschön aus. Eine sichelförmige Spur hellen Sandes führte hinunter zum blaugrünen Wasser, das sich in der stillen Luft kaum bewegte. Der Strand war leer – so schien es zumindest, bis Violet plötzlich hinter einem Felsen hervorkam. Sie war splitternackt. Ihr blasser, schlanker Körper war vollständig der Sonne ausgesetzt und die dunklen Locken mit der üblichen Schleife zusammengebunden.

Einen Moment lang stand ich einfach nur da und sah sie an. Dabei musste ich daran denken, was wir zusammen schon so getrieben hatten und in der Zukunft noch treiben würden – besonders, wenn wir nicht von neugierigen Blicken gestört wurden. Ich hatte mich nie als Lesbe gesehen – und tat es auch jetzt nicht –, aber es ließ sich nicht abstreiten, dass sie wunderschön war. Und dass sie mir das geben konnte, was mir bisher noch kein Mann hatte geben können. Aber da war schließlich noch James. Ich biss mir auf die Lippe und rannte die letzten paar Meter des Hangs hinunter.

Der Pfad endete auf einem schrägen, nackten Felsen, der sich selbst in den Stoffschuhen sehr heiß anfühlte. Violet hatte ihre Sachen achtlos in den Sand geworfen und schwamm bereits in der Bucht. Ich war versucht, mir ebenfalls die Sachen vom Leib zu reißen und ihr nachzuschwimmen. Aber da ich nicht wusste, ob James in der Nähe war, verwarf ich den Gedanken sofort wieder. Stattdessen rief ich nach ihr. Sie kam auch gleich zurückgeschwommen und erreichte nass und nackt, wie sie war, das flache Wasser. Ihr Mund verzog sich zu einem breiten Grinsen, als sie über den Strand auf mich zukam.

Wir fielen uns sofort in die Arme. Ihr Körper fühlte sich nass und kühl auf meiner Haut an, und als sie mich küsste, bohrte sich ihre Zunge sofort zwischen meine Lippen. Ich zögerte – noch nicht wirklich bereit für sie und schon gar nicht bereit dafür, es vor James zu tun –, aber sie ließ sich nicht abbringen. Doch auch als sie mir, während sie die Hose meines Bikinis nach unten schob, zuflüsterte, es wäre absolut sicher, war ich nicht beruhigt.

«Wo ist James?»

«Der kauft in der Stadt was zu essen ein. Und jetzt komm. Du hast mir so gefehlt.»

Nachdem sie auch noch mein Oberteil hochgezogen hatte, gab ich schließlich nach. Ich war nackt und meine Lust mittlerweile voll entflammt. Wir fielen zusammen in den Sand. Violet lag mit gespreizten Beinen auf mir und starrte auf meine nackten Brüste, die sie gierig knetete. Ich ließ sie mit immer stärker werdender Erregung meinen Körper fühlen und wartete darauf, dass sie endlich anfing, mich vom Mund bis hin zur Möse zu küssen. Doch sie schien andere Pläne zu haben.

«Ich glaube, es wird Zeit, dass du dich mal revanchierst, Nora Miller», meldete sie sich plötzlich zu Wort.

Ich wusste genau, was sie meinte, und nickte. Ich war zwar erneut unsicher geworden, sagte mir aber, dass ihre Forderung nur gerecht wäre und ich durch unsere Position ohnehin keinerlei Chance auf Gegenwehr hätte. Mir war einfach jede Ausrede recht, mich nicht weiter zu zieren und es einfach zu tun. Mein Herz raste, als sie nach oben rutschte. Ihr Lächeln war mehr als nur verführerisch, als sie sich auf meine Brust setzte, mich sanft, aber entschlossen bei den Haaren packte und meinen Kopf nach oben zog. Dabei musste sie mich nicht zwingen. Noch ein kurzer Augenblick des Zögerns, und ich tat es. Zum ersten Mal in meinem Leben öffnete ich meinen Mund, um eine andere Frau zu schmecken.

Violet gab ein zufriedenes Seufzen von sich, als ich anfing, sie zu lecken. Sie drückte meinen Kopf fester in ihre Mitte und ließ ihren Po auf meiner Brust kreisen. Ich umfasste ihre Hüften und tat mein Bestes, ihr die Freuden zu bereiten, die sie mir schon so oft bereitet hatte. Weil es sich irgendwie richtig anfühlte, eine verfügbare Haltung einzunehmen, hatte ich meine Beine aufgestellt und gespreizt, während ich sie leckte. Violet aber verstand meine Position sofort als Aufforderung und ließ schließlich lachend meinen Kopf los.

«Du gieriges Mädchen! Na gut. Aber ich will auch noch!»

Noch bevor ich ihr sagen konnte, dass es so in Ordnung wäre, hatte sie sich gedreht und präsentierte mir ihr nacktes Hinterteil. Dann beugte sie sich vor, zog meine Pobacken etwas auseinander und vergrub ihr Gesicht zwischen meinen Schenkeln. Ich erwiderte ihr Tun, leckte sie begierig und strich immer wieder über die Haut ihres herrlich runden Hinterns. Ihre Haut dort war wunderbar blass und weich, wies aber einige kleine, rote Striemen auf. Violet war gezüchtigt worden. Eigentlich müsste sie wissen, dass ich sehen konnte, was man mit ihr angestellt hatte. Ihr wunderschöner, nackter Po schwebte nur wenige Zentimeter vor meinem Gesicht, und es war nur allzu offensichtlich, woher die winzigen roten Male stammten.

Allein das Wissen reichte fast aus, mich kommen zu lassen. Sie tat unglaubliche Dinge mit ihrer Zunge, während ich mir vorstellte, wie sie während unserer Zärtlichkeiten gleichzeitig von James mit der Rute gezüchtigt wurde. Noch ein kurzer Moment, und es kam mir schließlich. Meine Schenkel pressten sich wie ein Schraubstock an ihren Kopf, und ich wurde von einem unglaublich intensiven Orgasmus erfasst. Aber mir blieb kaum Zeit, mich zu erholen, denn nachdem ich fertig war, richtete Violet sich sofort auf, den Po noch immer vor meinem Gesicht.

«Und jetzt ich! Na los, Nora, mach schon!»

Sie wackelte mit dem Po, und trotz meines Schocks, ihren Hintern noch immer vor meinem Gesicht zu haben, begann ich, sie erneut zu lecken. Was ich da tat, war herrlich anrüchig, und ich konnte einfach nicht widerstehen. Im Gegenteil. Ich leckte sie ebenso begierig wie zuvor und genoss die sanfte Kühle ihrer Pobacken, die vom Salzwasser noch immer feucht waren. Violet wand sich wie in Trance, während ich sie mit der Zunge verwöhnte. Immer schneller wurden ihre Bewegungen, bis sie schließlich mit einem langen Seufzer kam und ich nur noch keuchend im Sand liegen konnte, während sie sich lachend von mir runterrollte.

«Das war einfach wundervoll. Ich hab dich so vermisst! Dir war es doch recht, dass ich mich einfach so auf dein Gesicht gesetzt habe, oder?»

«Äh … eigentlich schon. Es kam nur ein bisschen unerwartet.»

Sie lachte erneut auf und schien sich völlig ungehemmt an meiner Verlegenheit zu erfreuen. «Ich bin so froh, dass du hergekommen bist. Hier wird's dir gefallen. Oxford ist so steif, findest du nicht auch? Hier können wir tun, was wir wollen, und den ganzen Tag lang nackt sein.»

«Und was ist mit James?»

«Mach dir um den keine Gedanken. Der würde dich sicher gern mal nackt sehen.»

«Das kann ich mir vorstellen. Aber was ist mit mir?»

«Jetzt sei mal nicht so schüchtern, Nora Miller. Du bist wunderschön und solltest eigentlich stolz auf deinen Körper sein.»

Sie rollte sich auf den Bauch und legte das Kinn auf die Arme. Der Sand klebte auf ihrer immer noch nassen Haut und erzeugte kleine Muster auf den Rücken- und den Pomuskeln – trotzdem konnte man die schwach-roten Striemen ihrer letzten Züchtigung erkennen. Sie musste wissen, dass ich diese Male bemerkt hatte, und ich wusste nicht, was ich dazu sagen sollte. Doch im Gegensatz zu der Sache mit Stephen war es eigentlich nicht schwer, die richtigen Worte zu finden.

«Dein Hintern ist ziemlich rot, Violet Aubrey. Was hast du denn bloß getrieben?»

Sie lachte. «Okay, wir müssen uns unterhalten, schätze ich. Aber du weißt es doch längst, oder? James legt mich übers Knie.»

«Er legt dich übers Knie?»

Allein die Worte reichten aus, um das Blut in meine Wangen schießen zu lassen – dabei war ich schon bei meiner ersten Frage leicht rot geworden. Das Schlagen mit den Birkenzweigen war schon schlimm genug, aber ich kam einfach nicht über die schiere Erniedrigung hinweg, dass eine erwachsene Frau sich über den Schoß eines Mannes legen, sich das Höschen ausziehen und dann den nackten Hintern versohlen lassen konnte. Die Vorstellung brachte mich fast um den Verstand, und ich versuchte, das Gespräch wieder auf etwas zu bringen, mit dem ich irgendwie umgehen konnte.

«Ich dachte, er schlägt dich mit Birkenzweigen?» Als ich die Worte ausgesprochen hatte, wurde mir sofort klar, dass ich damit zu viel verraten hatte, und ich gab mir alle Mühe, mich irgendwie zu korrigieren. «Ich meine, ich sah dich irgendwann mal Birkenzweige pflücken, und den Rest hab ich mir dann zusammengereimt.»

Violet hob grinsend eine Augenbraue. «Nur weil ich Birkenzweige abgeknickt habe? Woher wusstest du denn, dass die nicht für irgendein Blumenarrangement waren?»

«Okay, ich geb's zu, ich habe dich und James gehört. Und als ich dich die Birkenzweige abreißen sah, da hab ich eben zwei und zwei zusammengezählt. Außerdem sehen die Striemen auf deinem Hintern aus, als stammten sie von Birkenzweigen.»

Sie drehte sich nach hinten und wischte den Sand von einer ihrer Pobacken, um ihre Haut zu untersuchen. «Sie stammen von den Borsten meiner Haarbürste, um genau zu sein. Ich wurde heute Morgen rangenommen.»

Die Formulierung «rangenommen» jagte einen Schauer durch meinen Körper. Es hörte sich an, als handelte es sich um einen notwendigen und regelmäßigen Teil ihrer gemeinsamen Routine. Und sofort schoss mir ein entsprechendes Bild in den Kopf – Violet wahrscheinlich splitternackt auf James McLeans Schoß liegend, den kleinen, runden Hintern in die Luft gereckt, damit er ihr mit der eigenen Haarbürste draufschlagen konnte. Und danach würde er sie runter auf die Knie lassen und ihr seinen Schwanz in den Mund schieben.

«Ab und zu züchtigt er mich auch mit Birkenzweigen»,

fuhr sie fort. «Das ist dann immer was Besonderes. Aber normalerweise legt er mich einfach übers Knie.»

Violet schnurrte fast, sodass es völlig unnötig war, sie zu fragen, ob sie diese Behandlung genoss. Ich wollte unbedingt mehr wissen.

«Wie fing das denn an?»

«Oh, gefallen hat mir das schon immer. Sogar schon bevor ich meinen ersten festen Freund hatte. Der hat es mir allerdings ziemlich besorgt, als ich es erst mal geschafft hatte, ihn dazu zu überreden. Du wärst überrascht, wie viele Männer es nicht tun wollen oder sich einfach schlecht dabei fühlen. Was mindestens genauso schlimm ist. Ich wollte unbedingt den richtigen Mann – oder gern auch eine Frau – kennenlernen, der ebenso darauf steht. Tja, und James hatte eine Sammlung Louis-Malteste-Zeichnungen in seinem Regal stehen. Selbst gebunden.»

«Der Name sagt mir gar nichts.»

«Hätte mich auch überrascht. Louis Malteste war ein französischer Künstler, der seine große Zeit vom Ende des 19. bis Anfang des 20. Jahrhunderts hatte. Er ist eigentlich für seine Graphiken und Karikaturen bekannt, aber er hat erotische Zeichnungen angefertigt. Und auf vielen dieser Zeichnungen wird jungen Frauen der Hintern versohlt.»

Ihre Erzählung ließ mir erneut die Röte ins Gesicht steigen, aber ich versuchte, meine Reaktion mit den Händen zu verbergen.

Violet warf mir ein mattes Lächeln zu – vielleicht, weil sie selbst verlegen war, vielleicht aber auch als Reaktion auf mein Lächeln. «Als ich den Einband zum ersten Mal von weitem sah, dachte ich, es wäre einfach nur eine Stichsammlung aus dem Künstlermagazin *L'Assiette au Beurre* oder so was, aber ich musste es genauer wissen. Also wagte ich einen Blick, als er während eines Seminars kurz fortmusste. Und tatsächlich verbarg sich hinter dem Einband eine Sammlung von Maltestes Zeichnungen, auf denen Mädchen übers Knie gelegt werden. Sie stammten aus verschiedenen Ausgaben der Zeitung, und einige von den Blättern waren schon beschädigt, aber sie waren wunderschön.»

«Es war also offensichtlich, worauf er stand?»

«Allerdings. Und er war genau der richtige Mann für mich – älter und eine Autoritätsperson. Selbst bei meinem Freund brachte mich das immer in Zustände, die ich mit Blümchensex einfach nicht erreichen konnte. Aber mit einem älteren Mann, der mir auch noch übergeordnet war …»

Sie verstummte mit einem leichten Schauder der Erregung, klang aber durchaus reumütig, als sie fortfuhr. «Ich weiß, ich hätte ihn nicht anmachen sollen. Aber ich musste es einfach tun. Schließlich stehen viele Ersttrimester auf ihre Tutoren – zumindest, wenn sie so aussehen wie James. Da ist doch nichts dabei, oder? Schließlich war ich nicht mehr auf der Schule. Von daher …»

Sie drehte die Handflächen nach oben und zuckte in einer Geste schuldbewusster Resignation mit den Schultern.

«Du hast ihn also verführt?»

«Ja. Aber glaub mir, ich habe versucht, mich dagegen zu wehren. Es war einfach schrecklich. Zuerst dachte ich, ich sollte ihm einfach klarmachen, dass ich zu haben bin. Ich find's nämlich besser, wenn der Mann die Initiative ergreift. Also erschien ich eine Zeitlang in winzigen, knappen Röcken zu den Tutorien und präsentierte mich ziemlich schamlos. Als er darauf nicht reagierte, ging ich dazu über, Anspielungen auf körperliche Züchtigung in meine Seminararbeiten einzubauen. Er reagierte zwar immer noch nicht, aber ich konnte eindeutig erkennen, dass er zumindest Notiz davon nahm.»

«Wie das denn?»

«Ganz einfach. Er kriegte während der Tutorien mehrfach eine unübersehbare Erektion. Am liebsten hätte ich seinen Schwanz rausgeholt und damit rumgespielt. Das wusste er. Du kannst dir also in etwa vorstellen, wie stark die Spannung zwischen uns war. Es gibt da noch ein Bild aus den Fünfzigern. Es stammt von einem unbekannten Künstler und zeigt ein Mädchen, das mit hochgeschobenem Rock und runtergezogenem Slip auf einer Sofakante sitzt und den Schwanz eines Mannes bearbeitet. Man kann ihren Po erkennen, und die gerötete Haut zeigt genau, an welchen Stellen sie geschlagen wurde ... ich hab mir mehrfach vorgestellt, wir wären das ...»

«Und hast du ihm das auch gesagt?»

«Nein. Aber dann kam der Tag, an dem ich absichtlich zu spät kam und andeutete, dass ich dafür eigentlich übers Knie gelegt gehörte. Er hielt mir einen Vortrag, dass mein Ansinnen nicht nur absolut unpassend, sondern auch illegal wäre und dass ich mir einen anderen Tutor suchen müsste. Ich brach regelrecht zusammen, gestand ihm meine Liebe und sagte, dass ich unbedingt von ihm bestraft werden wollte – eben all das, was sich wochenlang in mir aufgestaut hatte. Er ließ sich immer noch nicht darauf ein, gab aber zu, dass er es auch wollte. Tja, und von da an gab es eigentlich kein Zurück mehr. Ich tat so, als würde ich seine Entscheidung akzeptieren. Aber jetzt, wo wir beide darüber sprechen konnten, machte es uns einfach verrückt. Er hätte mich jederzeit haben können, doch wir schafften es irgendwie, uns bis zur neunten Woche zu beherrschen.»

«Als er nicht mehr länger für dich zuständig war?»

«Genau. Wir trafen uns dann auf der Hauptstraße, und er führte mich zum Mittagessen aus. Ich glaube, wir wussten beide, dass es passieren würde. Aber ich musste wohl ein Dutzend Mal darauf hinweisen, dass wir nicht mehr länger Studentin und Tutor waren, sondern einfach nur Mann und Frau. Erst dann bezeichnete er mich als unerträglich kokett, als kleine Göre und teilte mir unmissverständlich mit, dass ich genau das bekommen würde, was ich verdiente. Ich schwöre dir, nach diesen Worten hätte er mich gleich an Ort und Stelle nehmen können, in der *Westgate Bar*. Glücklicherweise war er wesentlich vernünftiger als ich und fuhr mit mir in den Wald, wo wir unbeobachtet waren.»

Sie hielt kurz inne und lächelte in der Erinnerung daran. «Am Waldrand fanden wir schließlich einen Zaunübertritt, der perfekt geeignet war, mich unter freiem Himmel übers Knie zu legen. Und das tat er dann auch. Rock hoch, Höschen runter. Dir kommt das wahrscheinlich nur seltsam vor, aber es fühlte sich einfach herrlich an. Es war perfekt. Nicht nur geil, sondern irgendwie genau richtig. Jetzt glaubst du sicher, dass ich zum Therapeuten müsste, was?»

Sie schaute mich mit verständnissuchendem Blick an.

«Nein. Ich versteh das schon. In gewisser Weise zumindest. Erzähl weiter.»

«Er züchtigte mich hart. Und zwar richtig hart. James ließ all seinen Frust an meinem Hintern aus. Vielleicht versuchte er sogar, mir das Ganze madig zu machen. Er ahnte es wohl schon sehr genau, wenn wir die Sache zu einer regelmäßigen Einrichtung machten, würden wir nicht mehr damit aufhören können. Nach dem letzten Hieb brannte mein Po wie Feuer und tat unheimlich weh. Aber James war noch nicht fertig mit mir. Er nahm meine Hand und führte mich mit nacktem Hintern tiefer in den Wald. Dort musste ich mich ganz ausziehen, mir mit meinem Haarband selbst eine Birkenrute zusammenbinden und mich damit schlagen lassen. Und danach musste ich mich bei ihm bedanken!»

Ich sah es förmlich vor mir, wie sie nackt und mit wundem Hintern im Wald vor ihm kniete und seinen Schwanz lutschte. Die Vorstellung brachte mein Herz zum Rasen.

Violet schaute mich erneut an. Als sie die Röte an meinem Hals und auf meiner Brust und meine steifen Nippel sah, verzog ihr Mund sich zu einem Lächeln, und der Ton in ihrer Stimme veränderte sich.

«Es war das erste Mal, dass ich mit einer Rute oder mit irgendwas anderem als nur einer Hand gezüchtigt wurde. Wenn du bestraft wirst, gibt es manchmal einen Punkt, an dem du nicht mehr begreifst, wie du so verrückt oder dumm sein konntest, genau das zu wollen. So war es auch, als ich das erste Mal die Rute spürte. Aber als ich diese Barriere einmal hinter mir gelassen hatte, war es einfach nur noch phantastisch.»

Ich hätte gern zugegeben, dass ich sie dabei beobachtet und diese Erfahrung auch schon an mir selbst gemacht hatte. Aber ich wagte es nicht, Violets Erzählung zu unterbrechen.

«Und danach … Tja, es ist wie eine Sucht. Ich brauchte es immer wieder. Aber je öfter ich es bekam, desto öfter brauchte ich es und desto abhängiger wurde ich. Und jetzt geht es mittlerweile so weit, dass ich fast den Verstand verliere, wenn ich nicht alle zwei oder drei Tage eine Tracht Prügel und einmal im Monat auch etwas Heftigeres bekomme. James geht es genauso, aber er ist viel willensstärker als ich. Und er hatte damals auch zu viel zu verlieren. Im dritten Trimester ging er mehrfach mit mir in den Wald. Und zwar immer möglichst weit von Oxford entfernt. Aber da ich immer mehr wollte, verlor auch er irgendwann seine Zurückhaltung. So fing er während der Tutorien an, mir kleine Klapse auf den Po zu geben. Doch dabei blieb es nicht. Irgendwann kamen spielerische Strafen hinzu. Erst hielt er dazu nur meinen Rock hoch, um mir kleine Klapse auf meinen Slip zu geben, aber schon bald lag ich mit blankem Hintern über seinem Knie. Leider macht es ziemlich viel Lärm, wenn man mit der Hand auf den Po geschlagen wird, also bat ich um eine Rute. Ich schlug vor, dass ich ja ein paar Birkenzweige für ein Blumenarrangement abbrechen könnte. Die würden dann in einer Vase stehen, sodass niemand Verdacht schöpfen konnte.»

«Aber ihr wurdet dann doch erwischt?»

«Ja, von James' Assistenten. Er musste anscheinend etwas gehört oder sogar gesehen haben. Dummerweise dachte er, dass James mich missbrauchen würde. Also verschaffte er sich und dem stellvertretenden Dekan mit seinem Hauptschlüssel Zugang zum Arbeitszimmer und platzte mitten in eine Session rein.»

«Das hab ich gehört.»

«Oh. Ich hatte eigentlich gehofft, dass die Gerüchteküche sich mittlerweile beruhigt hätte, aber das scheint nicht der Fall zu sein. Na, dann weißt du ja, was passiert ist. Das ist gut, denn über diesen Teil der Geschichte rede ich nicht besonders gern.»

«Okay. Aber du bist bei James geblieben?»

«Wir waren fast ein Jahr lang getrennt. Doch wir brauchen uns zu sehr, um damit aufzuhören. Auch wenn er versucht hat, sich abzusetzen.»

«Habt ihr deshalb gestritten?»

«Ja. Aber das ist jetzt vorbei. Ihm ist es irgendwie gelungen, genug Arbeit zu finden, um weitermachen zu können. Und wie du ja schon vermutet hast, werde ich weiter übers Knie gelegt, mit Ruten gezüchtigt und noch viele andere Dinge. Was genau hast du denn gehört?»

«Wie ihr euch unterhalten habt. Und seltsame Geräusche, die ich nicht einordnen konnte. Aber ich dachte mir schon, dass er irgendwas Anstößiges mit dir treibt. Er klang nämlich so ruhig und du ... nicht ganz so ruhig. Und ...» Ich konnte mich nicht länger zurückhalten und musste es Violet unbedingt beichten. «Und ich habe durch das Schlüsselloch geschaut. Ich ... ich habe gesehen, wie du von James in seinem Ornat mit der Rute gezüchtigt wurdest. Und ich habe gehört, wie du dich dafür bedankt hast.»

Violet hatte bei meinem Geständnis schockiert ihren Mund geöffnet, und ihr Gesicht war dunkelrot vor Verlegenheit. Doch als sie schließlich etwas erwiderte, lag kein Zorn in ihren Worten – ihr Ton war einfach nur streng und sachlich. «Tatsächlich? Nun, ich glaube, wir wissen beide, was du dafür verdienst, Nora Miller!»

12

Ich sollte also übers Knie gelegt werden, konnte aber immer noch nicht einfach so nachgeben. Das ließ mein Stolz nicht zu. Und sosehr ich es auch wollte und sosehr der Gedanke mich auch anmachte, so hatte ich doch ein bisschen Angst und schämte mich auch für mein Verlangen. Auf einer tieferen Ebene war ich mir vollauf bewusst, dass die Erfahrung noch eindringlicher werden würde, wenn man mich erst dazu überreden oder auch einfach dazu zwingen musste. So würde mir immerhin die schreckliche Peinlichkeit erspart bleiben, meine Wünsche zuzugeben. Besonders vor James.

Hätte Violet es mir gleich am Strand besorgt, wäre es etwas vollkommen anderes gewesen. Ich war nackt und erregt und wir beide ganz allein. Sie hätte sich einfach nur auf mich draufsetzen oder mich auf ihren Schoß legen müssen, und ich hätte mich höchstens noch mit gespieltem Widerstand gewehrt. Doch selbst am Strand konnte ich mich nicht dazu durchringen, sie darum zu bitten. Und bevor Violet die Sache von sich aus in die Hand nahm, hörten wir auch schon James oben an der Klippe nach uns rufen.

Er war so weit von uns entfernt, dass ich nur seinen Kopf sehen konnte, wurde aber wegen meiner Nacktheit sofort rot. Als Violet sah, wie ich in Windeseile in meinen Bikini schlüpfte, lachte sie nur. Er gab uns ein Zeichen, nach oben zu kommen, und Violet sammelte ihre Sachen zusammen, nahm meine Hand und führte mich über den schmalen Pfad den Hang hinauf. Ich kam mir klein und unsicher vor. Die Vorstellung, dass mich eine Bestrafung erwartete, über die er informiert sein würde, war sowohl erregend als auch angsteinflößend. Vielleicht würde es sogar vor seinen Augen geschehen. Oder noch schlimmer und am besten: Vielleicht würde er die Bestrafung sogar selbst vornehmen! Aber als wir fast oben angelangt waren, verließ mich der Mut.

«Du wirst es ihm doch nicht erzählen, oder? Das, was du mir angedroht hast, meine ich. Und was du ...»

«Meinst du nicht, dass du genau das verdient hast, Nora?», unterbrach sie mich mit einem Lachen.

«Nein ... Ja, ich schätze schon ... Vielleicht ... Aber ernsthaft, Violet, ich bin echt nicht sicher, ob ich ...»

«Jetzt beruhige dich mal!»

Das war leichter gesagt als getan. Und James würde meinen Zustand ganz bestimmt bemerken, wenn wir erst mal im Haus wären.

Wir gingen zu dritt in die Küche, wo er zunächst die Einkäufe einräumte. Französisches Brot, das noch warm war und köstlich roch, Fleisch und Käse, dazu ein paar Flaschen Cidre.

Violet kannte kein Erbarmen, warf ihre Sachen auf ein Sofa und küsste James. Danach sagte sie einen Satz, der eine dunkle Röte auf mein Gesicht und auf meine Brust trieb. «Die kleine Göre hat uns heimlich beobachtet. Dafür gehört sie übers Knie gelegt.»

«Hey, warte mal ...»

James schaute auf, und ich brach meine Entgegnung mit knallrotem Gesicht ab.

«Lässt du dich gern übers Knie legen, Nora?», fragte er mich, plötzlich zum vertraulichen Du wechselnd.

Doch noch bevor ich meine Stimme wiederfand, beantwortete Violet die Frage für mich. «Ja, allerdings. Das macht sie richtig geil.»

«Nein, tut es nicht», begann ich abwehrend zu stammeln. «Ich bin noch nie in meinem Leben übers Knie gelegt worden. Und ich werde ganz sicher nicht jetzt damit anfangen. Ich weiß ja, dass ihr beide darauf steht, aber … also, ich weiß nicht … Ich meine, ich habe doch so was wie Selbstachtung.»

James schloss die Kühlschranktür und stand auf. Violet hatte gerade etwas sagen wollen – vielleicht, dass sie auch jede Menge Selbstachtung besaß –, und ich hatte sofort das Gefühl, falsch reagiert zu haben. Doch James brachte sie mit einer Geste zum Schweigen und wandte sich an mich. Seine Stimme klang geduldig, hatte aber auch einen leicht genervten Unterton. «Da bin ich ganz sicher. Aber in diesem Fall verwechselt du Selbstachtung mit Konformität zur gesellschaftlichen Norm. Ich gebe dir mal ein Beispiel. Als wir uns das letzte Mal sahen, trugst du einen knielangen Rock und eine Bluse. Heißt das, dass es dir an Selbstachtung fehlt?»

«Äh … nein, natürlich nicht. Ich kam schließlich grade von meinem Seminar.»

«Und ich nehme nicht an, dass John Etheridge schockiert von deinem Aufzug war?»

«Nein, natürlich nicht.»

«Gut. Und jetzt stell dir mal vor, das Ganze wäre hundert Jahre früher in der ausgehenden edwardianischen Epoche passiert. Wärst du damals so bei einem Dozenten im St. Boniface College erschienen, hätte er dich aufs Schärfste zurechtgewiesen. Damals wurde das College nur von Männern besucht, und wenn sie ab und zu Besuch von Frauen hatten, dann waren diese niemals allein, und ihre Kleider bedeckten den Körper vom Hals bis zum Fuß. Du hättest also allein dagestanden, die Hälfte deiner Beine sichtbar und mit mehr Ausschnitt, als selbst das frivolste Abendkleid es damals zugelassen hätte. Da wäre der Dozent selbstverständlich der Meinung gewesen, dass es dir an jeglicher Selbstachtung mangelt. Und zwar, weil du ohne Anstandsdame durch ein Männer-College wanderst und wegen der Art, wie du dich kleidest.»

«Das mag sein.»

«Ohne jeden Zweifel. Und jetzt denk mal an Sex. Vor nur fünfzig Jahren wäre es ziemlich schockierend gewesen, dass eine weibliche Studentin ganz offen vorehelichen Sex mit ihrem Freund hat. Aber heutzutage zuckt bei so etwas niemand auch nur mit der Wimper. Und bei Schlägen auf den Hintern ist es nicht viel anders. Die Gesellschaft um uns herum behauptet, es wäre absolut unpassend für eine Frau, sich aus purem sexuellem Vergnügen den Po versohlen zu lassen. Doch selbst das ändert sich nach und nach. Bei, sagen wir, einem Parlamentsmitglied würde es Hohn und Spott nach sich ziehen, wenn er zugeben würde, auf erotische Schläge zu stehen. Aber für einen Filmstar wäre es nur noch ein bisschen peinlich und mehr nicht. Andererseits war das Hinternversohlen damals eine ganz übliche Strafe, wohingegen es heute als Missbrauch und Körperverletzung eingestuft wird.»

«Okay. Die Einstellung der Menschen ändert sich also mit der Zeit.»

«Und du begreifst, dass sie das weiterhin tun wird?»

«Natürlich.»

«Wieso lässt du dich also von den moralischen Werten der heutigen Zeit einschränken? Wieso schaffst du dir nicht deine eigenen Moralvorstellungen? Weil du Angst hast, von der Gesellschaft geächtet zu werden?»

«Ja, anscheinend. Ich will Karriere in der Politik machen, und da muss ich sehr vorsichtig sein.»

«Das ist sicher klug, aber akzeptierst du denn wenigstens das, was ich über Selbstachtung gesagt habe? Schließlich genießt es Violet, übers Knie gelegt zu werden. Heißt das automatisch, sie hätte weniger Selbstachtung als du?»

Er hatte mich in eine Ecke gedrängt, aus der ich meinte, mich noch hinausmanövrieren zu können. «Nein, natürlich nicht. Aber jetzt möchte ich Ihnen gern eine Frage stellen. Würden Sie sich von ihr züchtigen lassen?» Noch traute ich mich nicht recht, ihn ebenfalls zu duzen.

«Ja, auf jeden Fall. Ich würde zwar kein Vergnügen dabei empfinden, aber für mich wäre es unmoralisch, etwas mit ihr zu tun, was ich nicht selbst auch mit mir machen ließe.»

«Sie meinen also, es geht nicht darum, dass die Frau einsteckt und der Mann austeilt?»

«Nein, ganz und gar nicht. Um genau zu sein, wird die unterwürfige Rolle sowieso eher von Männern bevorzugt. In unserem Fall muss ich dazu sagen, dass ich bei Violet die überlegene Rolle übernehmen muss, damit sie ihren Spaß hat. Sie sieht den Mann nun mal in der dominanten Rolle. Aber das ist rein sexuell und auch bei jedem anders.»

Ich nickte, weil ich das Ganze genauso empfand. Allerdings war ich noch nicht bereit, es zuzugeben. Nicht, wenn das hieß, irgendwann von ihm gezüchtigt zu werden. «Aber vielleicht möchte ich ja gar nicht übers Knie gelegt werden.»

James zuckte mit den Schultern. «Das ist deine Entscheidung.»

Violet hatte sehr lange geschwiegen, und als sie endlich etwas sagte, sah sie aus, als müsste sie gleich weinen. «Möchtest du es wirklich nicht, Nora?»

Ich konnte nicht lügen. «Doch, ich will es. Du weißt, dass ich es will, Violet. Aber … aber von James gezüchtigt werden. Oder auch nur vor ihm. Und schließlich habe ich …»

Ich wollte eigentlich sagen, dass ich schließlich eine Beziehung mit Stephen hätte. Aber das war sinnlos. Besonders da Violet wusste, was er so mit Giles trieb.

James zuckte erneut mit den Schultern. «Ich will nicht abstreiten, dass ich dich sehr gern übers Knie legen würde, Nora. Ich habe jedoch nicht die Absicht, dich zu etwas zu drängen, was du nicht wirklich willst. Wenn du es trotzdem mal versuchen willst, dann lass es doch Violet machen. Ich gehe einfach spazieren und komme erst wieder, wenn ihr fertig seid.»

Mit diesem Vorschlag hatte er mich endgültig in der Falle. Dennoch unternahm ich einen letzten Versuch, mich aus der Sache herauszuwinden.

«Violet? Aber …»

Ich verstummte, da er ganz sicher wusste, dass wir schon zusammen im Bett gewesen waren. Gleichzeitig löste der Vorschlag, uns allein zu lassen, ein unmittelbares und sehr starkes Gefühl von Enttäuschung in mir aus. Meine Stimme war nur noch ein Murmeln, und ich starrte auf meine Schuhe, während ich auf sein Angebot reagierte. «Das wäre nicht gerecht.»

«Wie bitte?»

Ich zwang mich, lauter zu sprechen. «Es wäre nicht gerecht, wenn Sie gehen müssten.»

«Macht mir wirklich nichts aus.»

Ich schüttelte den Kopf.

Da meldete sich Violet zu Wort. «Komm schon, Nora! Schluss mit dem Unsinn! Du kommst jetzt mit mir und kriegst es jetzt! Und zwar vor James! Denn das ist genau das, was du verdienst und was du auch willst, Nora Miller!»

Mein Herz schlug mir bis zum Halse und schien mich vom Sprechen abzuhalten. Sie nahm meine Hand und führte mich vom Wohn- ins Schlafzimmer. Es hatte ein einzelnes großes Fenster und war sehr schlicht eingerichtet, inklusive eines Doppelbettes mit Nackenrolle und roter Überdecke. Sie setzte sich auf den Rand des Bettes und streckte ihre langen, eleganten Beine aus, sodass ich mich in dieser schrecklichen Position darüberlegen konnte: mein Kopf baumelnd an einem, meine Beine am anderen Ende und mein Po hoch in die Luft ragend. Violet winkte mich mit einem dünnen, gekrümmten Finger zu sich heran. «Komm schon, du ungezogenes Mädchen! Jetzt leg dich hier hin!»

Zunächst konnte ich mich nicht recht überwinden, aber ihr Gesicht hatte sich bereits zu einer harten, nüchternen Maske verzogen, und sie klopfte auf ihren Oberschenkel. «Na los! Leg dich drauf!»

«Aber Violet, ich ...»

«Nora Miller, du kleine Spannerin, du legst dich jetzt sofort über meine Knie!»

Die letzten Worte waren fast gebrüllt, und obwohl ich unglaublich verlegen war, tat ich schließlich wie geheißen. Ich trat einen Schritt nach vorn und fing an, wie wahnsinnig zu zittern, als ich mich über ihre Beine legte und mich mit Händen und Füßen auf dem nackten Holzfußboden abstützte. Dann hob ich meinen Hintern an – bereit zur Züchtigung. Violet legte ihre Hand auf meine Pobacken und strich erst sanft, dann aber schnell fester und voller Erwartung darüber.

«Violet, bitte …»

«Pst, Darling. Wir sollten dich besser ausziehen.»

«Nein, Violet! Nicht vor James!»

Doch es war zu spät. Sie hatte mein Bikinihöschen bereits nach unten gezogen, sodass man von hinten alles sehen konnte. Ich war nur froh, dass ich seitwärts zu der Stelle lag, an der James sich positioniert hatte und zuschaute, wie ich für die Züchtigung vorbereitet wurde. Aber das Bikinihöschen musste heruntergezogen werden, denn die geradezu stechende Erregung, die ich bei diesem Akt der Entkleidung empfand, war so stark, dass es sich fast wie ein kleiner Orgasmus anfühlte. Endlich verstand ich den Ausdruck auf Violets Gesicht, den ich gesehen hatte, als ihr dieselbe Behandlung zuteil wurde.

Sie legte erneut ihre Hand auf meinen Po und befühlte mein Fleisch. Und dann begann es ganz plötzlich. Violet hob ihre Handfläche und ließ sie mit einem festen, knallenden Schlag auf meine Pobacken niedersausen. Ich schrie auf – mehr aus Schock als aus Schmerz –, und schon kam der zweite Hieb. Eine Stimme in meinem Kopf befahl mir immer wieder, aufzustehen und dieser schrecklichen Demütigung ein Ende zu bereiten, aber ich konnte nicht. Stattdessen wand ich mich mit strampelnden Beinen auf Violets Schoß, während sie immer fester zuschlug und mich mit großer Strenge für mein Spannertum tadelte.

«Du bist eine Schande, Nora Miller! Mich durch das Schlüsselloch zu beobachten! Durch und durch verdorben! Aber jetzt wirst du am eigenen Leibe erfahren, wie es sich anfühlt, jemandem deinen nackten Arsch zu zeigen. Und das ist noch nicht alles!»

Sie griff unter meine Brust, um mein Bikinioberteil nach oben zu ziehen. Ich schnappte nach Luft, als meine Brüste frei umherschwangen und die Entblößung damit vollendeten. Dann versuchte ich verzweifelt, mich zu bedecken, und griff gleichzeitig nach meinem heruntergezogenen Höschen und dem Oberteil.

Violet packte meine Handgelenke und drehte mir die Arme auf den Rücken. «O nein! Das hast du dir so gedacht!»

Langsam bekam ich Panik und fing an, mich zu wehren. Aber Violet hielt mich fest, streifte mir blitzschnell den Bikini ab und machte sich dann wieder an meinen Hintern. Das Gefühl, splitternackt gezüchtigt zu werden, ließ mich fast durchdrehen. Violet war mittlerweile dazu übergegangen, ihre Schläge auf den unteren Teil meines Hinterns zu setzen, und mit jedem weiteren Hieb jagte ein stechender Lustschmerz durch meine Möse.

«Nein, Violet! Bitte nicht so!»

Doch Violet lachte nur und fuhr mit ungeminderter Härte fort. Sie wusste ganz genau, was sie da mit mir tat, und auch, dass ich bereits Wachs in ihren Händen war. Trotz meiner durch und durch demütigenden Position schwebte ich förmlich auf einem sexuellen Hoch, und jeder Schlag brachte mich meinem Höhepunkt unaufhaltsam näher. Als ich sicher war, dass es mir jeden Moment kommen würde, gab ich nur noch ein ersticktes Schluchzen von mir. Gleichzeitig wechselte Violet ihre Haltung so, dass sie mich weiter schlagen, gleichzeitig aber auch meine Muschi reiben konnte. Dem hatte ich nichts mehr entgegenzusetzen. Ich lag mit gespreizten Schenkeln vor James, der mittlerweile ins Zimmer getreten war. Mein Becken bäumte sich unter den Hieben und den Zuwendungen von Violets Fingern auf, bis ich wie weggetreten den längsten und erschütterndsten Orgasmus meines ganzen bisherigen Lebens hatte. Als ich danach mit tauben Gliedern und heftig schluchzend auf ihren Knien lag, nahm sie mich in den Arm, strich mir übers Haar und bedeckte meinen zitternden Körper mit kleinen Küssen.

Irgendwann ließ sie mich los und flüsterte mir leise etwas ins Ohr. «Wäre nett, wenn du es James jetzt auch tun lassen würdest. Nick einfach, wenn du einverstanden bist.»

Ich verzog das Gesicht. Diesen Wunsch konnte ich ihr einfach nicht abschlagen und nickte.

Violet stand auf. «Du bist dran, James.»

Er lächelte gelassen und voller Überlegenheit zu mir herunter. Ich kniete auf dem Boden und rieb meine brennenden Pobacken, während er sich auf das Kommende vorbereitete. Trotz meines Moments der Ekstase kam ich mir sehr klein vor und war voller Selbstmitleid, als ich auf seinen Knien erneut die Züchtigungsposition einnahm. Aber sie hatten mich längst, und ich wollte jetzt nicht aufhören – selbst wenn es hieß, mich hinterher zu bedanken, indem ich seinen Schwanz in den Mund nahm.

Mein Herz hüpfte, als James' Hand meinen Hintern berührte. Seine Männerhand war so viel größer als die von Violet, und ich war sicher, dass er wesentlich härter zuschlagen würde. Aber entscheidend war das Bewusstsein, wer mich da züchtigte. Als Schlag auf Schlag niederging, kam mir jedoch ein schrecklicher Gedanke. Und wenn dies nun mein eigentlicher Platz war? Die Vorstellung ließ mich sofort in Tränen ausbrechen. Aber es waren keine Tränen des Leids oder des Schmerzes, sondern Tränen der Dankbarkeit. Ich hatte einfach das gute Gefühl, dass sich jemand um mich kümmerte. Ich lag nackt und heiß auf dem Schoß eines Mannes, und mein Po zuckte bei jedem seiner zielstrebigen Schläge zusammen – jetzt wusste ich, dass ich genau hierher gehörte.

«Mach weiter. Ich glaube, sie muss einfach weinen», sagte Violet leise.

Ich nickte zustimmend und ließ alles raus, während James sich mit mittlerweile festen, regelmäßigen Schlägen meines Hinterns annahm. Dabei murmelte ich fortwährend irgendwelche Entschuldigungen für mein Spannen, meine fehlende Einsicht, dass ich bestraft werden müsste, und alle möglichen anderen Dinge, die rein gar nichts mit den beiden zu tun hatten. Sie ließen mich gewähren, und James unterbrach seine Schläge nicht einen Moment, bis ich schließlich aufgehört hatte zu weinen und schlaff auf seinen Beinen zusammensackte.

«Das sollte reichen, schätze ich.»

Violet ging in die Knie, um mich zu umarmen, und küsste mein tränenüberströmtes Gesicht, während ich von James' Schoß herunterrutschte. Ich erwiderte ihren Kuss und zitterte völlig unkontrolliert, als sie mir half, sich neben sie zu knien.

«Äh …»

Ich wusste genau, was sie meinte, und nickte zustimmend. Violet zögerte keinen Moment, öffnete blitzschnell James' Reißverschluss und holte seinen bereits steifen Riemen und seine schweren Eier heraus. Ich hatte die Beule schon während meiner Züchtigung gespürt, war aber noch nicht ganz sicher gewesen, wohin die Reise gehen sollte: Violets Mund oder meiner? Oder vielleicht auch beide? Er wollte beide, und ich spürte keinerlei Widerstand in mir, als wir zwischen seine gespreizten Beine krochen und seinen steinharten Prügel leckten, küssten und daran saugten.

So dankten wir ihm für seine Behandlung, bis es ihm gekommen war und wir uns teilen konnten, was er zu geben hatte.

Trotz meiner Vorstellungen und Phantasien hätte ich nie damit gerechnet, dass ich so weit gehen würde. Schon gar nicht am ersten Tag meines Aufenthalts hier. Aber ich war froh, dass ich es getan hatte.

Ich wusste sehr wohl, dass Violet und James von Anfang an geplant hatten, mich zu verführen – sowohl zum Sex als auch zu der Züchtigung. Es schien sogar möglich, dass sie das gesamte Szenario von dem Moment an vorbereitet hatten, als ich Violet am Strand traf. Aber es war genau das Richtige gewesen, denn die nächsten sieben Tage verbrachte ich in einem Zustand ungehemmten Glücks, und es wäre eine Schande gewesen, auch nur eine Stunde zu vergeuden. Ich hatte etwas in mir entdeckt, von dessen Dimensionen ich bisher nichts wusste. Obwohl mir in der Rückschau klar wurde, dass ich mich starken Männern schon immer gern untergeordnet hatte – zumindest beim Sex.

Violet und ich ließen uns völlig gehen, zogen so gut wie nie etwas an und verbrachten den Großteil des Tages mit gerötetem Hintern. Und wenn ich mir die Mühe machte, ein Höschen anzuziehen, dann nur, um es mir runterziehen zu lassen – ein Akt, den ich absolut genoss. James war genauso ungehemmt wie wir und lief ebenfalls oft nackt herum. Er hatte einen festen, aber schlanken Körper, der vielleicht nicht ganz so muskulös war wie der von Stephen, den ich aber ebenso männlich fand.

Ich nahm zunächst große Rücksicht auf Violets Gefühle. Schließlich wusste ich, dass die beiden nicht nur zusammen waren, sondern auch, dass er seine Karriere für sie aufgegeben hatte – wenn auch unbeabsichtigt. Violet und James brauchten einander auf eine Art, die ich erst nach und nach begriff, und die Beziehung der beiden war tiefer und fester als alles, was ich bisher erlebt hatte. Violet jedoch begeisterte es, mich mit James zu teilen, aber sie wäre sicher verletzt gewesen, wenn ich versucht hätte, sie in irgendeiner Weise auszuschließen. Er war allerdings noch aufgeschlossener als sie, nahm gern alles an, was wir zu geben bereit waren, hielt sich aber auch mal zurück, wenn Violet und ich allein sein wollten.

Mir gelang es sehr schnell, die Tatsache zu akzeptieren, dass er mich züchtigen konnte, wenn er das Gefühl hatte, dass ich es brauchte. Ebenso wie er auch mal Hand anlegte, wenn ihm einfach danach war. Diese Vorgehensweise sorgte dafür, dass ich eine ständige, leichte Erregung in mir spürte, die drei- oder viermal am Tag zum Höhepunkt gebracht wurde. Als Gegenleistung knieten wir uns vor ihn hin, beteten gemeinsam seinen Schwanz an und brachten ihn mit unseren Mündern zum Abspritzen. Ab und zu fickte er Violet auch vor meinen Augen durch. Mich zu ficken war das Einzige, was er nicht wollte – auch wenn ich mit jedem Tag gieriger wurde.

Es gab eine Sache, die ich vor meiner Abreise unbedingt noch erleben wollte – ich wollte mit einer Rute gezüchtigt werden. Und zwar hart. Als ich den beiden an meinem vorletzten Tag davon erzählte, löste Violet einfach nur das Band in ihrem Haar und reichte es mir. Und ich wusste genau, was ich zu tun hatte. Das Ritual war mir so vertraut, als hätte ich diese Vorbereitungen bereits Hunderte von Malen getroffen. Ich hatte nur meine Espadrilles und eine Shorts an, also zog ich mir ein Oberteil über und band mein Haar zu einem Pferdeschwanz zusammen.

Es war ein bisschen kühler geworden, und die frische Brise aus westlicher Richtung ließ das Gras am Rand der Klippen leise flüstern. Vor dem Haus erstreckte sich eine wundervolle Landschaft unter klarblauem Himmel. Der Großteil des Geländes bestand aus offenen Feldern, die durch niedrige Hecken voneinander getrennt waren. Aber zwischen den wenigen Gebäuden fanden sich immer wieder einige Baumgruppen – darunter auch Birkenhaine.

Auf dem Weg entlang der Klippe genoss ich das langsam aufsteigende Gefühl der Beklommenheit und hoffte insgeheim, dass mich jemand sehen würde, wenn ich mit der fertigen Rute zurück zum Haus marschierte, und vielleicht sogar erraten konnte, welches Schicksal mich erwartete. Erst als ich ein Gelände erreichte, das mir äußerst vielversprechend erschien, blieb ich stehen. In einer Senke stand ein riesiger Betonklotz – zweifellos eine Art Bunker aus der Zeit des Krieges –, der jetzt völlig mit Brombeersträuchern, Farnen und Dornbüschen überwuchert war.

Vom Wall, auf dem ich stand, kam ich ganz leicht an die frischen, jungen Äste, war gleichzeitig aber auch für jeden gut sichtbar, der den Pfad entlangkam. Aber das machte mir nichts aus. Im Gegenteil. Ich war geradezu erpicht darauf, irgendwelche zufällig vorbeikommenden Spaziergänger wissen zu lassen, dass ich eine Rute für meine eigene Bestrafung vorbereitete. Dieser herrliche Gedanke verschaffte mir beim Pflücken ein köstliches Gefühl der latenten Erregung. Ich stellte mir vor, nicht nur bei meinen Vorbereitungen gesehen zu werden, sondern auch, wie ich nackt und zuckend in der Öffentlichkeit gezüchtigt und James sich vor ein paar Dutzend Franzosen meiner annehmen würde. Jeder Einzelne von den Männern wäre begeistert zu sehen, wie ich das bekam, was ich verdiente.

Als ich genug Zweige zusammenhatte, zog ich das Band aus meinem Haar und band sie zu einem Bündel zusammen – an einem Ende fest, um einen Griff für meine Behandlung zu fertigen, am anderen Ende lose, damit die aufspreizenden Zweige auch richtig wehtaten. Allein die Rute zu halten war sowohl beängstigend als auch unglaublich erregend – genau wie beim ersten Mal, als ich an der Isis Bekanntschaft mit den Birkenzweigen gemacht hatte. Nur, dass ich mich diesmal nicht selbst züchtigen würde, sondern einen starken, attraktiven Mann hatte, der das für mich erledigte.

Ich wollte mich gerade auf den Rückweg zum Haus machen, als ich zwei Gestalten den Weg entlangkommen sah. Für einen kurzen Moment dachte ich, dass meine Phantasie, gesehen zu werden, endlich wahr werden würde, aber bei näherem Hinsehen handelte es sich nur um James und Violet, die mit schnellen Schritten auf mich zukamen.

«Wir haben uns schon Sorgen gemacht. Aber wie ich sehe, bist du bereit», erklärte Violet.

Ich nickte und gab ihr die Rute, die sie wiederum an James weiterreichte. Er ignorierte sie, schaute erst in Richtung Horizont, betrachtete dann die überwucherte Senke und schließlich das Haus. «Kommt mit», forderte er uns plötzlich auf.

James fing an, das Gebäude zu umrunden, bis er die vom Meer abgelegene Seite erreichte. Die Stufen, die zum eigentlichen Eingang des Betonklotzes führten, wurden von zwei eisernen Geländern eingerahmt.

«Perfekt. Violet, gib mir die Rute! Und jetzt runter, ihr beiden!»

Violet fiel vor Überraschung fast die Kinnlade runter. «Ich?»

«Beide, hab ich gesagt!»

Ich konnte nicht anders, als über ihre plötzliche Konsterniertheit zu lächeln – auch wenn ich selbst gleich fällig war. Violet wirkte nervös und zögerte einen Moment, bevor sie zu mir in die Senke kletterte. In James' Augen lag ein gefährliches Glitzern, als er erneut den Horizont absuchte.

«Ich glaube, wir sind sicher. Haltet euch an dem Geländer fest.»

Ich gehorchte. Violet zögerte zwar zunächst schmollend, tat dann aber doch wie geheißen. Sie packte das eiserne Geländer, stellte sich mit leicht gespreizten Beinen auf und krümmte den Rücken, um ihr Hinterteil zu präsentieren. Ich nahm dieselbe unanständige Haltung ein. Wir standen so dicht nebeneinander, dass unsere Beine sich kreuzten und unsere Hüften sich fast berührten. James sprang jetzt ebenfalls in die Senke und kümmerte sich zunächst darum, uns auszuziehen. Er rollte Violets knappes Kleid hoch – ihr einziges Kleidungsstück – und zog mir das Oberteil über die Brüste, sodass wir schließlich vorn und hinten entblößt waren.

«So bleiben!»

Er kletterte den kleinen Hang wieder hoch und verschwand. Violet und ich tauschten besorgte Blicke aus, ob uns vielleicht irgendein französischer Bauer erwischen würde. Und doch behielten wir unsere Stellung bei, bis James mit einem leicht ausgefransten Seil in der Hand zurückkehrte. Als Violet klar wurde, dass er uns fesseln würde, gab sie ein schwaches Wimmern von sich. Und auch das Flattern in meinem Bauch wurde bei dem Gedanken an das vollkommene Ausgeliefertsein vor der Rute immer stärker.

Ich ließ den Kopf hängen, um ihm die Erlaubnis uneingeschränkter Benutzung zu erteilen. Erst wurden unsere

Hände an dem Geländer fixiert, sodass wir weder weglaufen noch uns irgendwie schützen konnten. Dann band er unsere Beine an den Knien zusammen, sodass wir gezwungen waren, sie gespreizt zu halten, während gleichzeitig unsere Hintern zur Schau gestellt wurden. Noch nie in meinem Leben hatte ich mich so bloßgestellt und hilflos gefühlt. Gefesselt und fast nackt war ich einem Mann ausgeliefert, der eine Birkenrute in der Hand hielt und bei dem bereits eine verräterische Beule in der Hose zu sehen war.

Er betrachtete uns eine Zeitlang und genoss zweifellos den Anblick der sich vor Anspannung windenden Körper. «Zwei Dutzend Hiebe für jede von euch», sagte er schließlich in die Stille hinein.

Meine Muskeln zuckten bei seinen Worten, und ich mühte mich ab, den Kloß in meinem Hals runterzuschlucken. Ich wollte es. Ich wollte es immer noch. Aber trotz meiner Bereitschaft, wollte die Angst nicht verschwinden. Ich spürte einen schrecklichen Aufruhr in mir, als er sich hinter uns aufbaute, einmal die Rute durch die Luft sausen ließ, dann sanft damit über unsere herausgestreckten Hintern strich und sie schließlich mit aller Härte auf dem meinen niedergehen ließ.

Ich schrie laut auf. Das Gefühl, tausend glühende Nadeln auf einmal zu spüren, war so stark, dass ich mich einfach nicht zurückhalten konnte. Ich wand mich in meinen Fesseln, und als Violet den ersten Schlag zu spüren bekam, stand ich kurz vor einer Panikattacke. Sie war auch nicht viel tapferer als ich, brüllte genauso laut und zog an meinem Bein. Als er erneut mit der Rute ausholte, bekam ich echte Angst. Wie konnte ich nur jemals so verrückt gewesen sein, mich auf eine solch fürchterliche Aktion einzulassen?

Die Rute ging erneut auf meinem Hinterteil nieder, sodass ich auf den Zehenspitzen stehend auf und ab hüpfte. All meine Würde verschwand unter den Schmerzen meiner Züchtigung. Ein weiterer Schlag auf Violets Hintern reichte aus, um sie in denselben Zustand zu versetzen. Ihr Po wand sich in einem irren, sinnlosen Tanz, und sie flehte James immer wieder an, sein Tempo doch ein wenig zu drosseln. Aber er ignorierte uns völlig und ließ in gleichmäßigem Rhythmus Schlag um Schlag auf unseren zitternden Hinterteilen landen. Zuerst ertrug ich es kaum, aber ich konnte nichts weiter tun, als mich zu winden, zu schreien und zu beten, dass ich diesen Punkt bald überwunden haben würde.

Irgendwann verlor ich jede Übersicht über die Anzahl der Schläge und spürte nur noch eine seltsame Wärme und die Sehnsucht, dass er meine Brüste und meine Möse berühren würde. Dieses Gefühl sorgte dafür, dass ich meinen Po den Schlägen ganz plötzlich entgegenstreckte. Ich war wegen meiner Züchtigung nicht mehr länger hasserfüllt, sondern erkannte, dass ich sie mehr brauchte als alles andere auf der Welt.

James sah die Veränderung und schlug prompt noch härter und schneller zu. Wieder und wieder. Violets Wille war bereits gebrochen, und sie bettelte ihn an, noch fester zuzuschlagen. Sie stöhnte vor Gier und bog den Rücken immer mehr, um ihren Po neben mir noch weiter herausstrecken zu können. Eine Berührung, und es würde mir kommen. Doch plötzlich hörten die Schläge auf, und ich hing nur noch keuchend und zitternd in meinen Fesseln.

James warf die Rute weg, zog seinen Reißverschluss herunter und holte seinen Schwanz und die Eier raus. Ich musste dringend gefickt werden und hielt meine Pose. Dabei wusste ich genau, dass James sehen konnte, wie bereit ich war. Aber Violet bekam es zuerst. Sie stöhnte laut auf, als er in sie eindrang, musste aber nach ein paar entschlossenen Stößen schon wieder Abschied von seiner Männlichkeit nehmen. Jetzt war ich dran. Meine Möse war weit geöffnet für James McLeans Schwanz. Noch nie hatte ich einen Mann so sehr gewollt.

Als ich spürte, wie er meine Hüften berührte, reichte das schon aus, um mich zum Stöhnen zu bringen. Er zog mit einem seiner Finger eine Linie über meinen gezüchtigten Hintern und erzeugte damit ein brennendes Kitzeln auf meiner Haut. Ich schrie auf, als sein Schwanz den Spalt zwischen meinen Pobacken berührte und er ihn schließlich in mich rammte – ein Moment der reinen Ekstase. Fünfmal stieß er in mich hinein. Fünf kurze, harte Stöße, bevor er sich wieder aus mir zurückzog und mich schluchzend zurückließ, um sich erneut um Violet zu kümmern.

Er war sehr gerecht zu uns, aber auch sehr grausam. Jede bekam nur ein paar Stöße, bevor er sich wieder der jeweils anderen zuwandte. Und da unsere Hände gefesselt waren, gab es nichts, was wir tun konnten. Wir konnten ihn weder dazu bringen, sich mehr um uns zu kümmern, noch konnten wir uns selbst zum Höhepunkt bringen. Als er dazu überging, seine volle Aufmerksamkeit Violet zu widmen, wurde ich fast verrückt. Aber James war schnell fertig. Er hatte sie heftig durchgefickt und schließlich an einer Stelle berührt, die sie in einem schreienden, zitternden Orgasmus zusammenbrechen ließ.

Als sein Riemen wieder in meinem Loch steckte, kam ich schnell dahinter, was genau er da mit ihr angestellt hatte. Nachdem er tief in mich eingedrungen war, packte er mich bei den Hüften und stieß so fest zu, dass ich vor Entrückung nur noch mit offenem Mund keuchen konnte.

Aber dann zog er seinen Schwanz wieder ein Stück weit aus mir raus und presste ihn fest gegen meine Schamlippen. Und als er sie schließlich zu reiben begann, wurde mir klar, dass er Violet allein mit seiner Eichel zum Höhepunkt gebracht hatte und dasselbe bei mir beabsichtigte.

Mit dieser Erkenntnis kam schließlich alles zusammen: wie ich losgeschickt worden war, um die Rute für meine eigene Züchtigung zu fertigen; wie er mich gezwungen hatte, mich in Position zu stellen, um meinen Po, meine Brüste und meine Möse unter freiem Himmel zu entblößen; wie er mich gefesselt hatte, sodass ich jetzt nackt und hilflos neben meiner Freundin stand; wie er mich bis zur Raserei geschlagen hatte; wie er mich mit seinem hinreißenden Schwanz gequält und wie er uns schließlich beide gefickt und zum Höhepunkt gebracht hatte …

Eigentlich hätte man meine Schreie bis nach Oxford hören müssen. Ich konnte einfach nicht aufhören. Und er wollte einfach nicht aufhören. Alles an mir wurde bis zur Unerträglichkeit empfindlich, und das Ganze war einfach zu viel für mich. Hätte James mich nicht so fest gepackt, ich wäre weggezuckt. Aber er wusste genau, wie er mit mir umzugehen hatte. Mit eisernem Griff hielt er mich fest und rieb mich so lange, bis meine Muskeln schlaff und meine Schreie zu einem Schluchzen wurden.

Er selbst war immer noch nicht zum Höhepunkt gekommen. Trotzdem er tun und lassen konnte, was er wollte, hatte unser Vergnügen offensichtlich Priorität für ihn. Mir war ganz schwindelig, und ich hing wie leblos in meinen Fesseln. Violet ging es auch nicht viel anders. Und doch hätte ich mich ihm trotz meiner Erschöpfung in jeder erdenklichen Form hingegeben, als er mich losband. Aber er schien Mitleid mit uns zu haben und bespritzte unsere

Hinterteile schließlich mit den heißen Tropfen seiner Lust. Vielleicht aber hatte der Anblick unserer geschundenen Körper auch einfach dafür gesorgt, dass er sich nicht mehr länger hatte zurückhalten können.

Nach diesem Erlebnis waren all meine Hemmungen verschwunden, und es gab zwischen uns dreien kein Halten mehr. In jener Nacht schliefen wir zusammen, und am Morgen wechselte er sich erneut mit uns ab. Stundenlang blieben wir im Bett und waren irgendwann völlig miteinander verschmolzen, bevor wir für ein letztes Bad im Meer runter zum Strand gingen. Die Aussicht, unsere gemeinsame Zeit bald hinter mir lassen zu müssen, ließ ein so starkes Gefühl von Melancholie in mir erstehen, dass ich schon beim Mittagessen kaum noch sprechen konnte. Mein Flug sollte am späten Nachmittag gehen, doch die beiden würden ihre Rückreise erst am nächsten Tag antreten. Wie sehr wünschte ich, wir könnten für immer bleiben. Immer wieder umarmte ich James und Violet, bis mein Taxifahrer schließlich ungeduldig wurde.

Meiner Stimmung nach hätte es eigentlich regnen müssen. Doch auf meiner Fahrt nach Cherbourg herrschte strahlender Sonnenschein. Als das Flugzeug über die Halbinsel flog, konnte ich das Haus und zwei kleine Flecken am Strand erkennen, bei denen es sich zweifellos um James und Violet handelte. Ich drehte meinen Kopf immer weiter, bis sowohl die beiden als auch die Küste komplett aus meinem Blickfeld verschwunden waren. So etwas hatte ich seit meiner Kindheit nicht mehr getan.

13

James, Violet und ich hatten bereits über unsere Beziehung gesprochen. Keiner von uns war bereit, das aufzugeben, was wir gefunden hatten, aber wir wussten gleichzeitig, dass wir unsere Ausschweifungen hier in Oxford nicht nahtlos weiterführen konnten. Zum einen würden Violet und ich irgendwann mal wieder etwas anziehen müssen. Und zum anderen sollte niemand erfahren, dass ich Teil einer *ménage à trois* mit einem notorischen Züchtiger und dazu auch noch Ex-Dozenten und seiner ebenso schamlosen Geliebten geworden war.

Das hieß natürlich nicht, dass wir uns nicht weiter sehen oder James zu Hause besuchen konnten. Besonders für mich und Violet war es ohne weiteres möglich, sich oft zu treffen. Mein Wunsch jedoch, mit ihr gemeinsam bei James einzuziehen, war schlichtweg nicht in die Tat umzusetzen. Zwar radelte ich am Tag nach meiner Rückkehr für eine kurze, aber leidenschaftliche Wiedervereinigung zum Haus in der Eynsham Road, aber irgendwie fühlte ich mich gehemmt und unbefriedigt. Außerdem waren meine Gefühle für Stephen in etwa so verblasst, wie meine Zuneigung zu James und Violet gewachsen war. Aber Stephen war so froh, mich wiederzusehen, und so begierig, mich ins Bett zu kriegen, dass ich ihm nachgab. Und zwar ohne ein Wort darüber zu verlieren, dass er sich am Ende des letzten Trimesters nicht mal richtig von mir verabschiedet hatte.

Danach ging eigentlich alles wieder seinen gewohnten Gang, um nicht zu sagen, meine Zeit war noch ausgefüllter als zuvor. Als Protokollführerin hatte ich jede Menge im Studentenparlament zu tun und musste mir gleich beim ersten Seminar von Dr. Etheridge anhören, dass er ungeminderte Leistung von mir erwartete. Und die wenige Zeit, die mir blieb, musste ich fast ausschließlich im Ruderboot auf dem Fluss verbringen. Ich brachte gute Leistungen und war wild entschlossen, mein Niveau zu halten. Doch da ich mich völlig verausgabte, war ich abends so erschöpft, dass ich nach dem Studentenparlament, einem Referat oder einem Treffen des Ruderclubs nur noch todmüde ins Bett kriechen konnte.

Violet war voller Anteilnahme und betrachtete es als ihre Aufgabe, sich um mich zu kümmern. Sie schalt mich dafür, dass ich es übertrieb, und drohte mir sogar an, mich übers Knie zu legen. Da es nichts gab, was ich lieber wollte, wurde es zur Gewohnheit, dass sie jeden Abend Hand an mich legte. Aber sie schlug ganz sanft zu, wenn ich nach der Dusche nackt in ihrem Schoß lag oder sie mir auch erst den Slip herunterziehen musste. Wenn sie sich meiner annahm, spürte ich mit jedem Hieb, wie die Anspannung aus meinem Körper wich, sodass ihre Behandlung für mich wichtiger wurde als Kaffee, Alkohol oder auch konventioneller Sex. Violet hatte gesagt, dass man von der Züchtigung abhängig werden konnte, und meine Sucht wurde mit jeder unserer Begegnungen größer. Aber ich sagte mir, dass ein brennender Hintern kaum schaden konnte – im Gegensatz zu Koffein und Alkohol.

Nur am Wochenende gelang es mir, mich vom Stress im College zu entziehen, und James' Haus wurde schnell zu einer Art Fluchtburg. Es war der einzige Ort, an dem ich mich entspannen konnte – auch wenn mein Kopf stets mit den Gedanken darüber angefüllt war, was ich in den kommenden Tagen, Wochen und Monaten noch bewältigen musste. So gut es mir getan hätte, die Rute durfte ich auch nicht mehr zu spüren bekommen. Schließlich musste ich mich fast jeden Nachmittag vor den Mitgliedern des Ruderclubs zum Training umziehen, und auch Stephen sollte keine verdächtigen Striemen auf meinen Hintern entdecken.

Zwar hatte ich schon erwogen, Stephen einzuweihen, aber ich war mir nicht sicher, wie er darauf reagieren würde. Und ich wusste genau, dass ich mit seiner Ablehnung nur schwer hätte umgehen können. Nur kam ich irgendwann an einen Punkt, an dem Sex ohne Züchtigung mich nicht mehr länger befriedigen konnte. Wollte ich die Beziehung zu Stephen also weiterführen, würde ich mit ihm darüber sprechen müssen. Eigentlich hätte ich Verständnis erwarten können – schließlich pflanzte er mir selbst immer wieder verstörende Gedanken über thailändische Ladyboys oder über Giles Lancaster in den Kopf. Und trotzdem brachte ich es nicht über mich, es ihm geradeheraus zu sagen.

In der dritten Woche nach dem Rudertraining ergab sich endlich eine Gelegenheit. Als wir über die Wiesen zurückgingen, sprachen wir über unsere Chancen bei dem entscheidenden Ruderwettbewerb des Trimesters, der sogenannten Achter-Woche. Bei diesem Wettkampf gingen die Boote des College eins nach dem anderen hintereinander und entsprechend der Aufstellung des vorherigen Jahres in Position. Ziel des Rennens war es nun, das Boot vor sich zu berühren, ohne vom nachfolgenden angestoßen zu werden, um auf diese Weise von Woche zu Woche eine Position vorzurücken. Der Gewinner durfte sich dann «Herrscher des Flusses» nennen. Im letzten Jahr hatten die Männer des St. Mary's College den Titel errungen, und man rechnete allgemein damit, dass sie ihren Sieg auch bei diesem Rennen wiederholen würden. Die Frauen vom St. Mary's College waren im letzten Jahr zwar nur Dritte geworden, aber auch wenn das in der Geschichte des Ruderclubs bisher nur ein einziges Mal vorgekommen war, so bestand in diesem Jahr doch die geringe Aussicht auf einen Doppelsieg. Das Emmanuel College lag vor ihnen und St. Boniface dahinter. Stephen und ich hatten daher beide großes Interesse, gute Leistungen zu erbringen. Auch wenn er uns nicht allzu große Chancen einzuräumen schien.

«Ihr seid gut, und ich glaube auch, dass ihr es ohne Kontakt bis zum Ziel schaffen könnt. Aber das St. Mary's College ist besser und hat auch schon ziemlich gut vorgelegt.»

«Wir doch auch. Drei Kontakte, und wir sind ‹Herrscher des Flusses›.»

«Emmanuel holt ihr niemals ein!»

«Wenn wir St. Mary's einholen können, dann auch Emmanuel. Und St. Helen's gleich mit.»

«Die drei besten Frauenboote der Universität über vier Tage? Jetzt sei mal realistisch, Nora.»

«Bin ich.»

Ich war nicht realistisch, sondern wiederholte einfach nur die Sprüche der Trainerin. Aber, wenn man selbst nicht wenigstens so tat, als würde man an sich glauben, wer sollte es dann sonst tun? In Wahrheit konnten wir höchstens darauf hoffen, am zweiten oder dritten Tag ein entmutigtes Emmanuel-Team einzuholen, nachdem St. Mary's sie angestupst hatte. Und wenn uns mit St. Helen's dasselbe gelang, würden wir immerhin an zweiter oder dritter Stelle liegen und hätten damit im nächsten Jahr eine realistische Chance auf den Titel. Aber das auch nur, wenn wir fleißig trainierten. Als Stephen nur mit einem spöttischen Lachen reagierte, kam mir eine Idee, wie ich mich von ihm übers Knie legen lassen konnte, ohne eingestehen zu müssen, dass ich auf Züchtigung stand. Und ich schritt sofort zur Tat.

«Wenigstens haben wir eine Chance. Im Gegensatz zu deinem Team, das höchstwahrscheinlich in der zweiten Liga landet. Und ich sag dir noch was, wenn wir nicht ‹Herrscher des Flusses› werden, kannst du mir den nackten Hintern versohlen – vor unseren beiden Mannschaften.»

Er lachte, und mir wurde klar, dass ich zu weit gegangen war.

«Nein, nein, nicht vor allen. War nur ein Witz. Aber du darfst mir eins hinten draufgeben. Abgemacht?»

Ich blieb stehen und streckte meine Hand aus. Stephen zögerte.

«Ich soll dir den Hintern versohlen? Wirklich?»

«Ja, wirklich. Komm, schlag ein.»

Er nahm meine Hand recht zögerlich, so als wäre er sich der Sache ganz und gar nicht sicher. Trotzdem reichten schon allein meine aufgeladenen Worte, um mich selbst zum Zittern zu bringen und meine Knie weich wie Pudding werden zu lassen. Er würde mich also züchtigen, und die zwei Wochen Wartezeit würden meine Erwartungshaltung zu einem köstlichen, quälenden Höhepunkt treiben. Nicht, dass ich so lange ohne auskommen würde. Wenn Violet nachher auf ihrem Zimmer war, würde ich sie anbetteln, mich übers Knie zu legen. Doch im Moment musste ich mit etwas anderem vorliebnehmen – wenn es auch nicht das absolut Optimale war.

«Geh mit mir in die Büsche, Stephen.»

Wir spazierten gerade am Ufer des Cherwell entlang, anstatt ihn zu überqueren. Das hieß, wir waren vor neugierigen Blicken nicht unbedingt geschützt.

Stephen schaute sich aufmerksam um, bevor er mir antwortete. «Hier sind eine Menge Leute unterwegs, Nora. Wir könnten erwischt werden.»

Er hatte recht. Es wäre überhaupt nicht schwierig gewesen, einen ruhigeren, abgelegeneren Ort zu finden. Ich rief mir mein eigenes Versprechen ins Gedächtnis, solch ein Risiko niemals eingehen zu wollen, und wir gingen Hand in Hand weiter. Obwohl ich mit den Gedanken ganz woanders war, sprachen wir weiter übers Rudern, bis wir das Ende der Rose Lane erreicht hatten. Giles' Fenster stand offen, und Stephen zögerte kurz. Es war ganz offensichtlich, dass er die Straße überqueren und mit ihm reden wollte. Aber ich verstärkte den Druck meiner Hand.

«Du kannst ihn doch auch später sehen. Ich will dich jetzt.»

«Na, wenn das so ist.»

«So ist es.»

Als wir weitergingen, hatte ich das Gefühl, einen kleinen, aber wichtigen Sieg errungen zu haben. Ich hatte ihm Sex angeboten, und er hatte sich entschieden, bei mir zu bleiben. Ich gab mir selbst das Versprechen, dass er seine Wahl nicht bereuen würde, und zog ihn eilig zum St. Boniface College, hinauf in mein Zimmer. Die große Tür zum Flur stand offen, also war Violet auch da. Ich sprach darum ganz absichtlich etwas lauter mit Stephen, um sie wissen zu lassen, dass ich nicht allein wäre.

Er hatte sich nicht umgezogen, und als ich die Tür schloss, drang mir der Geruch von frischem Schweiß in die Nase. Ich wollte ihm unbedingt etwas Gutes tun. Und obwohl mein Kopf voller Bilder war, wie er mir vor der gesamten

Rudermannschaft von Emmanuel die Shorts runterzog, um mir den Hintern zu versohlen, ging ich die Sache anders an und legte ihm die Arme um den Hals.

«Wie würde es dir gefallen, mich zu ficken, während du an einem schönen, dicken Schwanz lutschst?»

Er antwortete nur mit einem Stöhnen, aber mehr war auch nicht nötig. Ich zog sein Hemd hoch, küsste die harten Muskeln seines Oberkörpers und rieb mein Gesicht an seiner schweißnassen Haut. Trotz seiner schwulen Phantasien war er wunderbar männlich, und mein Körper reagierte trotz der Widersprüche in meinem Kopf sofort auf ihn. Ich zog ebenfalls mein Oberteil hoch und ließ ihn meine nackten Brüste kneten und meine Nippel zwirbeln. Dabei setzte ich sowohl meine Zärtlichkeiten als auch meine Phantasie für ihn fort.

«Das wäre doch echt geil, oder? Du könntest oben liegen, sodass ich unter dir festgeklemmt wäre und alles von ganz nahem sehen könnte. Ich würde zuschauen, Stephen, wie sein Schwanz immer wieder in deinen Mund stößt. Seine Eier würden mir ins Gesicht hängen. Die würde ich dann lecken. Genau wie seinen Schwanz. Würde dir das gefallen? Würdest du gerne zusehen, wie ich den Schwanz eines anderen Mannes blase?»

Ich schlug eine andere Richtung ein. Nicht absichtlich, sondern einfach, weil meine Phantasie mit mir durchging.

Seine Antwort klang dann auch eher wie ein Keuchen. «Du ungezogenes Mädchen!»

«Du würdest also gern zusehen? O ja.»

Meine Phantasie war wesentlich reizvoller, als sich ihn allein mit einem anderen Mann vorzustellen. Ich schob meine Hand unter das Bündchen seiner Shorts und zog seinen Schwanz heraus.

«Für dich würde ich es tun. Ich würde für euch beide auf die Knie gehen, dann könntet ihr mich abwechselnd in den Mund ficken.»

«Würdest du uns beide gleichzeitig wichsen?»

«Wenn du möchtest. Ich würde auch beide gleichzeitig in den Mund nehmen. Zumindest wenn beide reinpassen. Und bei deinem Riesen bezweifle ich das stark.»

Ich bezweifelte es nicht nur, ich war sicher, dass es nicht funktionieren würde. Seine Erektion war schon dick genug, um meinen Kiefer schmerzen zu lassen, ohne dass ein zweiter Schwanz in meinem Mund steckte. Aber Phantasie ist nun mal Phantasie. Und mit einem zweiten Mann wie ihm war ich zumindest im Kopf bereit, mein Bestes zu geben, um beide in mich aufzunehmen. In der Realität hatte mein Dirty Talk genau die Auswirkungen, die ich mir erhofft hatte. Ich drückte ihn runter aufs Bett und kniete mich in meiner Lieblingsstellung vor seine gespreizten Beine. So nahm ich ihn zwischen meine Brüste und drückte sie um seinen harten, heißen Riemen zusammen.

«Beide zusammen in meinem Mund, ganz bis zum Schluss. Oder ihr könntet mich auch von vorn und hinten nehmen. Du würdest mich ficken und könntest zusehen, wie ich den anderen blase. Wie wäre das?»

«Noch besser wär's, wenn wir Seite an Seite vor zwei Männern knien würden. Oder vor zwei Ladyboys.»

Ich musste einen leichten Anflug von Verärgerung unterdrücken und rief mir in Erinnerung, dass ich ihm ja was Gutes tun wollte.

«Dann stell es dir so vor, wenn du willst.»

Ich nahm seinen Schwanz zwischen meine Lippen und genoss ihn trotz des Wissens, dass er sich gerade vorstellte, er wäre derjenige, der den Mund voll hätte. Sein Riemen war anbetungswürdig, und ich saß in genau der Haltung vor ihm, die ich als die meine ansah: mit nackten Brüsten auf den Knien, seine Erektion weit über den Bund seiner Shorts hervorstehend und seine Eier auf meiner Zunge. Ich griff hinter mich, zog meine Shorts runter und entblößte meinen Po – gerade so, als hätte er mich eben übers Knie gelegt, und ich würde mich jetzt dafür bedanken.

Es war sehr wahrscheinlich, dass ich mich in ein paar Wochen tatsächlich in dieser Position wiederfinden und mit einem gezüchtigten Hintern für mein scheinbar übertriebenes Selbstbewusstsein zahlen würde. Mit seinen langen, vom endlosen Rudern sehr muskulösen Armen und der kräftigen Brust würde Stephen ganz sicher richtig hart zuschlagen können. Er würde mich an der Taille festhalten oder meine Arme auf den Rücken biegen, während ich seine Schläge hilflos über mich ergehen lassen müsste. Zuckend und mich windend, würde ich mit nacktem, ausgeliefertem Po auf seinem Schoß liegen und spüren, wie sein Schwanz immer steifer wird.

Ich konnte es nicht länger zurückhalten, ja nicht mal mehr darauf warten, dass er die Kontrolle verlor und mich endlich durchfickte. Meine Finger rieben fast verzweifelt an meiner Möse, während ich seinen Prügel lutschte. Die freie Hand wanderte zu meinem herausgestreckten Hintern, und ich wünschte mir nichts sehnlicher, als dass er rot, heiß und wund wäre. Während es Stephen schließlich kam, brachen auch bei mir alle Dämme. Wir gaben uns unserem gemeinsamen Orgasmus hin und waren, wenn schon nicht im Geiste, so doch wenigstens körperlich vereint. Aber das machte nichts, denn ich war sicher, dass ich ihn in ein paar Wochen so weit haben würde, mich übers Knie zu legen.

Stephen gab einen tiefen, zufriedenen Seufzer von sich,

als ich mich auf die Fersen setzte. Die Nummer war gut gewesen. Und auch, wenn ich sie nur in Erwartung des Besseren vollzogen hatte, war ich in keiner Weise auf seine nächsten Worte vorbereitet.

«Ich könnte das auch in Wirklichkeit tun, Nora. Nicht mit den Ladyboys, sondern das, was du vorher gesagt hast.»

Ich konnte mir schon genau vorstellen, wen er als dritte Partei vorgesehen hatte, aber das kam nun überhaupt nicht in Frage. Körperlich war an Giles zwar nichts auszusetzen, und wenn seine Persönlichkeit etwas anders gestrickt gewesen wäre, hätte ich mich schon irgendwie damit arrangieren können. Aber es war seine Einstellung Stephen gegenüber, die es mir unmöglich machte, mich ihm zu unterwerfen – denn eine Unterwerfung wäre es gewesen.

Glücklicherweise hatte ich Stephen bereits gesagt, dass ich nichts tun würde, was mir irgendwann schaden könnte. In vollem Wissen, ihn schon darüber aufgeklärt zu haben, wiederholte ich meinen Einwand ziemlich energisch. Dabei ahnte Stephen nicht mal, was ich mit Violet so trieb. Geschweige denn mit James! Ihm blieb nicht viel anderes übrig, als meine Entscheidung zu akzeptieren, und die Idee wurde vorerst unter Phantasien abgelegt, die man in die Tat umsetzen könnte, wenn das Risiko nicht mehr ganz so groß wäre.

Dass wir den Rest des Nachmittags zusammen verbrachten, verstärkte noch mein Gefühl, einen Sieg errungen zu haben. Gleichzeitig wusste ich, dass er sich auch noch sehr oft mit Giles traf. Und das wahrscheinlich zum selben Zweck wie mit mir. Stephen hatte sich immer noch nicht dazu bekannt, wusste aber ziemlich sicher, dass ich es mir zumindest denken konnte. Das Schweigen über die Beziehung zwischen Giles und Stephen war ein weiterer taktvoller Kompromiss zwischen uns, und aufgrund meiner eigenen Umstände erkannte ich schnell, dass Diskretion in Zukunft eine noch viel größere Rolle in meinem Leben spielen würde.

Und wie es der Zufall wollte, traf ich Giles nach dem Essen auf dem Weg zum Studentenparlament, noch bevor Stephen mit ihm gesprochen hatte. Er war wie immer in der Bar. Doch statt in seinem schon fast privaten Sessel vor einer Gruppe Kumpane Hof zu halten, saß er in der entlegensten Ecke des Raumes an einem Tisch. Giles hatte ein Mädchen bei sich, das ich nicht kannte. Sie war klein, blond, umwerfend hübsch und mit einem Paar großer runder Brüste gesegnet – oder verflucht. Ihre Oberweite war schlichtweg nicht zu übersehen, und als ich mich dem Tisch näherte, sah ich, dass sie trotz einer ultraschmalen Taille auch ein ebenso üppiges Hinterteil hatte. Ich war neugierig und hatte nicht vor, mich von seinem ausgesprochen abweisenden Blick in die Schranken zu weisen zu lassen.

«Hallo, Giles. Willst du mich nicht vorstellen?»

«Gute Manieren verpflichten, nehme ich wohl an. Nora, das ist Lucy Smith. Lucy, das ist Honora. Sie schreibt schreckliche Texte und hat mir meinen Posten als Protokollführer weggeschnappt.»

«Bist du denn nicht der Präsident?», fragte sie mit sanfter Stimme, die vor Sex und Naivität nur so überquoll.

«Eine Position, die sie sich zu gegebener Zeit bestimmt auch noch unter den Nagel reißen wird. Nora, meine Liebe, ich versuche gerade, diese hinreißende junge Dame zu verführen, und du – wie sagt man so schön? – lässt mich nicht so wirklich zum Zuge kommen.»

Selbst Giles wäre nicht so frech gewesen, so etwas zu sagen, wenn die Verführung nicht schon längst vollzogen gewesen wäre. Ihr Kichern bestätigte meinen Verdacht nicht nur, sondern machte mich noch neugieriger. Um mehr zu erfahren, entschied ich mich, ihn zu ignorieren und mich stattdessen an sie zu wenden.

«Hi. Ich studiere Philosophie, politische Wissenschaften und Wirtschaft in St. Boniface. Und du?»

«Mathe in St. Mary's.»

Ich hatte schon fast damit gerechnet, dass sie gar nicht auf die Uni ging, denn sie sah aus und sprach, als gehöre sie eigentlich in eine Hochglanzzeitschrift. Aber ich hatte bereits genug Mathematiker kennengelernt, um zu wissen, dass sie auf eine völlig andere Art und Weise intelligent sein konnten als der Rest der Menschheit. Das Mädchen war ausgesprochen nett, gab sich große Mühe, freundlich zu sein, und schien schlichtweg fasziniert von Giles. Also beschloss ich nach ein paar Höflichkeiten, die beiden doch allein zu lassen, um dem Ganzen ein wenig auf die Sprünge zu helfen.

«Dann lasse ich euch jetzt mal besser wieder in Ruhe. Du bist wirklich ein Glückspilz, Lucy.»

Giles sagte noch etwas, als ich bereits auf dem Weg zur Bar war, aber ich verstand es nicht. Nachdem ich mir einen Gin Tonic bestellt hatte, gesellte ich mich nicht etwa zu den Leuten, die ich kannte, sondern setzte mich allein auf einen der Hocker und hing meinen Gedanken nach. Aus der Perspektive eines pubertierenden Jünglings war Lucy der pure Sex auf Beinen. Sie schien nur aus Titten und Arsch zu bestehen und war einfach bildhübsch. Und obwohl es mich durchaus überraschte, dass Giles sich für sie interessierte, war da offensichtlich irgendetwas zwischen den beiden.

Was Stephen anging, konnte das für mich nur von Vorteil sein. Mit ein bisschen Glück würde Lucy Giles beschäftigt halten, und er würde alles tun, damit sie nichts von seinen schmutzigen Gewohnheiten erfuhr. Ich war entschlossen, der Beziehung, so gut ich konnte, auf die Sprünge zu helfen – eine Entscheidung, die ich ohne den geringsten Anflug eines Schuldgefühls traf. Schließlich hatten sich auch weder Giles noch Stephen die Mühe gemacht, mich über ihr gemeinsames Tun in Kenntnis zu setzen.

Meine Chance, ins Geschehen einzugreifen, kam früher als erwartet. Ich hatte kaum meinen Drink geleert, als eine der Schriftführerinnen die Bar betrat und schnurstracks auf Giles zustürmte. Worum es auch ging, es schien dringend zu sein, und ich ging ebenfalls wieder zu ihrem Tisch. Die Schriftführerin sprach über eine drohende Krise, weil Giles nur Sprecher mit den radikalsten Ansichten ans Rednerpult lassen wollte.

«Sie drohen jedenfalls mit irgendwelchen handfesten Sanktionen. Der Generalsekretär ist am Telefon, und du wirst schon selbst mit ihm sprechen müssen.»

Giles gab einen tiefen Seufzer von sich, als er sich aus seinem Sessel erhob. «Diese jämmerlichen Kleingeister. Die haben doch keine Ahnung, was Redefreiheit wirklich bedeutet. Würdest du ein bisschen auf Lucy aufpassen, solange ich weg bin, Nora? Ich hoffe, es dauert nicht allzu lange.»

Ich setzte mich und entschuldigte mich sofort in Giles' Namen. «Ich fürchte, das passiert andauernd. Aber lass dich davon nicht abschrecken. Ihr zwei seid zusammen, oder? Entschuldige, ich möchte nicht neugierig sein, aber …»

«Schon okay. Ja, ich nehme an, irgendwie sind wir zusammen.»

«Da hast du echt einen Treffer gelandet. Alle Mädchen mögen Giles. Ich natürlich nicht. Ich bin nämlich mit seinem besten Freund Stephen zusammen. Wir vier müssen irgendwann mal zusammen ausgehen.»

«Das wäre sehr schön. Danke», erwiderte sie nicht gerade enthusiastisch.

«Nein, wirklich. Ich komme nächste Woche mal in dein College und kümmere mich darum, wenn du willst. Wenn wir das nämlich den Jungs überlassen, passiert nie etwas. Wieso habe ich dich hier eigentlich noch nie gesehen? Bist du Mitglied im Studentenparlament?»

«Nein, hier nicht. Aber ich bin im Studentenwerk. Außer im Schachclub und in der Pi-Vereinigung bin ich eigentlich ziemlich viel für mich. Giles ist wirklich lieb, nicht wahr?»

Ich hatte recht gehabt. Sie war durch und durch Mathematikerin. Brillant, aber vollkommen naiv. Kein Mädchen hätte Giles als «lieb» beschrieben. Und schon gar nicht, wenn sie bereits mit ihm im Bett gewesen wäre. Und das hatte sie vermutlich schon hinter sich. Zwar war ich mir nicht wirklich sicher, worauf er eigentlich stand, aber die Dinge, die er zwischendurch immer mal wieder von sich gegeben hatte, und auch die Erzählungen von Stephen ließen eigentlich nur den Schluss zu, dass er total versaut im Bett war. Glücklicherweise hatte ich mich mittlerweile zu einer recht geschickten Lügnerin entwickelt.

«Ja, er ist reizend. Wie habt ihr euch denn kennengelernt?»

«Er kam einfach auf mein Zimmer und hat mich gefragt, ob ich mit ihm ausgehen will. Ich war völlig überrascht, denn er hatte bisher kein Wort mit mir gewechselt. Er ist der attraktivste Mann im ganzen College, und ich sehe ihn immer nur mit den hübschesten Mädchen.»

Die Versuchung einer Bemerkung, dass Giles sich auch durchaus mit hübschen Männern zeigte, war sehr groß, aber ich behielt meine Gedanken für mich. Stattdessen fingen wir an, über das Universitätsleben zu plaudern, und je mehr ich sie aus der Reserve lockte, desto mehr überraschte es mich, dass Giles auf sie stand. Lucy war recht schüchtern, ausgesprochen introvertiert und hatte die Gesamtschule in Südlondon mit Bestnoten abgeschlossen. Mit anderen Worten, sie passte so gar nicht in seine Welt – abgesehen davon, dass beide das St. Mary's College besuchten. Außerdem stand er auf Jungs, und sie war auf geradezu überbordende Weise weiblich. Was mir bei ihr allerdings ebenfalls auffiel, war eine gewisse Bereitschaft, Dummheiten zu machen, und ich konnte mir gut vorstellen, dass sie sich im Bett vollkommen gehenließ. Wahrscheinlich wirkte sie deshalb auch so anziehend auf Giles.

Es dauerte nicht lange, und Giles kehrte an den Tisch zurück. Er gab sich immer noch alle Mühe, möglichst nonchalant zu wirken, war aber eindeutig wütend. «Es ist unglaublich. Ich habe versucht, dem elenden Kerl zu erklären, dass ich mit den Sprechern, die ich einlade, nicht unbedingt einer Meinung bin, aber er wollte nicht auf mich hören. Wenn wir Suarez sprechen lassen, legt seine Bande von Faulenzern die Arbeit nieder. Nicht, dass wir das merken würden, aber zusätzlich wird mindestens die Hälfte der Roten in der Uni Streikposten an den Eingängen aufstellen.»

«Wirst du die Sache absagen?»

«Auf keinen Fall! Denk doch nur mal an die Publicity, du dummes Ding. Das schafft es bis in die Nachrichten. Aber es muss vorher eine Abstimmung geben. Und das heißt Arbeit. Tut mir leid, Lucy, aber Nora und ich müssen mindestens zweihundert Leute davon überzeugen, dass Redefreiheit wichtiger ist als persönliche politische Ansichten.»

«Kann ich euch irgendwie helfen?»

«Nur, indem du zurück ins College gehst, dir ein großes Glas deines Lieblingsgetränks eingießt und dich in mein Bett legst.»

Lucys Reaktion war ein Kichern. Der Vorschlag schien sie trotz ihrer offensichtlichen Schüchternheit nicht sonderlich verlegen zu machen. Giles gab ihr seinen Zimmerschlüssel und drückte ihr einen zärtlichen Kuss auf die Lippen, der von echter Zuneigung zu sprechen schien. Lucy drehte sich noch zweimal um, bevor sie die Bar verließ und ich schließlich mit Giles allein am Tisch saß.

«Sie ist sehr nett.»

«Nett? Sie ist rattenscharf. Titten wie Melonen und die Moral einer läufigen Hündin. Von der könntest du noch einiges lernen. Aber anstatt jetzt mit ihr im Bett zu liegen, muss ich mit diesen Idioten sprechen. Na ja, bringen wir's hinter uns, hm? Es sei denn, du willst mir auf dem Klo noch schnell einen blasen. Quasi als Stresstherapie.»

«Träum weiter.»

Wir machten uns sofort an die Arbeit, schwirrten von einem Parlamentsmitglied zum anderen und erklärten wieder und wieder, worum es ging. Ich musste mich um die Presse kümmern. Und auch wenn ich beim Thema Redefreiheit so ziemlich mit Giles übereinstimmte und aus einer Art kranker Faszination heraus auch hören wollte, was Suarez zu der Sache zu sagen hatte, interessierte mich das Ganze nicht gerade brennend.

Es war schon nach elf Uhr, als wir übereinkamen, das Menschenmögliche getan zu haben, und ich mich reif fürs Bett auf den Weg ins College machte. Giles begleitete mich zur Pförtnerloge von St. Boniface, gab mir einen Gutenachtkuss und lief dann schnellen Schrittes in Richtung St. Mary's zu Lucy. Trotz meiner Müdigkeit war ich doch sehr zufrieden mit mir. Der Tag war recht gut verlaufen, und wenn Violet noch wach wäre und Lust auf ein bisschen Kuscheln hätte, könnte das der perfekte Abschluss sein.

Ich war ziemlich enttäuscht, als ich die große Eichentür geschlossen vorfand. Aber als ich sie aufschloss, sah ich sofort, dass die Tür zu ihrem Zimmer offen stand. Sie saß in nichts weiter als Strümpfen und schwarzen French Knickers auf dem Bett – in der Hand ihre Haarbürste, und mit einem bedeutungsvollen Blick. Ich lächelte sie nervös an.

«Wofür ist die denn gedacht?»

«Ich hab dich gesehen, du schmutziges Mädchen! Und ich habe dich gehört! Du willst also von zwei Männern gleichzeitig durchgenommen werden? Du bist wirklich eine Schande, Nora Miller! Und jetzt leg dich über mein Knie! Und zwar sofort!»

«Moment mal! Soll das heißen, du hast bei mir und Stephen gespannt?!»

«Ja! Und ich habe alles gesehen!»

«Was du nicht sagst. Was ist doch gleich passiert, als ich bei dir und James gespannt habe?»

Violet antwortete nicht, und ihr strenger Gesichtsausdruck wurde mit einem Mal deutlich unsicherer.

«Tja, Violet», fuhr ich fort, «soweit ich mich erinnere, wurde mir der Hintern versohlt. Mit runtergezogenem Höschen. Und vor James.»

«Darum geht es jetzt nicht.»

«Und ob es darum geht.»

Ich schlug die große Eichentür zu und rannte auf sie zu.

Sie versuchte, nach mir zu greifen, und irgendwann landeten wir wild lachend auf dem Bett. Eigentlich hatte ich sie züchtigen wollen, aber es dauerte nur ein paar Momente, bis wir beide ganz weich wurden, uns küssten und gegenseitig auszogen. Wir waren splitternackt und rollten, begierig nach dem Körper der anderen, auf dem Bett herum. Schließlich übernahm Violet die Kontrolle, setzte sich mit dem Rücken zu mir auf meinen Oberkörper, um mir von der Seite ein Dutzend fester Schläge auf den Po zu verpassen und mich auszuschimpfen. Dann beugte sie sich vor und vergrub ihr Gesicht zwischen meinen offenen Schenkeln. In dieser Stellung gab ich ihr einen einzelnen, heftigen Schlag auf ihr Hinterteil. Doch als sie anfing, mich zu lecken, verlor ich mich so schnell in der Lust an ihrem und meinem eigenen Körper, dass ich entschied, ihre Bestrafung noch etwas aufzuschieben. Meine Arbeit, die bevorstehenden Bootsrennen, die Aufregung im Studentenparlament, ja selbst Stephen, Giles und Lucy – sie alle waren vergessen. Im Moment zählten nur noch das schlanke, schöne Mädchen auf mir, die Wärme meines versohlten Hinterns und die wundervollen Dinge, die sie mit ihrer Zunge anstellte.

14

Am nächsten Morgen blieb mir leider nichts anderes übrig, als mich auf andere Dinge zu konzentrieren. Wir lagen noch immer schlafend im Bett, da ertönte bereits ein Klopfen. Als ich nach ein paar Sekunden panischen Wachwerdens die Eichentür öffnete, blickte ich aus immer noch müden Augen in die Gesichter der Damenriege des Ruderclubs von St. Boniface. Die Mädels sahen alle schrecklich begeistert und sportlich aus.

Die Steuerfrau tippte auf ihre Uhr. «Sieben Uhr an der Pförtnerloge, Nora. Und jetzt ist es schon fast zehn nach.»

Mir gelang es, ein erschrecktes Seufzen von mir zu geben, von dem ich hoffte, dass es als Enthusiasmus durchgehen würde, und versuchte, die Tür zu meinem Zimmer zu öffnen. Sie war abgeschlossen. Genau wie gestern Abend, als ich nach Hause gekommen war. Einen furchtbaren Moment lang blieb ich wie angewurzelt stehen und war sicher, dass alle dreizehn Mädchen sich denken konnten, weshalb die Tür noch abgesperrt war. Doch in letzter Sekunde fiel mir eine Ausrede ein.

«So ein Mist! Ich hab mich ausgesperrt!»

«Ich laufe runter zur Pförtnerloge», meldete sich eine Stimme aus der Truppe.

Nachdem das Mädchen losgegangen war, konnte ich nichts anderes tun, als dazustehen und etwas dümmlich zu grinsen. Hoffentlich bemerkte niemand, dass ich Violets Bademantel anhatte. Als der Portier nicht allzu begeistert die Treppe hochgestapft kam und mich mit dem

Hauptschlüssel in mein eigenes Zimmer ließ, musste ich danach die Eichentür schließen, um unbeobachtet meinen Schlüssel aus Violets Zimmer holen zu können. Sie fand das Ganze unheimlich witzig – bis sie meinen besorgten Blick bemerkte.

«Reg dich nicht so auf, Nora. Du hast nichts Schlimmes getan. Außerdem glaube ich nicht, dass die irgendwas geschnallt haben.»

Auch wenn sie geflüstert hatte, ich legte den Finger auf die Lippen, um sie zum Schweigen zu bringen. Ein Großteil der Mannschaft stand noch immer draußen vor der Tür, und als wir vom College losjoggten, versuchte ich, jeden Augenkontakt zu vermeiden. Niemand sagte etwas. Und als wir wieder zurückkamen, hatte ich mich irgendwie davon überzeugt, dass niemand von ihnen etwas bemerkt hatte. Schließlich wussten alle, dass ich mit Stephen zusammen war, und keins der Mädchen hatte mich tatsächlich aus Violets Zimmer kommen sehen. Trotzdem war ich immer noch wütend auf mich, nicht vorsichtiger gewesen zu sein.

Nachdem ich geduscht und mich erneut umgezogen hatte, fand ich beim Pförtner eine Nachricht in meinem Postfach. Sie stammte von der Schriftführerin einer Vereinigung, die sich für die Menschenrechte in Lateinamerika einsetzte. Sie machte sich große Sorgen um Suarez, und mir blieb nichts anderes übrig, als mich mit ihr in Verbindung zu setzen. Sie hatte vorgeschlagen, sich im Fachschaftsraum vom St. Mary's College zu treffen. Nachdem ich mir auf dem Weg dorthin noch schnell einen süßen Snack im *Queen's Lane Coffee House* geholt hatte, sah ich mich im Fachschaftsraum einem halben Dutzend ihrer Leute gegenüber, die alle entschlossen waren, ihre Meinung zu dem Besuch von Suarez kundzutun. Zwei Stunden dauerte es, bis ich sie davon überzeugt hatte, dass sie Suarez ihre Meinung nur dann sagen konnten, wenn sie ihn vorher sprechen lassen würden.

Dann überließ ich sie ihrem Gespräch über mögliche Plakatentwürfe und machte mich auf den Rückweg nach St. Boniface. Trotz einem gewissen Gefühl von Müdigkeit und Erschöpfung war ich durchaus zufrieden mit mir. Als ich beim Pförtner erneut nach Post fragte, fand ich gleich zwei Nachrichten vor. Eine von Giles, der wissen wollte, weshalb ich nicht im Studentenparlament war, und die andere von Dr. Etheridge, der mich bat, meine Seminararbeit auszubauen, um Churchills Einfluss nach seiner letzten Amtszeit als Premierminister zu berücksichtigen. Das hieß drei Stunden Recherche und zwei weitere Stunden Schreibarbeit. Stephen konnte ich an diesem Abend also nicht treffen – besonders dann nicht, wenn ich Giles unterstützen wollte.

Auf dem Weg zum Studentenparlament hatte ich das Gefühl, jeden Moment zusammenzubrechen, verlor mich dann aber schnell in der Arbeit. Ich kümmerte mich um Pressemitteilungen und führte diverse Telefonate, um eine größtmögliche und vor allem positive Berichterstattung sicherzustellen. Was die Publicity anging, hatte Giles völlig recht gehabt. Es dauerte nicht lange, und ich bekam die ersten Rückrufe. Einige waren durchaus kritisch, andere wiederum positiv. Aber die meisten wollten einfach mehr Informationen haben. Um die Mittagszeit bekam ich schreckliche Kopfschmerzen, und der Computerbildschirm verschwamm vor meinen Augen. Zeit für eine Pause.

Draußen hatten sich bereits ein paar Leute versammelt, die alle mit mir sprechen wollten, um meine Meinung vielleicht doch noch zu ändern. Wäre Suarez zu diesem Zeitpunkt aufgetaucht, ich hätte ihn ohne weiteres erwürgen können. Stattdessen tat ich mein Bestes, die Leute mit dem Argument zu beruhigen, das ich bereits heute Morgen vorgebracht hatte. Auf dem Weg in die Bodleian-Bibliothek versuchte ich, meine Müdigkeit mit einem Sandwich aus dem Supermarkt zu vertreiben. Dabei erntete ich irritierte Blicke von einer Gruppe japanischer Touristen, als ich es mir vor der Eingangstür schnell in den Mund stopfte.

Meine Kopfschmerzen waren noch schlimmer geworden, und ich hatte große Mühe, mich auf die ausgewählten Bücher zu konzentrieren. Also suchte ich mir einen ruhigen Leseplatz mit Sessel, schloss die Augen und hoffte, dass ein paar Minuten Ruhe die Beschwerden vertreiben würden. Als ich mit einem schrecklichen Geschmack im Mund, aber ohne Kopfschmerzen aufwachte, war es bereits drei Uhr. So schnell es ging, stellte ich meine Notizen zusammen, konnte aber nicht umhin, mir Gedanken über das verpasste Rudertraining zu machen und was wohl mittlerweile im Studentenparlament passiert war.

Als ich ins College zurückkehrte, lagen vier Nachrichten in meinem Postfach. Alle von Menschen, die mich sofort in Sachen Suarez sprechen wollten. Der Panik nahe, rannte ich ins Studentenparlament und brachte eine hysterische Stunde damit zu, die Meinung dieser Leute zu ändern. Jeder schien persönliche Aufmerksamkeit von mir zu verlangen. Da mein einziger Trost in dem Wissen bestanden hatte, dass Giles noch härter arbeiten musste, war ich nicht gerade angenehm überrascht, ihn in der Bar vorzufinden. Er saß scheinbar völlig ungerührt mit einem Bier in seinem Stammsessel.

«Überarbeite dich bloß nicht, Giles», sprach ich ihn an und versuchte, dabei so viel Sarkasmus wie möglich in meine Stimme zu legen. «Ich habe mit den meisten wichtigen Leuten gesprochen und den Großteil der Presse in unser Boot geholt oder zumindest zu einer neutralen Position gebracht. Außer …»

Er brachte mich mit einer Geste zum Verstummen und ließ sich erst dann dazu herab, das Glas abzustellen.

«Jetzt setz dich doch erst mal, Nora. Ganz ruhig. Hol dir einen Drink.»

«Ganz ruhig? Wir müssen …»

«Nein, müssen wir nicht. Onkel Randolph hat am frühen Nachmittag angerufen und gesagt, es wäre im Moment politisch zu heikel, Suarez ins Land zu lassen. Da habe ich das Ganze natürlich sofort abgeblasen.»

«Abgeblasen?»

«Abgeblasen. Sei ein Schatz und lass dir eine plausible Ausrede einfallen, ja?»

Den ganzen Rest der Woche brachte ich damit zu, all die Vorarbeit, die ich für den Besuch von Suarez geleistet hatte, wieder rückgängig zu machen. Dabei überlegte ich mir in jeder einzelnen Minute möglichst grausame und raffinierte Möglichkeiten, sowohl Giles als auch seinen Onkel Randolph umzubringen. Am Wochenende war ich so am Ende, dass ich Violets Einladung annahm, mit zu James zu kommen. In der Nacht zum Sonntag schlief ich dort wie ein Stein, um nachmittags endlich in den Wald geführt zu werden, wo mir mit einer Birkenrute der Hintern gezüchtigt wurde. Die Schläge waren allerdings so milde, dass nicht mal meine Haut brannte, geschweige denn, irgendwelche Male zu sehen waren. Ich hatte gehofft, eine kleine Züchtigung würde wenigstens einen Teil der Gefühle wiederaufleben lassen, die ich in Frankreich empfunden hatte. Doch leider spürte ich nur so etwas wie ein leises Echo unserer Erlebnisse auf der Contentin-Halbinsel und war danach sogar eher frustriert als befriedigt.

Aber immerhin fühlte ich mich nach der gemeinsamen Zeit mit den beiden ausgeruht genug, um mich den Herausforderungen der kommenden Woche gewachsen zu fühlen. In diesen letzten Tagen vor der Achter-Woche gab es so viel zu tun, dass ich mich schon fragte, ob ich es ohne die Absage des Vortrags von Suarez überhaupt geschafft hätte. Meinem Ärger über Giles tat dies allerdings keinerlei Abbruch – auch wenn er behauptete, mich gesucht zu haben, als ich während der Absage in der Bodleian-Bibliothek schlief. Meiner Ansicht nach hätte er sich an seine Prinzipien halten und nicht nach einem einzigen Anruf von seinem Onkel einknicken sollen.

Damals war ich einfach zu verblüfft gewesen, um ihm deutlich zu sagen, was ich davon hielt. Doch ein paar Tage später ergab sich nach dem Rudertraining doch eine gute Gelegenheit. Stephen war noch auf dem Wasser, und nachdem ich mich im Bootshaus geduscht und umgezogen hatte, führte mein Weg mich direkt am St. Mary's College vorbei. Giles' Fenster stand offen. Er war also offensichtlich da, und ich hatte vor meinem Seminar gerade noch genug Zeit, um ihm einen kleinen Besuch abzustatten. Da ich von Angesicht zu Angesicht mit ihm sprechen wollte, stellte ich mich nicht auf die Zehenspitzen, um durch das Fenster zu gucken, sondern ging direkt ins College.

Er begrüßte mich mit der üblichen freundlichen Arroganz und zeigte auf einen Sessel. «Nora, ich dachte mir schon, dass du irgendwann vorbeikommen würdest. Du willst doch sicher mit deiner Wiederwahl angeben, oder?»

«Welche Wiederwahl?»

«Gegen dich scheint niemand anzutreten.»

«Ach ... Das ist gut. Aber nein, ich bin nicht gekommen, um anzugeben. Ich wollte ...»

«Ich an deiner Stelle würde das ganz bestimmt tun. Vielleicht nicht unbedingt in diesem etwas albernen Aufzug, aber ...»

«Kannst du bitte mal einen Moment mit deinen Sprüchen aufhören? Ich möchte wissen, ob du in diesem Trimester noch mehr von deinen Sprechern ausladen wirst.»

Seine Antwort fiel gleichgültig und ohne jede Reaktion auf meinen Sarkasmus aus. «Den Geistlichen, ja. Die Jagdfanatiker und den Typen aus Philadelphia, nein.»

«Hat dein Onkel dir dazu geraten?»

«Ja. Das Ganze ist wirklich eine Belästigung, ich weiß. Aber es muss nun mal getan werden, was getan werden muss.»

«Wieso? Du bist doch nicht verpflichtet, alles zu tun, was Sir Randolph sagt. Schließlich hörst du doch sonst auch auf niemanden.»

«Aber ich bin dazu verpflichtet.»

«Wieso denn?»

«Aus dem einfachen Grund, dass ich ohne die guten Ratschläge meines Onkels eines Tages als Lohnsklave enden könnte, meine Liebe.»

«Wieso denn?»

«Du wiederholst dich langsam, Kleines. Und das ist wahrlich keine gute Angewohnheit. Was glaubst du denn, weshalb ich überhaupt in die Politik gehe? Um es meinem Onkel Randolph recht zu machen. Und das muss ich auch weiterhin tun. Sonst verschwindet mein Erbe nämlich wie ein Furz in einem Wirbelsturm.»

«Du bist also bereit, deine Prinzipien aufzugeben, nur weil du Angst hast, er könnte dich enterben?»

«Natürlich. Und außerdem stammen meine Prinzipien – wenn ich denn überhaupt welche habe – zum größten Teil von ihm. Und so bleibt es auch. Genauso verhält es sich mit meiner Loyalität. Das ist erst vorbei, wenn er irgendwann mal den Löffel abgibt. Apropos, ich bin bereit, dir fünf Prozent meines Erbes anzubieten, wenn du den alten Sack zu Tode fickst. Und, wie sieht's aus?»

«Jetzt versuch doch wenigstens *ein* Mal, ernst zu bleiben, Giles.»

«Sieben Prozent und ein Auto deiner Wahl. Das ist mein letztes Angebot.»

«Halt den Mund! Ich habe wirklich hart für die Suarez-Sache gearbeitet, Giles. Und ich …»

«Wie schon mehrfach gesagt, ich habe dich an dem Tag überall gesucht, um es dir zu sagen. Trotzdem hätte mir wohl klar sein müssen, dass ich einen Schritt zu weit gegangen bin. Und dafür entschuldige ich mich. Reicht das?»

«Danke, aber …»

«Der gute alte Onkel Randolph ist eben schwer einzuschätzen. Und auch er hängt politisch betrachtet an gewissen Fäden. Aber zerbrich dir darüber nicht weiter dein hübsches Köpfchen. Er besteht zwar darauf, dass der Geistliche ausgeladen wird, mit den anderen beiden ist er dafür sehr zufrieden.»

«Danke. Gut zu wissen. Aber …»

«Ach, und wenn du schon mal hier bist – es interessiert dich sicher, dass Mitchell sich wieder für die Hawkubites bewerben kann. Und diesmal bin ich zuversichtlich, dass er auch aufgenommen wird.»

Ich wollte ihn gerade fragen, wie er da so sicher sein

konnte, als mir ein übler Gedanke kam. «Du hast beim letzten Mal gegen ihn gestimmt, hab ich recht? Du hast gegen ihn gestimmt, weil du dachtest, ich nehme das Geld für den Rudelbums an, und er würde das nicht tolerieren. Stimmt's?»

«Auf keinen Fall! So was würde mir nicht mal im Traum einfallen.» Er gab sich alle Mühe, nicht zu lachen, und ich wusste, dass ich recht hatte.

«Du bist ein verkommener Mistkerl! Ein gemeiner, hinterhältiger …»

«Bitte, Nora. Ich werde ja ganz rot.»

«Das erzähle ich ihm.»

«Und ich streite es ab. Was meinst du wohl, wem er glaubt?»

Die Antwort war klar.

«Dir.»

Ich sackte geschlagen in meinem Sessel zusammen. Er kicherte, goss aus einer Karaffe zwei Gläser Whiskey ein und reichte mir eins davon. Während ich den ersten Schluck nahm, fragte ich mich, wie ich diesem Mann wohl einen Dämpfer verpassen konnte. In diesem Moment klopfte es an der Tür. Sie schwang auf, noch ehe Giles den Besuch richtig hereinbitten konnte.

Es war Lucy. «Oh, du hast Besuch», stellte sie fest, als sie mich sah.

«Nein, nein, komm rein, Darling. Es ist nur Nora.»

Lucy warf mir einen freundlichen, aber schüchternen Blick zu, bevor sie sich mit einem Ausdruck völliger Hingabe im Blick an Giles wandte. Er legte ihr einen Arm um die schmale Taille und zog sie herunter auf seinen Schoß. Eigentlich wäre das ein guter Zeitpunkt zum Aufbruch gewesen, aber da ich meinen Whiskey schließlich nicht auf einen Zug austrinken konnte, beschloss ich, nochmal auf die Doppelverabredung zu sprechen zu kommen, die ich Lucy bereits vorgeschlagen hatte. Ganz sicher würde es nicht schaden, Stephen mit Lucy bekannt zu machen.

«Wir haben doch neulich darüber gesprochen, mal zu viert auszugehen, Lucy. Wie wär's, wenn wir gleich mal einen Termin machen? Es ginge aber erst nach der Achter-Woche.»

Ich hatte damit gerechnet, dass Giles sich irgendeine Ausrede einfallen lassen würde, und war überrascht, als er voller Enthusiasmus auf meinen Vorschlag reagierte.

«Am Wochenende geht's gar nicht. Da sind die Abschlussfeiern der Achter-Woche und der ganze Kram. Nicht, dass das ein besonderer Spaß wird. Die College-Aufsicht hat uns nämlich verboten, das Boot zu verbrennen. Angeblich aus Sicherheitsgründen. Ich bin zwar nicht mal Mitglied, aber trotzdem. Wie wär's mit dem Mittwoch darauf? Wenn wir alle Gelegenheit hatten, uns ein bisschen zu erholen.»

Nachdem wir den Termin festgemacht hatten, ging ich schließlich. Auf dem Rückweg ins College versuchte ich verzweifelt, mir einen Weg zu überlegen, wie man Giles ins Wanken bringen konnte, ohne dass dabei jemand zu Schaden kam – ich eingeschlossen.

Die nächsten paar Tage liefen zwar recht routinemäßig ab, aber dennoch lag durch die bevorstehende Achter-Woche eine gewisse Spannung in der Luft, die in meinem Fall noch durch die Aussicht auf eine Spanking-Session mit Stephen erhöht wurde. Nachdem ich einige Kommilitonen beim Training beobachtet hatte, war ich so gut wie sicher, dass St. Mary's Emmanuel bei den entscheidenden Rennen der Frauen einholen könnte – und das wahrscheinlich schon am ersten Tag. Wir hatten zumindest eine Chance, das am zweiten Tag ebenso zu schaffen, aber es war sehr unwahrscheinlich, St. Mary's oder St. Helen's einzuholen. Die beiden Mannschaften schienen gleich stark und würden in den letzten beiden Tagen mit Sicherheit alle hinter sich lassen. Das Ergebnis würde daher höchstwahrscheinlich so aussehen: St. Helen's, St. Mary's, Emmanuel, St. Boniface und für mich eine Runde Hinternversohlen auf Stephens Knie.

Am Wochenende war natürlich Training anberaumt, sodass ich um meine Behandlung durch James und Violet gebracht wurde und stattdessen jeden Abend um zehn im Bett sein musste und keinen Alkohol trinken durfte. Ich versuchte, mich einigermaßen an die Vorgaben zu halten, aber sowohl das Studentenparlament als auch das Studium hatten Vorrang. Dr. Etheridge hatte nicht besonders viel für Sport übrig und fand das alles ausgesprochen trivial. Da ich bis spät in den Sonntagabend hinein arbeitete und fast den gesamten Montagmorgen in der Bodleian-Bibliothek verbrachte, gelang es mir irgendwie, meine Seminararbeit rechtzeitig fertigzustellen, sodass ich einen Großteil des Dienstags Zeit hatte, mich etwas zu entspannen.

Ich hatte sehr auf gutes Wetter gehofft, und obwohl der Himmel am Mittwoch wolkenlos war, wehte dennoch eine steife Brise aus Südwest. Das hieß, wir mussten mit Gegenwind rudern, der uns zusätzlich auch immer wieder ans Ufer treiben würde. Die schwereren Boote hatten damit natürlich kein so großes Problem, und das machte das Frauen-Turnier noch unvorhersehbarer. Doch erst, als ich runter ans Ufer ging, wurde mir klar, wie schlimm es wirklich war. Derart unruhiges Gewässer hatte ich im Exe-Mündungsgebiet noch nicht oft erlebt. So sahen die Ordnungskräfte denn auch recht besorgt aus, und es wurde tatsächlich in Erwägung gezogen, den Start zu verschieben.

Stephen kam auch dazu. Er sah gebräunt und fit aus. Als er den Arm um mich legte und ich eine seiner riesigen Hände auf meinem Po spürte, hämmerte mein Herz vor Erwartung, was er bereits in vier kurzen Tagen vielleicht mit meinem Hintern anstellen würde. Er hatte meine Strafe bereits zweimal erwähnt. Scherzend zwar, aber obwohl die Vorstellung ihn ein bisschen nervös zu machen schien, war ich doch sicher, dass er nicht kneifen würde.

Ich gab mir große Mühe, mich für das Rennen zu pushen, dachte aber die meiste Zeit an nichts anderes als meine Bestrafung. Trotz meiner regelmäßigen Besuche bei James kriegte ich es einfach nicht oft genug. Und da ich es nicht riskieren konnte, irgendwelche Striemen zur Schau zu stellen, auch nicht hart genug. Aber all das hatte mein Bedürfnis nur noch verstärkt. Und die Vorstellung, immer wenn ich es brauchte, von einem Freund gezüchtigt werden zu können, der so stark und attraktiv wie Stephen war, ließ meine Knie ganz weich werden. Ich konnte nur beten, dass er von dieser ersten Session süchtig werden würde – ganz genau wie ich. Nur in seinem Fall eben nach dem Austeilen und nicht nach dem Einstecken.

Erst als Stephen bei dem Rennen an der Reihe war, ging ich ganz dicht ans Wasser heran und feuerte ihn an, als das Boot von Emmanuel an den Start ging. Sie waren an neunter Position und konnten nur noch hoffen aufzusteigen. Obwohl kaum ein Risiko bestand, noch weiter zurückzufallen, war es doch aufregend, zu sehen, wie sich sein Boot dem Nächstvorderen näherte, während es den Vorsprung zu seinen Verfolgern ausbaute. Keiner schaffte es, sie zu berühren, und sie zogen vorbei – genau wie es

St. Mary's ganz vorn und über drei Bootslängen von den Rivalen entfernt tat.

Als das Rennen der Frauen begann, machte ich mich auf den Weg ins Bootshaus von St. Boniface, wo ich prompt einen Rüffel von der Trainerin erntete, weil ich nicht früher erschienen war, und angewiesen wurde, mich sofort fertigzumachen. Ich war Zeuge geworden, wie selbst die besten männlichen Ruderer mit dem Wind zu kämpfen gehabt hatten, und stellte mir beim Umziehen vor, wie peinlich es wäre, das Ufer zu rammen oder vielleicht sogar zu sinken. Aber trotz dieser vorweggenommenen Ängste war ich wild entschlossen, mein Bestes zu geben.

Mein Adrenalinspiegel schnellte schon beim Aufwärmen sehr weit nach oben, und als wir ins Boot stiegen, war mein Magen nur noch ein harter Knoten. Vor dem Bootshaus von Emmanuel konnte ich Stephen und eine Menge anderer Freunde sehen: Giles und Lucy tranken auf der Terrasse des Bootshause Pimm's, und selbst Dr. Etheridge trotzte dem Wind und gab sich alle Mühe, möglichst missbilligend dreinzuschauen. Violet hatte eigentlich versprochen, auch zu kommen und James mitzubringen, aber sie waren nirgendwo zu sehen.

Da die beiden nicht das geringste Interesse an Sport hatten, wunderte ich mich nicht weiter über ihre Abwesenheit, und als die Steuerfrau uns anwies, das Boot vom Ufer weg zu manövrieren, hatte ich alle störenden Gedanken aus meinem Kopf verbannt. Sobald wir das offene Wasser erreichten, begann das Boot zu schaukeln, und meine Beine wurden von dem hereinspritzenden Wasser ganz nass. So bedurfte es all meiner Konzentration, das Ruder richtig zu führen, während wir in Position gingen.

Nach dem Startsignal aus einer Kanone ruderten wir los.

Der Wind zerrte an meinen Haaren und meinem Oberteil. Ich wusste bereits nach zwei Ruderschlägen, dass man uns nicht einholen würde, denn es klaffte bereits eine große Lücke zwischen uns und unseren Verfolgern. Dennoch wagte ich nicht, mich umzudrehen, um zu sehen, wie St. Mary's sich schlug. Nach vielleicht vierzig Ruderschlägen hörte ich, dass ein Kontakt angekündigt wurde, und stellte mir einen verrückten Moment lang vor, wir hätten es geschafft. Doch als ich merkte, dass das Signal der Mannschaft von St. Mary's galt, die Emmanuel eingeholt hatte, ließ meine Begeisterung schlagartig nach. Lediglich die Aussicht, St. Helen's schlagen zu können und damit vielleicht doch noch «Herrscher des Flusses» zu werden, ließ mich weitermachen. Aber es war eine hoffnungslose Aufgabe, und wir mussten uns damit zufriedengeben, ohne Bootskontakt das Ziel zu erreichen.

Erst auf dem Rückweg bemerkte ich, dass James und Violet an einem der Tische im Biergarten von *The Boatman's* saßen. Da es dort übervoll war, mussten sie schon die ganze Zeit dort gesessen haben. Ich winkte und warf den beiden einen Kuss zu, den Violet prompt erwiderte.

Am nächsten Tag war es nicht nur windig, sondern auch ausgesprochen nass. Die Bedingungen waren also noch schlechter als am Tag zuvor. Glücklicherweise war ich derartiges Wetter gewöhnt. Schließlich war ich oft genug auf der Exe segeln gewesen, und auch Ewan und andere Freunde hatte mich mehrfach überredet, mit Fischerbooten hinaus aufs Meer zu fahren. Leider hatten die meisten anderen Mädchen diese Erfahrungen nicht. Das Boot hinter uns beispielsweise endete irgendwann mit ineinanderverhakten Rudern quer auf dem Fluss. Und das war an diesem Tag bei weitem nicht die einzige Katastrophe. Wir hatten zwar Kontakt mit Emmanuel, deren Boot so voller Wasser gelaufen war, dass sie kaum vorankamen, aber es gelang sowohl St. Mary's als auch St. Helen's, ohne Kontakt durchs Ziel zu gehen. Um jetzt noch «Herrscher des Flusses» werden zu können, mussten wir sie also an zwei aufeinanderfolgenden Tagen anstoßen. Ich rechnete nicht damit, dass wir das schaffen würden, denn dazu bedurfte es schon eines Wunders. Außerdem dachte ich bereits daran, wie es sich wohl anfühlen würde, auf Stephens Knie zu liegen. Er würde mich mit einem seiner kräftigen Arme in Position halten und mir die Shorts runterziehen, um meinen Po für die Bestrafung zu entblößen. Ich hatte Violet bereits davon erzählt, konnte aber nicht widerstehen, es nochmal anzusprechen, als sie abends auf einen Kaffee in mein Zimmer kam.

«Ich hab dir doch von meiner Wette mit Stephen erzählt. Tja, und es sieht ganz so aus, als würde ich sie gewinnen.»

«Du Glückspilz. Und apropos Züchtigung – du ruderst doch nicht das ganze Trimester über, oder?»

«Nur einmal die Woche. Schließlich muss ich für die Zwischenprüfungen büffeln. Aber wenn du schon an die Striemen denkst – was ist mit Stephen? Ihm werden sie bestimmt auffallen. Besonders, wo er es mir nach diesem Wochenende hoffentlich regelmäßig besorgen wird.»

«Zufälligerweise habe ich gar nicht an die Striemen gedacht.»

«Ach. Wie schade.»

«Das mit den Striemen kann schon arrangiert werden, du schmutziges, kleines Ding. Aber alles zu seiner Zeit. James und ich haben jedenfalls eine Überraschung für dich, die nichts mit Striemen zu tun hat.»

«Was denn? Nun sag schon.»

«Nein. Es muss eine Überraschung bleiben. Stephen ist doch in den Ferien nicht da, oder?»

«Ja. Wie immer.»

«Dann warte doch einfach, bis er weg ist. Und dann fährst du mit uns in Urlaub. Wie wär's?»

Ihre Worte ließen einen Schauer durch meinen Körper jagen.

«O ja, sehr gern! Komm her.»

Ich zog sie zu mir heran, und wir fingen an, uns zu küssen und gegenseitig auszuziehen. Das Ganze führte natürlich zum Sex, aber ich bestand darauf, allein zu Bett zu gehen. Ich wollte am nächsten Tag unbedingt in Form sein und mein Bestes geben, um das Gefühl zu haben, die Strafe für meinen Stolz auch verdient zu haben.

Der Freitag war ruhiger. Es regnete nur ab und zu, und im Gegensatz zum vorherigen Tag kenterte auch keins der Boote. Stephens Boot gelang es sogar, einige Kontakte zu machen. Das verschaffte ihm derart gute Laune, dass er mir breit grinsend zuwinkte, als ich in unser Boot stieg.

Ich konnte mir eine Bemerkung nicht verkneifen. «Wir werden es schaffen. Sieh gut hin.»

«Viel Glück. Mehr sage ich dazu nicht.»

Ich warf überheblich den Kopf in den Nacken – eine Geste, die nur aus der Hoffnung heraus motiviert war, dass er sich später mit voller Wucht und Hohn in der Stimme meiner annehmen würde. Ich brauchte nur mein Ruder fallen zu lassen oder auch vielleicht nur einen Ruderschlag auszusetzen, und ich wäre fällig. Doch es musste echt aussehen, und als wir in Position gingen, war ich tatsächlich wild entschlossen, den Sieg davonzutragen.

Als die Kanone den Start ankündigte, legten wir uns alle total ins Zeug. Und nach der Geschwindigkeit zu urteilen, mit der wir Emmanuel abhängten, kam mir langsam der Gedanke, dass wir es vielleicht tatsächlich schaffen könnten. Die Menge am Ufer feuerte uns an. Ich merkte erst, dass ihre Rufe nicht uns, sondern St. Mary's galten, als ich plötzlich einen dumpfen Aufprall spürte. Von irgendwo erklangen alarmierte Warnrufe, aber es war bereits zu spät. Wir krachten direkt in die Ruder von dem St. Mary's Boot und brachten das unsere damit fast zum Kentern.

Das Boot von St. Mary's hatte ein Brett gestreift, das in dem vom gestrigen Regen schlammbraunen Wasser nicht zu sehen gewesen war. Zwar hatten sie es nur mit einem Ruder erwischt, aber das reichte bereits aus, um ihr Tempo so zu drosseln, dass wir fast ungebremst in sie hineinfuhren. Zweifellos ein Kontakt – und das hieß, wir mussten nur noch St. Helen's einholen, um uns den Titel zu sichern.

Ich wusste genau, wo meine Loyalität lag. Jetzt, wo ich angedeutet hatte, dass Stephen mich züchtigen könnte, war es sicher nur noch eine Frage der Zeit, bis es tatsächlich dazu kam. Und schließlich durfte ich den Rest der Mannschaft unmöglich im Stich lassen. Auch wenn es so ausgesehen hatte, als würde St. Mary's St. Helen's niemals einholen, war ich doch überzeugt, dass wir es schaffen konnten. Und auch die Zuschauer schienen das nur noch als eine Formalität zu betrachten.

Der Samstag war so ein wunderschöner Tag, dass alle optimistischer denn je waren. Die gesamte Universität schien sich eingefunden zu haben. Ich konnte es kaum erwarten, bis das Rennen der Männer zu Ende war, und stand vorm Bootshaus. Stephen umarmte mich, bevor ich in das Boot stieg. Aber selbst die Berührung seiner Hände reichte nicht aus, um mich davon abzuhalten, mein Bestes zu geben.

Wir versagten kläglich. St. Helen's erreichte die Ziellinie zwei Bootslängen vor uns. Dass es ihnen tatsächlich gelungen war, den Titel zu verteidigen, entmutigte mich derart, dass ich den Tränen nahe war. Ich flüchtete mich in Stephens Arme und legte meinen Kopf auf seine Brust. Das Gefühl seines Körpers munterte mich ein wenig auf, und die Aussicht, was mir jetzt bevorstand, ließ mich langsam wieder lächeln. Ein Lächeln, das nach seinen nächsten Worten sofort wieder von meinem Gesicht verschwand.

«Ist ja gut, Nora. Du hast dein Bestes gegeben. Und über diese alberne Sache mit der Strafe musst du dir natürlich keine Gedanken machen.»

15

Ich wollte mir aber Gedanken über meine Strafe machen. Die letzten zwei Wochen hatte ich mir pausenlos Gedanken darüber gemacht. Und jetzt sollten diese vorfreudigen Gedanken gefälligst in furchtvolle Sorgen vor den Schmerzen übergehen – Schmerzen, die mich schließlich zu einem herrlichen, quälenden Höhepunkt führen würden. Bei einer erotischen Züchtigung besteht ein Großteil des Vergnügens genau in dieser grausamen Gewissheit. Am besten ist außerdem der Zeitpunkt klar, die genaue Art der Strafe und vor allem, dass es kein Entkommen gibt.

Unmittelbar nach dem Rennen fand ich das Ganze noch nicht so schlimm. Nachdem ich aber über meine anfängliche Enttäuschung hinweg war und mir klar wurde, dass wir weitaus besser als erwartet abgeschnitten hatten, ging es langsam los. Es war am Abend der Abschlusspartys der Achter-Woche, und der Alkohol floss in Strömen. Besonders die Mädchen von St. Boniface feierten ausgelassen und zogen die Jungs immer wieder damit auf, dass ihr Achter nicht mal in der Gruppe der Besten war. Zu Anfang hielt ich mich noch recht gut und fühlte mich als Teil des Ganzen. Als ich aber anfing zu trinken, merkte ich schnell, dass ich geil wurde. Geil und optimistisch.

Ich wollte, dass mir der Hintern versohlt wurde. Und auch, wenn es mir durchaus schwerfiel, mich davon zu überzeugen, dass Stephen und nicht James und Violet mich züchtigen sollten, konnte ich mir doch leicht einreden, dass mein Freund mich am Tag zuvor nur hatte beruhigen wollen und eigentlich total scharf drauf war. Er war bei seiner eigenen Abschlussfeier, mit Sicherheit betrunken und mit etwas Glück genauso geil wie ich. Ich musste nur warten, bis die Party zu Ende war, und mich dann aus dem College schleichen.

Gesagt, getan. Die Straßen waren voller Menschen, und es war überhaupt nichts Ungewöhnliches, dass ein Mädchen am Samstagabend ihren Freund besuchte. Dennoch kam ich mir auf dem Weg ins Emmanuel College auf köstliche Weise verrucht und geheimnisvoll vor. Der Pförtner warf mir ein wissendes Grinsen zu. Ohne etwas dagegen tun zu können, musste ich ihn mir sofort als Zuschauer meiner Bestrafung vorstellen und lief knallrot an. Er wusste, dass ich Stephens Freundin war, und stellte sich ohne jeden Zweifel bestimmt nicht vor, was wir im Bett miteinander trieben. Und doch stand er in meiner Phantasie in Stephens Tür und ergötzte sich an meiner Erniedrigung, während ich erst entblößt und schließlich gezüchtigt wurde.

Stephen saß im Speisesaal und schmetterte gerade ein Ruderlied mit seinen Freunden – in der einen Hand einen Bierkrug, in der anderen eine Gabel mit einer aufgespießten Röstkartoffel, mit der er immer wieder im Takt auf den Tisch schlug. Ich legte ihm von hinten die Arme um den Hals und gab ihm einen Kuss, der sofort mit johlendem Gelächter von allen Seiten quittiert wurde. Einige der Jungs warfen ein paar Vorschläge in die Menge, was er jetzt mit mir anstellen sollte. Aber leider war keiner davon so schmutzig, wie ich mir die Behandlung durch Stephen vorstellte.

«Deine Freunde liegen nicht ganz falsch. Und denk dran, da ist noch eine Bestrafung fällig», flüsterte ich ihm zu. Stephen grinste von einem Ohr zum anderen.

Zwar hatte mich niemand verstanden, aber die Anwesenden konnten sich mehr oder weniger denken, was ich gesagt hatte. Die Jungs stimmten sofort einen Sprechchor an, in dem sie forderten, dass er mich zu Bett brachte und so richtig durchnahm. Glücklichweise hatten die Dozenten sich längst zurückgezogen, denn sonst hätten wir gewiss Ärger bekommen. Trotzdem wurde ich feuerrot, als Stephen sich erhob, mich bei der Hand nahm und unter ohrenbetäubendem Gejohle aus dem Saal führte. Seine Hand umfasste die meine vollständig, und ich konnte nur noch daran denken, dass ebendiese Hand schon bald auf meinen Hintern niedersausen würde. Ich wollte es richtig hart und wusste gleichzeitig, dass ich betrunken genug war, um es einzustecken. Und mit etwas Glück, war auch er betrunken genug zum Austeilen. Wir hatten das Zimmer kaum betreten, da fing Stephen auch schon an, mich zu küssen. Ich aber zuckte zurück und suchte mit gebeugtem Kopf nach Worten, die meine Bestrafung so schmachvoll wie möglich machen würden.

«Ich weiß, du wolltest nett sein, als du meintest, ich könnte das mit der Strafe vergessen. Aber ich war einfach zu stolz, was meine Siegesgewissheit und meine Einschätzung deiner Chancen anging. Ich finde also, dass ich durchaus zurechtgestutzt gehöre und du mich bestrafen solltest.»

«Jetzt hör doch auf damit. Mach dir keine Gedanken, und knie dich einfach hin, so wie du es immer tust.»

«Danach. Versohl mir erst den Hintern.»

«Ich kann es aber kaum erwarten, Nora!»

«Schlag mich!»

«Hör zu, Nora», begann er mit ernster werdender Stimme, «mir ist wirklich nicht wohl dabei. Ich weiß auch gar nicht, wo dieses Verlangen herkommt. Wenn du früher mal missbraucht worden bist oder so ...»

«Was? Nein, ich wurde nicht missbraucht! Ich steh nur einfach drauf! Also los, Stephen, na komm schon!»

Ich war den Tränen nahe. Das herrliche Phantasiegebilde, das ich mir so lange in meinem Kopf aufgebaut hatte, fiel einfach so in sich zusammen. Er sah, dass es mir nicht gutging, und nahm mich in die Arme. Aber das war nicht das, was ich wollte.

«Bitte?»

Er nickte, sah aber nicht aus, als würde er sich wohl bei der Sache fühlen. Stephen hatte keine Ahnung, was er tun sollte, und gab mir lediglich ein paar leichte Klapse auf den Po, während er mich küsste. Ich wackelte noch ein bisschen mit dem Hinterteil, um ihn zu ermutigen, aber er betatschte meinen Po nur, war aber wenigstens dazu übergegangen, mir das Kleid hochzuziehen. Das war schon besser. Ich drückte mein Gesicht auf seine Brust, versuchte, die schlechten Gedanken aus meinem Kopf zu verbannen und mich ganz auf die langsame Entblößung meines Hinterteils zu konzentrieren. Nachdem er das Kleid hochgeschoben hatte, steckte Stephen seine Daumen in das Bündchen meines Höschens und zog es mit einer schnellen Bewegung herunter. Ich streckte den Po weit heraus und genoss die Stellung und das Gefühl seiner großen Hände auf meinen Pobacken.

«Das ist schön. Und jetzt hau drauf!»

Wieder verpasste er mir nur ein paar sehr leichte Klapse und fing dann wieder an, meinen Po zu kneten. Seine Berührungen machten mich zwar irgendwie geil, aber ich brauchte einfach meine Spezialbehandlung.

«Mehr, bitte! Fester!»

Die nächsten zwei Schläge waren immerhin schon so hart, dass meine Haut kitzelte.

«So ist's gut. Nochmal!»

Ich klammerte mich an ihm fest, das Gesicht gegen seine muskulöse Brust gepresst und den Hintern weit rausgestreckt. Er mochte den Anblick meines Hinterteils. Schließlich hatte er mich schon oft genug von hinten genommen. Ich verstand also nicht, wieso er noch zögerte. James hätte nicht gezögert. Nicht einen Moment lang. Ich bekam noch zwei weitere, nervöse und unsichere Klapse, bevor er einen Schritt zurücktrat.

«Ich kann nicht mehr warten.»

Das war zwar eine Lüge, aber ich wehrte mich nicht, als er mich in Stellung brachte. Ich hoffte immer noch, dass die Erregung irgendwann über seine Hemmungen siegen und er mir das geben würde, was ich brauchte. Aber es geschah nicht. Er beugte mich über das Bett, die Beine gespreizt und meine Hände flach gegen die Wand gepresst – eine perfekte Stellung zum Hintern versohlen und zum Ficken. Ich hatte es aufgegeben, ihn zu bitten, und flehte nur noch, dass er es einfach tun würde. Aber Stephen wichste sich lediglich zwischen meinen Pobacken hart und drang in mich ein. Er packte meine Hüften und legte dann ein derartiges Tempo an den Tag, dass man hätte meinen können, er würde bei einem Wettbewerb mitmachen, wie schnell er kommen konnte. Sein Bauch prallte mit jedem Stoß gegen meine Pobacken, aber das verstärkte meine Frustration nur noch. Zum allerersten Mal, seit wir zusammen waren, hatte ich keinen Orgasmus.

Er aber kam – und zwar tief in mir drin. Kurz darauf ließ er sich mit geschlossenen Augen und einem selig-schläfrigen Lächeln auf den Lippen in die Kissen fallen. Er sah so hinreißend aus, dass ich ihm fast vergab. Schließlich hatte er nur nett sein und mir nicht wehtun wollen. Aber genau das Gegenteil war eingetroffen. Indem er meine Bitte ablehnte, hatte er mir sehr wohl wehgetan. Und das, nachdem ich so bereitwillig auf seine eigenen Phantasien eingegangen war, die mich selbst nicht im Geringsten anmachten. Noch schlimmer war allerdings seine Andeutung, dass meine Vorlieben durch irgendeine Art von Missbrauch entstanden wären. Das war nicht nur falsch, sondern ich empfand es auch als Beleidigung für mich, meine Freunde, meine Lehrer und meine Eltern. Von denen hatte mich nämlich niemand jemals auch nur ansatzweise missbraucht.

Ich wollte noch mit Stephen reden, aber er war sofort eingeschlafen. Das war vielleicht sogar besser so, denn ansonsten wären wir ganz sicher in Streit geraten. Er lag quer auf dem Bett, und mir wurde sofort klar, dass ich eine unbequeme Nacht vor mir haben würde, wenn ich blieb. Und das nicht nur körperlich. Ich musste einfach weg. Mein Kopf war voll bitterer Gedanken. Ich war frustriert und auch ein bisschen beschwipst. Also ließ ich Stephen so, wie er war, auf dem Bett liegen und machte mich im Dunkeln auf den Weg in mein College.

Es war noch nicht mal spät, und vor den Pubs standen noch immer jede Menge gutgelaunter Studenten. Direkt gegenüber auf der anderen Straßenseite setzte ein Taxi gerade eine Gruppe feierwütiger Neuankömmlinge ab, und ich rannte sofort los, um es noch zu erwischen – die Kosten waren mir in diesem Moment völlig egal.

«Eynsham Road, bitte. Ich sag Ihnen dann, wo Sie halten müssen.»

Der Fahrer fuhr los, ohne eine Wort zu sagen. Ich saß voller Selbstmitleid auf dem Beifahrersitz. Alles, was ich wollte, war ein starker Mann, der sich um mich kümmerte und sich meiner Bedürfnisse annahm. Es war einfach ungerecht. Stephen hatte so perfekt gewirkt, dass ich mich am liebsten voll sturer Hoffnung an ihn geklammert hätte, er würde irgendwann schon passen. Ich konnte förmlich hören, wie Giles mir in seiner selbstgerechten Arroganz ganz ruhig und rational erklärte, dass ich Stephen so nehmen musste, wie er war, und ihm eine diskrete und gute Frau sein sollte. Doch darauf würde ich mich niemals einlassen. Schließlich war ich ihm bereits mit Violet und James untreu gewesen. Und es ließ sich einfach nicht abstreiten, dass ich durch und durch willig gewesen war, als ich mit versohltem, zum Eindringen bereitem Hintern in meinen Fesseln gehangen hatte. Mehr als willig, um genau zu sein.

Als wir das Haus erreichten, wirkte der Anblick der gelb erleuchteten Fenster so heimelig, dass ich die Tränen unterdrücken musste, als ich den Fahrer bezahlte. Er merkte es nicht einmal, sondern ließ mich auf der dunklen Straße stehen. Das Licht über James' Eingangstür war wie ein Leuchtfeuer, das mir den Weg wies. Ich ging die kleine Anhöhe hinauf und klopfte. Nichts. Ich klopfte noch einmal, bevor ich schließlich James' Stimme hörte. «Wer ist da?»

«Ich bin's, Nora.»

James machte auf, zog mich blitzschnell in den Flur und schloss die Tür dann sofort wieder. Einmal im Haus, sah ich sofort, weshalb er so vorsichtig gewesen war. Jeder, der reinkam, konnte sofort ins Wohnzimmer sehen. Dort, in der Mitte des Raumes, hing mit den Armen über dem Kopf und zusammengebundenen Händen Violet an dem dicken Eisenhaken in dem Balken über ihr, während ihre knallroten High Heels nur knapp den Boden berührten. Ihr Mund war leicht geöffnet, die Augen ganz trunken vor

Lust und die Lider schwer. Abgesehen von den extravaganten Schuhen und dem Band im Haar, war sie splitternackt. Die Haut war feucht vor Schweiß, die Nippel steinhart, und Hüften und Schenkel waren rosa angelaufen. Violet lächelte erfreut, als sie mich sah, aber James hatte sofort gemerkt, dass mit mir etwas nicht stimmte.

«Was ist denn los?»

Seine Stimme war voller Sorge, und Violets Körper straffte sich augenblicklich.

«Tut mir leid», fing ich an, während mir die Tränen übers Gesicht liefen, «ich wollte euch nicht stören, aber ...»

James hatte mir den Arm um die Schulter gelegt, aber es war Violet, die sofort verstand, was los war. «Geht es um Stephen?»

Ich nickte niedergeschlagen. Von allen Menschen, die ich kannte, waren diese beiden wohl die einzigen, die meine Gefühle verstehen konnten. James löste die Fesseln an Violets Handgelenken, und sie nahm mich sofort in den Arm.

«Er wollte nicht», schluchzte ich los. «Ich habe ihn darum gebeten und versucht, es für uns beide nett zu machen. Gebettelt habe ich. Aber er wollte einfach nicht. Jedenfalls nicht richtig. Er glaubt, ich wäre früher missbraucht worden oder so was.»

«Eine Menge Männer verstehen das nicht, Schätzchen. Eigentlich sogar die meisten. Das ist wirklich schade. Schenk ihr mal einen Drink ein, James.»

«Ich glaube, ich habe schon genug gehabt.»

Sie ignorierten mich. Violet führte mich zum Sofa, und James goss mir einen Brandy ein. Ich nahm das Glas voller Dankbarkeit, aber mit zitternder Hand entgegen. Violet hatte sich mittlerweile neben mich gesetzt und hielt mich gegen ihre Brust gepresst, während James mir von der anderen Seite über das Haar strich. Langsam fing ich an, mich zu entspannen, und wurde ein bisschen ruhiger. Irgendwann versiegten schließlich auch meine Tränen, und ich bekam langsam das Gefühl, mich völlig albern zu benehmen.

Gleichzeitig bemerkte ich aber auch, was die beiden gerade getrieben hatten. Die Seile hingen noch immer an dem Haken, und auf einem Beistelltischchen lag eine große schwarze Peitsche mit dickem Ledergriff und vielleicht einem Dutzend Streifen aus Wildleder. Nach Violets Gesichtsausdruck zur Zeit meiner Ankunft zu urteilen, hatte ich sie genau in dem Moment unterbrochen, als ihre Session sich dem Höhepunkt näherte.

«Ich suche mir immer den besten Zeitpunkt aus, was?»

Weder Violet noch James antworteten, sondern beide setzten stattdessen ihre tröstenden Zuwendungen fort. Aber mit dem Gefühl von James' hartem Arm auf meinem Rücken und mit der splitternackten Violet direkt neben mir wanderten meine Gedanken schnell zu dem zurück, was ich eigentlich an diesem Abend gewollt hatte.

«Setzt eure Session ruhig fort. Oder wonach euch sonst ist.»

James murmelte irgendwas Beruhigendes, das ich nicht wirklich verstand, aber Violet deutete meine Worte genau richtig.

«Bist du sicher?»

Ich nickte eindringlich. Violet gab mir einen Kuss und begann, mich mit sanftem Druck auf James' Schoß zu platzieren. Er zögerte einen Moment und warf Violet einen fragenden Blick zu. «Sie braucht es jetzt, James. Glaub mir», sagte sie nur.

Ich lag bereits über seinen Knien, und je fester der Griff um meine Hüften wurde, desto mehr verflüchtigten sich meine schlechten Gefühle. Ich schloss die Augen voller Konzentration auf meine Stellung. Endlich wurde ich von einem Mann gehalten, der mich wollte und der auch wusste, wie er mit mir umzugehen hatte. Als er mein Kleid anhob, fühlte es sich an, als würde damit eine gewaltige Last und nicht nur ein paar Gramm Baumwolle von mir genommen. Als ich voller Gier, völlig entblößt zu sein, meinen Körper anhob, war es erneut Violet, die meine Geste sofort verstand.

«Ganz nach oben mit dem Kleid. Und schieb ihren BH hoch.»

Ich nickte zustimmend und seufzte tief auf, als er den BH öffnete und meine Brüste gegen seine Beine und den Stoff des Sofas strichen. Aber er befühlte sie nicht, sondern machte sich sogleich an meinem Höschen zu schaffen. Er hob das Bündchen an und zog es ganz langsam über den Po. Ich stöhnte erneut auf und spreizte die Beine so weit, dass sich mein Höschen stramm zwischen meinen Schenkeln spannte und ich den Po so weit herausstrecken konnte, wie es nur eben ging. Es fühlte sich völlig richtig an. Ich war ganz und gar offen für ihn, und wenn James sich entschlossen hätte, mir jetzt einen Finger in die Möse zu schieben, bevor er mich schlug, dann hätte ich auch das akzeptiert.

Der Griff um meine Taille wurde noch fester, als seine Hand zum ersten Mal auf mich niedersauste. Es hatte begonnen – fest, in gleichmäßigem Rhythmus und hart genug, um zu brennen. Ich gab mich der Behandlung von Anfang an völlig hin, streckte meinen Po den Schlägen entgegen und keuchte meine innersten Empfindungen heraus. Es dauerte nicht lange, bis mein gesamtes Hinterteil warm war und ich ohne jede Verlegenheit eine Hand zwischen meine Beine wandern ließ, um mich anzufassen. Er verstand mich, er kümmerte sich um mich. Für ihn war meine Reaktion wie ein kostbares Geschenk. Sie war ein Akt der Unterwerfung und der Liebe von Frau zu Mann und nicht irgendeine kranke Phantasie, die ihren Ursprung in Leid und Hass hatte. Diese Erkenntnis ließ mir sogar dann noch die Tränen übers Gesicht laufen, als ich zum Höhepunkt kam.

Ich verbrachte die Nacht mit James und Violet und fand mich am Morgen in seinem riesigen alten Bett wieder. Er lag direkt zwischen mir und Violet. In den Nächten, die wir zuvor zusammen verbracht hatten, hatte immer Violet in der Mitte gelegen, und als ich aufstand, um Kaffee aufzusetzen, fragte ich mich, ob die Ereignisse des gestrigen Abends irgendeine Veränderung in der Dynamik zwischen uns dreien ausgelöst hatten. Nachdem es mir gekommen war, hatte Violet um dieselbe Behandlung gebeten, und James hatte sich den Rest des Abends mit fester Hand um uns beide gekümmert. Zumindest was mich anging, war das bisher eigentlich immer Violets Aufgabe gewesen.

Wir waren erst gegen drei Uhr schlafen gegangen, und als ich nun aufwachte, strahlte bereits die helle, warme Sonne durch die Fenster. Es war fast Mittag, aber trotz der vielen Dinge, um die ich mich kümmern musste, hatte ich überhaupt keine Lust, nach Oxford zurückzukehren oder mich sonst wie zu beeilen. Keine meiner Aufgaben schien mir an diesem Tag wichtig. Schließlich hatte ich meine Vorbereitungen auf die Zwischenprüfungen auch schon wegen des Ruderns und der Arbeit für das Studentenparlament vernachlässigt. Ich fühlte mich warm, sicher und hatte keinerlei Bedenken, mit dem Kaffee in der Hand splitternackt zwischen Küche und Schlafzimmer hin- und herzulaufen. Mein normales Leben schien sowohl zeitlich als auch räumlich zu weit weg zu sein, um mir in diesem Moment irgendwelche Gedanken darüber zu machen.

Doch der Moment verflog. Und als wir an unserem heißen Kaffee nippten und uns unterhielten, änderte sich meine Stimmung nach und nach und machte einem dringenden Bedürfnis Platz, meinen wahrscheinlich letzten freien Tag vor Ende des Trimesters so weit wie möglich auszukosten. Violet war leider noch sehr schläfrig, und auch James wirkte völlig zufrieden damit, dass wir beide einfach an ihn geschmiegt dalagen. Aber immerhin schien er sich schon jetzt Gedanken über weitere Treffen zu machen.

«Violet sagt, dass du uns in den Ferien gerne besuchen würdest? Wir sind zwar die meiste Zeit hier, und du bist uns auch stets willkommen, aber wir haben vor, uns wieder ein Ferienhaus zu mieten. Und wir möchten gern, dass du mitkommst.»

«In der Normandie?»

«Nicht im Sommer. Nein, wir hatten an die Ardennen oder an irgendwas in Ostfrankreich gedacht. Vielleicht sogar Deutschland.»

«Irgendwo mit vielen Wäldern», meldete Violet sich verschlafen. «Einsamen Wäldern …»

«Ja, klar. Ich würde sehr gerne mitkommen.»

Ich nahm noch einen Schluck Kaffee und legte mir James' Arm um die Schultern. Wir drei, ganz allein an irgendeinem Ort, an dem wir uns ohne jedes Risiko der Entdeckung unseren Gelüsten hingeben konnten – das war eine herrliche Aussicht. Meine nächste Züchtigung mit der Birkenrute war schon längst überfällig. Oder James könnte mich so bestrafen, wie er es gestern Abend mit

Violet getan hatte. Schließlich musste ich mich den Rest des Trimesters auch nicht mehr im Bootshaus umziehen. Und nach dem, was gestern geschehen war, würde Stephen meinen nackten Hintern bestimmt nicht nochmal zu Gesicht bekommen.

«Bind mich an den Haken», entfuhr es mir plötzlich in Richtung Violet.

Sie hatte die Augen geschlossen, öffnete aber verschlafen eines ihrer Lider. «Mh?»

«Bind mich an den Haken. Schließlich muss ich mir wegen der Striemen keine Gedanken mehr machen.»

Violet drehte sich auf die andere Seite. «Das ist noch zu früh für mich. Peitsch du das kleine Miststück aus, James», murmelte sie schlaftrunken.

James kicherte nur kurz und trank dann weiter seinen Kaffee. Aber so leicht ließ ich mich nicht abwimmeln. Ich stieg aus dem Bett und machte mich auf den Weg nach unten, wo die Seile immer noch an dem Haken hingen. Violets Handgelenke hatten in ein paar Handschellenmanschetten gesteckt, die mit einem Karabinerhaken verbunden waren. Es war ein Leichtes, sie mir selbst anzulegen und das Schloss zu schließen. Ich spürte sofort, dass ich mir damit etwas Übles eingebrockt hatte. Violet war nicht nur größer als ich, sondern hatte auch Schuhe mit sehr hohen Absätzen getragen. Ich dagegen war gezwungen, mich auf die Zehenspitzen zu stellen. Hinzu kam, dass die Fixierung sich nicht mehr öffnen ließ, sodass ich irgendwann völlig hilflos war. Hinter mir war ein Lachen zu hören. Und als ich herumschnellte, sah ich James mit halb offenem Bademantel im Türrahmen stehen.

«Ich kann mich nicht mehr selbst befreien.»

«Und ganz genau so soll es sein, Nora.»

«Ja. Aber ich bin nicht so groß wie Violet. Und ich habe keine Schuhe an.»

«Das sehe ich. Und du siehst so wirklich sehr verlockend aus.»

«Vielleicht nur ein paar Zentimeter, bitte?»

«Nein. Versuch einfach, dich in die unangenehme Haltung einzufinden. Das macht die Erfahrung noch aufregender.»

«Ja, aber ...»

Doch er hatte bereits die schwere und überaus schmerzhaft wirkende Peitsche zur Hand genommen. Ich tat mein Bestes, die richtige Position einzunehmen, als er ausholte, und schaute ihm mit den schlimmsten Befürchtungen ins Gesicht. Als er die Peitsche zum ersten Mal auf mich niedersausen ließ, landeten die Wildlederriemen zwar mit einem lauten Klatschen auf meinem Hinterteil, aber es tat erstaunlicherweise kaum weh. Das Einzige, was ich spürte, war ein schweres, diffuses Gefühl, das sicher gut, aber in keiner Weise schmerzhaft war.

«Du kannst gern nochmal zuschlagen.»

«Habe ich auch vor. Das eben war nur ein kleiner Vorgeschmack auf das, was noch kommt.»

«Das sagte Violet auch schon. Aber sie wollte mir nicht verraten, was es ist. Tut mir leid, wenn ich da was verdorben habe.»

«Da du so gierig bist, werde ich heute zwei weitere Dinge an dir ausprobieren. Bist du sicher, dass Striemen dir nichts ausmachen?»

«Ja. Ich will Striemen.»

Während unseres kurzen Gesprächs hatte James weiter zugeschlagen und die schweren Riemen der Peitsche mit stetigem Tempo, aber wachsender Härte auf meinen unteren Rücken und meinen Po niedergehen lassen. Allmählich spürte ich die Schläge. Mein Atem ging immer schneller, und mein Körper zuckte bei jeder erneuten Berührung mit der Peitsche. Und auch James zeigte gewisse Reaktionen. Sein Bademantel stand jetzt weit offen und zeigte seinen immer steifer werdenden Schwanz. Ich ließ den Kopf hängen und fragte mich, was er wohl mit mir anstellen wollte. Die Vorstellung, dass ich nichts tun konnte, um ihn von seinem Vorhaben abzubringen, erregte mich über alle Maßen.

Plötzlich änderte er den Rhythmus und führte die Peitsche in einem weiten, eleganten Bogen um meinen Körper herum, sodass sie schließlich auf meine Brüste traf. Ich stöhnte auf und versuchte mit ein paar Hüpfbewegungen gegen den Schock anzugehen. Gleichzeitig lechzte ich aber auch nach mehr und drückte meine Brust heraus. James grinste mittlerweile breit. Er amüsierte sich darüber, dass ich bis zum letzten Moment nicht wusste, wo die Peitsche als Nächstes landen würde. So brachte er damit abwechselnd meine Brüste zum Hüpfen, meine Pobacken zum Wackeln, oder er ließ sie zwischen meinen Beinen vorsichtig nach oben schwingen, sodass die Riemen ganz leicht gegen meine Möse stießen.

Ich war im Himmel. Mein ganzer Körper glühte, und meine warme Haut kitzelte vor Schweiß. James' Schwanz zeigte mir sehr deutlich, wie sehr er den Anblick meiner hilflos geilen Reaktionen genoss. Er war ziemlich schnell steinhart geworden, sodass ich wieder und wieder dachte, dass er mir seinen Schwanz jetzt endlich in die Muschi rammen würde. Aber er hielt sich zurück und quälte mich so lange, bis ich am Ende des Seils wild herumzappelte, während meine Hüften voller Verlangen vor- und zurückstießen.

Irgendwann legte er die Peitsche endlich beiseite und kam einen Schritt auf mich zu – allerdings nur, um meinen Hintern einer näheren Untersuchung zu unterziehen und einmal kurz an jedem meiner steifen Nippel zu ziehen. «Violet! Den Rohrstock, bitte!», hörte ich ihn nach oben rufen.

Da Violet nicht antwortete, musste er noch einmal rufen. «Würdest du jetzt wohl bitte den Rohrstock herunterbringen, Violet? Sonst bist du noch vor ihr dran!»

Einen kurzen Moment später erschien sie auf der Treppe und sah genauso besorgt aus, wie ich mich fühlte. Bei dem Ding, das sie in der Hand hielt, handelte es sich um einen ein Meter langen, sehr dünnen, hellbraunen Rohrstock mit Griff. Bisher hatte ich so etwas nur in alten Zeichentrickfilmen gesehen, und ich war immer sehr, sehr froh über die Gnade der späten Geburt gewesen. Doch nun sollte ich ihn doch noch zu spüren bekommen.

Ich konnte gar nicht aufhören, in meiner Fixierung zu zappeln, und als James das gemein aussehende Züchtigungsinstrument zur Hand nahm, begann mein Herz wie wild zu rasen. Violet hielt noch immer ihren Kaffeebecher in der Hand und stand gegen das Treppengeländer gelehnt da. Sie sah träge und sehr elegant aus. Gleichzeitig glitzerten ihre Augen vor gespannter Erwartung, und ihr Mund stand vor Erregung über meine kommende Bestrafung ein kleines Stückchen weit offen. James hatte sich mittlerweile wieder dichter zu mir gestellt und fuhr mit einem Finger langsam über meine Poritze. Ich keuchte laut auf, als er mit ebendiesem Finger kurz in meinen Anus eindrang, und presste mich dann instinktiv seiner Hand entgegen. James nickte zufrieden.

«Sie ist bereit. Sechs Schläge sind die Regel.»

Er tat einen Schritt zurück und legte den Rohrstock prüfend auf meinen Po. Voller Entschlossenheit, alles richtig zu machen, streckte ich meinen Hintern so weit heraus, wie ich nur konnte. Als er den Rohrstock dann aber tatsächlich auf mir niedergehen ließ, fühlte es sich an, als würde jemand ein Streichholz auf meinen Pobacken entzünden. Der Schmerz war gerade so auszuhalten, und nach einem kurzen Zucken brachte ich mich erneut in Position, um ihm das Ziel seiner Zuwendungen bestmöglich zu präsentieren.

Der zweite Schlag war schon etwas schlimmer als der erste, und der dritte Hieb steigerte das stechende Gefühl so sehr, dass ich wild auf den Zehenspitzen auf und ab hüpfen musste, um den Schmerz irgendwie zu lindern. Ich war jetzt an dem Punkt, an dem ich mich innerlich für verrückt erklärte, mir so von ihm wehtun zu lassen. Als schließlich der vierte Schlag kam, war ich fast bereit, die Sache zu beenden. Nur das Bedürfnis, meine Grenzen auszuloten, hielt mich bei der Stange. Und diese Grenze kam mit dem fünften Hieb. Er war nicht weniger schmerzhaft als die anderen, erfüllte mich aber mit einem gewissen Bedauern, dass meine Züchtigung fast vorbei war.

Nachdem ich mich mit ausgestrecktem Hintern für den sechsten und letzten Schlag in Position gestellt hatte, warf ich einen Blick auf James steinharten Schwanz. Sobald er die Züchtigung beendet hatte, würde er mich nehmen – ob ich nun wollte oder nicht. Mein Körper war bereit und mein Geschlecht feucht und erregt. Seine Schläge hatten es in Brand gesetzt, während ich hilflos an dem Seil hing. Der Rohrstock ging ein letztes Mal auf mich nieder. Ich war fertig. Gezüchtigt und mit sechs dunkelroten Striemen gezeichnet, die im Zickzackmuster über meinen Hintern liefen.

James ließ den Rohrstock fallen und kam mit seinem Schwanz in der Hand auf mich zu. Violet lachte und klatschte begeistert über unseren Zustand in die Hände. Als ich ihn einen Moment später an meinen Schamlippen, aber nicht in mir spürte, da wusste ich, mich erwartete dasselbe köstliche Schicksal wie schon neulich am Geländer des Betonbunkers. Doch es sollte sogar noch besser werden. Seinen Arm fest um meine Hüfte gelegt, presste ich meine brennenden Pobacken gegen seinen Körper, während er mich zu einem laut herausgebrüllten Orgasmus brachte. Erst danach drang er endlich in mich ein, um sich seine eigene Befriedigung zu verschaffen.

16

Auch wenn ich nicht zurückfahren wollte, blieb mir leider keine andere Wahl. Dass Violet mich begleitete, machte die Sache glücklicherweise etwas leichter. Ich hatte zum ersten Mal die Sonntagnacht bei den beiden verbracht, und James setzte uns am Montagmorgen vorm College ab. Als ich mit Violet die Loge betrat, musste ich mich ganz bewusst dazu anhalten, nicht ihre Hand zu halten, doch das Grinsen des Pförtners ließ vermuten, er würde zumindest ahnen, dass da irgendwas zwischen uns lief.

In meinem Postfach fand ich eine Nachricht von Stephen. Er wollte wissen, wo ich war. Und als ich mein Handy zum ersten Mal nach Tagen wieder anstellte, fand ich auch eine SMS von ihm. Er hatte also eindeutig gemerkt, dass etwas nicht stimmte. Das Letzte, was ich jetzt gebrauchen konnte, war eine emotionale Krise. Ich wusste nicht recht, was ich tun sollte, und verfluchte ihn insgeheim, weil er kein Verständnis für meine Bedürfnisse hatte. Immerhin war ich bereit gewesen, den Rest meines Lebens mit ihm zu verbringen. Ich hatte genug unter dem Versuch gelitten, einen Kompromiss einzugehen, ich musste mich nicht noch mit einem weiteren abfinden.

Möglich war es also. Wollte er sich weiterhin mit Giles treffen, dann sah ich keinen Grund, wieso ich nicht dasselbe Arrangement mit James und Violet treffen konnte – auch wenn ich wusste, dass es nicht völlig befriedigend und außerdem überaus riskant sein würde. Seitdem ich das erste Mal mit Violet ins Bett gegangen war, hatte ich eins gelernt:

Das Wundervolle an gleichgeschlechtlichen Beziehungen, besonders zwischen zwei Frauen, ist die Tatsache, dass die Leute meistens nur dann etwas davon mitkriegen, wenn man es quasi vor ihren Augen tut. Leider steuerte meine Beziehung mit Violet genau auf diesen Punkt zu. Und wenn wir James auch noch ins Boot holen würden, mussten wir wirklich ausgesprochen diskret vorgehen – besonders auf lange Sicht.

Dabei kannte ich natürlich die Lösung für all diese Probleme. Zumindest die Lösung, die die meisten Menschen mir wohl vorgeschlagen hätten: Bleib bei Stephen und hör auf, dich wie eine perverse kleine Schlampe zu gebärden. Dad hätte es zwar weitaus weniger harsch formuliert, aber es wären nicht nur seine, sondern auch Moms Gedanken gewesen. Gedanken, die meine Entscheidung, das Wochenende mit James und Violet zu verbringen, in Frage stellten und meine Unentschlossenheit Stephen gegenüber noch verstärkten. Ich entschied mich schließlich für den feigen Weg und entschuldigte mich per SMS, allerdings ohne zu erklären, wo ich gewesen war.

Jetzt, wo die Achter-Woche vorbei und auch meine Position als Protokollführerin gesichert war, konnte ich mich endlich ganz auf die Zwischenprüfungen konzentrieren. Fiel ich durch, war ich raus. Und wenn ich meinen festen Wunsch, in Oxford bleiben zu können, wahr machen wollte, dann musste ich mich anstrengen. Also verbrachte ich den Tag mit dem Besuch mehrerer Vorlesungen und dem Vertiefen des bisher Erarbeiteten. Dabei wurde mir mit jedem Moment klarer, wie viel ich noch lernen musste, um die Prüfung zu bestehen. Hoffnungen auf eine Auszeichnung konnte ich mir allerdings wohl nicht machen.

Mein Arbeitspensum verschaffte mir immerhin eine

gute Ausrede, mich nicht mit Stephen treffen zu müssen. Ich musste mich entscheiden, entweder den Sex mit ihm zu akzeptieren, vielleicht sogar zu lügen, um drum herumzukommen, oder aber ein ernstes Gespräch mit ihm zu führen, das unsere Beziehung durchaus zerstören könnte. So oder so, ich hatte es nicht eilig, diese unangenehme Entscheidung zu treffen. Außerdem musste ich auch an den Zustand meines Hinterns denken. Jeder, der mich nackt sah, musste einfach bemerken, dass ich gezüchtigt worden war. Und das war etwas, was sich nun wirklich nicht so leicht erklären ließ.

Den Mittwoch hatte ich die ganze Zeit über komplett vergessen, erkannte jetzt aber, dass dieser Termin durchaus ein Problem darstellen konnte. Am vernünftigsten schien mir noch, sich einfach krankzumelden. Als ich dann am Dienstagabend in der Bar vom Studentenparlament saß und mir nach einem Nachmittag angestrengten Lernens ein Glas wohlverdienten Portweins gönnte, stellte sich auf einmal Giles neben mich. Diesmal sah er sogar noch selbstzufriedener aus, als er es ohnehin schon immer tat.

«Gleich wirst du mir mit gebrochener Stimme für einen Gefallen danken, den ich dir getan habe, Honora. Und dafür verlange ich nicht mal, dass du deinen hübschen, kleinen Mund zum Einsatz bringst.»

Ich warf ihm einen vernichtenden Blick zu, der allerdings völlig verschwendet blieb.

«Onkel Randolph wird morgen zum Dinner zu uns stoßen. Und dank meines Einflusses wird er dir ein Angebot machen. Lehn es ja nicht ab.»

«Was denn für ein Angebot?»

«Da musst du dich schon noch bis morgen gedulden.

Aber es lässt sich mit Fug und Recht sagen, dass es entscheidend für deine Karriere sein könnte.»

«Jetzt mal ernsthaft, worum geht's? Ich bin nicht in der Stimmung für deine Spielchen, Giles.»

«Ach, nein? Da hab ich aber ganz was anderes gehört.»

«Was soll das heißen?»

Er tippte sich mit dem Finger an die Nase, setzte seinen Vortrag dann aber etwas ruhiger fort. «Das ist eine ziemlich ernste Angelegenheit, Nora. Wenn du dich schon auf eine lesbische Affäre einlassen musst, dann versuch doch wenigstens, diskret zu sein.»

«Was für eine lesbische Affäre?»

Es war zwecklos, die Sache zu leugnen. Dazu wurden meine Wangen mit jedem seiner Worte immer röter.

«Die Affäre, die du mit Violet Aubrey hast. Sie ist hübsch, das muss man dir lassen. Obwohl ich persönlich ja eher etwas Üppigeres bevorzuge – besonders, wenn es um die Milchbar geht. Aber da du ja selbst genug Vorbau hast, wird dich das sicher nicht weiter stören … Äh, wo war ich? Ach ja. Alle wissen, dass ihr beide was miteinander habt. Angeblich seid ihr ja von deiner gesamten Rudermannschaft dabei erwischt worden oder so was Ähnliches.»

«Das stimmt doch gar nicht.»

«Ach, wie schade. Ich wäre begeistert gewesen, wenn ich mal … Meinst du, ich könnte irgendwann mal zugucken?»

«Giles!»

«Nein? Auch gut. Sei nur vorsichtig. Nicht, dass das heutzutage noch so eng gesehen wird, aber trotzdem. Noch einen Port?»

Ich ließ den Kopf in meine Hände sinken. «Ja, bitte. Und jetzt erzähl mal von deinem Onkel.»

«Wenn du darauf bestehst. Er nimmt sich den Sommer

über manchmal des Nachwuchses an. Du weißt schon, Institutskram und so. Das ist eine echte Chance, an die wirklich hohen Tiere ranzukommen. Und du stehst auf seiner Liste.»

Das Angebot war einfach zu gut, um es abzulehnen. Aber das hieß, den ganzen Sommer über unabkömmlich zu sein. Und da ich keineswegs vorhatte, auf meinen Urlaub mit James und Violet zu verzichten, musste ich also um jeden Preis eine Ausrede und damit eine weitere Lüge finden. Aber Lügen, Geheimnisse und Giles' «Diskretionen» schienen in meinem Leben eine immer größere Rolle zu spielen. Als Erstes musste ich herausfinden, ob James schon irgendwelche Termine gemacht hatte, um Sir Randolph dann sagen zu können, dass ich andere Verpflichtungen hätte, die ich unmöglich absagen könnte.

Und dann waren da ja auch noch die Gerüchte über die Beziehung zwischen mir und Violet. Zwar schien der Klatsch weitaus harmloser als die Realität, aber das war nur ein schwacher Trost. Was immer Giles auch meinte, ich selbst war mir überhaupt nicht sicher, ob die Presse, und damit die Öffentlichkeit, eine lesbische Affäre an der Uni als reine Trivialität abtun würde. Ich hatte meine Position gefährdet, und auf dem Weg zurück ins College fühlte ich nicht nur Bitterkeit, sondern auch ein gewisses Schuldgefühl in mir aufsteigen. Trotzdem brachte ich es nicht über mich, Violet dafür verantwortlich zu machen. Sie saß in ihrem Zimmer über dem Skizzenblock, und ihre Stirn war ganz kraus vor angestrengter Konzentration. Als sie mich bemerkte, blickte sie auf und lächelte mich an.

«Hi, Nora. Kaffee, irgendwas Stärkeres oder gleich ins Bett?»

«Etwas Stärkeres und dann ins Bett. Aber ich fürchte, es gibt ein Problem. Offenbar hat neulich jemand vom Ruderclub zwei und zwei zusammengezählt, und jetzt geht das Gerücht, wir beide wären zusammen. Selbst Giles weiß es schon.»

«Haben sie es endlich geschnallt, hm? Aber doch hoffentlich nicht in allen schmutzigen Details, oder?»

«Nein, ich glaube nicht. Sonst hätte Giles sicher was gesagt.»

«Dann ist es ja nicht so wild.»

Da war ich mir nun gar nicht so sicher. Trotzdem ging ich kurz in mein Zimmer, holte die Portweinflasche und goss uns zwei große Gläser ein, bevor ich weitersprach.

«Wir sollten auf jeden Fall vorsichtig sein. Und da ist noch eine Sache. Giles' Onkel hat mir für den Sommer einen Job als Assistentin angeboten. Ich muss also so bald wie möglich wissen, wie die Termine für Frankreich liegen. Hat James schon gebucht?»

«Noch nicht, aber wir wollen recht früh fahren. Den August sollte man möglichst meiden. Da fahren die Franzosen nämlich alle selbst in Urlaub.»

«Dann also Ende Juli? Ich sag einfach, dass ich bis August beschäftigt bin. Diese ganze Sache mit dem Karrieremachen ist nicht so einfach, wie ich mir das vorgestellt habe.»

«Was meinst du damit? Du bist doch schon mächtig weit gekommen.»

«Auf dem Papier vielleicht. Aber ich habe mir geschworen, dass meine Weste weißer als weiß sein soll. Und es gibt jetzt schon Dinge, die ich verheimlichen muss. Und zwar gut verheimlichen muss.»

«Bereust du es?»

«Nein. Nicht die Sache mit dir und James. Ihr gebt mir das Gefühl, lebendig, gewollt und sicher zu sein. Ich glaube, ich bin dabei, mich in dich zu verlieben, Violet. Und in James auch.»

Ich wurde rot, als ich das aussprach, und der Gedanke an eine Ablehnung verursachte mir einen dicken Kloß im Hals. Doch Violet lächelte und klopfte mir auf den Schenkel. «Ich bin schon in dich verliebt, seit ich dich das erste Mal sah, Nora.»

Es kam uns gemeinsam. Wir hielten uns schweigend umschlungen und verloren einander in unseren tröstenden Armen. Ich spürte, wie mir die Tränen in die Augen stiegen. Und da ich wusste, dass es Violet nichts ausmachte, ließ ich ihnen freien Lauf.

Als unsere Körper sich schließlich voneinander lösten, küsste sie erst meine Tränen weg und begann dann, schallend zu lachen. «So kannst du aber nicht rausgehen, Nora. Es sei denn, du willst die Gerüchte bestätigen.»

Als ich in den Spiegel schaute, sah ich auf jeder meiner Wangen einen hellroten Lippenstiftabdruck, der durch die Tränen ein wenig verschmiert war.

Violet holte ein Taschentuch und tupfte mein Gesicht ab. «Na ja, wenn alles schiefläuft, gibt's ja immer noch die Headhunter, die direkt nach Oxford kommen. Mit deinen Referenzen stellen die dich vom Fleck weg ein. Und bei den großen Firmen interessiert sich kein Mensch für deine Sexualität. Wahrscheinlich sind Fragen danach sogar illegal.»

«Das würde mir Dad niemals verzeihen. Er ist sein ganzes Leben lang in der Politik gewesen und war zweimal kurz davor, einen Sitz in seinem Wahlkreis zu bekommen.»

«Ich sag's ja nur ungern, aber versucht er nicht einfach

nur, seine eigenen gescheiterten Ambitionen durch dich zu verwirklichen?»

«Mag sein. Ja, so könnte man es vielleicht sagen. Aber trotzdem ...»

«Irgendwann ist der Zeitpunkt gekommen, an dem man sich von seinen Eltern lösen muss, Nora. Was glaubst du, was meine Eltern von mir halten?»

«Keine Ahnung. Du erwähnst sie ja kaum.»

«Ganz genau. Sagen wir einfach, ich habe ihnen von James erzählt, und sie waren nicht gerade beeindruckt.»

«Wenn du darüber reden willst, weißt du, dass ich immer für dich da bin.»

Sie gab mir einen Kuss und verfiel dann in Schweigen. Ich wollte zuhören und vielleicht sogar etwas von dem Trost zurückgeben, den sie mir geschenkt hatte, aber Violet hielt sich mit nachdenklichem Blick weiter an den Portwein. Doch plötzlich fing sie breit an zu grinsen.

«Der Sommer wird einfach himmlisch werden. Es gibt so viel, was wir dir beibringen können. Und dann all die Spiele, die wir zu dritt veranstalten werden. Wart's nur ab!»

Ich lächelte, denn meine Phantasie ging schon jetzt mit mir durch. Violet stand auf und baute sich in einer dramatischen Pose vor dem Fenster auf. Den Kopf zurückgeworfen, stellte sie einen ihrer Füße elegant auf einen Stuhl.

«Paris, der Bois de Bologne. Wir knien Seite an Seite in einem grünen Wäldchen. Wir sind nackt und unsere Hinterteile ganz rosig. Unsere Züchtigung wurde gerade von sechs Männern beobachtet, und die ersten beiden schieben uns schon ihre harten Schwänze in den Mund. Und James steht daneben und zählt die Euroscheine.»

«Weiter. Ich wollte schon immer mal eine Edelnutte sein!»

«An der Aktion ist ganz und gar nichts Edles, Schätzchen. Die Spanking-Show diente lediglich dazu, uns gefügig zu machen, denn er hat uns für zehn Euro pro Blowjob verkauft.»

«Du bist echt krass, Violet! Das wird ja immer schlimmer!»

«Nein, es wird immer besser, Süße! Wenn man schon Phantasien hat, sollte man sie auch so schmutzig wie möglich gestalten. Und mit Stil. Und wieso machst du jetzt also nicht die große Tür zu, ziehst dein Kleid aus und legst dich ins Bett?»

Es fühlte sich ganz und gar natürlich an, mit Violet zu schlafen, und am nächsten Morgen war mein Ärger über die Gerüchte bereits größer als die Angst vor ihnen. Schließlich ging die Sache niemanden etwas an. Ich musste mich allerdings wieder und wieder daran erinnern, dass ich meine Privatsphäre so gut wie möglich schützen musste, falls ich irgendwann mal in der Öffentlichkeit stehen sollte. Die Presse würde nämlich ganz sicher der Ansicht sein, dass mein Privatleben sie sehr wohl etwas anging. Das war kein schöner Gedanke, und während ich meinen Kopf am nächsten Morgen angestrengt mit Lehrstoff füllte, musste ich an die Headhunter denken, die Violet erwähnt hatte.

Sie hatte schon recht gehabt. Allein meine Leistungen im Studentenparlament würden ausreichen, um mir einen guten Job bei so ziemlich jeder Firma zu verschaffen, für die ich Interesse zeigte. Und wenn es nicht gerade zu einem völligen Zusammenbruch der Wirtschaft käme, wäre mir eine Karriere mit einem guten Gehalt sicher. Die Aussicht war auf jeden Fall verlockend, hieß es doch, dass ich so gut wie alle verhassten Täuschungsmanöver und Betrügereien hinter mir lassen konnte. Aber je mehr ich die Vorstellung in Erwägung zog, desto deutlicher sah ich das enttäuschte Gesicht meines Vaters vor mir. Mit Wut hätte ich umgehen können. Aber er wurde grundsätzlich nicht wütend, sondern war immer nur enttäuscht.

Als wir im Dunkeln zusammen im Bett lagen, hatte Violet mir noch ein bisschen mehr davon erzählt, wie ihre Eltern von ihrer Vorliebe für Züchtigungen und schließlich auch von ihren Erfahrungen mit James erfahren hatten. Schon allein ihr zuzuhören löste eine große Kälte in mir aus. Niemals würde ich den Mut aufbringen können, meine Neigungen zuzugeben oder sie sogar zu verteidigen, wenn meine Eltern dahinterkämen. Da war ich mir ganz sicher. Die Affäre mit einem anderen Mädchen zuzugeben war schon schlimm genug. Aber der Gedanke an die Reaktionen von Mom und Dad, wenn sie erfuhren, dass ich mich gern übers Knie legen ließ, um mir den Hintern versohlen zu lassen, war einfach unerträglich.

Da ich diesen Gedanken gar nicht mehr richtig aus dem Kopf bekam, fiel es mir überaus schwer, mein Lernpensum einzuhalten, sodass ich schließlich aufgab und mich auf den Weg ins Studentenparlament machte. Im Gegensatz zu mir hatte Giles für seine Wiederwahl durchaus einen Herausforderer. Und zwar einen recht starken. Seine Auswahl kontroverser Debatten und Sprecher hatte eine Menge Interesse, aber auch Kritik hervorgerufen, und jeder schien eine eigene Meinung von ihm zu haben. Auch ich war hin- und hergerissen. Zum einen überzeugte mich sein Grundsatz, immer frei zu sprechen, zum anderen war ich von der Unterwürfigkeit gegenüber seinem Onkel ganz und gar nicht beeindruckt – auch wenn ich mich mit meinen aktuellen Vorlieben fragte, ob mich diese Haltung nicht zu einer Heuchlerin machte.

So oder so, irgendwann hatte ich mich für eine Strategie entschieden: Ich würde ab und zu etwas Positives über Giles sagen, um mir die größtmögliche Unterstützung einer möglichst breiten Basis zu sichern. Sein Gegner stand etwas links von der Mitte, und das hieß, der Kampf würde härter werden als im Trimester zuvor. Doch seine absolute Sturheit in einem sehr eng gefassten Spektrum politischer Überzeugungen war auf Kosten seiner Beliebtheit gegangen, und ich war mir ziemlich sicher, dass Giles den Sieg davontragen würde. Noch ein weiteres Trimester von Sprechern mit extremen Ansichten und Debatten, die immer öfter Streikposten an den Eingängen provozierten, und ich würde selbst für Giles' Posten kandidieren können. Vorausgesetzt, ich bestand die Zwischenprüfung. Sollte ich jedoch durchfallen, würde ich Oxford verlassen müssen. In diesem Fall konnte ich mich ebenso gut der Phantasie hingeben, die Violet gestern Abend für mich ausgemalt hatte, und mich im Bois de Boulogne für zehn Euro pro Blowjob anbieten.

Heute Abend sollte unsere Doppel-Verabredung stattfinden. Wir vier wollten uns an der Loge von St. Mary's treffen und dann zu *Browns* gehen. Doch da nun Sir Randolph zu uns stoßen würde, war alles anders. Giles und ich gingen gemeinsam zum Parkplatz der Lehrkörper, wo Stephen, Lucy und Sir Randolph neben einem glänzenden schwarzen Bentley standen. Stephen schien nicht zu ahnen, dass zwischen uns irgendwas nicht in Ordnung war, und begrüßte mich mit einem Kuss. Mir blieb nicht viel übrig, als dasselbe von Sir Randolph über mich ergehen zu lassen, nur dass er mich auf die Wange küsste. Der alte

Knabe strahlte förmlich, als er die ersten Worte an mich richtete.

«Giles sagte mir, dass Sie mein Jobangebot für den Sommer annehmen werden. Das ist ganz ausgezeichnet.»

«Vielen Dank. Sehr nett von Ihnen.»

«Aber ich bitte Sie. Sie werden eine Zierde für meine Abteilung sein. Das Trimester ist am zwanzigsten vorbei. Richtig, Giles? Da können Sie das Wochenende noch mit Ihren Eltern verbringen. Und wenn Sie danach nach London kommen, geht's so richtig los.»

Dem lüsternen Glitzern in seinen Augen nach zu urteilen, konnte ich mir schon sehr gut vorstellen, was da losgehen sollte. Bestimmt würde ich mehr Tage des Sommers damit verbringen, meine Tugend zu verteidigen, als sie sausenzulassen. Dabei brauchte ich dringend ein bisschen Spaß.

«Ende Juli könnte schwierig werden, fürchte ich. Aber ansonsten bin ich frei.»

Sir Randolph mokierte sich einen kurzen Moment und schüttelte den Kopf. «Engagement ist in unseren Kreisen überaus wichtig, meine Liebe.»

Da mischte Giles sich ein. «Natürlich wird sie ihre Termine verschieben, Onkel. Wollen wir los?»

Wir verließen Oxford in Richtung Süden. Giles fuhr. Er kannte den Weg offensichtlich so gut, dass er schon bald von der Hauptstraße abfuhr, um diverse Abkürzungen über so kleine und versteckte Straßen zu nehmen, dass ich mich fast zu Hause wähnte. Als er endlich anhielt, standen wir hoch oben auf den Downs und blickten auf ein weites, flaches Tal. Am Horizont konnte man in der untergehenden Sonne die rot glitzernden Türme von Oxford erkennen – ein Panorama, das nur von zwei riesigen grauen Kühltürmen verschandelt wurde, die in mittlerer

Entfernung von uns standen. Giles streckte sich, als er aus dem Auto stieg.

«Das Tal von *White Horse*, falls ihr es nicht wusstet. Großartig, was? Wenn man mal von Didcot-Kraftwerk absieht.»

Ich fragte mich, ob er wohl nur angehalten hatte, um die Aussicht zu genießen, bevor wir ins Restaurant gingen. Aber er schloss das Auto ab und ging dann auf eine Art Bauernhaus zu. Keine anderen Gebäude waren in der Nähe zu sehen. Nur das offene Land der Downs davor und zwei Schornsteine, die über die Hecken und Wälder hinter uns ragten.

Stephen nahm meinen Arm. «Das hier ist ein wunderschöner Ort. Er heißt *The Barn.*»

«Die Scheune – das passt. Bist du schon mal hier gewesen?»

«Es gehört den Eltern eines Typen, mit dem wir zur Schule gegangen sind. Hat gerade erst eröffnet. Wir haben es letzten Sonntag schon ausprobiert. Du wirst begeistert sein.»

Erst als wir um die Ecke einer großen Scheune aus Feuer- und Backstein bogen, wurde mir klar, worum es sich hier eigentlich handelte. Das Ganze war ein völlig intakter, bewirtschafteter Bauernhof, nur dass alles blitzsauber war und man die Gebäude offensichtlich aufgehübscht hatte. Auf der einen Seite befand sich ein kleiner Laden, der Bio-Produkte verkaufte und unter dessen großer gelber Markise zwei kleine Tischchen standen. Die Scheune selbst war zu einem Restaurant – *The Barn* – umgebaut worden. Man sah schicke Glastüren und lange Tafeln mit weißen Leinentischdecken, die bereits mit edlem Geschirr und Gläsern eingedeckt waren. Außer uns war nur noch ein Paar mittleren Alters mit einem älteren Freund oder Verwandten anwesend, die aufmerksam die Karte studierten.

Giles sah sich um und nickte dann zufrieden. «Perfekt, nicht wahr? Ausgesprochen diskret.»

Das Wort «diskret» ließ alle Alarmglocken in meinem Kopf läuten, aber ich entschied mich schnell, das als reine Albernheit abzutun. Schließlich konnte man sich nur schwer vorstellen, dass er bei den anderen anwesenden Gästen und dem Personal irgendwas geplant haben könnte. Und er würde Lucy und mich ja wohl kaum auffordern, die Herren unter dem Tisch mit dem Mund zu befriedigen.

Und er tat weder das noch sonst etwas unerwartet Unanständiges. Der einzige peinliche Moment kam, als Sir Randolph ein bisschen zu tief in die Flasche geschaut hatte und ziemlich sentimental wurde. So riet er uns vieren, so schnell wie möglich zu heiraten und Kinder zu zeugen. Giles war nur mäßig amüsiert, aber der geradezu vergötternde Blick in Lucys Augen verriet eindeutig, dass sie einen Antrag sofort und ohne zu überlegen angenommen hätte. Stephen hingegen reagierte überhaupt nicht.

Das Restaurant war gut. Es wurden nur Produkte vom eigenen Hof oder von Nachbarhöfen verarbeitet. Selbst der Wein stammte aus englischer Herstellung, was allerdings für einen Schwall an Beschwerden vonseiten Sir Randolphs sorgte. Abgesehen vom Koch, den wir gar nicht erst zu Gesicht bekamen, waren leider nur noch zwei weitere Bedienstete anwesend: Nigel, ein alter Schulfreund von Giles und Stephen, und ein Mädchen aus dem Dorf. Da sich das Restaurant immer weiter füllte, wurde der Service bei nur zwei Bediensteten immer langsamer, und es war bereits fast Mitternacht, als wir das Restaurant verließen. Giles hatte sich mit den Drinks sehr zurückgehalten, uns während des Essens aber immer so fleißig nachgeschenkt, dass ich mich ganz schön beschwipst fühlte, als wir in den Wagen stiegen.

Stephen saß neben mir und legte mir sofort nach dem Einsteigen seinen Arm um die Schultern. Ich ließ ihn gewähren. Noch war ich nicht bereit, meine verworrenen Gefühle zu ordnen, geschweige denn sie in Hörweite von Giles, oder noch schlimmer seines Onkels, zu diskutieren. Lucy hatte definitiv zu viel getrunken und schlief sehr schnell ein. Ihr Kopf stieß immer wieder leise gegen die Seitenscheibe, während Giles uns über die kurvigen Straßen von Berkshire fuhr. In Oxford angekommen, schlief sie immer noch, sodass Giles sie führen musste und es uns überließ, Sir Randolph in sein Gästezimmer zu bringen.

Irgendwann war ich schließlich mit Stephen allein. Er war ungewöhnlich still, nahm aber meine Hand, als wir St. Mary's verließen. Zu diesem Zeitpunkt war es bereits nach ein Uhr und die Straßen menschenleer. Ich war müde und hatte einen anstrengenden Tag vor mir. Das schien mir ein mehr als vernünftiger Grund, ihn zu bitten, mich zurück nach St. Boniface anstatt in ein gemeinsames Bett zu bringen. Ich gähnte bedeutungsvoll.

«Das war sehr nett. Aber der Service war wirklich extrem lahm. Ich bin müde.»

Er antwortete nicht, sondern ließ meine Hand los und legte mir seinen Arm um die Taille. Ich dachte an die sechs noch sehr sichtbaren Striemen, die mein Hinterteil zierten und die mich eindeutig als James' Mädchen kennzeichneten. Ein gemeinsames Bett kam also nicht in Frage. Höchstens noch ein bisschen beiläufige Konversation, die hoffentlich jede schmutzige Absicht im Keim ersticken würde.

«Gehst du am Samstag auf die Gartenparty von St. Mary's?»

«Nein, da kann ich nicht.»

Der verlegene Klang in seiner Stimme machte mich neugierig.

«Wieso denn nicht?»

«Äh, da ist das Dinner der Hawkubites.»

«Ach so.»

Ich ärgerte mich nicht mal mehr, denn meine Empörung über das kindische Benehmen seiner Truppe war ziemlich verflogen. Außerdem hieß sein Termin für mich, dass ich so viel Zeit vom Wochenende für James und Violet abzwacken konnte, wie es meine Vorbereitungen für die Zwischenprüfung eben zuließen. Als wir die Queen's Lane erreichten, machte er Anstalten, mich in Richtung Emmanuel zu führen. Doch ich wollte nicht.

«Ich bin zu müde, Stephen. Bring mich bitte einfach zurück zum College.»

«Oh, bitte, Nora. Es gibt da etwas Wichtiges, was ich dir sagen muss.»

«Kannst du das nicht auch hier sagen?»

«Nein, nicht so gut. Es ist nichts Schlimmes. Ich wollte dich nur an einen ganz besonderen Ort führen.»

Sein beinahe bettelnder Ton ließ einen schrecklichen Verdacht in mir aufsteigen. Ich versuchte noch, einen Witz daraus zu machen. «An einen ganz besonderen Ort? So wie dein Zimmer in Emmanuel?»

«Dort ist doch eine Menge passiert. Also ist es auch ein besonderer Ort für uns, oder nicht?»

Seine defensive Reaktion weckte nicht nur Schuldgefühle in mir, sondern sorgte auch für einen gewissen Ärger. Ich wollte weg, kam mir aber gleichzeitig schrecklich gemein vor. Schließlich war ich mir mittlerweile fast sicher, was er mir sagen wollte. Wir wurden immer langsamer, bis Stephen schließlich ganz stehen blieb.

«Nein, du hast recht. Und wir können ja jederzeit hierher zurückkommen.»

Ich war auch stehen geblieben, völlig ahnungslos, was ich jetzt sagen sollte. Wir standen beide still da. Das Mondlicht fiel auf die Seufzerbrücke und warf schwache Schatten auf den Boden. Noch nie war der Name dieser Brücke mir so passend erschienen, und als Stephen schließlich in seine Tasche griff, hatte ich so einen dicken Kloß im Hals, dass ich kaum noch ein Wort hervorbringen konnte.

«Stephen, ich ...»

Er war vor mir auf die Knie gegangen und hielt mir eine kleine schwarze Schachtel entgegen. Als er den Deckel öffnete, verschlug es mir völlig die Sprache. Eigentlich wollte ich ihm sagen, dass ich über ihn und Giles Bescheid wusste, dass ich nicht viel besser als er selbst war und dass ich ihn nicht liebte – alles, um ihm Einhalt zu gebieten. Aber die Worte wollten einfach nicht über meine Lippen kommen. Stattdessen fing ich an zu weinen, als ich den Ring sah. Es war ein schmaler Reif aus Weißgold mit einem eingefassten Diamanten, der das Licht des Mondes und einer entfernten Straßenlaterne reflektierte.

Irgendwann sagte er es schließlich: «Nora Miller, möchtest du meine Frau werden?»

Ich konnte immer noch nicht antworten und war einfach nicht in der Lage, seinen Antrag anzunehmen. Verzweifelt suchte ich nach den richtigen Worten, um ihn abzuweisen, ohne ihm dabei wehzutun. Gleichzeitig wusste ich, dass das einfach nicht möglich war. Ich wollte weglaufen. Ich wollte, dass die Erde sich auftäte und mich verschluckte.

Alles hätte ich getan, um diesen Moment weiter hinauszuzögern. Aber es dauerte nicht lange, bis er fortfuhr: «Bitte, Nora! Ich verspreche, ich werde dir alles sein. Alles, was du brauchst.»

Er ergriff meine Hand und schob mir den Ring auf den Finger.

17

Ich war verlobt – oder eben auch nicht. Zumindest dachten alle, dass ich es wäre. Stephen gab sich alles andere als verschwiegen, und die Neuigkeiten verbreiteten sich wie ein Lauffeuer innerhalb der Rudermannschaften und über Giles auch im Studentenparlament. Ich hatte meinen panischen Versuch einer Erklärung gegenüber Violet gerade abgeschlossen, als bereits die ersten Gratulanten an meine Tür klopften. Und als ich an diesem Abend zu einer Debatte im Studentenparlament erschien, war ein großes Transparent aufgehängt worden, auf dem in hellroten, fast einen Meter großen Buchstaben «Alles Gute, Honora und Stephen» stand. Giles war der Einzige, der meinen vollen Namen verwendete – abgesehen von meinen Eltern, die mich immer dann Honora nannten, wenn ich etwas angestellt hatte. Ich wusste also genau, dass er dahintersteckte. Und er war es auch, der grinsend auf mich zukam, als ich mit offenem Mund dastand.

«Herzlichen Glückwunsch! Ich hab ihm ja gesagt, dass du den Antrag annehmen würdest.»

«Du wusstest, dass er mir einen Antrag machen würde?»

«Natürlich. Der junge Mitchell fragt mich immer um Rat. Und ich bin selbstverständlich auch der Trauzeuge.»

«O Gott!»

Er lachte, schlug mir auf den Rücken und setzte sich dann an seinen Platz, um die Debatte weiterzuführen. Ich hatte die letzten Stunden in der Bodleian-Bibliothek verbracht, um zu lernen – oder eher, um mich zu verstecken –, und war daher ziemlich spät dran. Es war die letzte Debatte während Giles' Amtszeit als Präsident, und es gab nur noch Stehplätze. Daher war ich sehr froh über den reservierten Platz, der mir als Protokollführerin zustand. Giles hatte ein sehr cleveres Thema für seine letzte Debatte gewählt: «Diese Kammer glaubt, dass die Universität von Oxford wieder zu voller Unabhängigkeit zurückkehren sollte». Seine Forderung sorgte für eine handfeste Kontroverse, die seinen Gegner zwang, die Haltung der Regierung einzunehmen, was ihm sofort eine immense Unbeliebtheit einbrachte.

Ich beobachtete das Ganze mit großem Interesse. Nach der Abstimmung kristallisierte sich schnell eine überwältigende Mehrheit für Giles' Antrag heraus, und ich war mir sicher, dass man ihn mit großem Abstand wiederwählen würde. Wie so oft war auch James anwesend, Violet jedoch fehlte. Als ich meine offizielle Arbeit erledigt hatte, ging ich sofort zu ihm. Er diskutierte gerade mit einer Gruppe Studenten, aber ich musste ihn unbedingt sprechen, um ihm die Situation hoffentlich irgendwie erklären zu können.

Als ich mich ihm näherte, wurde ich sofort von jemandem aus der Gruppe angesprochen. «Herzlichen Glückwunsch, Nora! Das sind ja wunderbare Neuigkeiten! War die Debatte heute Abend nicht einfach phantastisch?»

«Ja. Und der gute Giles wird daraus ganz sicher seinen Vorteil ziehen.»

«So ist er nun mal. Aber im nächsten Trimester wirst du ja bestimmt gegen ihn antreten.»

«Könnte sein. Man wird sehen. Hallo, James.»

Er lächelte mich an, aber mehr auch nicht. Eine Zeitlang unterhielten wir uns als Gruppe, während ich immer wieder nervös nach Stephen Ausschau hielt. Und noch immer hatte ich nicht die geringste Ahnung, was ich ihm sagen sollte. Gestern Abend hatte mich nur das Vortäuschen von Müdigkeit gerettet, aber schließlich konnte ich mich nicht für immer vor ihm verstecken. Doch glücklicherweise schien er heute nicht hier zu sein, und auch Giles war nirgendwo zu sehen. Das gab mir Gelegenheit, James eine ganz und gar freche Frage zu stellen – auch wenn ich ihn wegen der anderen Anwesenden natürlich siezte.

«Ob Sie mich wohl mitnehmen könnten?»

Keiner aus der kleinen Gruppe wusste, dass ich auf dem Gelände wohnte. Er schon. Und so war er sich durchaus bewusst, dass ich vorschlug, mit zu ihm zu fahren.

«Aber natürlich. Entschuldigen Sie mich.»

Wir bahnten uns einen Weg durch den überfüllten Saal des Studentenparlaments. Es war ein warmer Abend und der Garten voller Menschen. Auch Giles war dort und hielt gerade vor einem der Gastredner und einem Dutzend anderer Leute Hof.

Er schien mich nicht mal zu bemerken, sodass wir das Tor schon bald unbemerkt hinter uns lassen und zum Cornmarket gehen konnten, wo James sein Auto geparkt hatte.

Ich kam mir vor, als hätte ich einen überaus gewagten Fluchtversuch erfolgreich hinter mich gebracht, und konnte nicht widerstehen, in einer der ruhigeren Straße seine Hand zu nehmen. Er drückte meine Finger kurz, ließ sie dann aber los, um von seinem Handy aus Violet anzurufen. Nachdem wir sie abgeholt hatten, fuhren wir zu dritt zu seinem Haus und schmiedeten den ganzen Weg über angeregt Pläne für unseren Sommer.

Alles schien so natürlich – als wäre die Beziehung zwischen uns dreien genauso normal wie jede andere auch.

James bewirtete uns mit Salat und Schinken, während Violet eine Flasche Wein öffnete. Wir aßen, tranken und scherzten. Nach einer Weile fingen wir an, uns zu küssen und anzufassen. Violet und ich wechselten uns auf James' Schoß ab – erst angezogen und dann nackt, bis unsere Hintern glühten und wir die Finger nicht mehr voneinander lassen konnten. Danach gingen wir Seite an Seite vor ihm auf die Knie und leckten und saugten an seinem Schwanz und den Eiern. Irgendwann landeten wir schließlich alle auf dem Fußboden, wo wir uns ineinander verknäuelt gemeinsam zur Ekstase trieben.

Nachdem wir befriedigt zusammen geduscht hatten, legten wir uns gemeinsam ins Bett, James in der Mitte. Der Wecker war auf halb acht gestellt, sodass mir am nächsten Morgen jede Menge Zeit bleiben würde, um letzte Vorbereitungen für die Zwischenprüfungen zu treffen. Erst kurz vorm Einschlafen, als das Licht des Mondes auf meinen Verlobungsring fiel, machte meine Zufriedenheit einem Gefühl aus Schuld und Sorge Platz.

Mein Plan, am nächsten Morgen möglichst früh aufzustehen, klappte nicht so ganz, wie ich mir das vorgenommen hatte. Der Wecker klingelte zwar rechtzeitig, und ich stand auch auf, aber leider tat James dasselbe. Violet schlief noch, aber er bestand darauf, mir Eier mit Schinken zu braten, bevor er mich zur Uni chauffierte. Er fuhr so dicht wie möglich an das Einbahnstraßengewirr des Uni-Viertels heran und setzte mich in der Nähe von St. Boniface ab, wo ich mich mit einem Kuss von ihm verabschiedete.

Der Rest des Tages verging wie im Fluge. Erst kam Philosophie, bei weitem mein schwächstes Fach, und dann Politik, bei weitem mein stärkstes Fach – und Dr. Etheridges

Spezialität. Ich verließ die Prüfung erschöpft und durstig, aber auch im Triumph. In beiden Bereichen, sowohl in der Ethik als auch der allgemeinen Philosophie, ging es um Themen, die ich gerade gestern bearbeitet hatte. Und die politischen Fragen bezüglich der Unterschiede verschiedener Strömungen des Sozialismus im späten 19. Jahrhundert hatten direkt mit drei meiner Seminararbeiten in diesem Trimester zu tun. Kam es jetzt im Wirtschaftsbereich nicht noch zu einer Katastrophe, dann hatte ich es geschafft.

Damit war das Wochenende frei. Ich fragte mich, ob ich wohl sofort zu Stephen gehen sollte, um das Durcheinander unserer angeblichen Verlobung zu klären, oder aber erst am nächsten Morgen, bevor ich mich wieder in die sichere Geborgenheit von James' Haus aufmachte. Die beiden erwarteten mich und hatten bereits angedeutet, am Sonntag einen kleinen Ausflug in den Wald machen zu wollen. Die Striemen des Rohrstocks waren mittlerweile zwar etwas verblasst, aber meine Gier nach mehr beherrschte mich dafür umso lebhafter. Um das Ganze allerdings wirklich genießen zu können, brauchte ich einfach ein reines Gewissen. Und mit Stephens Verlobungsring, der vielsagend an meinem Finger funkelte, wollte es sich nicht so recht einstellen.

Ich nahm also all meinen Mut zusammen und ließ mir auf dem Weg nach Emmanuel alles, was gesagt werden musste, noch einmal durch den Kopf gehen. Als ich sein College erreichte und feststellen musste, dass er gar nicht da war, kam ich mir ziemlich dumm vor. Die große Magnolie vor seinem Flügel war mit ihren tiefhängenden Zweigen und den üppigen Blättern der perfekte Platz, um sich hinzusetzen und vor der Sonne geschützt auf ihn zu warten. Außerdem konnte man mich dort nicht so leicht entdecken – und dafür war ich sehr dankbar, als Stephen schließlich mit Giles und Lucy um die Ecke bog. Sie hatte ein in der Plastikhülle der Reinigung steckendes blaues Samtkleid über dem Arm.

Die drei unterhielten sich sehr angeregt, und ich rührte mich nicht, bis sie in dem Gebäudeteil verschwanden, in dem Stephen sein Zimmer hatte. Es war natürlich ganz und gar ausgeschlossen, ein auch nur halbwegs vernünftiges Gespräch über das Thema zu beginnen, wenn andere Leute dabei waren. Ich wollte gerade gehen, als die kleine Gruppe wieder herauskam. Mir blieb eben noch genug Zeit, mich erneut im Schutz des Baumes zu verbergen, und aus meiner Deckung konnte ich erkennen, dass Stephen seine Autoschlüssel in der Hand hatte.

Mir fiel ein, dass Giles das Hofrestaurant, in dem wir neulich gewesen waren, für das Dinner der Hawkubites mieten wollte. Doch jetzt kam mir langsam ein schrecklicher Verdacht. Das Restaurant unterschied sich sehr von den anderen Etablissements, die sonst von der Gruppe benutzt wurden. *Les Couleurs* war da schon viel typischer – nur, dass sie dort offizielles Hausverbot hatten. *The Barn* hingegen war alles andere als nobel und servierte weder französischen Wein noch Zigarren oder Cognac. Und abgesehen von Tischen und vielleicht noch den Glastüren, gab es dort nicht viel, was man ohne schwere Werkzeuge verwüsten konnte. Aber andererseits lag das Restaurant so abgelegen wie nur wenige Orte sonst in Südengland und gehörte außerdem Leuten, die Giles persönlich kannte. Als wir vor ein paar Tagen dort gewesen waren, hatten er und sein Freund Nigel sich sehr lange allein unterhalten. Und zwar direkt unter einer kleinen Tafel, die das Lokal auch für private Feierlichkeiten anbot. Und obendrein war Giles derjenige, der ein Auto besaß – einen Zweisitzer –, aber es war Stephen, der die Autoschlüssel hatte. Höchstwahrscheinlich hatten sie sich also extra einen größeren Wagen gemietet. Das alles zusammen mit Lucys frisch gereinigtem Ballkleid ließ nur einen Schluss zu: Sie hatten vor, einen Rudelbums mit ihr zu veranstalten.

Zunächst konnte ich es gar nicht recht glauben. Die Vorstellung war einfach zu ungeheuerlich. Oder auch nicht. Schließlich hatte ich oft genug mit Lucy gesprochen, um zu wissen, dass sie Sex mochte und praktisch keine moralischen Skrupel kannte. Außerdem war sie total verknallt in Giles und überaus leicht betrunken zu machen. Hinzu kam noch, dass mich die Sache eigentlich gar nichts anging. Aber immerhin war Stephen dabei, der mich trotz all der Verwirrungen gerade gebeten hatte, seine Frau zu werden. Und die Vorstellung, dass Lucy vielleicht gar nicht zugestimmt hatte, sondern dass man sie einfach mit Bier abfüllen und damit zum Sex gefügig machen würde, konnte ich einfach nicht verdrängen. Ich sah praktisch schon, wie Giles sich über sie hermachte, denn trotz all seines spitzbübischen Charmes war er doch nichts weiter als ein fieser Mistkerl.

Also war das Mindeste, was ich tun konnte, mit ihr zu reden. Ich folgte der Gruppe in einiger Entfernung, bis sie das Ende der Parks Road erreichte. Dort bogen Giles und Stephen Richtung Norden ab, und Lucy ging über die Hollywell Street in Richtung St. Mary's. Ich rannte dem ahnungslosen Mädchen hinterher und holte sie auch ziemlich schnell ein.

«Hi, Lucy. Das ist aber hübsch.»

«Sieht es nicht hinreißend aus? Hat Giles mir gekauft.»

«Beneidenswert!»

«Er ist sehr großzügig, aber …» Sie stockte, als sie den Ring an meinem Finger bemerkte. «Du bist verlobt!»

Ich zuckte mit den Schultern, um das Thema irgendwie zu vermeiden. «Wo gehst du denn hin? Er nimmt dich doch wohl nicht zum Dinner der Hawkubites mit, oder?»

Sie zögerte einen Moment, sodass ich sofort wusste, ich hatte den Nagel auf den Kopf getroffen. Jetzt brauchte ich nur noch detaillierte Angaben über das Treffen von Giles' Truppe. Einfach danach fragen konnte ich sie nicht – besonders dann nicht, wenn sie für ihre Anwesenheit bezahlt wurde. Also entschloss ich mich zu bluffen.

«Schon okay, ich weiß, was da abgeht. Ich wurde im ersten Trimester auch eingeladen, aber …»

Ich brach meinen Satz in der Hoffnung ab, dass sie ihn vollenden würde, aber sie blieb stumm. Stattdessen wurde sie ein bisschen röter, sodass ich mich zum Weiterreden gezwungen sah.

«Na ja, wenn Stephen damals schon Mitglied gewesen wäre, hätte ich auch mitgemacht.»

Jetzt lächelte sie immerhin schon, klang aber immer noch recht vorsichtig, als sie sagte: «Ich bin froh, dass du Verständnis dafür hast. Die meisten Leute in dieser Gegend sind schrecklich arrogant. Ich meine, na gut, vielleicht wird es ein bisschen unanständig. Aber was ist daran schließlich verkehrt? Ist doch nur ein bisschen Spaß.»

Ich lachte. «Ja, na klar. Aber ich nehme schon an, dass es ein bisschen mehr als nur unanständig werden wird.»

Lucy kicherte und schaute mich direkt an. Ihr Blick verriet, dass sie gern ein paar ermutigende Worte gehört hätte, und ich konnte nicht anders, als ihr beizustehen. Denn obwohl ich mich niemals von einem Dutzend Männer durchnehmen lassen würde, wusste ich doch, dass die meisten

Menschen meine Spiele als noch viel schlimmer erachteten. Eine ganz offene Frage schien hier das Vernünftigste zu sein.

«Und du bist auch damit einverstanden, oder? Du weißt, dass ungefähr zwölf Männer anwesend sein werden?»

Ich war mir nicht mal sicher, womit genau sie sich einverstanden erklärt hatte, und erwartete eigentlich, dass sie zumindest ein bisschen Nervosität zeigte. Aber zu meiner Überraschung zuckte sie lediglich mit den Schultern und antwortete mit einem gewissen Schalk in der Stimme.

«Zwölf ist eine gute Zahl.»

Sie schaute mich mit großen Augen an und lächelte.

«Kannst du ein Geheimnis für dich behalten?»

«Ja, natürlich. Was denn?»

«Ich hatte auch schon mal fünfzehn Männer.»

«Fünfzehn?!»

«Die *South City*-Mannschaft, nachdem sie aufgestiegen war. Die Jungs haben damals in einem Hotel eine große Party geschmissen. Ich arbeitete zu der Zeit in einem Stripclub, um Geld für mein Studium zu verdienen. Tja, und ich wurde gefragt, ob ich kommen wollte und … na ja …»

Sie verstummte, aber ich war durchaus in der Lage, mir den Rest zu denken. Ich sah sie förmlich vor mir, wie sie nackt und betrunken eine ganze Fußballmannschaft unterhielt. Und ich hatte mir Sorgen gemacht, dass Giles sie irgendwie benutzen würde! Dabei schien das überhaupt kein Problem darzustellen. Sie hatte praktisch offen zugegeben, sich verkauft zu haben – und das mit kaum mehr als einer Spur von Verlegenheit. Für mich war es eine düstere und äußerst private Phantasie, mich zu prostituieren, aber für sie schien es einfach nur Teil ihres Lebens zu sein. Sie hatte es getan, weil sie Geld brauchte. So einfach war das. Ob ich wohl so wählerisch bei meinen Jobs gewesen wäre, wenn ich nicht immer meine Eltern im Hintergrund gehabt hätte? Ich war tatsächlich beeindruckt.

«Das ist echt schön für dich, Lucy.»

«Es stand sogar in der Zeitung. Nicht mein Name – damals nannte ich mich Peaches –, aber ein Bild von meinem Gesicht. Ich hatte schon gedacht, das würde mich meinen Studienplatz kosten, aber niemand hat etwas davon mitgekriegt. Zumindest niemand, der wichtig ist.»

«Du weißt ja, was man sagt: Nichts ist älter als die Zeitung von gestern.»

Anscheinend war Giles Spezialist für diese Art Altpapier.

Lucy lud mich noch zum Essen in den Speisesaal von St. Mary's ein, aber danach machte ich mich gleich auf den Heimweg. Ich war sehr erschöpft und hätte einiges darum gegeben, wenn Violet mich noch ein bisschen verwöhnt und dann mit heißem Popo zu Bett gebracht hätte, aber sie war leider noch bei James. Die Versuchung, alle Kraft zusammenzunehmen und zu seinem Haus zu radeln, war durchaus groß, aber ich musste einfach mal wieder richtig schlafen. Und so gut die beiden es auch mit mir meinten, zum Schlafen würde ich in ihrer Gegenwart einfach nicht kommen.

Also entschloss ich mich, ganz brav zu sein und trotz des sanften Lichts dieses Sommerabends, das immer noch durch den Spalt zwischen meinen Vorhängen fiel, ins Bett zu gehen. Es konnte lediglich ein paar Minuten gedauert haben, bis ich eingeschlafen war, doch irgendwann schreckte ich von einem schrecklichen Albtraum hoch, in dem ich verschlafen und meine Prüfung in Wirtschaft verpasst hatte, sodass ich durch die Zwischenprüfung fiel. Einen grauenvollen Moment lang wusste ich nicht recht, ob das Ganze nun real war oder nicht. Als ich nach ein paar Sekunden etwas klarer im Kopf wurde, dämmerte mir aber nicht nur, dass die Prüfung erst in zwei Tagen war, sondern auch, dass es mitten in der Nacht war.

Mein ganzer Körper klebte vor Schweiß. Ich hatte sieben Stunden geschlafen, mein normales Pensum. Ich stellte mich unter die Dusche in der Hoffnung, das heiße Wasser würde mich wieder schläfrig machen. Aber die Wärme brachte rein gar nichts, sodass ich irgendwann wieder in der Dunkelheit dalag, die Bettdecke wegen der Sommerhitze bis runter zu den Beinen geschoben. Mein Kopf war angefüllt mit diffusen Gedanken über mein Leben. Als Erstes fragte ich mich, ob ich mit Stephen nicht vielleicht doch zu irgendeinem Kompromiss kommen könnte. Vielleicht sogar mit Hilfe von Giles. Danach war mein Neid an der Reihe, was mit Lucy beim Dinner der Hawkubites geschehen würde. Und schließlich, was wohl mit mir passiert wäre, hätte ich die Einladung im vorletzten Trimester angenommen.

Die einfache Antwort lautete, dass ich von zwölf Männern durchgenommen worden wäre. Dabei hatte ich nicht die geringste Ahnung, wie solche Dinge wirklich vonstatten gingen. Da ich bezahlt worden wäre, hätte ich wahrscheinlich genau das tun müssen, was sie von mir verlangten – ein Gedanke, der einen Schauer leichter Abscheu, aber auch der Erregung durch meinen Körper jagte. Vielleicht hätte man von mir verlangt, vorher einen Striptease hinzulegen. Oder nackt bis auf eine knappe Schürze und High Heels zu servieren. Ganz sicher hätte man erwartet, mich anfassen zu dürfen: Unerwartet wären von hinten meine Brüste begrapscht worden. Oder sie hätten mich gezwungen, mit den Händen über dem Kopf still dazustehen, während sie mich befummelten, meinen Po streichelten oder mir sogar vielleicht ein paar Klapse daraufgaben.

Erst wenn die Meute betrunken genug war, um ihre Hemmungen ganz abzulegen, würde ich so richtig rangenommen werden. Vielleicht würde man mich unter den Tisch schicken, um sie einen nach dem anderen mit dem Mund zu befriedigen. Vielleicht aber würde ich auch in ein Hinterzimmer geschickt werden, wo sich einer nach dem anderen über mich hermachte. Vielleicht hätten sie Lose gezogen, um festzulegen, wer als Erster randurfte. Andererseits, wenn man den Zeitungsartikeln über Fußballer Glauben schenken durfte, hätten sie mich wohl einfach für alle sichtbar über den Tisch gebeugt und mich jeweils zu zweit bestiegen. Einer von hinten und einer in meinen Mund. Plötzlich fiel mir auch der Begriff für so etwas ein: Zweilochstute – als wäre ich nichts weiter als eine Ansammlung von Löchern, die gestopft gehörten. Und wieder jagte ein Schauer durch meinen Körper, diesmal noch heftiger als eben zuvor.

Ich würde es tun müssen. Ich konnte mich einfach nicht beherrschen. Meine Schenkel spreizten sich, und ich suchte in meinem Kopf nach einer Phantasie, die mir beim Masturbieren zumindest einen Hauch von Würde ließ. Ein paar leichte Berührungen an meinem Kitzler, und auch dieser Vorsatz war verflogen. Schließlich hatte Violet gesagt, dass man eine Phantasie so versaut wie möglich gestalten sollte. Wie recht sie doch hatte – besonders in der Ruhe und der Dunkelheit meines Zimmer, wo niemand meine Gedanken erahnen oder mir dabei zuschauen konnte, wie ich meine Brüste streichelte und an meiner Möse rieb.

Als ich meine Augen schloss, wünschte ich mir allerdings Zuschauer. Und zwar jede Menge. Vielleicht sogar die Hawkubites oder noch besser die Männer des Ruderclubs. Aus allen drei Mannschaften. Das wären dann 24, große, aktive Kerle gewesen. Ich stellte mir vor, wie es wohl wäre, wenn die Mädchen bei den Abschlussfeiern der Achter-Woche traditionellerweise gefickt würden. Alle acht von uns über einen Tisch gebeugt, die Rudershorts über den Po und die Oberteile über unsere Brüste geschoben. Erst würden sie uns mit einem Ruder züchtigen und dann jeweils zu dritt zum Ficken und zum Blasen zwingen. Oder noch schlimmer, der dritte Mann würde uns in den Arsch ficken!

Der Gedanke sorgte dafür, dass ich mich aufbäumte und mir lüstern auf die Lippe biss. Ich hatte zwar noch nie Analverkehr gehabt, aber schon öfter darüber nachgedacht und mich dort auch schon gestreichelt. In meiner Vorstellung war es ganz einfach. Ich würde auf einem Mann sitzen, der auf einem Tisch lag, hätte dabei gleichzeitig den Schwanz eines zweiten im Mund und würde dabei meinen von Schlägen geröteten Hintern einem dritten hinhalten. Meine Freundinnen würden jeweils links und rechts von mir sitzen und laut keuchend dieselbe Behandlung genießen, während ich mir mit weit aufgerissenen Augen und wie weggetreten das Poloch stopfen ließ.

Als es mir kam, musste ich mir noch fester auf die Lippe beißen, um nicht laut aufzuschreien. Mehrere Wellen der Ekstase brandeten durch meinen Körper, ich bäumte mich wieder und wieder auf, und meine Hände bearbeiteten wie wild Brüste und Möse. Erst im allerletzten Moment wurde das Bild in meinem Kopf durch eine andere Vorstellung ersetzt. James fickte mich in Frankreich in den Arsch, während zwei Einheimische für den großzügigen Preis von zehn Euro meine Muschi und meinen Mund stopften. Dieses Bild war sogar noch besser. Ich brachte mich zu einem zitternden Höhepunkt und ließ mich dann mit schweren Gliedern zurückfallen, um schließlich mit einem befriedigten, von Scham erfüllten Lächeln einzuschlafen.

Die Sonne stand bereits am Himmel, als ich an diesem Morgen zum zweiten Mal erwachte. Mein Tag war genau durchgeplant. Den Vormittag über wollte ich lernen, und danach ging es zum Lunch zu James. Dann war da zwar auch noch Stephen, aber ich hatte immer noch keine Ahnung, was ich ihm sagen wollte. Würde er sich zusammen mit den anderen über Lucy hermachen, so ließe das unsere Verlobung in einem völlig anderen Licht erscheinen. Ich hatte keine Ahnung, ob er wirklich beabsichtigte, die Sache mit Giles zu beenden, aber wenn er plante, an Rudelbumsereien teilzunehmen, dann würde mir das eine ausgesprochen gute Verhandlungsposition verschaffen. Ich musste ihm nur mitteilen, was ich wusste, und ihn überreden, einer offenen Beziehung zuzustimmen.

Die Lösung war vernünftig, fühlte sich aber dennoch irgendwie nicht richtig an. Und als ich nach dem Frühstück den Wohnbereich verließ, wusste ich immer noch nicht, ob ich die Sache wirklich durchziehen wollte oder nicht.

Im Kreuzgang sah ich Dr. Etheridge, der sich gerade mit einem anderen Dozenten unterhielt. Wie immer grüßte ich freundlich, doch anstatt meinen Gruß zu erwidern, hob er einen Finger. «Einen Moment, Nora. Könnte ich Sie mal kurz sprechen? Entschuldigen Sie mich, David.»

Er klang sogar noch formeller als sonst, und mein erster Gedanke war, dass ich durch die Zwischenprüfung gefallen war. Aber die Arbeit konnte unmöglich bereits korrigiert und erst recht nicht schon jetzt an ihn weitergeleitet worden sein. Trotzdem war ich ausgesprochen nervös, als ich ihm in sein Arbeitszimmer folgte.

Er setzte sich und sah mich dann einen Moment lang über seine Brillengläser hinweg an. «Wie Sie wissen, Nora, bin ich nicht nur Ihr Tutor, sondern auch so etwas wie ein moralischer Beistand. Und es ist auch eine moralische Angelegenheit, die ich jetzt mit Ihnen besprechen möchte.»

Als mir klar wurde, dass er sicher Gerüchte über Violet und mich gehört hatte, schoss mir das Blut in die Wangen. Verzweifelt versuchte ich, mich innerlich zu entscheiden, die ganze Sache entweder abzustreiten oder aber dazu zu stehen.

«Wie ich höre, sind Sie sehr eng mit Ihrer Nachbarin, Miss Aubrey, befreundet?»

Zumindest die Frage war einfach.

«Ja.»

«Und auch mit ihrem, äh … Bekannten, Dr. McLean?»

«Ja.»

«Und Sie haben auch schon mehrfach in seinem Haus genächtigt?»

«Ein paarmal, ja.»

«Sie, äh, wissen vielleicht auch, was er für einen Ruf hat?»

Er hatte offensichtlich große Schwierigkeiten, die richtigen Worte zu finden, und ich würde ganz sicher nicht zugeben, dass ich von James' Vorliebe für die Züchtigung von Studentinnen wusste. Und schon gar nicht, dass ich zu den Studentinnen gehörte, die er regelmäßig übers Knie legte.

«Was für ein Ruf, Dr. Etheridge?»

«Ja. Also, die Sache ist die, Nora. Er ist eine Art, äh, eine Art Lebemann. Ein Don Juan.»

Ich tat so, als wäre ich schockiert. «Mir gegenüber hat er sich immer tadellos benommen.»

Und so war es schließlich auch. Er hatte immer dafür gesorgt, dass ich einen warmen Po hatte. In gewisser Weise stimmte meine Antwort also völlig.

«Ich bin wirklich sehr froh, das zu hören. Und doch muss ich Ihnen in meiner Funktion als Ihr moralischer Beistand und auch im Hinblick auf Ihre Karriere dringend raten, sich nicht mehr so oft mit ihm zu treffen. Oder noch besser, sich ganz und gar von ihm loszusagen.»

«Oh. Danke für den Rat.»

Das war alles, was ich sagen konnte. Mir war speiübel. Ich hatte ja keine Ahnung, dass ich mich so augenfällig, oder mit Giles' Worten, indiskret verhalten hatte.

«Was Ihre persönliche Beziehung mit Miss Aubrey angeht, nun ja, heutzutage steht es mir natürlich nicht mehr zu, Sie dafür zu kritisieren. Aber Sie sollten Ihre Situation wirklich einmal gründlich überdenken. Sie sind doch schließlich verlobt, nicht wahr?»

«Äh ... ja.»

«Meinen Glückwunsch. Aber denken Sie ruhig mal darüber nach, was ich gesagt habe.»

«Das tue ich. Vielen Dank.»

«Sie können gehen.»

Meine Wangen waren knallrot, als ich die Stufen zum Kreuzgang hinunterging. Er wusste oder ahnte weitaus mehr, als ich erwartet hatte. Mir war gar nicht klar gewesen, dass James' Ruf so schlecht war. Ob die Studenten unter und neben uns Violet und mich wohl trotz der massiven Wände hören konnten? Ich ertrug es kaum, weiter über diese Frage nachzudenken. Wenigstens war er nicht direkt auf das Thema Züchtigung gekommen, sonst wäre das Gespräch bestimmt noch zehnmal peinlicher geworden.

Alle schienen mich anzustarren, und ich war sicher, dass jeder über mich Bescheid wusste. Ich musste einfach raus und einen Ort finden, an dem ich mich etwas beruhigen konnte. Dafür gab es eigentlich nur eine Lösung: Ich musste trotz des gutgemeinten Ratschlags von Dr. Etheridge schon früher zu James fahren. Ich holte mein Rad aus dem Schuppen und wartete auf eine Lücke im Verkehr, bevor ich in die Hauptstraße einbog. Plötzlich sah ich Giles auf mich zukommen. Er machte kein ausgesprochen freundliches Gesicht. Ich blieb stehen und wartete auf ihn.

«Hi, Giles. Ich hatte gerade ein echt peinliches Gespräch mit Dr. Etheridge.»

«Ach ja? Was wollte die alte Spaßbremse denn von dir? Hat er dich dabei erwischt, wie du mit den Konservativen gesprochen hast?»

«Nein. Es ging um Violet und James McLean.»

«Aha. Na ja, du musst zugeben, dass ein Gespräch darüber nicht ganz unbegründet ist. Ich wollte dich auch schon darauf ansprechen.»

«Wieso? Ich kann mir meine Freunde doch wohl selbst aussuchen.»

«Zweifellos. Aber du verbringst wirklich recht viel Zeit mit ihm. Und ich habe gehört, dass du auch schon die Nacht in seinem Haus verbracht hast.»

«Gibt es hier eigentlich gar keine Privatsphäre mehr?»

«Nicht, wenn du die Angewohnheit hast, mitten durch die Stadt zu radeln, um dich mit einem Mann zu treffen, der dafür bekannt ist, jungen Mädchen gern den nackten

Hintern zu versohlen. Der Mann ist nur eine Belastung für dich, Nora.»

«Na, das ist ja köstlich. Und das ausgerechnet von einem Mann, der sich gern regelmäßig von seinen männlichen Freunden einen blasen lässt und der einem Club vorsitzt, der Restaurants in Schutt und Asche legt.»

«Das ist etwas anderes. Schwuler Sex ist heutzutage einfach kein Thema mehr. Und ein Ruf als gemäßigter Unruhestifter ist für einen Mann auch eher nützlich als schädlich.»

«Unruhestifter? Du hast mir tausend Pfund geboten, damit ich für euch die Zweilochstute mache!»

«Die Hawkubites sind ausgesprochen diskret. Und da du Karriere machen willst, hätte man sich auch auf deine Verschwiegenheit verlassen können.»

«Und Lucy?»

«Lucy?»

«Ja, Lucy. Du nimmst sie doch heute Abend zum Dinner der Hawkubites mit, oder? Und lüg mich ja nicht an, Giles!»

Endlich hatte ich ihn zumindest ein wenig aus dem Gleichgewicht gebracht, und er zögerte, um seine Antwort überaus gründlich abzuwägen. «Sie ist zu dem Dinner eingeladen, ja. Aber als Gast. Ich fand, es wurde langsam mal Zeit, dass der Club ein bisschen aufgeschlossener und moderner ...»

«Blödsinn! Du hast Lucy ausgesucht, weil sie Riesentitten hat. Und weniger Hemmungen als ein Kaninchen auf Ecstasy. Ich weiß Bescheid, Giles. Ich habe nämlich mit ihr gesprochen.»

«Du lieber Himmel, du steckst ja wirklich voller Überraschungen. Eine richtige kleine Detektivin bist du.»

«Nicht schlecht, was? Du hast ihr Bild in der Zeitung gesehen, hab ich recht? Nachdem sie mit der South-City-Mannschaft erwischt wurde. Und nur deswegen bist du auch mit ihr ausgegangen, stimmt's? Weil du wusstest, sie würde mitmachen.»

«Tut mir leid, jetzt weiß ich wirklich nicht mehr, wovon du da redest.»

«Jetzt streit es doch nicht ab, Giles.»

«Und ob ich es abstreite. Ich weiß nichts von alledem. Obwohl es recht anregend klingt. Aber andererseits auch wieder nicht. Mit Fußballrowdys? Also wirklich. Das überrascht mich geradezu. Nein, das ist jedenfalls nicht der Grund, weshalb ich sie eingeladen habe. Ich habe sie eingeladen, weil ich ein Flittchen auch so auf den ersten Blick erkenne.»

«Giles! Sie ist deine Freundin!»

«Jetzt sei doch nicht so zimperlich, Honora. Sie liebt es, wenn man sie beim Ficken Flittchen nennt. Und ich wette, dir geht's ganz genauso. Aber ich hatte auch noch andere Gründe. Erstens hat sie nicht die Spur von Boshaftigkeit in ihrem geilen kleinen Körper. Zweitens wird sie zweifellos als Mathematik-Dozentin enden und daher genauso diskret sein, wie du es bist. Und irgendjemanden musste ich ja finden. Schließlich hast du uns einen Korb gegeben.»

«Wieso musstest du jemanden finden?»

«Weil ich es gesagt habe, Nora. Ich habe mein Wort gegeben. Aber das ist etwas, was du anscheinend nicht verstehst. Aber darum geht es jetzt auch gar nicht. Es geht darum, dass James McLean ein Perversling ist.»

«Das hat man früher auch über schwule Männer gesagt, Giles. Und das ist noch gar nicht so lange her.»

«Mag sein. Aber wir sind jetzt in der Gegenwart. Und in

der Gegenwart gibt es einen großen Unterschied zwischen gelegentlichen Begegnungen unter gleichaltrigen Männern und einem angeblich verantwortungsbewussten Dozenten, der seine Ersttrimesterstudentinnen gerne dazu bringt, ihre Höschen auszuziehen, um sich den Hintern versohlen zu lassen.»

«So ist es nicht gewesen!»

«Kann sein, kann auch nicht sein. Aber meinst du, das spielt eine Rolle? Wichtig ist nur, wie er von den Leuten gesehen wird. Und für die Mehrheit ist er nun mal der schmutzige alte Mann, der gerne junge Mädchen schlägt.»

«Und ich nehme an, du hast so etwas noch nie getan?»

«Nein, ich habe noch keinem Frischling eins mit der Rute übergezogen. Hör zu, Nora, ich habe ja selbst nichts gegen ein paar Klapse einzuwenden. Aber du weißt genauso gut wie ich, dass solche Dinge für neunundneunzig Prozent unserer gemeinen Wählerschaft ein Dorn im Auge sind. Es ist wirklich ganz einfach. Wenn du ernsthaft eine politische Karriere anstrebst – und dazu zähle ich auch die Vorteile, die sich für dich ergeben, wenn du für meinen Onkel arbeitest –, dann darfst du einfach nicht mit Männern wie James McLean in Verbindung gebracht werden. Du wirst dich also entscheiden müssen.»

18

Auch wenn er es nicht offen ausgesprochen hatte, so waren Giles' Worte ohne Zweifel ein Ultimatum gewesen. Mein Instinkt sagte mir, seine Forderungen rundheraus abzulehnen, so wie ich es bereits mehr als einmal getan hatte, wenn jemand versuchte, mir in mein Leben oder meine Karriere reinzureden. Doch leider hatte Giles durchaus recht. Ich hatte zwar mein Bestes getan, um die Beziehung zu James und Violet geheim zu halten, aber wenn ich nicht bald den Kontakt zu den beiden abbrach, war es nur eine Frage der Zeit, bevor die Sache publik werden würde. Die Affäre könnte dadurch zu einer Leiche in meinem Keller mutieren – einer fetten, grinsenden Leiche mit Barett, Talar und einer Birkenrute in der Hand.

Dieses Risiko durfte ich einfach nicht eingehen. Aber wenn ich auch nur daran dachte, James und Violet zu sagen, dass es vorbei wäre, spürte ich ein Stechen in der Brust. Und dieses Stechen war nicht nur emotionales Leid, sondern ein geradezu körperlicher Schmerz. Die Tatsache, dass sie wahrscheinlich voller Verständnis darauf reagieren würden, machte das Ganze nur noch schlimmer, denn ich wusste, es würde Violet das Herz brechen. Und trotzdem war es ein Opfer, das ich bringen musste, wenn ich nicht alles aufgeben wollte, wofür ich so hart gearbeitet hatte. Und das nicht erst, seit ich nach Oxford gekommen war, sondern schon in der Schule. Ganz zu schweigen von all der Zeit und dem Geld, das meine Eltern in meine Ausbildung gesteckt hatten.

Zumindest würde ich immer noch Stephen haben, aber dieses Wissen fand ich weitaus weniger tröstlich als gedacht. Zwar verstanden wir uns ziemlich gut, aber die sexuelle Chemie zwischen uns stimmte nun mal gar nicht. Außerdem war ich nicht in ihn verliebt und würde es auch niemals sein. Und selbst wenn ich all das ignorierte und die Sache logisch betrachtete, stellte Stephen immer noch ein Risiko dar. Als Politikerin würde ich ganz sicher mit unter Beschuss geraten, wenn mein Ehemann dabei ertappt werden würde, wie er sich auf einem Sexurlaub in Thailand mit ein paar Ladyboys vergnügte. Dasselbe galt natürlich auch für mich, wenn man mich mit runtergezogenem Höschen auf dem Schoß eines unehrenhaft entlassenen Dozenten oder meiner lesbischen Geliebten erwischte.

Ich wusste, eigentlich sollte ich all diese Menschen hinter mir lassen und mich auf die Suche nach einem anderen starken Mann machen. Doch so schlecht wie es Fortuna offensichtlich mit mir meinte, würde der sich wahrscheinlich als Transvestit oder als Exhibitionist entpuppen. Und selbst wenn ich sicher sein könnte, dass er der perfekte Mann wäre, hätte ich es nicht getan. Die Vorstellung war einfach zu kalt und zu seelenlos und missfiel mir weitaus mehr, als einen Kompromiss mit Stephen zu finden.

Letzten Endes gab es nur eins, was ich tun konnte! Ich würde zu James' radeln und erklären, dass ich in ihn und Violet verliebt war, ihm aber auch sagen, wie weh mir das tat. Auf unsere gemeinsame Zeit in Frankreich wollte ich zwar nicht verzichten, aber was Oxford anging, würden James und ich uns in Zukunft voneinander fernhalten müssen. Bei Violet sah die Sache schon anders aus. Schließlich würde sie bis zum Ende des Trimesters weiterhin meine Nachbarin bleiben, und es war einfach sinnlos, so zu tun, als würden wir nicht hin und wieder zusammen im Bett landen.

Schon als ich die Botley Road entlangradelte, war ich in Tränen aufgelöst und musste immer wieder anhalten, um mir die Augen zu wischen. Nachdem ich James' Haus erreicht hatte und vom Rad gestiegen war, stand ich lange einfach nur da. Ich versuchte verzweifelt, mich zusammenzureißen und mir zu überlegen, wie ich mein Anliegen am besten vorbringen konnte. Schließlich ging ich zur Tür, die auch gleich von Violet geöffnet wurde. Nachdem sie einen Blick auf mein verheultes Gesicht geworfen hatte, nahm sie mich sofort in die Arme. Die Tränen flossen erneut, und ich erklärte ihr stammelnd, was passiert war und wie sehr ich sie liebte.

James stand hinter ihr und hörte zu, ohne ein Wort zu sagen. Er redete erst, als ich Violet endlich losließ. «Das ist genau die richtige Entscheidung, Nora. Ich bin kein Mann, mit dem du dich sehen lassen solltest. Und ich habe kein Recht, dich zum Bleiben zu bewegen.»

«Ich möchte ja bleiben, James, aber …»

«Ich weiß. Und wir fahren ja auch zusammen nach Frankreich. Und jetzt hör auf zu weinen.»

Er nahm mich in die Arme und hielt mich so lange fest, bis ich mich selbst aus der Umarmung löste. Mein Blick war tränenverhangen und die Kehle ganz wund. Immerhin gelang mir so etwas wie ein Lächeln, als Violet mir ein Blatt Papier reichte, auf dem die Einzelheiten unseres Urlaubs aufgelistet waren. Ich faltete das Blatt vorsichtig zusammen und steckte es in die Tasche meiner Jeans.

«Ich werde jetzt besser wieder fahren.»

«Muss das sein?»

«Ja. Ich muss unbedingt allein sein.»

Das entsprach nicht ganz der Wahrheit. Eigentlich wollte ich sogar unbedingt bei ihnen bleiben, ertrug es gleichzeitig aber auch nicht. Also stieg ich nach einer letzten Umarmung wieder auf mein Fahrrad und machte mich auf den Weg zurück nach Oxford. Nach ein paar Minuten merkte ich allerdings, dass ich am liebsten gar niemanden sehen würde, und bog auf einen Weg, der hinunter zum Fluss führte. Ich radelte in schnellem Tempo am Ufer entlang, passierte das Bootshaus, unterquerte die Donnington Bridge und die Ringstraße und kam schließlich sogar an dem abgelegenen Wäldchen vorbei, wo ich zum ersten Mal mit einer Birkenrute Hand an mich gelegt hatte. Immer weiter ging es, bis ich irgendwann anfing, mir Sorgen zu machen, es vor Einbruch der Dunkelheit nicht mehr zurückzuschaffen.

Ich hielt schließlich auf einer kleinen Anhöhe vor den Toren eines kleinen Ortes namens Cholsey, vielleicht fünfzehn Kilometer außerhalb von Oxford. Vor mir lag die lange Kette der Berkshire Downs, ein helles Kalk-Grün, das von den dunkleren Linien der Hecken unterteilt wurde. Hier und da waren kleine Wälder und auch Häuser auszumachen. Wenn mich meine Orientierung nicht täuschte, musste eines dieser Häuser *The Barn* sein. Ich dachte an Giles, Stephen und ihre Freunde, die sich gerade mit Lucy vergnügten, während ich hier allein und unglücklich in der Gegend stand. Wäre die Sache anders gelaufen, wäre ich jetzt an ihrer Stelle gewesen und würde zwölf Männer an einem Abend befriedigen. Damit wäre ein Geheimnis geschaffen, das ich den Rest meines Lebens mit mir herumtragen würde – eines von vielen, die ich nur mit einer kleinen Gruppe diskreter Freunde teilen könnte.

Ich stand lange da und überlegte, ob ich nicht hinradeln

und das Gespräch mit Giles wiederaufnehmen sollte. Mir waren eine Menge neuer Argumente eingefallen, die ich zu meiner Verteidigung hätte vorbringen können, ich wusste gleichzeitig aber auch, dass meine Worte nur weitere Aufregung und Verlegenheit nach sich ziehen würden. Es war schwer, der Versuchung zu widerstehen. Auch wenn ich es gewesen war, die sich geweigert hatte, an ihrem Dinner teilzunehmen, fühlte ich mich irgendwie abgelehnt. Außerdem war ich ausgesprochen neugierig – besonders darauf, wie Stephen und Lucy sich bei dieser Veranstaltung machen würden.

Ich dachte an die großen Glastüren und wie einfach es sein würde, aus der Dunkelheit einen Blick in das Innere des Restaurants zu werfen. Wenn jemand kam, könnte ich mich einfach hinter einem der Pfeiler verstecken, die das Gebäude abstützten. Sowohl die Toiletten als auch die Küche waren von innen zu betreten. Es gab also keinen Anlass, dass jemand rauskommen sollte, bevor die Zusammenkunft zu Ende wäre. Und zu diesem Zeitpunkt würde ich längst weg sein. Auch das Gefühl, mich in etwas hineinzudrängen, was mich eigentlich gar nichts anging, konnte ich schnell relativieren. Stephen war schließlich mein Freund. Er war sogar mein Verlobter! Und es gibt wohl kaum eine Frau, die nicht neugierig wäre, wenn sie mitbekäme, dass ihr Partner bei einem Rudelbums mitmacht.

Fast eine halbe Stunde lang stand ich einfach nur da und starrte auf das Gebäude. In dieser Zeitspanne führten meine Neugier und mein Groll einen Kampf gegen eine gewisse Besonnenheit und auch Angst, was wohl passieren würde, wenn man mich erwischte. Nicht, dass Stephen oder auch Giles mich ins Innere des Restaurants zerren würden, um eine weitere Attraktion für ihren Abend zu haben. Aber schrecklich peinlich wäre es mit Sicherheit. Doch wenn ich jetzt umkehrte, könnte ich niemals sicher sein, was dort stattgefunden hatte, und zu guter Letzt siegte schließlich meine Neugier.

Ich hatte keinerlei Bewegungen ausmachen können, während ich auf das Gebäude starrte. Als ich aber am Fuße der Downs angelangt war, sah ich einen glitzernden Sonnenstrahl, der beim Öffnen einer Glastür aufblitzte. Ich blieb erneut stehen und entdeckte einen Mann – wahrscheinlich Nigel –, der draußen ein Schild aufstellte, dann aber sofort wieder im Inneren des Gebäudes verschwand. Einen Moment später fuhr ein kleiner Bus vor, aus dem eine Menge Leute ausstiegen. Ich war noch zu weit entfernt, um sie erkennen zu können, aber Lucy war durch ihre Größe, die blonden Haare und das blaue Kleid deutlich auszumachen.

Die Gruppe konnte mich zweifellos sehen, aber aus der Entfernung ganz bestimmt nicht erkennen. Ich radelte weiter, bis ich an eine Abzweigung kam. Ich nahm den Weg, der am Fuße des Hanges entlangführte. Die Felsen erhoben sich glatt und kahl neben mir, und die Scheune lag jetzt verborgen hinter der Steigung. Der klare Himmel verriet mir, dass der Mond heute besonders hell scheinen würde. Also versteckte ich mein Rad hinter einer Hecke und machte mich langsam auf den Weg bergan – mit jedem Schritt nervöser, gleichzeitig aber auch entschlossener.

Für den ersten Teil des Weges boten mir einzelne Bäume Schutz, dann ein Buchenhain bei einem alten Kalksteinbruch, der zwischen den Bäumen in den Berg gegraben worden war. Die Winterstürme hatten eine riesige Buche umstürzen lassen, deren dicker grauer Stamm am vorderen Rand des Steinbruchs lag. Selbst in diesem Moment dachte ich kurz daran, wie großartig es gewesen wäre, hier übers Knie gelegt und dann mit den Buchenzweigen gezüchtigt zu werden. Aber in dieser ganz besonderen Situation stellte der umgestürzte Baum einen geradezu idealen Ort dar, um das Restaurant ohne Angst vor Entdeckung beobachten zu können.

Mittlerweile waren alle hineingegangen. Der parkende Minibus war der einzige Hinweis, dass überhaupt jemand anwesend war. Mich trennten immer noch fast zweihundert Meter vom nächsten Gebäude. Die Sonne über dem Tal von *White Horse* hatte sich langsam in einen glühenden, orangeroten Ball verwandelt, und als die Dämmerung sich langsam über das Land legte, brachte das eine empfindliche Kälte mit sich. Der Mond stand bereits am Himmel, und ich sah zu, wie die lebendigen Grüntöne der Landschaft sich nach und nach in ein trübes Grau verwandelten und das Gelb der Scheune den einzig verbliebenen Farbtupfer bot.

Ein Blick auf die Uhr verriet mir, dass seit Eintreffen der Hawkubites etwa eine Stunde vergangen war. Die Truppe musste gerade mit dem Hauptgang beschäftigt sein, und ich rannte mit klopfendem Herzen über die Rasenfläche, die zum Haus führte. Dabei betete ich inständig, dass mich niemand entdecken würde, bis ich mich versteckt hätte. Je näher ich kam, desto lauter wurden die Stimmen und das Gelächter der Anwesenden. Sie schienen bereits alle leicht betrunken zu sein, und ich meinte, aus dem Stimmengewirr Giles' schleppend-arroganten Ton und Stephens tiefen Bass herauszuhören.

Als ich das Gebäude erreicht hatte, tauchte ich sofort in den dunklen Schatten eines Stützpfeilers direkt neben der Tür ein. Der Himmel hatte bereits seine nachtblaue Farbe angenommen, und die Sterne waren aufgegangen. Ich schaute hinauf in das wunderschöne Panorama und versuchte dabei, wieder einigermaßen zu Atem zu kommen. Niemand hatte mich gesehen, und ich konnte in dem allgemeinen Murmeln der Gäste keine individuellen Stimmen mehr heraushören. Irgendjemand erzählte gerade einen Witz über drei Nonnen bei der Beichte, dessen schmutzige Pointe großes Gelächter hervorrief.

Das helle Licht im Inneren sorgte dafür, dass alles vor den Glastüren pechschwarz aussehen musste – es sei denn, man trat dicht genug heran, um das Glas zu berühren. Ich gab mir trotzdem alle Mühe, so vorsichtig wie möglich zu sein, als ich meinen Kopf neigte, um an dem Pfeiler vorbeischauen zu können. Zunächst konnte ich nur ein bisschen was sehen. Aber als ich mehr erkannte, wurde mir schnell klar, dass tatsächlich alle ihre Aufmerksamkeit nur der Unterhaltung an der langen Tafel widmeten, an der die Gäste saßen. Giles war mir am nächsten. Er saß mit dem Rücken zu mir an der Stirnseite und war eingerahmt von anderen Männern, die alle Smoking trugen. Stephen saß ihm schräg gegenüber und Lucy an der anderen Stirnseite der Tafel. Ihr Gesicht war vor Aufregung ganz rot, die Augen glänzten, und ihr Mund war weit zu einem Lachen über irgendeinen Witz oder Kommentar geöffnet. Ihr Kleid war so tief ausgeschnitten, dass es kaum ihre Brüste bedeckte. Aber immerhin hatte sie überhaupt etwas an. Ich hatte nämlich eigentlich damit gerechnet, dass sie bereits splitternackt wäre. Auf der einen Seite des Raumes drehte sich langsam ein Ferkel am Spieß – wenn man bedachte, dass man sicher auch gleich Lucy von beiden Seiten aufspießen würde, ein bizarrer und geradezu makaberer Anblick.

Auch Nigel trug einen Smoking, hatte sich allerdings zusätzlich eine Schürze umgebunden. Er schärfte gerade ein bedrohlich großes Messer zum Zerteilen des Tieres, während die anderen sich Gemüse auf die Teller schaufelten, das bereits in diversen Schüsseln auf dem Tisch stand. Ich war ganz offensichtlich vor dem eigentlichen Höhepunkt des Abends eingetroffen und wollte gerade wieder zurück in den Schatten flüchten, als zwei Männer neben Lucy nach dem Vorderteil ihres Kleides griffen und es mit einem Ruck nach unten zogen. Sie hatte ganz eindeutig nichts dagegen und fing an zu kichern, als ihre Brüste entblößt wurden.

Die übrigen Männer fingen an zu lachen und machten mit lautem Klatschen klar, dass sie Lucy oben ohne sehen wollten. Einer der Männer, die ihr das Kleid runtergezogen hatten, nahm eine ihrer schweren Brüste in die Hand und deutete an, sie abzuwiegen – als wäre er ein Preisrichter bei einer Landwirtschaftsausstellung, der eine besonders schöne Melone begutachtete. Ihre Reaktion bestand darin, die Hände hinter den Kopf zu legen und die Brust rauszustrecken. Sie badete förmlich in der Aufmerksamkeit der Männer, während ihre Brüste befummelt und die Nippel gezwirbelt wurden. Ich konnte den Blick gar nicht von ihr wenden. Und auch die Vorstellung, wie ich mich wohl an ihrer Stelle fühlen würde, wenn meine Brüste vor einem Dutzend Männer entblößt und sie mich überall begrapschen würden, ließ sich nicht so einfach aus meinem Kopf verbannen.

Das Spektakel hörte erst auf, als das Fleisch serviert wurde. Aber Lucy blieb, wie sie war. Ihre Nacktheit schien sie geradezu glücklich zu machen, und sie begann, ungeachtet ihrer Lage, gierig zu essen. Lucy war eindeutig betrunken, lachte lauthals über die Bemerkungen der Männer und schien sich keinerlei Gedanken über ihre Tischmanieren zu machen. So kleckerte sie zweimal etwas Sauce auf ihre Brüste, die erst nur Spritzer auf ihre Haut setzten, dann aber langsam bis herunter zu ihren Nippeln rannen. Der Mann, der sie eben noch befummelt hatte, zögerte nicht lange, beugte sich vor und leckte ihr saugend die Sauce von der Haut.

Ich dachte schon, alle würden sich jetzt bereits über sie hermachen, aber Giles rief die Meute zur Ordnung und wies die Männer an, sich noch etwas in Geduld zu üben. Seine Worte sorgten für eine gewisse Beruhigung, aber Lucy blieb dennoch oben ohne an ihrem Platz sitzen und flirtete mit allen Kerlen, die in ihrer Nähe saßen – Stephen eingeschlossen. Ich trat zurück in den Schatten und versuchte, meine verwirrten Gefühle zu sortieren und gegen meine eigene Erregung anzukämpfen. Sie hatten mich regelrecht in ihren Bann gezogen. Trotz all meines Schmerzes und meiner Wut spürte ich ein zutiefst körperliches Verlangen in mir, das sich nicht leugnen und schon gar nicht abstellen ließ.

Es war schließlich ein neuerliches Gelächter, das mich aus meinem Versteck lockte. Aber es galt nur einem Mann, der auf den Tisch gestiegen war und ein paar Sekunden wie wild tanzte, bevor er zu Boden fiel, wo er albern kichernd liegen blieb. Er war zwar nicht verletzt, aber bereits viel zu betrunken, um allein aufstehen zu können. Auf der anderen Seite des Raumes war Nigel dabei, die Reste des Spießbratens wegzuräumen. Ein paar der Männer machten ein paar höhnische Bemerkungen in seine Richtung, aber er lächelte nur schmeichlerisch, was sie nur noch dekadenter wirken ließ.

Ich beobachtete das Dinner weiter, suchte zwischendurch aber immer wieder Schutz hinter dem Pfeiler. Sie waren gerade beim Nachtisch. Es gab Pudding mit Sahne, diverse Käseplatten, und der Alkohol floss weiter in Strömen. Irgendwann erhob sich schließlich Giles und schlug auf den Tisch. Bei dem fortwährenden Lärm verstand ich zwar nicht alles von seiner Rede, aber die letzten Worte waren deutlich genug zu hören.

«... mein kleines Flittchen, Lucy Smith!»

Sie stand voller Freude über so viel Zuwendung auf, wurde jedoch sofort von gierigen Männerhänden am Po gepackt und auf den Tisch gehoben. Die Meute begann zu klatschen – wie rasend zunächst, dann aber schnell in einen Stakkatorhythmus übergehend. Lucy tanzte und legte dabei eine der lüsternsten und sinnlichsten Strip-Nummern hin, die ich je gesehen hatte und die offensichtlich dazu bestimmt war, nur die niedersten Bedürfnisse der Männer anzusprechen. Aber es war nicht sie, die ich beobachtete.

Zu Beginn von Lucys Auftritt hatte Giles seinen Stuhl zurückgeschoben und wie beiläufig Schwanz und Eier herausgeholt. Ich traute meinen Augen kaum, als ich Stephen auf allen vieren quer durch den Raum kriechen sah. Als er schließlich bei seinem Studienfreund angelangt war, nahm er Giles' Schwanz in die Hand und begann genüsslich, seinen Sack zu lecken. Die anderen Männer lachten und klatschten weiter. Nur einer – ein großer behaarter Rotschopf, den ich als Ruderer des ersten Bootes von St. Mary's kannte – verlangte denselben Service von Nigel und bekam ihn auch.

Die meisten der Kerle hatten bereits ihre Stühle zurückgeschoben und ergötzten sich entweder an Lucys Strip oder am Anblick ihrer männlichen Freunde. Giles' Schwanz war mittlerweile in Stephens Mund gelandet. Sein Blick war fest auf Lucy gerichtet, und seine Erektion wurde immer härter. Die betrunkene Freundin war jetzt zu seinem Ende des Tisches gekommen und tanzte nur noch für ihn. Sie trug nichts weiter als ihre High Heels, Strümpfe und ein Höschen. Und der Anblick ihres Freundes, der gerade von einem anderen Mann geblasen wurde, schien ihr große Freude zu bereiten. Ich wusste, ich selbst hätte das niemals gekonnt, und ein Teil von mir war geradezu angewidert. Gleichzeitig wurde die Lust, mich anzufassen, so groß, dass ich mich schon ziemlich bewusst davon abhalten musste, mir nicht die Hand zwischen die Beine zu schieben.

Giles' Schwanz war in Stephens Mund jetzt zu steinerner Härte angeschwollen. Lucy tanzte immer noch und bot Brüste, Po und Möse in einer schmutzigen Pose nach der anderen feil. Die Schwänze der anderen Männer waren mittlerweile ebenfalls aus der Enge der Hosen befreit, und in einer Ecke des Raumes begann nun auch ein drittes Männerpärchen, sich seiner trunkenen Lust hinzugeben. Das schien ihre Freunde allerdings nicht so sehr zu interessieren wie der Anblick von Lucy, die angefangen hatte, sich unter lautem Gejohle eine Kerze einzuführen. Bei einer derartigen Zurschaustellung schien auch Giles sich nicht länger zurückhalten zu können. Er entließ Stephen mit einem beiläufigen Tätscheln der Wange und stand auf.

«Ich glaube, sie ist jetzt bereit, Jungs. Genau wie wir. Ich nehme doch stark an, dass ich auf das Privileg der Erstbesteigung hoffen kann?»

Da ihm niemand widersprach, hob er Lucy blitzschnell vom Tisch herunter. Auf dem Boden stehend, griff sie sofort nach seinem Schwanz, während die beiden sich küssten. Doch Giles schien es jetzt eilig zu haben, denn er fegte mit einer abrupten Handbewegung alle Dinge von seinem Ende der Tafel. Lucy kicherte ein bisschen verrückt, als sie so mit den Ellbogen auf der Tischplatte positioniert wurde, dass sie ihren Po weit herausstrecken konnte und gleichzeitig Mund und Brüste einfach zu benutzen waren. So baute sich Giles auch zunächst vor ihrem Mund auf, wo sie ihn sofort zwischen die Lippen nahm und gierig an seinem Schaft saugte.

Bei dem Gedanken, dazu gezwungen zu werden, dasselbe für ihn zu tun, ging ein lüsternes Beben durch meinen Körper, das noch verstärkt wurde, als Giles hinter Lucy trat und seinen Riemen tief in ihrer Spalte versenkte. Lucy hatte die Augen vor Seligkeit geschlossen und den Mund weit geöffnet, sodass jetzt ein weiterer Mann seinen Prügel zwischen ihre Lippen schieben konnte. Ich schüttelte den Kopf und versuchte verzweifelt, mich nicht an ihre Stelle zu versetzen – über einen Tisch gebeugt, jedes verfügbare Loch von einem Mann gestopft und zehn weitere, die in einer Schlange darauf warteten, sich an mir zu vergehen.

Allerdings war es unwahrscheinlich, dass sie es mit allen Anwesenden aufnehmen musste. Der Rotschopf war immer noch mit Nigel beschäftigt und sah nicht gerade danach aus, als könnte er seinen Saft noch länger zurückhalten. Und auch Stephen hatte sich einen weiteren Riemen zum Lutschen gesucht, während er gleichzeitig einen zweiten Mann mit der Hand bearbeitete. Mit der Hand am eigenen Schwanz ließ er es sich jedoch nicht nehmen, Lucy aus dem Augenwinkel zu beobachten. Am liebsten hätte ich meinen sogenannten Verlobten laut angeschrien, aber schließlich hatte ich ihn wohl Dutzende von Malen zu nicht unähnlichen Phantasien angestachelt – und das, während er tief in mir steckte.

Angewidert von meinen eigenen Reaktionen und den Vorgängen, die sich da abspielten, stahl ich mich zurück in mein dunkles Versteck. Ich war feucht, geil und meine Nippel geradezu schmerzhaft steif. Die Enttäuschung war genauso groß wie die Gier in meinem Inneren. Ich musste einfach kommen – wie sehr ich mich später auch dafür schämen würde. Ich war gerade im Begriff, den obersten Knopf meiner Jeans zu öffnen, als ich auf der mit Kies bedeckten Auffahrt das knirschende Geräusch von Rädern hörte. Jemand war auf das Grundstück eingebogen.

In einer Art Schockstarre presste ich mich gegen den rauen Stein der Scheune und wagte nicht, mich zu bewegen.

Das Auto hielt an. Man hörte das dumpfe Knallen einer Tür und dann eine hohe, weibliche und recht genervte Stimme. «Geschlossene Gesellschaft? Wie ärgerlich. Das ist ja wirklich lästig.»

Sie lasen das Schild, das nicht mal drei Meter von mir entfernt hing, und ich versuchte, mich noch dichter an die Steinmauer der Scheune zu drücken.

«Ich sagte doch, wir hätten vorher anrufen und reservieren sollen», schaltete sich eine tiefe und etwas knurrige Männerstimme ein.

«Halb so wild, Liebling. Lass uns doch ruhig schon mal einen Tisch im Voraus bestellen. Vielleicht gibt es ja sogar eine Speisekarte, die wir mitnehmen können.»

Das Paar hatte eindeutig vor, das Restaurant zu betreten, und auch, wenn nicht ich es war, die dann Ärger bekommen würde, so geriet ich dennoch in Panik.

Ich hörte noch ihre Schritte, die sich meinem Versteck immer mehr näherten, und schließlich die Stimme des Mannes. «Großer Gott!»

In diesem Moment stürzte ich los – blind für alles andere außer dem Instinkt, irgendwie zu entkommen. Die Frau rief mir noch hinterher, aber ich rannte nur noch schneller und stolperte über den Rasen. Die beiden würden garantiert die Polizei rufen, und ich war wild entschlossen, so schnell und so weit zu laufen, wie es nur irgendwie möglich war. Als ich mich kurz umschaute, sah ich das Paar an der Tür stehen und mit jemandem reden. Aber ich blieb erst stehen, als ich die Baumkette erreichte. Und das auch nur, weil mir hier keine andere Wahl blieb. Die Downs leuchteten zwar silbern im Mondlicht, aber in dem Buchenwäldchen war es so dunkel, dass ich die Hand vor Augen nicht sehen konnte.

Das Restaurant lag jetzt außer Sichtweite hinter der Erhebung des Hügels, auch wenn ich noch den Buchenhain erahnen konnte, in dem ich mich zuvor versteckt hatte. Ich hatte in kürzester Zeit fast einen halben Kilometer zurückgelegt und war überaus dankbar für all das Training im Ruderclub. Während ich den Hügel hinuntereilte, hörte ich laute Stimmen hinter mir und dann aus einiger Entfernung tatsächlich auch eine Polizeisirene. Ich lief mit schnellen Schritten weiter, immer an einer Hecke entlang und bereit, mich beim ersten Aufblitzen eines Blaulichts flach auf den Boden zu werfen.

Doch nichts geschah, und ich erreichte den Fuß des Hügels sicher und wohlbehalten. Plötzlich ertönte die Sirene erneut von hinten und gleichzeitig von oben. Die nächste Stadt musste Didcot sein, und wenn von dort ein Auto kam, musste es an mir vorbeifahren. Ich wollte nicht gesehen werden, und ein einzelnes Mädchen, das gegen Mitternacht allein mit dem Fahrrad unterwegs war, würde auf jeden Fall Aufmerksamkeit erregen. Außerdem hatte ich auch gar keinen rechten Grund parat, weshalb ich mich um diese Zeit hier aufhalten sollte. Erst zog ich in Erwägung zu warten, aber mir wurde allmählich kalt. Also entschloss ich mich, in Richtung Westen statt Norden zu radeln und einfach das Beste zu hoffen.

Mein Fahrrad stand immer noch dort, wo ich es abgestellt hatte. Meine Nerven waren gespannt wie Drahtseile, aber je mehr Strecke ich zurücklegte, desto mehr beruhigte ich mich auch. Schließlich blieb ich sogar stehen, um mich erneut umzusehen, aber die Scheune war jetzt völlig aus meiner Sicht verschwunden, und auch die Sirenen schienen ihr Heulen eingestellt zu haben. Irgendwann fuhr doch noch ein Auto an mir vorbei und brachte mich kurz an den Rand einer Panikattacke. Aber es war nicht die Polizei.

Ich fragte mich, was ich jetzt tun sollte. Ich wusste, es würde einen Skandal geben, und da ich mindestens drei der Beteiligten kannte, war es bestimmt keine gute Idee, in den frühen Morgenstunden nach St. Boniface zurückzukehren. Nein, es war sicher besser, wegzubleiben und bei eventuellen Fragen so zu tun, als wäre ich bei James und Violet gewesen. Mit dieser Aussage würde ich zwar die Missbilligung von Dr. Etheridge auf mich ziehen, aber das war eindeutig das kleinere Übel.

Es war fast drei Uhr morgens, als ich vor James' Haus schließlich von meinem Fahrrad stieg. Ich war bleischwer und müde von der stundenlangen Radfahrt, auf der ich mehrfach nicht die geringste Ahnung gehabt hatte, ob ich mich eigentlich noch auf dem richtigen Weg befand. Trotz meiner großen Erschöpfung waren mir während der Fahrt immer wieder Bilder des orgiastischen Geschehens in den Kopf geschossen: Lucy mit nackten Brüsten beim Strippen; die Männer, deren Schwänze steif aus ihren Smokinghosen ragten, und vor allen Dingen Stephen, wie er auf den Knien sitzend Giles' Erektion leckte und gierig daran saugte.

19

Ich wachte an James' Brust gekuschelt auf. Es war ein Moment seliger Ruhe, dem sich leider die weitaus weniger angenehmen Gefühle an die Erinnerungen des vorherigen Tages anschlossen. Obwohl der Wecker am Bett bereits zwanzig nach zehn zeigte, schliefen James und Violet noch. Nachdem ich mich aus der Waagerechten hochgehievt hatte, fing ich sofort an, mir über alles Mögliche Sorgen zu machen. Los ging es mit dem gebrochenen Versprechen, nicht mehr hierherzukommen, dann war meine Prüfung in Wirtschaft am Montagmorgen dran, und schließlich fragte ich mich auch noch, was aus den Hawkubites geworden war. Immerhin gab es nichts, was mich irgendwie mit der Vereinigung in Verbindung brachte. Außerdem bestand durchaus die Möglichkeit, dass noch niemand im St. Boniface College meine Abwesenheit bemerkt hatte.

Es war eindeutig das Beste, ins College zurückzukehren und so zu tun, als wäre rein gar nichts passiert. Am Abend könnte ich vielleicht ins Studentenparlament gehen, um zu erfahren, wer, was und ob überhaupt jemand etwas wusste, ohne mich dabei zu verraten. Giles hatte mir erzählt, es sei bei den Hawkubites Tradition, dass jeder für sich allein kämpfte und unter keinen Umständen andere Mitglieder der Vereinigung belasten durfte. Es bestand also durchaus die Chance, dass sie alle noch einmal davongekommen waren. Zumindest dann, wenn die Truppe so vernünftig gewesen war, beim ersten Anzeichen eines Polizeieinsatzes zu türmen.

Trotz unserer ungeklärten Beziehung machte ich mir große Sorgen um Stephen, und auch die Frage, ob Giles rechtzeitig hatte entkommen können, trieb mich um. Am meisten ängstigte ich mich aber um Lucy. Sie war sicher nicht nur die langsamste Läuferin von allen Anwesenden, sondern musste beim Eintreffen der Beamten außerdem splitternackt gewesen sein. Selbst wenn es ihr gelungen sein sollte, sich rechtzeitig anzuziehen, so wäre sie in ihrem blauen Kleid doch schon von weitem zu erkennen gewesen. Außerdem betrug die Entfernung zwischen dem Scheunen-Restaurant und Oxford gut und gerne fünfundzwanzig Kilometer.

James erwachte, als ich gerade dabei war, mir einen Kaffee zu kochen. Nachdem ich ihm mein Vorhaben erklärt hatte, bot er mir an, später wieder zurückkommen zu können, wenn mir danach wäre. Gleichzeitig teilte er mir aber auch mit, dass diese Entscheidung ganz bei mir läge und ich bestimmt am besten wüsste, was gut für mich wäre. Ich hatte den beiden in der Nacht bei einem heißen Whiskey mit Honig erklärt, was vorgefallen war, bevor ich schließlich völlig erschöpft ins Bett fiel.

Oxford wirkte merkwürdig ruhig, als ich mit dem Fahrrad durch die Stadt fuhr. Selbst für einen Sonntagmorgen schienen nicht viele Menschen unterwegs zu sein, und in St. Boniface sah es nicht viel anders aus. In der Loge saßen zwei Pförtner, die beide nicht einmal aufschauten, als ich an ihnen vorbeiging und zu meiner Erleichterung feststellte, dass mein Postfach leer war. Es sah ganz so aus, als wäre zumindest ich noch einmal davongekommen. Nicht, dass ich irgendetwas Schlimmes getan hatte, aber ich war sicher, schon Ärger dafür zu kriegen, dass ich nur zugesehen hatte – ganz besonders, da ich den Vorfall nicht bei der Polizei gemeldet hatte.

Der Tag verging schmerzhaft langsam. Ich versuchte, mich in meine Bücher zu vertiefen, konnte mich aber nicht konzentrieren. Um 17 Uhr gab ich schließlich auf und machte mich auf den Weg ins Studentenparlament. Dort waren zwar einige Leute anwesend, aber weder Giles noch sonst ein Mitglied der Hawkubites war zu sehen. Ich sprach mit ein paar der Anwesenden, aber es waren offensichtlich noch keine Gerüchte im Umlauf. Also entschloss ich mich irgendwann, dem St. Mary's College einen Besuch abzustatten.

Eigentlich war mein Vorhaben durch und durch vernünftig, aber als ich die Hauptstraße überquerte, hatte ich das Gefühl, direkt in eine Falle zu tappen, und rechnete fest damit, es würde in der Eingangshalle des College vor Polizisten nur so wimmeln – wahrscheinlich bewaffnet und mit Spürhunden im Schlepptau, die auf den Geruch von Spießbraten abgerichtet waren. Doch genau wie in St. Boniface waren auch hier nur zwei Pförtner zu sehen, die beide ausgesprochen gelangweilt dreinschauten. Giles war auch nicht da und das Fenster zu seinem Zimmer geschlossen. Als ich aber seinen Gebäudeflügel verließ, bemerkte ich Lucy auf der gegenüberliegenden Seite des Innenhofs. Sie trug Jeans und ein T-Shirt, sah, abgesehen von einer großen Sonnenbrille, völlig normal aus. Sie drehte sich um, als ich nach ihr rief, und kam dann schnell auf mich zu.

«... wurde verhaftet und dann ...», hörte ich sie bereits im Näherkommen erzählen.

«Wer wurde verhaftet?»

«Giles! Stephen ist, glaube ich, nochmal davongekommen, aber sie haben Giles. Und ich wäre auch drangewesen, wenn er sich nicht ...»

«Jetzt mal ganz langsam, Lucy. Gab es etwa eine Razzia?»

Das wusste ich zwar bereits ganz genau, lauschte ihrer Erzählung aber dennoch voller Faszination. Die schmutzigsten Details ließ sie zwar aus, doch dafür erfuhr ich endlich, was nach meinem überstürzten Aufbruch weiter geschehen war.

«Giles hat noch versucht, es ihnen auszureden, aber sie haben nicht auf ihn gehört. Nigel sollte eigentlich den Minibus fahren, aber er wollte nicht. Und der Rest von uns war viel zu betrunken, um sich hinters Steuer zu setzen. Also haben wir versucht, zu Fuß zu verschwinden. Doch die Polizei holte uns schnell ein. Giles hat sich dann mit ihnen angelegt, damit ich flüchten konnte …»

«Giles hat einen Polizisten angegriffen?!»

«Zwei sogar. Und ganz allein. Das waren Riesen, sag ich dir. Und das nur, damit ich wegkonnte.»

«Und dann wurde er verhaftet?»

«Ich glaube schon. Ich rannte jedenfalls in den Wald. Und da sie keine Hunde oder so was dabeihatten, konnte ich entkommen und bin dann nach Hause getrampt.»

Ich konnte vor Erstaunen über sie nur den Kopf schütteln. Und auch die Erzählung über Giles verblüffte mich, denn ich hätte eigentlich gedacht, er würde in so einem Fall Lucy einfach stehen lassen, um seinen eigenen Kopf zu retten. Doch stattdessen hatte er versucht, es gleich mit zwei Polizisten aufzunehmen. Und dafür würde er ganz sicher richtig Ärger kriegen.

«Und Stephen?»

«Der ist über die Felder abgehauen. Ich wollte gerade nachschauen, ob er da ist.»

«Ich begleite dich. Was für ein Abend!»

«Armer Giles. Er kommt bestimmt ins Gefängnis.»

Das sah ich genauso und konnte nur nicken – in diesem

einen Fall sogar voller Mitgefühl. Was immer er getan und wie immer er sich auch benommen hatte, wenn es wirklich drauf ankam, stellte er sich offensichtlich schützend vor seine Freundin. Und diese Haltung musste man einfach irgendwie bewundern. Während wir zum Emmanuel College gingen, fragte ich mich, ob Stephen wohl dasselbe für mich getan hätte, konnte mich jedoch nicht zu einer klaren Antwort durchringen.

Stephen war in seinem Zimmer. Er schaute ein bisschen selbstmitleidig drein und sah ziemlich mitgenommen aus, schaffte es aber immerhin, seinen Mund zu einem Grinsen zu verziehen, als wir reinkamen. «Hast du es schon gehört?», fragte er mich.

«Ja.»

Ich setzte mich und wartete, bis er und Lucy sich jeweils auf den neuesten Stand der Dinge gebracht hatten. Er war in der Nacht nur ein paar Minuten nach mir den Hügel runtergerannt, war dann aber in Richtung Didcot gelaufen, wo er glücklicherweise einen Nachtbus erwischt hatte. Im Gegensatz zu mir hatte er sein Tempo an den Dornenhecken nicht verlangsamt, sodass sein Gesicht und die Hände voller Kratzer waren. Aber immerhin war ihm nicht ein Polizist über den Weg gelaufen. Ich war mir ziemlich sicher, wäre Lucy nicht gewesen, Giles und er wären zusammen geflüchtet. Das machte Giles' heldenhafte Tat sogar noch etwas heldenhafter. Andererseits war eindeutig Giles das Alphamännchen der Gruppe – das bewies Stephens Verhalten ihm gegenüber nur zu deutlich. Der Mann, den ich wollte, musste beim Sex das Kommando übernehmen. Und das hieß, dass er ganz sicher nicht die Schwänze von irgendwelchen Männern blasen durfte. Und er musste mich züchtigen können. Dieser Mann war James. Und in ihn war ich auch verliebt. Das wurde mir in diesem Moment absolut klar.

Stephen jetzt davon in Kenntnis zu setzen, schien nach dem, was er durchgemacht hatte, nicht gerade passend. Aber einen guten Zeitpunkt für solch ein Gespräch gab es wohl nie, und es musste endlich ausgesprochen werden. Das Ganze wurde dadurch kompliziert, dass ich gegen seine Vorlieben nichts einzuwenden hatte und sogar damit einverstanden gewesen wäre, wenn er einen Dreier mit Lucy geplant hätte. Aber wenn wir gegenseitig unsere Bedürfnisse nicht befriedigen konnten, dann war das Zusammenbleiben einfach sinnlos, und unsere Beziehung würde irgendwann in völliger Leere erstarren.

Ich spielte mit den Fingern an dem Verlobungsring von ihm, der sich an meiner Hand ganz und gar falsch anfühlte. Dennoch konnte ich mich nicht dazu durchringen, ihn abzustreifen und Stephen die Wahrheit zu sagen. Ich wunderte mich ein bisschen über mich selbst. Bei Ewan war es mir ganz leichtgefallen, die Beziehung zu beenden. Ob es daran lag, dass ich Stephen so eng in meine Karriereplanung integriert hatte? Wenn das stimmte, dann war ich nichts weiter als ein kaltherziges Miststück. Ich musste es einfach tun. Und wenn es schon keinen leichten Weg gab, ihm meinen Standpunkt klarzumachen, wollte ich mich doch wenigstens bemühen, seinen Schmerz so gering wie möglich zu halten.

«Könnte ich dich mal kurz unter vier Augen sprechen, Lucy?»

«Äh … ja, klar.»

Ich ging mit ihr auf den Flur, und wir stellten uns vor das große Fenster, vor dem der Magnolienbaum stand.

«Du weißt, dass Stephen Giles ab und zu einen bläst. Hab ich recht, Lucy? Bitte sag mir die Wahrheit.»

Sie nickte mit gesenktem Blick.

«Das stört dich doch auch sicher nicht», fuhr ich fort. «Vielleicht siehst du ja sogar gerne dabei zu. Das ist völlig in Ordnung, aber ... aber ich selbst kann mich einfach nicht so recht mit dem Gedanken anfreunden. Meinst du nicht auch, dass Stephen mit einem anderen Mann weitaus besser bedient wäre?»

Sie nickte erneut. «Und du fühlst dich viel mehr zu deiner Freundin Violet hingezogen, nicht wahr?»

Diesmal war es an mir zu nicken. Und auch, wenn ihre Vermutung nicht die ganze Wahrheit war, so reichte es doch aus. «Ja. Könntest du mir wohl bitte helfen, Stephen irgendwie klarzumachen, dass wir beide, er und ich, die Sache beenden müssen?»

Sie schaute mich etwas erschrocken an, nickte aber schließlich ein drittes Mal.

Nachdem ich den Ring von meinem Finger gezogen hatte, gingen wir zurück in Stephens Zimmer. Mein Lächeln war etwas gequält, als ich anfing, ihm meine Sicht der Dinge mitzuteilen. «Mir tut es sehr leid, Stephen, aber ich glaube, das mit uns funktioniert nicht. Findest du nicht auch? Ich ... ich glaube, eigentlich sind wir beide tief im Inneren homosexuell.»

Ich hatte mit Verletztheit, ja sogar Wut gerechnet. Doch nachdem ich es ausgesprochen hatte, verzog sich Stephens Mund tatsächlich zu einem matten Lächeln.

Ich hatte meine Entscheidung getroffen und Stephen ganz offen gestanden, dass ich in Violet verliebt war und wir auch miteinander ins Bett gingen. Er hatte es offensichtlich bereits geahnt, gab sich aber trotzdem alle Mühe, sich nichts von seinem Schmerz anmerken zu lassen. Noch konnte ich zurück und mir einfach eiskalt jemanden suchen, der ihn ersetzte. Jemanden, der alle Eigenschaften mitbrachte, über die der Gatte einer Politikerin ebenso verfügen musste. Aber das würde auch bedeuten, James und Violet aufzugeben.

Den Rest des Tages verbrachten wir damit, herauszufinden, was aus Giles geworden war – und das, ohne Stephen und Lucy ans Messer zu liefern. Zwar war es den meisten der verbliebenen Hawkubites gelungen, zu entkommen, doch drei von ihnen waren tatsächlich verhaftet worden und erst nach Zahlung einer Kaution wieder freigekommen. Lediglich der bedauernswerte Nigel schien in ernsten Schwierigkeiten zu stecken. Was mit Giles passiert war oder wo er jetzt steckte, konnte niemand beantworten. Und keiner der Befragten wollte sich der Aufgabe stellen, die Polizeireviere abzuklappern.

Letzten Endes waren wir gezwungen, die Sache aufzugeben, und ich kehrte in der Hoffnung nach St. Boniface zurück, vielleicht etwas früher ins Bett zu kommen als gestern Nacht. Aber das Einschlafen wollte einfach nicht gelingen. Mein Kopf war so angefüllt mit verstörenden Gedanken, dass ich nur an die Decke starren konnte. Und als ich dann schließlich doch eingeschlafen war, wurden aus diesen verstörenden Gedanken noch weitaus verstörendere Träume. Als der Wecker klingelte, fühlte ich mich immer noch völlig fertig, zwang mich aber zu einer Dusche, einem großen schwarzen Kaffee und einem reichhaltigen Frühstück. Dann schlüpfte ich in mein Ornat und machte mich auf den Weg ins Auditorium.

Trotz der furchteinflößenden Ansammlung von Fragen zum Thema Wirtschaft und Mathematik dauerte es Ewigkeiten, bis mein Adrenalinhaushalt so weit hochgefahren war, dass ich mich ausreichend konzentrieren konnte. Nach und nach gelang es mir, mein Tempo zu steigern, sodass ich nur ein paar Sekunden vor der Abgabe meinen letzten Punkt setzen konnte. Ich wusste, meine Leistungen hatten ausgereicht, um die Prüfung gerade so zu bestehen, und ich spürte eine enorme Erleichterung in mir, als die Studenten sich draußen versammelten. Die Champagnerflaschen kreisten, und es waren sogar einige Verwandte da, aber die meisten Leute schienen Mitglieder des Studentenparlaments zu sein, die sich alle um mich herum versammelten. Mit so einem Empfang hatte ich nicht gerechnet. Doch irgendwann wurde mir klar, dass sie gar nicht hier waren, um mir zu gratulieren. Jeder Einzelne von ihnen sah äußerst besorgt aus – besonders die Schriftführerin.

«Nora, wir brauchen dich. Giles hat was unglaublich Dummes gemacht …»

Ich hörte mir dieselbe Geschichte an, die mir auch schon Lucy erzählt hatte – nur aus einer anderen Sicht und mit der neuen Information, dass man Giles angeblich wegen Erregung öffentlichen Ärgernisses und dem Angriff auf einen Polizisten vor Gericht stellen wollte. Obwohl diese neue Entwicklung mich nicht wirklich überraschte, war ich doch ziemlich schockiert, denn man ging schon davon aus, dass er sich jetzt nicht mehr zur Wiederwahl zum Präsidenten stellen konnte. Aber wer sollte seinen Platz einnehmen?

«… musst du es einfach machen, Nora. Sonst verlieren wir.»

«Aber Giles ist ja noch nicht mal offiziell zurückgetreten.»

«Wie sollte er denn? Er sitzt in einer Gefängniszelle in Reading oder sonst wo.»

«Ja, aber …»

«Wir haben deinen Namen bereits ins Spiel gebracht und für heute Nachmittag eine Sondersitzung anberaumt. Du musst einfach vor den Leuten sprechen.»

Sie hatte recht, und so ließ ich mich von der Truppe ins Studentenparlament führen. Der Saal war übervoll, und diverse Gerüchte machten die Runde. Giles' Name war in aller Munde, und die Opposition weidete sich natürlich an seinem Niedergang. Ich behielt meine Meinung zu dem Thema für mich und versuchte stattdessen, mir zu überlegen, was ich wohl sagen könnte. Dabei hatte ich durchaus Mühe, das verachtenswerte Gefühl von Triumph zu unterdrücken, das ich ob seines Fehltritts nur allzu deutlich in mir spürte. Ich brauchte nicht lange, um meine Rede vorzubereiten. Danach ging ich in die Bar, um mir einen großen Gin Tonic zu genehmigen, der hoffentlich meine Nerven beruhigen und mich entspannt und selbstbewusst erscheinen lassen würde.

So viele Menschen wie heute hatte ich im Studentenparlament noch nie gesehen. Und auch so im Mittelpunkt zu stehen, während ich die kurze Strecke zum Redenerpult zurücklegte, war ganz und gar neu für mich. Alle Blicke waren auf mich gerichtet, und das Geflüster in den Reihen erstarb sofort, als ich mich an die etwa zweitausend Anwesenden wandte. Jeder Einzelne von ihnen schien hochkonzentriert auf das zu warten, was ich zu sagen hatte.

«Ladies und Gentlemen, ich stehe heute vor einer wichtigen Entscheidung. Soll ich die Aufstellung zur Präsidentschaftskandidatin für das Herbsttrimester anstelle von Giles Lancaster annehmen? Oder soll ich diese Ehre ausschlagen, um meine eigene Ehre zu retten? Ihr wisst sicher alle bereits, dass Giles am Samstagabend nach einer

Dinnerparty der Hawkubites-Vereinigung festgenommen wurde. Bei dieser Dinnerparty hat er eine junge Dame, deren Namen wir hier nicht preisgeben wollen, zu diversen sexuellen Aktionen angestachelt. Außerdem hatte er sowohl mit ihr als auch mit mindestens einem weiteren Anwesenden Sex. Leider wurde dieser Akt von zwei Außenstehenden beobachtet, die sofort die Polizei riefen. Dies führte schließlich zu seiner Festnahme und einer Anzeige wegen Erregung öffentlichen Ärgernisses und Angriff auf einen Polizeibeamten.»

Ich wartete, bis das schockierte Geflüster der Versammlung sich etwas gelegt hatte.

«Die Mehrheit von euch ist sicher der Ansicht, dass er sich unter diesen Umständen nicht mehr als Präsidentschaftskandidat aufstellen lassen kann. Aber wenn Giles Lancaster für seine Taten verurteilt wird, dann muss auch ich für die meinen an den Pranger gestellt werden. Daher lehne ich die Nominierung ab.»

Einen Moment lang wurde meine Stimme von den immer lauter werdenden Reaktionen der Anwesenden übertönt. Doch irgendwann erstarb das Gemurmel erneut, und ich fuhr mit wild klopfendem Herzen fort.

«Stattdessen schlage ich vor, Giles' Taten eher zu rühmen, als sie zu verdammen. Was er und seine Freunde an dem Abend getan haben, war eine Sache zwischen freien, mündigen Bürgern und eigentlich nicht für die Öffentlichkeit bestimmt. Niemandem wurde Schaden zugefügt. Oder zumindest hätte niemandem Schaden zugefügt werden müssen, wenn die Polizei es nicht für nötig befunden hätte, den Abend zu unterbrechen. Ich werde hier natürlich keinerlei Gewalttaten verteidigen, möchte aber dennoch auf eines hinweisen: Giles hat sich ganz allein zwei gut ausgebildeten Polizisten entgegengestellt. Und das nur, damit eine Freundin von ihm sich des Zugriffs entziehen konnte, der allein dadurch gerechtfertigt wurde, dass man sie zufällig beim Sex beobachtet hat. Nennt mich ruhig altmodisch, aber wenn ein Mann das für mich tun würde, hätte er meine Zuneigung mehr als verdient.

Ich frage euch also: Was hat Giles getan, was nicht jeder von uns auch schon getan oder zumindest gedacht hat? Überlegt es euch gut, bevor ihr antwortet. Selbst wenn ihr die Antwort nur im Stillen und ganz für euch ausprecht. Mag sein, dass Giles gewisse moralische Grenzen überschritten hat, zu deren Einhaltung auch wir diverse Lippenbekenntnisse abgelegt haben. Aber hat er wirklich etwas Unrechtes getan? Wenn ihr der Ansicht seid, dass dem nicht so ist, dann solltet ihr seine Kandidatur auch weiterhin unterstützen. Wenn ihr ihn dieser Dinge aber doch für schuldig haltet, kann ich euch nicht mit ruhigem Gewissen bitten, meine Kandidatur zu unterstützen.»

Ich hatte eigentlich gehofft, meine klärenden Worte würden ausreichen, aber ich sah nur verwirrte Gesichter vor mir. Und als das aufgeregte Geflüster der Anwesenden erneut einsetzte, konnte ich mehrfach Violets Namen heraushören. Ein schneller Handgriff, und mein Mikrophon war dermaßen laut eingestellt, dass meine Stimme nur so durch den Saal dröhnte.

«Ja. Wenn ihr es ganz genau wissen wollt, ich bin Teil einer *ménage à trois* mit Violet Aubrey und Dr. James McLean. Und wir sind alle drei begeisterte Flagellanten.»

Als das Echo meiner Stimme verhallt war, herrschte völlige Stille im Saal. Ich musste meine Tränen zurückhalten und spürte nur allzu deutlich die Hitze meiner brennenden Wangen. Dennoch fuhr ich fort.

«Ja, ganz recht. Ich schlafe mit Violet und lasse mich gern von James und ihr züchtigen. Ja, züchtigen. Am liebsten lasse ich mir mit runtergelassenem Höschen den Hintern versohlen. Das bringt mich zum Orgasmus, und ich kann es euch nur wärmstens empfehlen. Und wenn euch das nicht passt, dann könnt ihr mich mal.»

Eigentlich hatte ich noch vorgehabt, der Menge meinen nackten Hintern zu zeigen, aber dann verließ mich doch der Mut.

«Daher schlage ich für das kommende Herbsttrimester Giles Lancaster als Präsidenten des Studentenparlaments vor.»

Eigentlich hatte ich mit Verfluchungen, empörten Zwischenrufen, ja sogar mit Tomaten und Eiern gerechnet, als ich vom Rednerpult herunterstieg. Für einen Moment war nur das Klacken meiner Absätze auf dem Holzfußboden zu hören. Doch dann begann jemand aus der letzten Reihe zu klatschen. Ihm folgten ein zweiter und dann ein dritter, bis plötzlich ein Jubel losbrach, der von allen Anwesenden zu kommen schien. Als ich mich umdrehte, sah ich nur ein paar wenige mürrische und kritische Gesichter unter den Hunderten von Beifallspendenden. Trotzdem war es definitiv Zeit, sich zurückzuziehen. Eine Verbeugung, ein Winken, und weg war ich – durch die Eingangshalle in den verlassenen Garten.

Mein Herz raste, und ich hatte Mühe, meinen Atem unter Kontrolle zu halten. Gleichzeitig stieg langsam ein herrliches Hochgefühl von Freiheit in mir auf. Jetzt war es mir vollkommen gleichgültig, was sie sagten, was sie taten, wer was über mich dachte und was meine Tat vielleicht für Konsequenzen nach sich ziehen könnte. Ich hatte mich geoutet, und es fühlte sich einfach nur wundervoll an. Sicher würden alle mit mir sprechen wollen. Also lief ich sofort, nachdem die Tür sich hinter mir geschlossen hatte, in Richtung Tor. Erst, als eine allzu bekannte Stimme meinen Namen rief, blieb ich stehen.

«Honora!»

Es war Giles, der mit erstauntem und gleichzeitig dankbarem Gesicht auf mich zukam. Als er schließlich vor mir stand, gab er mir lachend einen Kuss.

«Ich glaube, du hast uns da drin beide versenkt. Und zwar richtig. Aber ich sag dir was: Die werden noch lange an uns denken. Länger als an jeden Premierminister, den sie vielleicht irgendwann mal hervorbringen!»

Ich musste grinsen, fragte mich aber auch, was er hier machte. «Ich dachte eigentlich, du sitzt in einer Gefängniszelle in Reading oder so was Ähnliches.»

«Was für den toten Oscar Wilde gut war, wäre für mich gerade gut genug, meine Liebe. Aber wie es das Schicksal wollte, hat Onkel Randolph mich rausgeholt. Der Skandal wäre einfach zu groß gewesen.»

«Du verdammter Glückspilz!»

«So sehe ich das auch. Und man wird mich auch nicht verurteilen.»

«Und Lucy?»

«Lucy ist entkommen, wie du weißt. Sie ist in Sicherheit. Aber was deine Rede angeht – ich würde sagen, da wäre ein Vergleich mit Roland von Roncessvalles angebracht. Oder vielleicht auch …»

«Halt die Klappe und komm mit.»

Ich nahm seine Hand und führte ihn, so schnell ich konnte, vom Gelände des Studentenparlaments. Er folgte mir grinsend.

In meinem Zimmer in St. Boniface drückte ich ihn sofort

gegen die geschlossene Tür und nahm den Zipper seines Reißverschlusses zwischen meine Finger.

«Wie diskret kannst du sein, Lancaster?»

«Sehr diskret. Das versichere ich dir.»

«Dann ist das hier nie passiert.»

Und ich öffnete seine Hose. Nachdem ich seinen Schwanz in die Hand genommen hatte, wichste ich ein wenig daran herum und küsste ihn dabei. Giles' Reaktion bestand aus einem leisen Stöhnen. Er nahm meinen Kopf in seine Hände und streichelte mir über den Nacken, während sich unsere geöffneten Münder vereinten. Schon jetzt war mein ursprünglicher Plan, ihm lediglich einen zu blasen, nichts weiter als Makulatur. Als sich unsere Lippen wieder voneinander lösten, war ich schon völlig außer Atem. Der Schwanz in meiner Hand wurde immer härter, und ich ging auf die Knie.

«Das hier ist zwar eine einmalige Sache, Giles, aber ... aber du kannst mit mir machen, was du willst.»

Seine Antwort bestand darin, dass er mir Oberteil und BH hochzog und meine Brüste herausholte, während ich ihn zwischen meine Lippen nahm. Mit seinem Schwanz im Mund spielte ich an meinen Titten herum. Und zwar nicht nur, um mich ihm zu präsentieren, sondern auch, um mich selbst weiter aufzuheizen. Dabei hoffte ich inständig, er würde mein Nachgeben schamlos ausnutzen. Giles umfasste erneut meinen Kopf und hielt mich in Stellung, während er mir seinen Riemen so lange rhythmisch in die Kehle stieß, bis er wirklich steinhart war. Doch irgendwann zog er meinen Kopf ganz plötzlich an den Haaren nach hinten. «Das ist ja ganz geil», sagte er von oben herab, «aber eigentlich nicht wirklich das, was du verdienst. Hab ich recht?»

Ich wurde an den Haaren über den Fußboden meines

Zimmers hin zum Bett geschleift, wo er mich sofort übers Knie legte. Die Erkenntnis, dass er mich jetzt züchtigen würde, sorgte dafür, dass ich mich ihm völlig hingab. Ich schluchzte heftig, als er meinen Rock hochschob und mir dann auch das Höschen über die Schenkel zog. Mein Po war jetzt völlig entblößt, und Giles' Schwanz presste sich wie ein harter, feuchter Knüppel gegen meine Hüfte. Schließlich legte er die Hand auf meinen Hintern.

«Du lässt dir also gern den Hintern versohlen?»

«Ja. Das weißt du doch ganz genau.»

«Und jetzt willst du dir von mir den Hintern versohlen lassen?»

«Ja! Ja, bitte, Giles! Tu es! Züchtige mich richtig hart!»

«Für dich immer noch Mr Lancaster, Nora Miller!»

Er hob seine Hand und ließ sie in einem festen Schlag auf meinem Hinterteil niedersausen. Es hatte begonnen. Ein kräftiges, nüchternes Schlagen, das mich strampeln und meinen Kopf wild hin und her schütteln ließ. Dabei hatte ich die ganze Zeit die köstliche Vorstellung, dass ich mit nacktem Hintern und zitternden Pobacken auf den Knien des arrogantesten, selbstgefälligsten Mistkerls im ganzen Universum lag.

Es dauerte nur einen kurzen Moment, bis ich eine innere Grenze überschritten hatte und ihm meinen Arsch für noch mehr Schläge entgegenreckte. Er lachte über meine Gier und ging dazu über, sich jetzt richtig mit meinem Hintern zu amüsieren. Giles wusste, dass sein starker Arm um meine Taille mich völlig hilflos machte. Dabei gehörte ich sowieso ganz ihm und war viel zu erregt, als dass ich ihn gebeten hätte, mit den Schlägen aufzuhören. Ich genoss jeden Augenblick meiner Qual und bot ihm meinen Anus zur freien Erkundung an. Er zog mir das Höschen stramm in die Poritze und hob mich daran hoch, während er mir auf die Backen schlug. Irgendwann schob er es schließlich ganz runter und zog es mir über den Kopf. Er lachte und schlug weiter zu.

«Wenn du dich jetzt sehen könntest!»

Ich brauchte mich gar nicht zu sehen, denn ich konnte mir schon genau vorstellen, wie ich aussah: mein Höschen über den Kopf gezogen, die Titten wackelnd, während mein roter Hintern zitterte, die Beine weit gespreizt und dazwischen meine feuchte, bereite Möse. Der Gedanke, dass er mich ficken würde, wenn er seine Züchtigung beendet hatte, war einfach zu viel für mich. Ich konnte einfach nicht anders, als meine Beine gespreizt an seinen Oberschenkel zu pressen – ein Trick, den James mir gezeigt hatte, damit ich während der Bestrafung kommen konnte.

«Du versautes Ding!»

Die Schläge wurden härter, und jeder einzelne der Hiebe presste meine Möse gegen sein Bein. Ich keuchte meine Lust heraus, beschimpfte ihn wüst und flehte gleichzeitig, mich noch fester ranzunehmen. Irgendwann kam alles zusammen, und ich wurde von einem Höhepunkt erfasst, an dessen Ende ich nur noch schlaff über seinen Knien hängen konnte. Giles kicherte. Zwar schlug er nicht mehr zu, aber seine Hand lag immer noch auf meinem brennenden Hintern. Er strich über meine Haut und ließ dabei immer wieder einen kitzelnden Finger zwischen meine Pospalte gleiten. Jetzt war er an der Reihe.

«Und jetzt zwing mich dazu, mich zu bedanken.»

«Ausgesprochen hübsch gesagt. Da tue ich mir gar keinen Zwang an.»

Ich war ihm in meiner Stellung völlig ausgeliefert, aber das war mir egal. Giles zögerte nicht lange und schob mir von hinten einen Finger ins Loch. Sein Schwanz war nach wie vor steinhart, und ich konnte ihn noch immer an mein Bein gepresst fühlen. Ich nahm ihn in die Hand und bearbeitete ihn ein bisschen, während er gleichzeitig meine Möse erkundete. Wie gern hätte ich ihn in mir gespürt – nicht nur wegen der körperlichen Befriedigung, sondern auch wegen der Demütigung, dass er mich nach der Züchtigung jetzt auch noch ficken würde. Mit schnellen Bewegungen rutschte ich von seinem Schoß, ging auf dem Bett auf alle viere und hielt ihm meinen rosigen Hintern hin.

Er schüttelte fast ungläubig den Kopf und musste wegen meiner Zurschaustellung schwer schlucken. Als er auf das Bett stieg, wackelte ich ermutigend mit dem Hintern. Seine Hände umfassten sofort meinen Po und öffneten mich. Ich spürte, wie sein Schwanz meine Muschi berührte. Er strich ein paarmal mit seiner Eichel über meine Schamlippen und genoss den Moment, bevor er endlich tief in mich eindringen konnte. Es war passiert. Giles Lancaster fickte mich. Ja, er hatte mich erst gezüchtigt, und jetzt fickte er mich.

Eine meiner Hände wanderte nach hinten, um mich anzufassen. Ich wollte unbedingt kommen, solange er noch in mir war. Giles bewegte sich sehr langsam und genoss jeden Moment, in dem ich seiner Gnade ausgeliefert war. Als ich aber anfing, an mir herumzuspielen und mir noch einmal die versautesten Gedankenspiele durch den Kopf schossen, meldete er sich erneut. «Wird das hier wirklich ein einmaliges Vergnügen sein?»

«Ja ...»

«Und ich kann mit dir machen, was ich will?»

«Ja ... Alles.»

Er zog seinen Schwanz aus meiner Möse, steckte ihn

zwischen meine Pospalte und presste seine Eichel fest gegen meinen Anus.

«O Gott! Giles ...»

Er drückte seinen Riemen immer entschlossener gegen mein Poloch. Und als er seine Erektion schließlich ganz langsam und in gesamter Länge in meinem Hintern versenkte, konnte ich vor lauter Ekstase nur noch keuchen und wie wild an meinem Fötzchen reiben. Als er ganz tief in mir steckte, begannen meine Muskeln bereits, sich orgiastisch zusammenzuziehen. Jetzt war ich so richtig rangenommen worden. Giles Lancaster hatte mich gezüchtigt und mich dann erst in die Möse und schließlich auch in den Arsch gefickt. Aber es war meine eigene Entscheidung gewesen. Ich hatte es weder zu meinem eigenen Vorteil noch aus Eigennutz getan –, sondern nur, um Lust zu bereiten und Lust zu empfangen. Und das war nur durch die Freiheit möglich, die mir meine beiden Liebsten James und Violet geschenkt hatten.